第二卷

沉落的城（上）

沈める城

〔日〕辻井乔 著　丁莉 译

作家出版社

冲之波美岛略图

北

库尼玛的研究室

远山
北山

前山
河
河
库尼玛的小屋

西
东

桥
桥
渔协宿舍
海角
古城遗址
图书馆
沼泽
野野宫的宿舍
原始
森林
河

沙滩

沙滩

水闸
沙滩
海角

沙滩
珊瑚礁
小镇

南

目 录

序章

　　读完庄田邦夫留下的日记，我的视野里浮现出几个鲜活的场景，鲜活得如同自己身临其境一般。这倒不是因为他的文笔多么出色，条理多么清晰，而是因为他的文章里有种不可思议的东西。这么说可能有点奇怪，但在我看来，他写的东西中，脱离现实的那部分内容最有说服力。

　　庄田邦夫本来就是那种只要闪现一个念头就会把它当成现实中发生的事情，让它在心里生根发芽的人。很难判断这是他的才能呢，或仅仅只是臆想。我跟他一块在波士顿留学时，他的这种性格倾向就已经很明显了。这一特征后来被人赞誉为企业家的独创性，也表现为对员工的威信。然而，庄田私下里一直都认为自己不适合搞经营，他的日记和笔记里处处流露出这种想法。或许正因为如此，他才刻意在言谈举止中表现出自己不同于一般的企业家。他也知道做到这一点需要有演技。由此看来，他的确有一种蒙骗世人的才能。

　　但是，庄田并没有去效仿他的岳父——楠食品的创始人——楠元太郎，尽管比起自己的父亲来，他似乎跟岳父更为亲近。而他的父亲庄田启介直到死都没有卸下那身智慧型国际企业家的行头。

　　庄田邦夫处于自信与不安的激烈矛盾中，这导致他采取了两种行为方式。一种是做一名信心十足威风凛凛的企业家；另一种则是完全沉浸于幻想，几近于无拘无束的自然人。

尽管背负着这种可能造成人格分裂的矛盾，他仍然是个业绩丰厚的企业家，这一点毫无疑问。我和庄田邦夫属于1945年战后留学生中较早的那批，我们曾一起在波士顿的大学攻读过工商管理，庄田的成绩我可以证明。但当我浏览他的日记准备以他为原型写一部传记体小说时，让我无从下笔的是他那拒人于千里之外的幻想癖，以及主观主义者和理性企业家的双重形象。

比如在失踪前的笔记里，他对自己作为食品生产商所实行的综合战略的利弊和成败进行了极为冷静的客观分析，紧接着记述了一个古怪的场景。我推测这两段记录应该不是同一天写的，便仔细做了调查判断其前后关系，比如笔迹、纸质之类。可是不管怎么查都只能得出一个结论，就是两段记录是同一个晚上连续写成的。我是不会随意处理资料得出结论的，这一点也是我和庄田在波士顿留学时的导师、教授经营思想史的H.K教授曾反复强调的一点。

庄田笔记里那古怪的情景大致如下：

我们步履维艰地在原始森林中走了好一阵子，忽然进入了一片高耸的榕树林。树林中央有一块草地，好像一个广场一样。这唤起了我幼时的记忆，因为我曾在森林中度过数日。

低矮的灌木不见了，四周的景象颇似一座隐蔽的宫殿。过去我也曾被抓进宫殿，可那里很黑，而这儿是那么亮。我和理惠再也迈不动步，便坐了下来。

我们留意着四周的动静，在榕树林边上坐下，商量今后该怎么办，可是并没想出什么好办法。有人想要我们的命，这种情况下是万万马虎不得的。

最后我们都觉得最让人担忧的是大臣打来电话那件事。对那件事可以反过来作出如下解释。

杀人案是为了把我逼上绝路而设的圈套。背后的谋划者是谁呢？是大臣身边的人，还是外国公司的手下？

总之，我有必要同意外资对公司进行收购，而这事一经谈妥，那个知晓过多内幕的人自然是除掉的好。于是追兵就冲着我来了。

如果这一推测有误的话，则可以解释成另一种情况，即我被卷入了激进派的内讧。理惠向我提起过激进派的一个诗人和我长得一模一样。

果真如此的话，我就成了不折不扣的替罪羊，更加走投无路了。

还有第三种情况。

他们可能把我当成冲之波美岛的人了。冲之波美岛是联系我和诗人，也就是庄田邦夫和野野宫银平的唯一线索。

"他们是不是因为我和你的关系才那么想的?"

理惠小声说，口气里听得出对这个推测的厌恶。在我们商量的过程中，她的脸像大风天里南国的森林，忽明忽暗。

"从我的出生地、到与那珂崎时实那帮人的来往、再到对伊坂杨严隆信下落的追查……这么一步步推下来，他们联想到冲之波美岛也是顺理成章的。

"也许是我执迷不悟，不过那座岛的确很美啊。

"我也完全可能是客观上与楠元太郎的关系而被盯上的。"

我坚持道。我不想把遭受袭击的原因全都归结到她身上。夕阳西斜，黄昏悄然降临，淹没了森林。

"今晚就在这儿露营吧。我去找点儿吃的。"

我说罢站起身来。运气还不错，走了没多久就找到了香蕉椰子和野生番木瓜的果实。我在森林里采集着能当晚餐的食物，忽然有种似曾熟悉的感觉，仿佛很久以前就做过同样的事。

理惠在地上铺好塑料布当饭桌，我们的晚餐便是刚刚采摘下来的水果。榕树梢间，大颗大颗的星星一闪一闪，像风的眼泪。

"早就想跟你这样了。"

夜里，我们在榕树下相拥而卧时，理惠在我耳边轻声说。那帮人的袭击实在是有点不明不白，我们知道他们不会再来，不安也就迅速消散了。

"很久很久以前我就想过这种生活了。"

她说的很久以前，大概是指她来到这世上以前吧。和理惠的交合，让我渐渐进入仙境。我和楠伸子结婚其实只是为了能够加入到一个当时自己完全不熟悉的团体中去，尽管那时自己并未意识到这一点。这么一想，我便再没有任何顾虑。我们尽情做爱，然后进入了梦乡。

　　在庄田的这部分日记后面不妨接上我们在冲绳本岛北端采访的那段，尽管这样编辑或许太随便。

　　第二天，风停了，碧空沉静，万里无云。这一天又平安无事地过去了，可到了傍晚，就在太阳即将沉入东海那一刻，有村民看到两个身影从边户海角尽头猛地坠入海中。两人的身影起初合在一起，但中途却分开了，像两个漆黑的石块消失在海里。

　　"可不是咋的。茅草捆子掉下来还散得满地都是呢。"

　　派出所的中年巡警接到报告后不紧不慢地说，边摩挲着腰边站起身来给县警察局打直线电话。

　　这些记述中的有些人物的确是我认识的。理惠就是陪庄田邦夫度过晚年的女人安部理惠。酷似庄田的诗人野野宫银平我也是知道的。那珂崎时实比他们年轻得多，原来是激进分子，是理惠弟弟的同学，这些都是事实。我记得和那珂崎时实头一次见面时，他剃着锃亮的光头，这使他端正而突出的五官更添了几分异样的锐利。关于冲之波美岛，这个地图上没有标记的岛屿，我和庄田还有过争论。因此，可以说这部日记所描绘的场景中出现的人与事全都是实际存在的。然而，袭击事件令人不知所云，大臣的电话疑点很多而又无法查证。关于楠家长子媳妇治子被杀一案虽有记录，但犯人早已查清。至于庄田邦夫是否涉嫌此案，我们采访过的警方人员对此只是付之一笑，尽管我们没能确认他当时是否经手此案，但他写的日记里有几处提到了这个案子。总之，不能下定论说描写的情景是完全虚构的。

　　出版社委托我为时任楠食品公司董事长的庄田邦夫写传记，而我在研读资料后，竟然不知天高地厚地提出要采用小说形式。这是因为我认为一个经营学学者用传记、公司史之类的体裁不可能写出他的全貌。作品中出现的那个名叫雨尾弘的经营学学者自然就是我了。

第一章

读了庄田的日记之后我回想起的场景之一是在总理官邸召开的经济方针国民会议。那天，我和庄田邦夫聊了很久——我们有好几年没这么畅谈了。这也是由于那年春季会议成员大幅更换，我和庄田邦夫都当了新任委员的缘故。

到了预定时间，总理入场之后，只见电视台的照明灯齐刷刷地打开，报社摄影师的闪光灯也亮个不停。

"发言请按照事先书面通知的顺序。总理出席时间有限，所以请每个人控制在三分钟以内。"

会议主席发了话。

"弄得跟仪式似的。"我一边想一边审视着这位身为著名经济学家兼大学校长的会议主席白发下的面庞。看起来得有七十过半了。几条粗皱纹托着两颊松弛的部分，细皱纹下的阴影给人以面容慈祥的错觉。嘹亮的男高音与他的年龄不太相称。我暗暗地拿他和我多年未见的旧日恩师作起比较，后者就坐在和我隔着一个人的位子上。我和庄田留学期间他作为交换教授也在波士顿待了一段时间。教授比我晚一年来到波士顿，于是担任向导、料理生活琐事之类的任务就落到了我头上，我们甚至还有过一起流连在深夜街头的经历。也因此，我们比普通的教授和学生关系来得更为深厚。那都是快四十年前的事了，真是岁月不饶人啊，那天教授显得十分憔悴，当初那个宣称要对凯恩斯理论进行发展性修正的日本少壮派学者的风姿已然尽失。教授用颤抖的手将方才发的蛋糕切成小条放进嘴里慢慢咀嚼，仿佛在用牙龈把蛋糕一点点磨碎。我禁不住移开视线，环顾起会场，竟在委员中发现了庄田邦夫。我和庄田从波士顿回来后不久曾一块办了一家面向外国企业的广告代理公司，一干就是三年多，可打那以后，我们有了各自的生活，见得就少了。尤其这几年两人都很忙，见面的机会更是屈指可数。

劳动界代表第一个发言，就产业结构变化带来的失业问题谈了自己的看法。这些年，大大小小的会我参加了不少，多数人在他发言以前我已知道他要讲什么。每个人都在扮演一个事先安排好的角色，听的人也得做出一副认真倾听的样子。偶尔也会有人不按剧本说话，不过那样的人很快就会从戏台上消失。庄田邦夫会怎样呢？我思考着，发现自己完全想不出他在这次经济方针国民会议上扮演哪类角色。他之所以当选委员当然是因为他是食品业界的领军人物，不过他很有个性，常常会让人预料不到他会提出什么主张。紧接着，金融界委员开始谈对稳定外汇市场的期待，这也是老生常谈而已。然后又有两三名委员彬彬有礼地谈了各自行业的主张，建筑行业的委员就如何抑制地价高涨发表了见解。所谓国民会议，更像是一场智商大比拼。委员中开始有人打盹，我觉得无聊，便决定观察一下会场。

拱形天花板上吊着四盏星形的大装饰灯。脚柱似乎模仿了中世纪洞窟的风格，柱子之间有一排窄而长的窗户，窗户上挂着白色蕾丝窗帘，透过窗帘，窗外强烈阳光照射下的景物也显得朦朦胧胧的。从前，青年军官们曾手持机关枪袭击总理官邸，至今墙上还留着弹孔。大概十年前我随一个经济学家团体来此参观时看到了这些弹孔。这帮青年军官大部分都因叛国罪而被处决了。如今，他们寄托梦想的地方正在举行和平而沉闷的仪式。会场的氛围让人想到柔软的蚕茧或是巨大的鱼腹，我们就被关在里面。

我慢慢将视线移回到大臣们的座位。稍微发挥一下想象力的话，会发现这里有鲇鱼和海鳝一样的面孔，有精悍的逆戟鲸和细鳞鲉，还有河豚、鬼鲉、海马等各种各样的动物。一位像鲅鳒鱼一样的大臣打了个哈欠，慌忙用洁白的手帕擦了擦脸。

大臣座位对面是摆成凹字形的委员座位，中间的空地有两个速记员，手中的铅笔动得飞快。红色的地毯上织着欢快的太阳花纹，日晕的颜色是向日葵黄，八成是二战结束后新换的地毯吧。我莫名其妙地想起了一部电影的名字：《会议在跳舞》。

这时候，一位经济学家的一句"货币供应已经到了十分危险的地步"使会议气氛发生了一百八十度的大转变。守在各大臣座位后面的各部委官员顿时紧张起来，我的思绪也重新回到现实中。某位报刊评论委员如同是受到了鼓舞般地接着他的话说："泛美时代已经走到尽头了。"他列举数字证明美国已由债权国转为债务国，指出美国总统的政策失败。而跟美国总统建立起密切关系可算是现任内阁的业绩之一，这明摆着就是在批评总理。财务大臣向前抻着脖子注视着那个经济学家，仿佛在思量这个人到底有什么后台撑腰敢斗胆批评现行金融政策。而后面的农林水产大臣则同坐在他旁边的大臣一直在小声嘀咕着什么，二人属于同一派系，兴许正分析下届选举的形势呢。总理面无表情地在眼前的纸上飞快地写着什么，我猜他心里肯定在抱怨："国际关系有多复杂你们懂吗？还在这儿指手画脚！"

这时候，食品业界的委员开始诉苦："受农业保护政策的影响，白糖、小麦及所有原料都在涨价，可产品价格却一再压低，再这样下去的话没法干了。"没想到一向无动于衷的农林水产大臣意外地举起了手，"目前乌拉圭回合正就废除农作物及水产品非关税壁垒问题进行谈判，我部会密切关注其进程，对你提出的意见作进一步的研究。"他宣读的不过是政府事先准备好的回答。就在此时，庄田邦夫举起了手，大会主席露出惊讶的神色，问道："是相关发言吗？"估计原定计划中并没有安排他发言。

"如果外资进入食品工业的规模进一步扩大的话，应当会有利于政府的对外政策。我想借此机会征求一下政府的意见。"

我看到那一刻总理眼睛一亮。

"这个问题的具体内容可能会对政府的施政方针产生很大影响，有必要进行官民之间的充分协商。"

总理回答完毕后再次用锐利的目光盯着庄田，可他却若无其事地做着记录。

这一瞬间，总理和庄田两个人似乎都藏起了锋芒擦身而过。而庄田邦夫也隐约展露了他的魄力——那个接替岳父楠元太郎就任楠食品总经理后屡获成功令同行望尘莫及的庄田邦夫。

总算到了退场时间，总理开始针对各项提问与意见进行总结性讲话。

"各位今天提出的问题都非常重要，但政治家并没有对这些大的议案作出逐一解决的能力。"他明确表示。

"各部门官员办事尽管时有官僚主义和策略主义之嫌（此时委员里响起一阵谨小慎微的笑声），但的确是很尽职很努力的。对抗压力集团的也是政府官员。我这么说并不是推卸责任，但我们今后将会防止行政臃肿化，并努力为建设小政府创造必要的环境。"

委员们有的动了动身子，有的再次轻轻发出附和般的笑声。仿佛是在肯定总理八面玲珑的答辩技术，又像是在同一个竞技场上享受比赛的乐趣。

会议主席致完闭幕词后，我站起身来，再次去恩师那里打了个招呼。

"年轻就是好啊，常听人说你很活跃啊。"

老师这么一说，我有点不好意思。我只不过写了几本闲书，心里还一直担心会被人批评呢。

"我明年也五十五了，再不拿出点实打实的研究成果就说不过去了。"

"说什么呢，你看我，能参加这个会都谢天谢地了，去年刚生了场大病。"

教授有点前言不搭后语，我怀疑他耳朵是不是不灵了。这时庄田邦夫走近前来。后来我回忆起这天的事情，想起当年当学生时，先发制人的总是庄田。

和庄田第一次见面是在波士顿留学的时候。有一次，一些战前作为船舶公司派驻人员只身来到这座城市并安家落户的日本人，给我们这些为数不多的日本留学生开了个联谊会。就是在那里，到波士顿还不到三个月的我见到了已经在那儿上了一年大学的庄田。

"你还没有女朋友吧？"头一回见面他就用英语劈头问道。

"我不行。"

庄田个子高高的，一副从容不迫的样子。我被他的气势镇住了，老老实实地回答道。

"你是想说你眼睛不行吧。这么想的话留学生活可就坚持不下去啰。"

我窘得红了脸,脸一红就更惨不忍睹。我有很严重的斜视,因此我认定自己不会有女人喜欢。

"有缺陷女人才会送上门来呢。她们会觉得找到了能够尽情展示自己肉体魅力的对象,可以逗逗木头墩子开开心。而且对她们来说,这还是个展示同情心的好机会。"

"我不喜欢被人同情。"

"哎哟哎哟。"

庄田的声音里带有取笑我的成分。

"你要是觉得同情这种廉价的情感没有价值的话,那即使滥用这种情感你也应该不会在意才对。其实你内心是向往被人同情的吧?"

接着,他像背诵什么似的说道:

"我不喜欢那种靠同情别人而感受幸福的人,他们太可悲了。他们太缺乏羞耻心。"

可能是因为当时心里很不高兴,我感觉他说的话十分深奥难懂。

"失陪了。我住这儿,有空来玩吧。"

庄田递给我一张名片后走了开去,马上加入到另一个圈子里。

后来,结束在波士顿的几年留学生活后我回到日本,在银座和庄田不期而遇。那时也是他从远处跟我打招呼。

"我还想是不是雨尾呢,那么仪表堂堂的,都不敢认了。"

庄田的语气里带着一点嘲讽,眼里却满含亲热,不停地打量我。

尽管跟庄田的初次见面让我有点不太适应,但之后在波士顿的三年我们关系密切,共同度过了留学时代,直到庄田因为父亲突然去世先我一步回国。我的第一个女朋友也是庄田帮我找的,她是密苏里人,而庄田的同居女友朱丽叶则来自爱尔兰。

我能改掉斜视造成的木讷寡言的性格也多亏了庄田,学生们开讨论会时,他总把发言的机会让给我,使我适应那种场合。跟人打交道时的机敏圆滑、约会异性的方法等等全都是跟他学的。正因为有这样的交情，我们后来在银座偶遇后便一起创办了一家小型广告代理公司，那时我对自己未来的发展方向也还不太确定。

"嗨，好久不见了。"

庄田上身略向左歪——这是他的习惯动作，伸出右手好像要搭在我肩膀上。

"可不是嘛。"

我回应道。

"你一点没变嘛。"

庄田闭口不谈他自己。他认出了我旁边的教授，转向他问候道：

"哎呀，您好，我是在波士顿拜见过您的庄田邦夫。"

"好，好，老友重逢啊。"

教授端详着我们两个人，似乎回想起自己被人称作少壮学者的时代，眼中露出些许留恋。

这时，方才发言的建筑界代表走了过来。参加这种政府会议的好处之一，就是如果有什么事不用专门登门造访也可以在轻松友好的气氛中拜托别人。

"还是那件事。"

代表对庄田说，他扭过身子背对着我，表示不想让别人听见。

"我的手下总算拟好了两三个方案，我想让他们去给您说明一下。"

我跟身材矮小的教授接着聊了几句，看庄田跟建筑业人士还没有谈完的意思，就说了声："那回头见。"准备打道回府。

"噢，有件事想听听你的意见，今晚我在这儿，你方便的话赏个光吧。有个茶话会，很随意的。"

庄田一边说一边递给我一张叠好的纸条，没等我回话就再次转向建筑业人士接着谈起来。

我走在总理官邸的红地毯上，打开他递给我的纸条，上面写着——时流研究会，地点阳光庄二层，时间：八点至十点，预定出席人员：……

写在地点示意图旁边的名字也有我认识的学者及报刊编辑部的人员等。下面有一行庄田手写的字："你愿意的话，我想把你介绍给大家。过来看看吧。"

根据庄田邦夫写的日记，那天经济方针国民会议结束后，他回了趟公司，并提前离开了新宿的总公司，漫步在银座的街道上。对于每天忙得不可开交的他来说，这可是十分难得的。夏末的黄昏在逐渐暗淡，路旁橱窗的灯光则越发耀眼。他从一条小路走到另一条小路，脑中回想起经营广告公司那段青春岁月。走着走着，发现一家格外亮堂，像是珠宝店的门口有什么东西在微微动着，便走近前去想看个究竟。好奇心是庄田性格的一部分。他将脑门贴近窗玻璃仔细一看，原来是个小男孩在骑一辆银制的自行车。随着小男孩不停踩动脚蹬子，照明灯的光线也一闪一闪的。小男孩的动作是有规律的，按说光线的反射也该有一定的频率，可每次闪光都不尽相同，呈现出彩虹般的光晕。

　　看着看着，那小男孩仿佛和自行车一起飘了起来，在空中越飘越高。幼年时庄田曾做过类似的梦。在波士顿时，他去过教堂背面的墓地，那里种着暗绿色的针叶树，上面停着好几只鸽子。当他凝视着眼前的场景时却发现鸽子不知什么时候从树枝上消失了。那时他也和现在一样，有种被牵引进什么东西里的感觉（他日记的原话是这么写的）。鸽子不是飞走了，而是活生生地消失了，消失得无影无踪。

　　庄田将脑门从橱窗上移开，四下环顾，确定自己的确身处傍晚时分的银座。他冷静下来，再次认识到每当自己的心境与周围的状况存在决定性差异时，就会出现刚才那种幻想。刚到波士顿那阵，他曾担心当地人会怎么看待日本人，毕竟日本人在几年前还是他们的敌人，为此他甚至想好了对策做好了准备。然而不久他就意识到，跟那段历史相比，这个讲求理性、重视功效的国家和自己之间存在着更本质的差异，而自己却又恰恰是来这里学习工商管理的学生。不过在波士顿生活了不久，庄田又发现身处这个国家有个好处，那就是时不时会在人群中找到能与自己心灵相通的人。

　　日记中还写道，庄田望着橱窗中飘起来的小男孩，想起了留学第二年暑假跟几个兴趣相投的同学去四处周游的事，那次旅游的终点是加拿大的尼亚加拉大瀑布。当时的情景我还历历在目。那时我尚未习惯国外生活，总是怯生生的。庄田给我介绍了一个女同学，那次她也一起去了。他看我一副不懂如何跟女孩交往、

11

缩头缩脑的样子，便催促道："你磨磨蹭蹭地等什么啊？"然后告诉我："朱丽叶
也是了解了我的缺点才跟我好上的。"

　　朱丽叶觉察到两个日本人在议论自己，便用猫盯老鼠一样的眼神盯着庄田。
庄田给她简短地解释了男人之间的谈话内容。

　　"是的，庄田很可怜的。"

　　她点头道。我当时想必是一脸讶异。庄田有着不输给美国人的体魄和交际能
力，我实在看不出他有什么缺点。不过庄田似乎缺少家庭温暖。每次谈到家庭，
他都变得神色黯然，尤其绝少提起父亲的事。

　　在波士顿时，有一次庄田跟我说起一座高塔。

　　他说："那塔高耸入云，根本望不到塔尖，就像不属于这个世界。"他伸出双
臂，给我讲那塔的崇高，那份令人感受到永恒生命的静谧，语气如醉如痴。

　　"就像巴别塔？"

　　我略带犹豫地插了句。我记得屋里的另一个学生说："想进入异界，不一定
非得是塔，桥不也行吗？"

　　我还记得那时庄田对他流露出的轻蔑表情。当时，学生之间正流行着某种文
化人类学式的讨论，如何进入异界啦，入门仪式又是如何传来的啦等等，说白了
不过是在卖弄学问而已。

　　"大家脑子里塔的概念就只是在眼前观赏的建筑物。"

　　记得那天回到寄宿的地方，庄田还对那场议论耿耿于怀。

　　"我说的塔是那种将你整个包容进去的塔，所以要仰望塔尖也是从塔里边
望的。"

　　他又添了一句。我越发摸不着头脑了。

　　就在庄田沉浸在过去的回忆中时，突然有个不认识的人过来打招呼：

　　"这不是野野宫先生吗？哎呀，真想念您，最近完全没有您的音信啊。"

　　这人大热天的还穿着一件旧巴巴的西装，系着领带，手里拎着一个硬塑料的
旅行包。

庄田想说"认错人了"，可对方满眼放光的样子让他又有点为难。看起来对方对那个叫野野宫的人很有好感。庄田想起自己离开公司时，考虑到要去参加聚会，就脱了西装，换上短袖翻领衬衣和运动鞋。注意着装是庄田去波士顿后养成的习惯之一，这使他在外表上给人造成的格格不入感少了很多。我认为这是一种品位。

"不是，我……"

对方不理会他的支吾，接着说：

"我自从读了《痕》之后，一直关注先生的作品，想和您见上一面，却联系不上您了。"

"不是，我那个……"

庄田再次推辞道。似乎是他的反应和预想出入太大，那人说了句"不好意思"就离开了。他大步流星地走着，歪了歪脖子。看样子他还在怀疑是否真的认错了人。估计认错人的这位是个出版社或杂志的编辑。

庄田目送那人消失在薄暮下的人群中，继续前行。抬头仰望，楼房顶上的天空中仅剩的余晖也依稀难辨了。走了没几步，就发现昏暗的胡同尽头聚集了一群年轻人。走上前去，有一座楼——估计从前是个澡堂，门口贴着一张海报，上面写着"剧团——风之牧民社剧场公演《黄色座位》"。庄田看到公演从明天才开始，刚要往前走，却听到一声"叔叔"，是个女孩的声音。

"今天我们彩排，您要愿意可以来看看。"

庄田犹豫了，一边想着自己的着装给人的印象一边四下顾盼。一个看上去很稳重的高个子年轻人点了点头，像在说"请吧"。

"这边来。"女孩迈开步子，似乎确信庄田会跟上来。习惯了被人怀疑的他，反倒经受不起被人信任。这或许是他的一大弱点。

"不要紧的，只是把几个短剧串起来，您什么时候走都行，只是想让您感受一下年轻人的热情。"

她自己明明也是个年轻人，却用这种口吻说话，看来是个准干部级人物。她在前面带路，背上像长了眼睛一样，说话时机恰到好处仿佛能看到庄田的一举一动：

"我的朋友都叫我'阿仙'。"

庄田怕听不见她的话，赶紧加快了脚步。

推开门有一条黑布帘，钻过布帘，就看到舞台正当中放着椅子，摆成阶梯状，中间偏上的两把是黄色的。两个父子模样的人走上台，并排坐在黄色的椅子上。

"这是咱们的椅子。"

父亲模样的男人说。

"为什么?"

"不为什么，就这么定的。"

"那，要是爸爸死了呢?"

"那你就坐到我现在这把上。"

少年注视着自己的黄色椅子，脸上的表情仿佛在问：那我坐的这把又由谁来坐呢?

"那把你的孩子坐。"

父子俩你一言我一语的过程中，不断传来喊叫声、观众的加油声、击球的金属声等等，像伴奏似的。这大概是在看棒球比赛的一幕。

"为什么咱们的座位是黄色的，网子里面的却是白的呢?"

"那是给大人物坐的。"

"我不懂。不是只要努力，谁都能成为大人物吗?"

"那是骗人的。"

其间，父亲不时站起身来，好像要捕捉球的轨迹。他时而喊"好球"，时而扭动身体，如同参加比赛的是自己一般。

戏就这样演了二十多分钟，父子俩的讨论已经转到神是否存在的问题。

这时一个中年女人拿着大大的包袱走上台说："今天运气不错，这些可全都是赠品哦。"

庄田估计剧作者和导演是想批判性地表现现代中等阶层的人们过于平和的生活。但是主题表达得实在算不上充分。是剧本不行，还是编排缺少节奏感，抑或是演员太次?毛病出在哪儿庄田也看不出来。不过他看看表，已经过去快半小时了，便起身离座。进来时没注意，入口尽头的墙上还有一幅天女的壁画——有的舞动衣裙，有的弹奏竖琴，估计是以前澡堂用作装饰的。可笑的是，这种低俗的格调反而比戏剧本身来得更有效果。

阿仙追了上来，庄田说："抱歉，我还有事。"就出了门。

"这戏会到很多地方巡演吗?"他又问了一句。

"不，是剧场公演，就在这儿演一周。"

阿仙答道。

"我们倒是想在真正的棒球场演。"高个子青年插话道。庄田现在明白了他大概是剧场专属导演。

"我们那个年代的戏剧呢，要属田纳西·威廉姆斯啦……"

庄田话音未落，阿仙就喊道："有个叫酒窝的艺妓。"

庄田不由得一惊，但还是自顾自地接着说："契诃夫啦……"

这时另一个女孩喊道："樱园。"同伙的男孩们在一旁起哄：

"好痛苦，好痛苦!"

"好像有点装腔作势啊。"

"你们要是把这股劲头拿到舞台上去，说不定戏能演得更好。"庄田批评道。

"不好意思。这是研修生首次公演，所以大家都有点兴奋。"那个像导演兼团长的男孩担心庄田不高兴，赶紧赔不是。

"请把这个分发给您的熟人。您今天的票免费，非常感谢。"另一个青年礼貌地说。一群年轻人一齐鞠躬道："辛苦了!"

庄田不想按原路返回，就绕了个大弯向阳光庄方向走去，刚好赶上聚会时间。

阳光庄一层是绘画用品店，二层是画廊。会场在里头，要穿过画廊办公室才能进去，普通客人察觉不到。

已经来了七八位会员。我对照着庄田纸条上的地图走进会场时他们似乎也刚到。庄田在日记里写道："雨尾对着地图还拿不准地方，一进来就四处打量，跟他在波士顿时一模一样。"庄田在介绍时称我是"留学时代的朋友，经营学家"，又补充说是畅销书《实例：经营学十二讲》的作者。我本想说"我可是个认认真真的学者"，可最终忍住没说，只默默地点点头示意。

那次聚会上我奇迹般地见到不少人，包括搞法国文学的松村健——我有一阵研究日本浪漫派时读过他的著作。再仔细一看，还来了大报社的评论员、西洋画界的老前辈高濑汲吉，他将修长的身子埋在沙发里，一看就是个老好人。庄田指着那个年纪最轻、头发全剃光了的男人向我介绍道："那个光头小子叫那珂崎时实，在出版社工作，原来是个激进分子。"

那珂崎跟身边的松村健正谈得投机，似乎敏锐地察觉到有人谈论自己，便转向我们笑着说："现在更激进。"

这到底是个什么样的会呢？我思考着，带着不安与好奇，还有些许紧张。庄田每次主动跟我提什么事情都是很有攻击性或者说是有明显的目的。这次可能是因为在总理官邸，他叫我时我没想起他的这种性格，有点太轻率了。我一直以低调的和平主义者自诩，不这样是当不成学者的。

"我们在研究，整天忧国忧民垂头丧气也不是个事，干脆办本杂志大伙可以随便写些什么。"高濑汲吉点明了今天聚会的主题。

"有雨尾先生这样的人参加，咱们的圈子就更广了。"松村健坐在对面的座位上说。松村、高濑、庄田这仁人看起来关系非同一般，庄田拉我来大概也跟这有关系，我有点领会他的意思了。等大家喝酒喝到酒兴正酣之时，松村站起来说道："关于大家一直在提的杂志这事呢，倒不是因为现在流行搞专题，但如果没有什么要求的话也不好写，要是定个主题大家觉得怎么样？比如'我与俳句''旅途''幼年时代'之类的。再有就是希望大家能想个刊名。"

高濑汲吉说了句"俳句不错啊"。他这么一带，大家纷纷出谋划策，有的说名句鉴赏，有的说"搞个俳句座谈会如何"，那珂崎高声说："总主题就叫'无赖论俳句'怎么样？"

松村健晃着他那张颧骨高突的脸，大笑着赞许道："这个好。咱们确实都是无赖。"

我怀疑松村生气了，但是他表现得是从心底觉得那珂崎的建议好笑。

"真是个不可思议的聚会。"我又想。

松村健是法国文学专家，讨厌社会主义是出了名的。如今的庄田又如何呢？

这么一想才发现，他迄今为止还从来没表明过政治方面的思想立场。在美国学经营学，跟楠食品公司创始人的千金结婚并接替他的事业，这种经历的人多半是反对社会主义的，但如果那个人是庄田的话就难说了。至少我没听说过他在公开场合主张保守主义。

这个暂且不说，这个聚会的气氛仿佛沙龙一般，不温不火的，按说庄田那样的人应该不会喜欢才对。我觉得如果听到他用"闲人的游戏""懒散的老古董格调""无聊加涣散"等字眼来评价也不足为奇，本来就是这种性质的聚会。我承认庄田在社交场合的确是游刃有余，但我一直认为那是他为了隐藏自己锋芒的一种技巧。这不仅是我跟他共事三四年间的体会，他作为楠食品公司的领导者如脱缰野马般的行为也足以证明这一点。

仔细一想我又觉得，表面上同道中人其乐融融的"时流研究会"背后，各人都打着自己的小算盘，就像涌动着的一股暗流。那珂崎时实那样的青年人会就证实了这一点。

正在我沉思之际，从里面走出来两个人。正好是我刚才进的门正对面的方向。一个是阳光庄的女主人大野安娜，我去银座的扶轮社演讲时见过她；还有一位中年女性，她同安娜看上去就像侄女和姑姑。

"大家好，别来无恙啊。"

大野安娜边说边缓缓坐到中间的椅子上，着实一副沙龙女主人的派头——相比起时流研究会来，俳句爱好者协会之类的沙龙应该更适合她。

让我惊讶的是，这个会的老前辈、画家高濑汲吉对那位中年女性说了句："理惠你坐这儿来。"接着就把庄田旁边那个自己一直坐的位子让给她，而她点点头也就坐下了，仿佛这一切都是理所当然的。

"这位是安部理惠，是阳光庄画廊的……怎么说呢，负责人吧。"

高濑介绍道。在座的人有的笑了笑，有的开始交头接耳。她好像就是那样的人，总是待在那儿，渐渐地让大家都觉得她在是顺理成章的，可一旦要介绍她，却又说不清楚她到底是干什么的。

聚会结束后，庄田和高濑汲吉带我去了"鲁蒙"酒吧。这间酒吧是画家和文人的聚集地。我上一次跟庄田一起晚上逛银座还是在广告公司共事的时候，跟现在隔了快四分之一个世纪了。

庄田再次用"留学时代的朋友"这一称呼把我介绍给高濑汲吉，接着向我点

头示意，好像在征求我的同意。在我这个旧交看来，庄田现在的举止比原来温和
多了。

庄田是旧式高中最后一届毕业生，尽管只比我大三四年，却跟我那一代的学
校制度迥然不同。高濑汲吉比他还高五届，他们是同一个美术社团的。据说他们
的重逢是因为庄田需要给新建的总公司大楼找装饰画，正好碰见来阳光庄找大野
安娜的高濑汲吉，于是两人重续高中时代之旧缘。

我看过庄田以朱丽叶为模特画的画，知道他画笔很不错。不过，他画的朱丽
叶并非写实，而是在满纸鲜花的中央勾出几条线，勉强能看出是女人脸部的轮
廓。朱丽叶的脸在花海中紧闭双目。据说庄田上初中时，为躲避空袭被疏散到一
个叫新宫的地方附近，那时没有一个朋友，他常常一个人去纪伊半岛南端临海的
悬崖和熊野森林里写生。从那时起他的画就很不写实，他曾把建在当地神社域内
的忠灵塔画得像个扎进稻田的宇宙飞船，甚至还有点像一个傲然耸立的巨大阴
茎。听说还曾被老师训斥道："不许胡闹，好好画！"那天晚上庄田告诉我那珂崎
时实是安部理惠已过世弟弟的同学，在我的询问下，还把这个原激进分子加入时
流研究会的原委一五一十地解释给我听。老好人高濑汲吉甚至把时流研究会打算
将庄田邦夫推上财界领头人位置的事情透露给了我。

"可是这小子好像并不想当大人物啊。"他看着身边闷头喝酒的庄田说。

"所以雨尾啊，你是个经营学家，我们也要指望你啦。日本这么下去可不行
啊。"此时，他不再像个画坛老前辈，完全一副时流研究会创始人的样子。当天，
杂志的名字被定为"KIGEN"，这个词兼有"纪元"和"起源"两种意思。我
想，这大概也反映了高濑的意愿。

高濑告诉我说那珂崎上高中时曾有过一丝不挂浑身缠着铁链子在校门前静坐
的经历。他本以为自己是抗议校方压制的学生代表，可他的过激行为让学生组织
也害怕了——他们本来就没有当真搞什么抗争，只是觉得好玩罢了。于是，起初
还鼓掌叫好的激进派分子们渐渐都变了脸色，最后纷纷恳求那珂崎停止静坐。

"他学什么专业来着？"

"好像是理论物理学。"

提到这个，高濑好像突然想起来似的说："对了，他说过自己看到镭和铀发

光就会产生性冲动，好像还有一次看着看着就射精了。反正这家伙很怪。"

高濑的语气中流露出对他的反感。

我觉得奇怪的是，那珂崎似乎只对安部理惠俯首帖耳，这恐怕不只是因为跟她弟弟是好朋友那么简单吧。那天的聚会上只要那珂崎一插科打诨，理惠马上就盛气凌人地教训道"小猫别打岔"，不让他说话。"小猫"是他退出学生运动转而创办出版社"书肆 黑猫洞房"后得到的名号。

在阳光庄见到在庄田旁边落座的理惠时，我想起了两片厚嘴唇总是湿漉漉的朱丽叶。朱丽叶的瞳孔总是闪着搜捕猎物的野兽一般的光芒，直勾勾地盯着庄田，仿佛在说："只有我知道他心底的秘密。"理惠和那个爱尔兰少女并不相像。她皮肤有点黑，五官分明，但或许是因为骨架小、肩膀窄的缘故吧，整体看来略显丰腴——可以说是典型的南方人体形。她也直勾勾地盯着庄田，瞳孔里同样闪着强烈的光芒。她的腿短短的，但走来走去十分活跃。

"别看她喝酒时跟男人似的，其实她也很有女人味的。"

从阳光庄到鲁蒙的路上高濑跟我说。我却觉得适合庄田的女人应该再日本式一点，再贤淑一点。在时流研究会上，理惠毫不掩饰和庄田的亲昵关系。

可能是困了吧，高濑不说话了，受他的感染我的上下眼皮也开始打架。我双臂交叉支在吧台上，垂下头，等待意识越过睡梦的深渊返回现实。我一喝醉总是会这样。跟留学时代的老朋友在一起很放松才会这样吧。

"伸子去世几年了？"

恍惚中我听到高濑对庄田说。

"快十年了吧。"

庄田漫不经心地回答。

我从未见过他去世的妻子，这是因为我们俩的广告公司倒闭之后我回到大学教书，后来学校公派又去了一趟波士顿，而庄田进楠食品公司工作正好是在这期间。二十多年来，我跟庄田的交往仅限于在聚会上碰见后说过几次话而已。

他本来就跟楠食品公司创始人楠元太郎沾亲带故，要说进那家公司也是很自然的。不久他就跟楠元太郎的独生女伸子结了婚，巩固了他作为楠家继承人的地位。我得知此事时，简直有种遭到背叛的感觉。在我—— 一个在波士顿及广告公司的那段日子里几乎天天和他在一起，自认为非常了解他的人——看来，庄田走上如此平庸的仕途实在是难以想象。

我在睡梦中回忆起两人共同经营广告公司的日子，那时我们都很年轻，庄田任总经理，负责与外部的协调和营业，我则掌管会计和总务。靠着在波士顿积累的人脉，我们的广告公司渐渐赢得了一些国外的客户。不久，一些大广告公司开始注意到我们，前来游说："跟我们合并吧，保证你们俩的职位。"那段日子，在跟庄田邦夫的共同经营中我开始觉得自己不适合经商，总是扮演冲锋在前的庄田总经理的助理角色让我感到很累。

"她父亲走后她也追随着去了，挺安静的一个人，一块过日子不会觉得很烦。"

我听到庄田同高濑汲吉谈起死去的妻子。

"你挺喜欢理惠的吧，她跟你应该能合得来。"

高濑似乎是那种能够善意对待传言的品德高尚之人，他一边观察对方的反应一边说下去。

或许是睡着了，隔了好一会儿，庄田才慢慢吐出一句："她挺好的。"

接着两人说起塔的事。

"光有高度可不行啊。"

"越是壮志难酬的时代，塔就越……"

"那里是过去的总公司所在地……"

"所谓塔的形而上学……"

类似的话语像蝴蝶一样在我身边萦绕着。庄田和高濑似乎在商量着建一座塔或者别的什么东西。

我依稀感到鲁蒙的店主回来了，便醒了过来。高濑见状起身说了句"那我就失陪了"，说完不失周到地向我点了下头，走出门去。

目送高濑走后，庄田从吧台上侧过身来，跟我聊起楠食品公司发祥地：沿海城市真琴市的再开发问题。起初工厂、公司总部和楠元太郎的住宅都在一块，后来规模越来越大，甚至开始在沿岸填海造陆。不久城市也渐渐繁华起来，如今地产都闲置着，只留了个管理人在那里。庄田说他想在那片超过二十万平方米的土地上建一座创业九十周年的纪念塔，把它作为一个旅游景点，也算是对真琴市——这个给过上一辈人无数恩荫的城市一个回报。

庄田邦夫说"回报"这两个字时发音特别清晰，声音中带着一种喜悦，仿佛想表明自己有多了解日本人的思维方式。

"刚才我跟他也商量了，要是建购物中心、巨蛋场馆什么的话谁都可以做。"他补充道，仿佛青年时代的野心又燃烧起来了。

"我们在讨论究竟怎样才能造一个前所未有的东西。一个所有人见所未见、闻所未闻、超乎想象的东西。要是动用高科技，几百米高的塔也都能造。当然了，得避开填海造陆的那块地方。不过老爷子原先住的那块地方有五千多平方米，地层比较老，周围环绕着河渠。"

此刻我忽然想起当年在广告公司之所以觉得跟他没法干下去，原因之一就在于这种时候庄田会表现出一种异乎寻常的狂热劲。只要内心有一个念头浮现并不断膨胀，他的头脑就会进入高速运转状态。此后，再离奇的计划，再荒唐的战略在他眼里都会变得条理分明行之有效。

他曾经提出在全国各地的香烟店里开设卖胶卷的售货亭的想法，并靠它拉到了美国一家大厂商的广告代理。我跟他说："香烟是政府专售产品，你的计划得要财政部批准才行。"他却寸步不让："那就让他们批准呗。"那时候庄田最常说的一句话就是"制度既然是人定的，人就一定能改变"。后来他通过美国大使馆对政府做工作，部分地达到了目的，总算没落下信口开河的恶名。这样的他进了一个大的组织里会怎样去发号施令呢？攻读经营学后赴美的我一直有些不怀好意地关注着他。

然而所有这样的担忧都只不过是杞人忧天，他后来的如鱼得水、大显身手充分证明了这一点。

当时的社会舆论都说楠食品公司的经营管理落后于时代，缺乏技术含量，不过是个楠元太郎开的个体商店而已。对此想必庄田邦夫也心知肚明。他就任常务董事后，立即主张管理现代化，采取事业部门制①，聘请财界巨擘出任外部董事，

---

① 为提高企业效率，按产品、市场和地区分类进行垂直领导的部门化企业组织。各事业部均为独立的分权单位。

实行股份公开，这些举措似乎都在提醒世人，庄田邦夫是在美国学过经营的，父亲又是综合商社的高层，是个不折不扣的国际型商业人士。

而现在，他正在考虑建一座绝无仅有的巨塔。我想起留学时，庄田曾两次提到过塔的事。庄田仿佛在对我的这番联想做出回应，说："那塔我小时候在母亲给我的画册里见过。不过我忘了那是牛顿关于巨大纪念馆的设想图呢，还是带训诫意义的巴别塔故事里的插图。

"当然我的想法和中世纪教会那种塔不同，至于怎么个不同法我说不出来。"

说到这里，庄田转身正对着我，略微放低了声音说道："我觉得呢，现在这年头企业已经不能带给人们梦想了。"

我预感他的话会很长，有些顾虑地望了一眼鲁蒙的店主。

"没事，你们慢慢聊，本店没有时间限制。"

店主一边仔细地擦拭着杯子，一边冲我们和蔼地欠了欠身。我放心了，他一定早已习惯了接待那些既任性又没有时间观念的艺术家了吧。

这时候，庄田再次转向我，像是不知该怎么说好而正在组织语言。现在的他显得比以前礼貌得多，说话时开始考虑对方的感受了。

"大东亚共荣圈曾经给过人们梦想。但它最终土崩瓦解了。后来咱们在波士顿时，借助革命实现社会主义，建设劳动者的共和国又成了日本国内风行一时的梦想，一直持续到六十年代安保条约①时期。再后来就是经济高速成长期。虽说梦想变得越来越小家子气吧，可那会儿，企业可是梦想的独家产销商啊。

"可你看看，现在还剩下什么？"

庄田一口气说了这么多，像个外国人一样摊了摊双手。

"我知道。"

我回应说。我必须承认，我内心对他的某种恐惧感又上来了。

"我能帮你什么呢？"

"我想让你帮着分析一下纪念馆所能起到的宣传作用，或者说带来的形象效应。"

---

① 《日美安全保障条约》，规定日本与美国军事关系的条约。

从庄田的这句话，我推断出他的计划目前在公司内部还没有得到充分肯定。

"你说的是智能塔一类的东西吗？"

我想弄清楚庄田的想法，便大胆问了一句。

"不是。我想做的东西确实也需要动用各类技术，但那不是我的目的。我想建一座无限高的塔，就像在废气缭绕中飘浮的城，如同一个幻影，走进去就感觉整个人被吸进了一个外星空间。外形自然可以多种多样，但里面的空间得是一个卵状穹顶，因为卵形蕴藏着通向未知的可能。对，哪怕外形从远处看起来像个扎进大地马上就要倒掉、让人恐怖的宇宙飞船也无所谓。"

庄田说这话时，声音像唱歌一般抑扬顿挫，头微微仰起，双目轻闭，仿佛他自己都为之陶醉。于是我看到，他那年轻时被人说成"像女孩一样"的嘴唇依然保留着当年的风貌，只是嘴角添了深深的皱纹。

可以想象，庄田要将对企业家来说难以泯灭的某种东西尽数倾注到即将建造的纪念馆里。这种东西既不同于通常的支配欲，当然也不是物质欲望。

我想起在纪伊半岛某处曾有一座楠食品公司的博物馆，像城堡一样。那是上一辈人楠元太郎建的。这么说来，楠食品公司是连续两代人建纪念馆了。我向庄田确认此事，得到的回答是："那座博物馆就在隔着大阪湾和真琴市相对的一个很近的地方，还不到和歌山市。建在能俯瞰大海的高地上，是江户时代的科学家伊坂杨严隆信的故居旧址，本来已经荒凉不堪了，是上一辈人重新修建的。"

"和楠元太郎有什么关系吗？"

"不知道，至少没人告诉过我。现在那儿已经成为脱离公司的财团组织，跟公司毫无瓜葛了。"

庄田邦夫说着，直起上身，目不转睛地盯着我说："关于楠元太郎，搞不明白的地方太多了。这么说自己的岳父似乎有点怪，可事实上就是这样。我查他出生的时间地点都没查清。这次建的纪念馆里打算开一个创业纪念展厅，所以搜集了一些资料。"

"那以后到创业纪念展厅看看就能搞清不少东西吧？"

我之所以问这么愚蠢的问题，是因为我发现与众不同、鼎鼎大名的楠元太郎竟然没有一本像样的传记，我惊奇于这个发现。

　　"要是有出生证明、小学成绩单一类的倒是想展出来……可是那类东西就算找到了，也很难确证究竟是不是本人的。"

　　庄田莫名来了这么一句，然后就缄口不语了。

　　托我以庄田邦夫为原型写书的是秋山享。他在综合出版社工作，我和他结识靠的是那本畅销书《实例：经营学十二讲》。身为一个学者，我写这书可以算是业余创作，但我在这本大众读物里利用美式经营学原理对德川家康、恩田木工、石田梅严等人加以解构，进行了分析解读。这么说可能有点自卖自夸，但是有评论说这本书语言平实而不失学术水准，书的销量也在持续上升。

　　庄田邦夫是个能勾起我写作欲望的人。他这人比较棘手的是他对朋友也基本不露真面目，但我跟他往来多年的这个事实使得我内心涌动着一种自负，觉得要写他是非我不能为的。

　　"写倒是能写，但或许写不成很精确的传记。他如今是死是活都搞不清，经历又那么复杂。而且我跟他关系太近，没法客观地观察他。"

　　"那才好呢。"

　　秋山使出了编辑磨人的功夫：

　　"他这人本身就充满了矛盾，你若是全盘照实写，读者只会觉得他是个有点精神分裂的人。

　　"无论什么样的传记其实也都是传记作者的作品。而这正是我想求雨尾先生写的原因。"

　　"可是我想要的确实可信的资料恐怕不太好办吧？他失踪才三年，很多东西仍然牵扯到公司的利益，真实的资料很难搞到手吧？"

　　"这个嘛。"

　　秋山压低声音，从书包里掏出几本记事本。他解释说，一个多月以前，楠家和庄田家多年的用人三田绫抱着一大包东西来到出版社。据说，庄田邦夫失踪的事情闹得沸沸扬扬时，为了不让主人的日常生活以一种无聊的形式沦为人们的谈资，她就把庄田精心记的日记、留存的书信都藏到了住在乡下的外甥家里。

　　"那会儿电视、杂志的报道太低俗了，简直令人发指，现在想起来还毛骨悚

然呢。请您务必想想办法，一定要恢复少东家的名声。"

三田绫说，看她说话的样子应该是事先打了好几遍腹稿了。她跟在农业合作社上班的外甥商量过后，第二次来时带了一位律师，拿到一张收条后，她留下了跟第一次一样多的资料。

"那都是因为我们杂志刊登了雨尾先生您的评论，做了比较公正的报道。"

秋山有几分得意地说，"这是其中一部分。"说着把记事本递给我。

我打开一看，纸上密密麻麻都是有点往右下方斜的字，说不上漂亮，但有棱有角，容易辨认。我一眼就认出这是庄田邦夫的笔迹。

"听到他妻子去世的消息后不久，一天早上我去庄田家拜访，见到了三田绫。她是个看上去很正直的阿姨，但是一旦发了火一定是八头牛都拉不动的那种人。"

我回忆起见到她时的情景。她虽然上了岁数，腰板却很直，深茶色头发在脑后梳成一个髻。送庄田邦夫上车时，她的神情、动作都透着股"我们家宝贝少爷是我在照顾"的劲儿。每次送庄田时她一定都穿着过去那种烹饪服。我一边回想，一边浏览那本记事本。

"秋山先生，这肯定是庄田的东西吧?"

我有种心潮澎湃的感觉。

"他究竟是什么时候，为了什么写的这东西呢?"

秋山留意着我的反应，像钓鱼的人观察鱼的动静。

"我读了几页，有的地方挺有意思，有的地方不知所云。我觉得他有点精神分裂倾向。"

我点点头，开始阅读恰好翻到的那页。

写着"9月25日　星期五"那一页的右侧画着既像变形虫又像刚捣好的年糕一般的软体动物图案，身上几个地方长着胡须，向各处伸展开去。

纸上写着"增长的疑团 存在本身的不合逻辑。手臂伸展，腿脚萎缩。能量源 失落的重点"等等。沿着纸上的格线接着写道：

　　　如果新的构想源自叛逆精神，那么进步就是不断的背叛。要给公司带来活力，就要成为有勇气背叛的领导者。不用吃的食品，用来闻的食品，指定森、御子柴为新的策划委员。夜晚，观看风之牧民社《陷阱》……

另一天的日记：

Q/T·不应该因为低熵的缘故把T放大，而是应当把Q彻底缩小。这究竟意味着什么呢？持续放晴，蒸馏水有害健康的假说……

我翻开另一本笔记，在一篇长文后一天的日记中看到如下字句：

5月17日　星期三

理惠是这么说的：

"对了邦夫，你觉得相伴多年的夫妇和情人有什么区别？哪个更好？"

回答这类问题通常需要慎重。

"怎么说呢。从总能保持紧张感这一点来说还是情人吧。"

"回答正确。那是因为……"

接着，理惠谈起画家T先生和雕塑家K女士。算起来我们在时流会相遇已经有三年了……

或许这些日记能弥补我写传记过程中拿不准的部分。也说不定只会让我思绪更乱。

"如果您写作中还需要什么资料，像关于楠食品创始人楠元太郎的资料啦、公司史啦、楠元太郎和庄田邦夫的言论集啦等等，我都可以在两周内备齐。"

秋山补充道，他似乎觉得谈得很顺利，满意地走出了大学研究室。

不久我就收到了一些书刊，有楠元太郎应某报社之邀口述的《我的前半生》，还有《优秀企业介绍画册——楠食品卷》等等。我以一个学者的态度查阅了庄田的笔记和跟庄田有关的资料，并按照幼年时期、少年时期、学生时期、留学时期、广告公司时期、楠食品时期、常务理事时期、总经理时期和会长时期的顺序分好类。同时为了便于横向整理，我还按照恋爱、结婚、社会观念、经营思想、经营方法、兴趣等项目制作了索引卡片。

每次重读庄田邦夫的日记都能找到一些客观叙述，有的是细节具体得过分，有的则不禁让人担心：这样描述经营行吗？

必须坦言，我在阅读资料之前认为，从庄田的资料中应该能发现一些要素：让人感到他终归是个经营者，是个实实在在的人。同时，我还试图找到能证明他表面无欲无求实则暗藏野心的叙述，或者是能挖掘出他因为与岳父楠元太郎想法存在分歧而苦闷、抑或是对当管理者得昂首挺胸做人而疲惫不堪的真实面目。我认为这么写是对他的友情，也能够让自己安心。

但是，从他的资料中我并没有找到这些。不，准确地说应该是全都有记载，只是按我的思路没法解释。他像是要存心戏弄我这个经营学学者，他对企业规划的畅想中体现出来的与其说是野心，不如说是不安和对自己的才能缺乏自信。作为一名经营者，追求财界地位、重名重誉原本无可厚非，可不知是否因为年轻气盛，他似乎硬要对其嗤之以鼻，于是就免不了有人说他狂妄自大。

我对庄田邦夫的看法产生了动摇，甚至即将产生一种不信任感。此刻我忽然注意到，在他的精神深处似乎有种挥之不去的胆怯，仿佛他欺骗了全世界。在运营公司时的飒爽与精干背后，他似乎每时每刻都在担心自己是否触犯了法律。是不是可以这样想：这不是因为庄田有强烈的遵纪守法意识，也不是因为他老实本分，而是因为他有种犯罪意识呢？那么他究竟对什么东西犯了什么样的罪呢？

或者还有一种可能：他的这种怯懦是不是由于知道其他人犯罪而产生的一种共犯心理呢？我这么想，是因为庄田邦夫在文章中时而表现出不安，时而却又表现出对自身能力的一种过度自信，令读者退后三分。

有一阵，庄田为了研究食品味道热衷于有机化学，基本上全靠自学来拆分组合有机化学里特有的那些像小乌龟一样的结构式。而他对萤火虫表现出超常的兴趣，好像也是为了发明一种吃了能让身体发光的食品。为此他还在一年初夏专门去富山县考察过萤乌贼。

在工作和研究方面他是如此难以揣度，而在人际关系，特别是和女性交往这方面他却又单纯得近乎幼稚。

1月19日　星期六

我和理惠走得越来越近。这真是出乎意料。今天她送了我一件亲手织的膝毯，当时她说话的语气让我想起了朱丽叶。她说："庄田，你嗓子不好，晚上睡觉前拿热水冲杯蜂蜜喝吧。不过爱尔兰的男人还要加威士忌的。"两人独处时，理惠的眼神和举止总是突然变得充满母性。她有着敏锐的直觉，似乎完全看穿了我的心思。或许正因此，她才能这么大方这么主动却一点不显得轻佻。这一点也和朱丽叶一模一样。

我发现，认识了理惠以后，我的观察能力和头脑的发条都在不知不觉中变得迟钝了。进楠食品之前，这个世界比现在清晰得多。

3月7日　星期三

今天，我还了车子，想在街上散散步。我取了事先预订的那本关于埃及萤火虫的书，走进附近的书店。文学书、评论、随笔，琳琅满目，其中一半以上的作者我都闻所未闻。和留学刚回来那阵一样。也许我是出差到一个叫"经营"的国家待得太久了。那个时候我可以毫不犹豫地说我是先进的，日本是落后的。如今，如果我下定决心迈入一个陌生的领域，是否还会有一个全新的世界在眼前敞开呢？小时候挖开的那个洞现在还汩汩向外冒着黑色的泉水。"水之风"这个概念是否过于突兀呢？有可能再冒一次险吗？

结尾晦涩难懂，像是什么暗语。可我读着这些话，却想起了从前——我总时不时地感到庄田进入了一个我无法企及的世界，这让我无比困惑。

庄田的女朋友朱丽叶原本爱好烹饪和编织，后来突然迷上了流浪，有一次一个多月不见踪影。她宣称那是因为受到了体内凯尔特族血液的驱使。

"再怎么着，起码应该说一声要去哪儿啊。"

我揣摩着庄田的心思说。

"不，她已经钻到自己的洞穴里了。"

庄田似乎认为这是一种不可抗力，神色略显黯然地说。当时庄田用的是"cave"这个词，我给理解成了"山洞"，还以为朱丽叶是在山里的一间小屋里，刚要说："原来你知道啊。"可话到嘴边又咽了回去。庄田当时的表情令人生畏，仿佛已经深深陷入了自己的内心世界，完全忘却了周围的事物，忘却了我还在他面前。他那副神情已经没法用灰暗或孤寂一类字眼来形容。庄田在日记里对她的描写是：

在朱丽叶身边，我可以安心地做一个刚出生的婴儿……

读着读着，我的脑海里意外浮现出一个场景：我正身处缅因湾，眺望着冬日的大西洋。那是留学时和庄田邦夫看到的景象。放眼望去，尽是横无际涯的海浪，既没有引人注目的小岛，也没有供浪花嬉戏的岩礁。从北方来的汹涌浪涛叫嚣着冲向巍然耸立的断崖，海鸥在狂风与波涛中挣扎着，倏地飞过我们头顶，发出和日本黑尾鸥一模一样的啼鸣。

"我现在算是明白公元前那些凯尔特人为什么相信人死后回归大海了。"

"你不想回日本吗？"

我问道。庄田转向我，一脸诧异地说道："为什么？"

"不是有种东西叫做乡愁吗？"

他似乎听了我的解释才明白过来，说："哦，我不太懂那词儿是什么意思。"

他的语气中不见了平素的肯定，倒显得有些许困惑。

那个时候，朝西边起飞的飞机，横贯美国大陆驶向加利福尼亚的火车的汽笛，无不勾起我思乡的情绪。一美元兑三百六十日元，在美国的生活并不宽裕。我觉得庄田邦夫的那句回答完全是他坚强的体现，对他的敬畏又添了几分。

我把秋山享约了出来，在动笔前再次跟他就需要收集的资料谈了一回。

这些资料包括庄田的岳父楠元太郎、其妻——也就是庄田母亲的姐姐，比她大一轮多的郁、庄田邦夫以及伸子这四个人的户口复印件和履历，有关人物的相互关系及出生日期，涉及楠食品的主要交易及公司内部人事变动同当时的社会动向的对照年表。楠食品公司的业绩推移图表在大学研究室就可以做，可是楠元太郎出生地的照片、遗物之类的要到哪儿去弄呢？我提了几个建议，比如在事先调查过程中去一趟楠元太郎在和歌山建的伊坂杨严隆信博物馆。

"我倒不认为资料记录什么的是多有力的证据，不过还是得备齐了。"

"没错，没错。"

秋山享使劲点头。之前我在检查资料过程中，发现还欠缺很多基本材料，传记暂时还是没法动笔。

"熟悉的部分，我读着读着就进入角色跟着同悲共喜了，但关键的资料还是没有，像为什么让A做下一任总经理，我大致过了一遍发现庄田的资料里面根本没有。这样一来就必须当面采访现任董事。这可就比较麻烦了。"

"上次拜托您执笔之后，我们这边也进行了调查，在编辑部成立了一个调查小组，派人去了村公所和登记所。去是去了，可是没什么收获。"

秋山的声音变得又小又低，说完就盯着我看一语不发。

"什么意思？"

我刚问完，马上反应过来说："莫非牵扯到歧视问题……"

"不，跟那没关系，跟那应该没关系。"

秋山接着又说：

"什么都没有。该有基本资料的地方什么都没有。你就说户口，他在世时出版的那本《我的前半生》里面写着是在滋贺县东浅井郡日荫村的，可那个村子在一战的时候因为修大坝给淹了。什么都没了。"

"也就是说……"

"日荫村里根本没有楠元太郎的户口原件。"

"这是什么事……"

我说到一半，没说下去。尽管是自费留学，可庄田也是拿着护照和入境许可去的波士顿，并且通过了当时严格得出了名的美国有关机关的检查。他父亲庄田启介是著名贸易公司的副总经理，所以庄田邦夫本人没什么问题。但是跟他结婚的是楠元太郎的独生女，她的出生要是搞不清楚的话还是没法动笔。既然说是写传记，就不能够随意想象推测。楠元太郎是个白手起家靠自己的努力打拼天下的人物，不能就这样写得来历不明。

堂堂一个主板上市公司的创始人，他的来历却没人搞得清，天底下有这样的事吗？我感到胸中涌起了一种异常的探索欲望。秋山享低垂着那张下巴很宽的脸，显得十分过意不去的样子。当天我们先把庄田邦夫的资料整理了一遍，做了张一览表，然后确定还缺少哪些必需的相关资料，最后敲定利用大学放暑假那段时间去和歌山的伊坂杨严隆信博物馆看看。庄田邦夫本人也说过，要在真琴市总公司旧址建一个纪念馆，等纪念馆落成了，要在里面开个创业纪念厅展出有关资料，而那些资料现在应当就存放在那座博物馆里。那八成是楠食品公司的前身——楠面包公司时代的记录。当然，有关楠元太郎的东西肯定也少不了。

第
二
章

我总结的关于庄田邦夫、他的岳父楠元太郎以及其他人的有关记录如下：

楠元太郎于昭和五十二年（1997年）去世，享年九十五岁。照此推算的话，他应该出生于明治十五年。据楠食品公司史记载，明治三十五年，楠元太郎在濑户内海的海滨城市真琴创办了楠食品公司的前身：楠面包公司，那年他才二十岁，还是单身。他跟柳原郁结婚是在明治末年，当时的楠面包公司靠在日俄战争中充当陆军的供应商而奠定了坚实的基础。到了大正元年，长子喜一郎便呱呱坠地了。

明治年间大多数家庭都多产多子，柳原郁兄弟姐妹共十三人，她是长女，幼女梅后来成为庄田启介的妻子。

柳原家族是士族，他们也以此为荣，但梅出生后不久因为某些原因衰败下来，当时已经能够干活的郁被送到商家当店员，梅则被送给生意人做养女。

梅日后与庄田启介结婚，他们的独生子就是庄田邦夫。邦夫上小学三年级时因为父亲庄田启介去英国常驻，母亲梅把他送到姨母楠郁家，在那里他生活了将近一年。

"你要好好听姨父姨母的话，好好学习。一年后我们回来接你。"

庄田一直都记得父母临出发前，他在父亲面前正襟危坐，接受训话时的情景。庄田启介穿着一件马甲，隐隐露出怀表的金锁链，留着一撮修理得很利落的小胡子，这在当时是最时髦的绅士行头。庄田邦夫的影集里有一张父亲启介四十岁左右在伦敦拍的照片。头戴一顶丝制的帽子，手上戴着白手套，拿着一根手杖，站在旁边的妻子梅穿着一件如同昭和初期宫里皇妃穿的衣服。左侧天花板上吊着豪华大吊灯，地上铺着虎皮，梅手里还拿着一束康乃馨。从照片上可以看到一个来自东方小国的常驻人员是怎样费尽心机地摆排场的。启介当上部长去英国赴任时日本正在跟中国打仗，战争会扩大到哪一步谁也无法预测，日本在国际上十分孤立。在这种情况下去国外常驻，对庄田夫妻来说，应该也是段不轻松的旅程。

庄田的日记里时而有一些他对在楠家生活一年的回忆。他在楠家大宅里有一个自己的房间，每天从那儿去真琴第一小学上学。可以知道楠元太郎的住宅离小学校不远。楠家深宅大院，院子里的另一栋房子是儿子喜太郎和儿媳治子的住所。邦夫幼年时很认生，能适应楠家的生活，都是因为姨母阿郁性格开朗大方的缘故。

楠元太郎在家时举止肆无忌惮毫无顾忌，累了回来后就穿一条小裤衩双腿一摊让阿郁给他按摩，不高兴了就大呼小叫。但另一方面他待家里人和手下人也非常好。他把邦夫当成自家人，邦夫离开楠家后还多次邀请他参加每年一次的公司员工家属犒劳会。庄夫还记得他坐在喜一郎的媳妇治子身边，看专门请来的江湖艺人表演节目，还听过楠元太郎不成调的说唱表演。

记忆中印象最深刻的是楠元太郎在舞台上扮演一个卖面包的，一边拖着两轮拖车一边吆喝道：

"卖面包了，楠木烤的面包，新鲜软和的面包！"

这副情景让在场的员工和家属男男女女都哭成一团。邦夫后来根据记忆去调查，发现那天其实是一个追悼会，一个刚建成的作坊锅炉爆炸，死了八个工人。楠元太郎那天是在祭奠死者，更是在激励员工，"祈愿奋斗"四个字是他最喜的口号。邦夫记得他拖着拖车穿过舞台，拖车后面挂着死者的遗像。

邦夫出国留学后仍然不时听到一些关于楠元太郎的消息。楠元太郎充分展示了他收买人心的手腕，员工无不服从他敬重他。

我想这并不稀罕。从我接触过的一些事例来看，这是我们国家创业型企业家共有的特点。因此我关心的并不是楠元太郎的与众不同的行为举措，而是邦夫在日记中流露出的态度，这一点对我来说更重要。按一般常识分析，他应当是很反感岳父的那些"统治"手法的。有的第二代企业家照猫画虎式地模仿第一代创业者的管理手法，以至于在所谓"第二次是以闹剧出现"的闹剧中扮演主角，但邦夫可没有那么蠢。

让我感到气愤的是，邦夫在记述岳父行径的文章里完全没有流露任何反感或无奈。按照一般预测，当然这里也有作为媒体报道的一种期待，邦夫作为一名现代经营管理者与楠元太郎迟早都会发生激烈的冲突和纠葛。然而邦夫只是淡淡地写了一些楠元太郎的事，甚至时而流露出一种亲近感。是不是邦夫连在自己的日记里也没有说真心话呢？或者说是企业家这样一个共同的立场使得他不得不伪装自己呢？

战争结束后不久，楠食品公司里成立了工会，当时楠元太郎表现出了极大的敌意，这事后来也一直是公司干部们的谈资。楠元太郎一直顽固地拒绝工会负责人参与公司谈判，一口咬定道：

"这是我的公司。我没有必要和外人谈话。"

甚至还说：

"如果这触犯法律的话，我就关掉工厂。"

由于他丝毫不让步，结果所谓的民主斗争也就不了了之，再后来工会的委员长被人绑架，不久后淹死了，在环绕真琴市总部工厂流淌的沟渠里，人们发现他的尸体漂浮着。警方立案调查了，但没有抓到犯人。有流言说：

"一定是楠老头干的。"

但楠元太郎却若无其事地说："这肯定是遭报应了。"

这以后，在楠食品公司，别说是工会了，连"劳动者"这个词都成了忌讳。就是因为楠元太郎说过一句话：

"区别劳动者和资本家的是红色思想。"

楠元太郎的独生儿子喜一郎的自杀发生在和工会的摩擦告一段落并过了一年以后。人们在背后议论道，一定是夹在父亲和工会之间忧心过度的结果。还有人说喜一郎一定知道工会委员长被杀的真相。

喜一郎二十一岁时相亲结婚，就在邦夫去楠家前不久，在父亲宅邸的一角建了一栋新居搬去住。邦夫在楠家生活的那段日子，从自己房间的窗户里常常看到喜一郎去上班后，向新居走去的楠元太郎的背影。

喜一郎的妻子是滋贺县素封家的治子姑娘，公公楠元太郎看上了她并促成了这段婚姻。婚后五六年过去了，但两人一直没有孩子。家里的小伙计、女佣们悄悄议论说："喜一郎少爷那方面好像完全不行。"

喜一郎小时候，楠元太郎让人在院子的一角修了一个游泳池，当时私人宅邸里有游泳池还非常罕见。不仅如此，楠元太郎还专门请了一位游泳教练，教练曾经是奥运会蛙泳选手，教得非常好。楠元太郎之所以下这么大工夫，也是希望能让小喜一郎坚强一些，他是个稍有点受风着凉就发烧、大人说他两句就哭鼻子的孱弱的孩子。

楠元太郎在《我的前半生》里提到他自己小时候是在琵琶湖里学会游泳的，对旧式泳法颇有研究。据楠家多年的女佣绫回忆，楠元太郎还曾经把不敢下水的喜一郎抱起来扔进泳池里。

读着这些记录，我的脑海里不禁浮现出楠元太郎那张只在照片上见过的，被戏称为"饭团子"的浅黑的脸，因为几近于悲哀的愤怒而涨得通红。他粗暴地却是很无奈地冲儿子嚷嚷：

"你这不争气的家伙，怎么这么没用？"

也许是因为对长子太失望，楠元太郎对远方亲戚邦夫倒是寄予了很大的期望。邦夫在英国留学时突然接到父亲的讣报，于是结束了留学生活回国处理父亲的后事，他专门去楠家拜访以感谢楠家在经济上给他的援助，楠元太郎没头没脑地以训导的口吻对他说：

"听说中国以前的伟人曾经说过'要打落水狗'。

"狗掉进水里，即使叫得很可怜，狗还是狗。要是怜悯它把它救上来它就会感谢你吗？天真的知识分子才会这么想。该打的就得打。这是我的经验之谈，你好好听着。总有一天你会明白我的话是正确的。"

那天，楠元太郎说这番话是在对庄田启介的去世表示了哀悼之后。

邦夫在做了管理者之后曾多次回味这番话。他推行现代化经营，遭到不少人的反对。面包生产车间的负责人们强调说生产面包需要多年的经验培养出的直觉，完全数字化让机器人操作生产不出好的产品，而邦夫排除这些压力阻力时则毫不留情。因此他被说成是没有人情味的计算机般的经营者。而他的坚持却使楠食品在关东地区厚木市建起了全日本屈指可数的大型面包加工厂，并成功地将销售网扩大到全国。那时他刚当社长，楠元太郎也还活着，庄田大刀阔斧建设工厂的壮举人们至今记忆犹新。

那时，食品公司的监管部门有两个：通产省和农水省。俗话说："婆婆多了难办事。"可庄田巧妙地变不利为有利，当时他才四十二三岁，比其他公司的管理者都要年轻，不会给人老奸巨猾的印象，这一点很幸运，让两个政府部门的年轻干部不知不觉把他看成是领导食品工业现代化的旗手，利用他去刺激行业振兴。在美国上大学的经历也成为他的有利条件，不会被国内的学阀拖后腿。当然，能够把这些条件利用起来最终还是靠他本人充分的才识。

我曾经带学生去楠食品的厚木工厂做经营学方面的实地调查。工厂规模之大，生产机械化、效率化程度之高着实让我吃了一惊，我不禁在脑海里描绘成功者庄田的样子，排除万难后工厂正式投产那天他的样子。

庄田头戴安全帽，举起一只手摁下开关，于是生产线的传送带开始运转起来，自动填充装置仿佛正在啄食的雏鸟一样一上一下。不一会儿，整个工厂都动了起来。头天晚上在发酵室里预先发好的面团加工成一个个的面包后出现在传送带上。所有的一切都是按照设计的模式在运作。一种被眼前的一切所感动的气氛开始洋溢在"操控中心"里。而庄田邦夫的脸也逐渐泛红，他的颧骨很高，使得他的面部容易显得很落寞，然而他那被太阳晒得黑黑的健康的肤色掩盖了这一点，他已经进入中年了。楠食品公司一跃成为业界老大，我猜庄田心里一定充满喜悦，于是我查了他当天的日记想证实自己的猜想。

6月21日　星期五

　　今天，日本最大的面包加工工厂正式投产。工厂由操控台控制，将来会完全用电脑进行管理，这家工厂一定会重写面包加工业的历史。

　　日记里只有这么几句话。没有成功的喜悦、满足或是对支持者的感谢等。文字后面还写了一些我完全不懂的计算公式，大概是射影几何学关于部分空间的公式，莫非公式里藏着下一个工厂的设计图？

　　他的日记和笔记里图形表格随处可见，多种多样。画图表有时似乎是在稳定情绪，有时则画得挤在一堆，像是将还不能用语言表达的想法暂时先画出来。这也许能证明庄田邦夫的意识里并没有所谓的控制欲或自我表现欲之类的东西。

　　他对仪式、荣誉等极为反感，碰上颁奖典礼、开业典礼等总是让副手或专务董事代劳，这似乎也证明他与一般的企业家癖好不同。又或者，是不是因为源于某种罪恶感的胆怯心理使得他讨厌参加仪式呢？

　　那天庄田邦夫日记里那种过于冷静的态度让我觉得索然无味。像这样的人怎么能够领导那么多员工呢。我甚至觉得他仿佛是在故意跟我唱反调，因为我试图把他描绘成一个有血有肉魅力十足的企业家。那么这种时候他的妻子伸子又会表现出什么样的态度呢？会不会很体贴地代替过分羞怯的丈夫出面致辞呢？我在努力编写一个故事，并开始寻找关于伸子的资料。

　　伸子不是楠元太郎和原配妻子郁所生的女儿。至少楠元太郎是这样告诉庄田的。郁去世后伸子才改姓楠，但她的母亲并没有正式嫁进楠家。

　　伸子的母亲本来是楠食品公司一名职员的妻子，根据有关记录，那名职员因药物中毒而猝死。据说是商品开发时的一起事故，所以按殉职处理。

　　也许是因为这样的身世，伸子身上并没有资本家独生女惯有的任性、傲慢，她的性格非常温顺。

　　那么，楠元太郎择庄田邦夫为婿又是出于什么原因呢？

　　有传言说，是因为庄田开广告公司时曾巧妙地调解过一起照相机厂家和广告制作公司之间的纠纷，而恰巧照相机厂家的老板是楠元太郎的朋友，楠元太郎听说此事后，就认定自己的接班人非庄田莫属了。而当他知道庄田是自己的远房亲戚，幼年时还曾经在自己家里寄居过一年时，更是拍案称奇。

广告公司时代我跟庄田在一起工作，那件事我至今记忆犹新。记得当时有家客户委托我们制作海报，而我们请的摄影师使用的相机品牌恰巧正是客户竞争对手的品牌，客户发现后就没有启用他的照片。由于合同并没有规定使用器材，于是摄影师所属的公司向创作者协会提出起诉，事情越闹越大。然而庄田巧妙地解决了这件事。他认真听取双方的意见，分别站在双方的立场设身处地进行了妥善的处理。而这件事也充分显示了他那超乎年龄的冷静以及可以称之为外交手腕的某种能力。

但楠元太郎真的是因为从朋友那里听说了这件事便决定让庄田当自己的接班人的吗？这听起来太玄乎，像是编出来的故事。我猜事情的前后顺序应该正好相反，楠元太郎本来就看上了邦夫，这件事只是给了他一个把邦夫挖到自己公司的更好的理由罢了。

庄田邦夫从美国回来去楠家拜访的那天，楠元太郎跟他聊到"落水狗"，他也向楠元太郎汇报了在美国听说的凯尔特神话。

　　去楠家拜访。想见见治子，也想对楠家在留学期间给予的经济援助表示感谢。听了一番关于"落水狗"的训话。大概是谁跟伯父谈起过鲁迅小说吧。他问我："你都学了些什么回来？"我回答道："经营学和社会学，除此以外还有关于凯尔特族的传说（当然这在很大程度上要归功于朱丽叶）。"当我谈到凯尔特族不灭的灵魂和转世投胎的信仰时，他表现出异乎寻常的好奇心，完全不像个上岁数的人。特别是说到"人死后重回大海"时，他双臂交叉，陷入冥想，良久开口问道："你知道琉球弧吗？"我回答说："我查查看。"说完便离开了楠家。这个人虽然没有什么学历，但却不可思议，很有意思……

两个人的岁数相差很多，超过一般的父子。邦夫临走前，楠元太郎对他说："以后常来玩啊。"那时候，庄田连想都没想过自己将来会当上楠食品公司的总裁。他只是隐隐觉得自己应该坐的那把交椅既不在政府机关也不在大公司，应该在一个能够让自己在波士顿所学的东西学有所用的地方。创办广告公司这个主意，是他在美国留学时结交的朋友给他出的，那个朋友后来作为美国报社特派员被派到日本常驻。

庄田找到我跟他一起创办广告公司，我们的公司经营到第三个年头时，一家大公司提出要跟我们合并。在我看来，他非常痛快地就答应了。这次通过给他写传记，了解到当时的一些情况，多年来心中的芥蒂才消除了。我想亲口告诉他我误会他了，而他却下落不明。都说他死了，但真实情况谁也不清楚，这让我感到焦躁不已。之所以选择小说这种形式而不是传记，也是考虑到最终结局的含糊性。

决定转让广告公司后不久，庄田收到了楠食品公司寄来的一张请柬，邀请他参加楠元太郎的生日宴会。

楠食品公司总部从关西真琴市迁到东京时，楠元太郎的家也从庄田小时候寄宿时住的那个地方搬到了东京的郊区，那里还依稀留有关东平原武藏野的面貌。楠家很大，邦夫本以为客人一定很多，到了之后才发现是个只有十几个人参加的很私人的聚会。他感到很意外，后来才知道那天的聚会实际上是为了安排他和楠元太郎的独生女伸子见面，伸子那年大学刚毕业。完全不知情的邦夫在宴会上表现得极为随意，给楠食品公司的老董事们留下了深刻的印象，都觉得这个小伙子对名利看得很淡。楠元太郎这个独裁者在选女婿这件事上倒是想征求公司董事们的同意后再决定。

聚会后第三天，庄田被楠元太郎叫了去。身穿和服的楠元太郎走进会客室，还没等坐稳劈口就问：

"把伸子嫁给你，你意下如何？"

庄田吓了一跳，正不知该如何作答，楠元太郎又用关西话问道：

"你不喜欢她？"

"我觉得她是个好女孩。"邦夫很诚实。

"那好，伸子就拜托给你了。"

楠元太郎双手扶在桌沿上低头鞠了一躬，他的头剃得光亮光亮的。

"你到楠家来继承我的事业。"

这话又让庄田吃了一惊。而楠元太郎似乎觉得对方理所当然会按自己的意志行事。

"我觉得自己不适合做经营者。"

庄田天性里的自负让他不由得反驳了一句。他想表明自己既不想飞黄腾达也不想出人头地。他并不讨厌楠元太郎。虽然他们生活在两个完全不同的世界，但他对楠元太郎有种莫名的亲近感。他想如果前天的聚会自己给楠元太郎留下了好的印象，那也只是因为自己根据以往参加日本人聚会的经验，尽量不流露出在国外长期生活过的那种洋味儿。他觉得对方高估了自己，这让他感到很不自在，他宁可别人低估自己的能力。

"哪里哪里，你的实力我已经从××那里听说了。"

楠元太郎提到了那家照相机厂家老总的名字。

"你是不是还想继续做广告公司？"

"那倒不是。广告公司我已经决定转让给一家大公司了，他们提出要跟我们合并。"

"那么，你没有别的什么计划吧？"

"没有。所以能有机会在楠食品工作是我的荣幸。"

庄田邦夫的这句话让楠元太郎脸上露出从未有过的喜悦，笑容让他那张被称为饭团子的脸皱成一团，脸颊甚至有点微微泛红。

"是吗？那就好。只要你肯来我公司工作，娶不娶伸子随你。这种事也是勉强不得的。重要的是你能到我这里来干一番事业。"

话说到这里，庄田再也没有理由回绝进楠食品工作的事了。

那个时候，庄田自己也并没有一个明确的目标。儿时的记忆告诉他，在楠元太郎那儿工作应该会很轻松。

然而进公司以后，庄田不止一次地想过自己是不是掉进楠元太郎设的圈套里了。尽管如此，他还是在与各种对手在各种场合的各种谈判中深深地感受到楠元太郎的人格魅力，而且伸子姑娘身上也完全没有让他抗拒和不接受的理由。

在楠元太郎看来，庄田对地位名誉看得很淡，这一点让他非常满意。

"你没有野心，很好。"

直觉敏锐的楠元太郎能这么说说明他已经认定邦夫是个可以放心的人。而据我观察，邦夫身上最危险的地方并不是世俗的野心，而是他内心深处的一种饥渴。楠元太郎也有同样的饥渴，因此他没能看清这一点。他年轻时创业晚年修建伊坂杨严隆信博物馆，都是为了从饥渴中解救自己。对他来说，独生子喜一郎再温顺再听话也只是个委琐的家伙，让他恨铁不成钢。而且，喜一郎那貌似平静且惴惴不安的表情后面隐藏着一种作为父亲所无法容忍的疯狂，他看出了这一点。喜一郎自己也知道被父亲看穿了，于是就显得更加惴惴不安。

喜一郎三十七岁那年自杀了。庄田邦夫很清楚地记得那天早晨发生的一切。战争期间，庄田一家被疏散到和歌山县，后来又搬到大阪。那件事发生的时候他们正住在大阪。平日里遇事不惊的父亲接电话时突然发出一种似乎很兴奋的声音：

"真的吗？"

邦夫的父亲庄田启介曾在总公司下属分公司的和歌山工厂工作，就在那家工厂的宿舍里，他接到消息得知东京的家和总公司大楼都在空袭中被烧毁了。但他并没有惊慌失措，只是淡淡地说了一句："是吗？果然如此。"人们纷纷议论道："庄田总经理好像早有预见一样。"对这位从总公司那样的大商社下放到地方小造纸公司的总经理，大伙儿都有点不太感冒。战争结束时，启介怕别人说他是亲英美派的"非国民"，每天穿着工作服去工厂，裤子膝盖以下束紧，大腿部分略微宽松，好像普鲁士军人一样。他在电话里听到东京大空袭的惨状时，也不过只是小声嘟囔了一句："日本完了。"然而就是这个庄田启介在听说喜一郎自杀的消息时，却出人意料地表现出极大的好奇心：

"怎么死的？是上吊呢，还是吃药？"

他追问楠元太郎的秘书，那副样子似乎是对楠元太郎的不幸感到很兴奋，而且还想慢慢地品味这种兴奋。

"我早就预感到有一天会出事。"

在去参加"通夜"①的车里，庄田启介恢复了他一向的冷静自言自语道。日

---

① 守灵仪式。

本战败后，大财阀纷纷解体，他当了原财阀系统商社下属一家公司的副总经理，可以说是仕途光明。而楠元太郎的日子则不太好过。尽管工人大罢工被美国占领军镇压下去，但工人运动的势头还是扩大到了全国范围。楠元太郎由于是陆军的支持者被迫辞去总裁的职务退居二线，年仅三十四岁的喜一郎则坐上了总裁的位子，当然只是形式上的。

楠元太郎充分发挥他那绝不善罢甘休的斗争精神，一方面把性格温顺的喜一郎推上总裁的位子缓和人们对楠食品的印象，另一方面暗中收购那些受工人运动的冲击而摇摇欲坠的同业公司，不断扩张自己的势力范围。为了达到收购目的，有时他甚至煽动对方公司的工会发动工潮，趁机实现自己的野心。对楠元太郎这种不择手段的做法，庄田启介一向很不满，甚至很厌恶。尽管这样，楠食品公司使用的小麦等原料是通过庄田的商社采购的，两人还必须得合作。

那天早晨，楠元太郎很反常地一大早就去了公司，他走后不久，喜一郎把猎枪对准自己的头，用大脚趾扣动了扳机。喜一郎那时跟新婚时一样住在楠家大院他自己的房子里。楠家很幸运，空袭时房子都没被烧毁。喜一郎的妻子治子当时出去办事也没在家。谁也没有想到喜一郎做好了一切自杀的准备。

事后想起来，那天有很多事都有点不寻常：平日都是喜一郎先去公司，而那天是楠元太郎先走；妻子治子平时上午都在家，偏偏那天出去了。也许可以这么说：喜一郎选择这样一种极端的自杀方式，终于将他平日里活在楠元太郎的阴影之下而压抑在内心深处的疯狂彻底释放了出来。

邦夫那时还在上高中，他对父亲在车里所发的"封建人格统治与现代的根本矛盾"等一通议论不能完全理解，只是对父亲在近乎兴奋之后又异常冷静的态度感到很费解。

邦夫看到喜一郎的遗体是在傍晚时分，那时候警察已经验完尸，喜一郎被猎枪沙弹打得四处横飞的面部也拼凑在一起盖上了白布，遗体被抬到楠元太郎住的主楼里。因为偏楼他自己的屋子被血和脑浆溅得到处都是，情景触目惊心，连治子都没法进去。来吊唁的人们压低声音交谈着。

六十七岁的楠元太郎仿佛失去了感情的木头人一样呆呆地站着，时不时想起来跟前来吊唁的人点点头。院子里，怕水的喜一郎曾被扔进去过的那个游泳池在黄昏映照下,水面上浮着薄薄的一层尘土。前来吊唁的人很多,为了方便进出,主楼的大门被卸了下来,大风从门洞刮进来,像是在预示即将来临的寒冬。

那天晚上,楠元太郎第一次在众人面前流泪是当他看到员工委员会的十几个代表一起走上前来吊唁时。员工委员会是取代工会成立的组织,两年前工会会长死于非命,媒体纷纷报道说楠食品的经营者是最恶毒最危险的反动派,打那以来,工厂的工人们和楠元太郎接触时一贯都是集体行动。

看到他们走近前来,楠元太郎像是想起了自己的使命一样清醒过来,发出呻吟般的声音:

"对不起,让你们担心了。都是我不好,原谅我吧。喜一郎是个好孩子。"

他握住他们中一个人的手,毫无顾忌地哭了起来。自那一瞬间起,人们注视他的目光慢慢地转变成了同情,同情一个失去了宝贝儿子的可怜的父亲,和一个多年努力奋斗却被意外不幸打垮的老企业家。只有庄田启介一个人非常冷静,他用一种冷冷的目光观察着楠元太郎。

多年以后,庄田邦夫曾用心想过父亲那天为什么要带自己去楠家。也许那时候他已经打定主意将来要送儿子出国留学,所以想让儿子好好了解一下日本家庭的内幕,告诉儿子在他出生的这个国家,人们都有哪些喜怒哀乐、悲欢离合。

那天他们回家时已经很晚了,在车里庄田启介对妻子梅引用了《圣经·旧约》的几句箴言:

> 聪明人懂得躲避灾害。不明事理的人则冲上去接受惩罚。
>
> 邪恶之人的道路上充满荆棘和陷阱。坚守灵魂的人将远离它们。

梅沉默不语,良久,发出了一声深深的叹息。车里的气氛沉闷得让人透不过气来,邦夫觉得母亲没准会突然大叫起来,他甚至暗暗做好了心理准备。梅的叹息让他有种解脱感。过了一会儿,梅好像突然想起来似的说:

"郁姐真可怜。"

她似乎像在抗议什么,又像是在解释自己刚才的叹息,而庄田启介则语气强硬地回了一句:

"那还用说吗?"

邦夫从小就很喜欢郁伯母,他在楠家寄宿的那一年,正是那个个子高高体态丰腴的郁伯母细心地照顾他。伯母很能干,厨房里的洗菜水从不倒掉,说是可以用作肥料,那时楠家还住在真琴市,院子里的菜地里总是绿油油的一片。

郁的性格很开朗,她曾对幼小的庄田讲起自己和楠元太郎结婚的故事。

"那个时候,我娘家家道中落,我被送到别人家去当女佣。每天负责买面包,买的就是楠元太郎来卖的面包,一来二去熟了以后呢,有一天,对了,还是大白天呢,他突然把我逼到仓库的墙角说:'我们结婚吧。'啊,可把我给吓坏了。"

说到这儿,郁哈哈大笑,笑得非常开心。

邦夫的母亲梅的性格则非常柔顺,一位没有孩子的贸易公司的老板很喜欢她,把她当亲生女儿一样抚养成人。老板的公司后来被庄田启介所在的商社收购了。庄田启介当时年轻有为、前途无量,大概是考虑到要和收购公司搞好关系吧,商社的上司鼓励他和梅结了婚。

喜一郎死后,每逢员工家属慰劳会这样的场合,人们总是会向治子投去一种好奇的眼光。年轻的总裁喜一郎过早结束自己的生命,人们很自然地联想到会不会是他媳妇行为不端所造成的。这种时候楠元太郎总是不畏流言袒护治子,当然婆婆郁也是赞同丈夫的说法的,否则治子恐怕早就没法在那个家待下去了。尽管如此,治子在公开场合露面时,还是能感到那些如同针扎般的无声的视线。她身材小巧玲珑、柔软圆润,脸上的五官显得很稚气,给人的印象是性格很内向,这一点对她很有利,使她没有很受流言蜚语的伤害。治子这个人,男人对她评价都不错,而女人对她总是很警惕。

以上是我借助庄田邦夫的日记、楠食品公司的公司史记录、还有我自己那些被一点点唤醒的记忆,对邦夫从到楠食品工作到和伸子结婚的过程所作的一个梳理。为邦夫着想,我想特别强调的是,他进楠食品并不是冲着地位或是丰厚的薪金去的。就算他是为了实现自己的野心才去的,那也需要进行进一步验证,验证那是一种什么性质的野心。话虽这么说,事实上我自己也曾经误会过他。但是,他到底为什么会进楠食品这个谜至今仍未解开。邦夫是个现代理性主义者,他与

楠元太郎怎么能相处得好呢？我不是说他们两人之间一定有矛盾和隔阂，我只是越发不明白，他怎么能够进入到楠元太郎建立起的大家族共同体里，并且还能做到游刃有余呢？这个疑问过去作为一名旁观者时就有，现在问号越画越大了。不是说跟楠元太郎的独生女结婚了就万事大吉了，事情绝没那么简单。

　　这里牵扯到一个经营理念的问题，也可以说是经营企业是否需要思想和哲学的问题。这一点也关系到我作为一名学者的存在价值。难道庄田邦夫对思想、理念等所抱的是虚无主义的态度吗？我的疑问和不安，也许能从庄田的日记里找到一点启示。下面这篇日记记述了他留学期间某天晚上的情景：

　　　　冬天。低头走在波士顿商业区的男人。大雾。大概是迷路了吧。看看路名，还是搞不清楚是正朝西走呢，还是在往南行。一个女人的声音飘过来：

　　　　"来玩玩吧，玩玩嘛，我会好好服侍你的。人生何不及时行乐！"

　　　　也许是幻听。一切都在朦胧中。只有那声音有种奇妙的真实感。关于乌鸦天狗①的记忆。

　　　　四下里打量一下。小石子路的路面被大雾浸湿，商店橱窗里的灯光渗透在水洼里。前不久陪刚从日本来的年轻教授来过这一带，那以后再没来过。楼房二层以上是住家，从一扇扇窗户里透出依稀的灯光，但看不清整栋楼。可以看到有扇窗户里的人家烧着壁炉，女主人在织毛衣，狗趴在一边，小孩在看图画书。无聊的场景。我能走进那里去吗？并非被排斥在外，但不想走进去。

　　　　感觉好像是走进了一个洞穴。商店的铁门前站着一个穿毛皮大衣的老妇人。刚才那个女人的声音很年轻。有只老鼠从男人脚下穿过消失在小巷深处，在那之前，它立起身看了男人一眼。老鼠大概是在恶作剧吧。乌鸦天狗的记忆再次浮现。是个美女。站在这里也没有属于我的洞穴。在日本更没有……

---

① 嘴像乌鸦的高鼻鬼怪。

刚发现这本日记时我就注意到这篇文章。一边读一边被一种奇妙的感觉所笼罩。那个教训我不该因为斜视的毛病自卑，给我介绍女朋友甚至带我去嫖娼的庄田邦夫居然会因孤独而迷惘。

我知道那一阵子庄田已经不想回日本了，他把毕业时间推迟了一年。朱丽叶的存在并不是决定性因素。但就在那个时候，他接到了父亲病故的通知。是父亲的死让他不得不回日本呢，还是使他终于能回了呢？那个乌鸦天狗到底是什么东西的比喻呢？从措辞来看，这篇文章应该不是在波士顿时写的，而是多年以后回忆起来写了穿插在日记里的。文章里的"男人"就是庄田自己，我看到了庄田不为人知的一面。

这些新发现是使庄田邦夫的形象更清晰了呢，还是更支离破碎了呢？至少，在这个过程中，我了解到了一些过去从不知道的事情，其中包括楠家长子喜一郎的自杀以及他妻子治子的形象。在看到庄田留下的资料之前，这两个人的存在对我来说无异于零。下面是夹杂在日记里的一部分笔记的内容：

　　那天，这家的主人带着儿子去东京了。也许是去陆军部，要不就是因为采购原料需去农商务部打个招呼吧。到了晚上刮起了大风却很暖和。小男孩在自己的房间正准备睡觉，S走了进来。她住在偏楼，今天在主楼睡，说明伯母大概也不在家。

　　"一个人睡很孤单吧？姐姐来陪你睡。"

　　S掀开被子钻了进来。年轻女人好闻的气味裹住他，他睡意顿消。她的手伸了过来，在他的大腿间摩挲。

　　"你怎么了，这么硬邦邦的？"

　　说完，她像是要仔细检查一样掀开被子脱掉了他的睡衣。

　　"小球球两个都在，这里也很正常。"

　　她将男孩小小的阴囊托在掌心里爱抚，手指开始揉搓阴茎的表皮。一种从未体验过的快感和不知会发生什么事的恐怖让男孩浑身紧张，但却动弹不得，只能任由摆布。由于过于害臊他想动一动，便扭动了一下身体，

"别动。放松。"

女人一边说一边伏在男孩身上：

"等会儿。我会给你擦得干干净净的。"

说完，她快步走出房间，片刻之后回来，手里藏了一块湿湿的脱脂棉。男孩阴茎勃起，感觉好像不是自己身体的一部分。女人开始擦拭男孩第一次露出的龟头。棉花上大概有酒精，有一种凉飕飕的、痛痛的、和刚才完全不同的快感。他忍不住要叫出声来，只好把脸埋在枕头里。一阵痉挛，但他似乎还没到能射精的年龄。

女人把脸凑过来，她的嘴唇仿佛是食虫花的花瓣一样包裹住了男孩的龟头，动了起来，男孩仿佛做梦一样，他看见女人那闪烁着一种诡异光芒的瞳仁在一点点地润湿，她的舌尖在轻轻地蠕动。第二次、第三次痉挛袭击了男孩。

"小××，你也很快就会是一个男人了。"

女人小声说，她的眼里掠过一道阴影，分不清是悲哀还是怨恨。她再次把脸凑过来，含住了男孩的阴茎，嘴里的唾液很温暖。

"我是不是变得不正常了？"

过了一会儿，男孩战战兢兢地小声问道。女人含住他不动，只是轻轻地摇了摇头表示否定。终于，高潮慢慢过去了。

女人叹了口气，仰起脸说：

"没关系，这是很正常很正常的事。不过可得保密哦。"

说完帮他重新穿好睡衣，摸了摸他的头走了出去。

小插曲就到此结束了。从描写的情景来看，应该是邦夫上小学在楠元太郎家里寄宿时的事情。性行为对小学生来说有些过早了，但也许每个人的情况都不一样。S可能是随便起的名字，也可以解释为sister的缩写或是治子—春子—spring①的联想。如果说那天晚上的经历影响到后来他与治子之间的关系，那么也许可以

---

① 日语中治子和春子发音相同。

说从那时开始庄田邦夫就在自己的人生旅途上放下了一步步命运的棋子。

不久以后，母亲梅只身从伦敦回国，邦夫的伦敦之行也不了了之，大概也是因为世界大战即将爆发的缘故吧。三年后梅与邦夫疏散到和歌山新宫市附近的一个山区，因为庄田启介每天都要去和歌山的工厂。邦夫已经上中学，要不是因为他每天面对的是大海和森林，生活在美丽的大自然中，和S那晚的经历也许更将纠缠他折磨他。他已经到了只要做梦梦到那晚的情景肯定会遗精的年龄。

那时村里青少年防卫队经常组织大家一起进行竹枪训练，挖地下道准备迎击登陆的敌人，然而对邦夫来说，那些都只是既不现实又无意义的活动。他之所以会这么想，一方面是受父亲的影响，因为父亲总是对他说：

"日本肯定会战败。"

而另一方面，是因为他总觉得自己和村里的孩子们不一样，已经是大人了。那是一种有点骄傲又有些心虚的感觉。让他产生这种感觉的重要原因之一便是那晚和S发生的事情。

父亲启介几乎一直待在工厂里。邦夫长大后偶尔会回忆起和母亲两人在新宫生活的将近三年的时光，而那竟是他对母亲最鲜活的记忆。那时候母子两人心里都明白，战争不知道什么时候就会降临在他们中间、拆散他们。新宫那个地方靠近太平洋，正因如此战争与死亡似乎更显得近在咫尺。

"当死亡如同现实一样摆在面前时，我的心得到彻底的自由。"

邦夫在失踪前这样写道。

庄田一家从真琴市搬到东京，很快又搬来新宫，可以说那是庄田启介所做的正确判断。早在日本和英美开战之前，他就对日本无止境的扩张政策感到了不安。

当然，他没让儿子邦夫去伦敦不仅是因为战争，还因为他和梅之间发生了一些事情。邦夫虽然还小，也隐隐约约地察觉到了一些。

那时候，日军在瓜达卡纳尔岛被打败，阿图岛的守备队也全军覆没，虽然东京还没有遭到大规模的空袭，但庄田启介似乎已经预测到会发生什么，他把梅和邦夫送到新宫，自己则申请去商社的下属分公司去工作，那是位于和歌山市附近的一家造纸公司。战争末期以及战后几年，他们和楠家失去了联系。

搬到新宫之后，母亲和邦夫之间产生了一种过去从未有过的心灵默契。这似乎挺让人不可思议的，但读了邦夫的笔记就能明白了。

战争即将结束时，邦夫染上了当时的流行病风疹。风疹本是幼儿得的病，邦夫那时已经上中学了，但感染后病情反而更为严重。而且他因为怕别人说他是疏散来的就瞧不起他，硬挺着参加了军训演习，造成支气管炎炎症加重。也许是因为身体的衰弱，病中邦夫的意识飘回到了幼年时代。而母亲梅就像是在回应他似的，全心全意照顾他。幸好父亲启介的一个远房亲戚野野宫一家就住在附近，经常帮助这对母子，才使二人的一日三餐得到了保证。梅仿佛觉得这是她展现母爱的最佳时机，她尽心尽力，把邦夫照顾得一丝不苟。她总挂在嘴边的一句话是：

"人啊，不管多难也一定要活下去。"

还有一句是：

"得忍哪。"

邦夫发着高烧，烧得昏昏沉沉的，眼前时常浮现出他小时候见过的、盘旋在高高的巴别塔周围长着翅膀的天使。天使的画在西洋的图画书里有。

邦夫刚得病的时候，梅没怎么管他，任由他的病情一天天加重。但当她知道邦夫的病情很严重很危险时态度一下子变了。她的表情紧张严肃，动作却很敏捷，之前那种总像是在想些什么的迷迷糊糊的神情完全消失了。远房亲戚的孩子送东西来或是帮忙联系医生的时候，她称呼他的声音都不一样了，响亮而有力。她每天几乎不怎么吃东西，就好像只有折磨自己儿子才能康复一样。

这事过了一年以后，有一年初春，邦夫在山里迷路了。他去挖蕨菜结果越走越远，等他发现打算往回走时，身体突然悬空了。醒过来时，发现自己身处一个从未见过的漆黑的森林中。

后来又过了几年邦夫被美国的大学录取，临行前他去楠家告别，那时候楠家已经搬到东京，而治子还住在楠家。

楠元太郎给了他一笔数目不小的"饯别"①，对他说：

"早点回来，注意别得病。"

邦夫道了谢，退出房间，正在穿鞋的时候，听到一个声音：

---

① 给出远门的人送行时赠送的钱或物。

　　"邦夫，等等。你到院子里来一下。"

　　是治子。邦夫顿时觉得心跳加速了。治子好像是跟楠元太郎夫妻住在一栋楼里。

　　楠家在东京的住宅是仿照从前在真琴时的住所格局建造的，除了没有再建偏楼和游泳池以外，院子西南角的假山和假山下的池子，屋顶四角上驱邪用的"鬼瓦"等都和在真琴时一模一样，邦夫不禁很感慨。院子东侧有一片很大的花坛，里面盛开着郁金香和三色堇，靠近厨房的一角是一块菜地。女主人郁大概一直保持着在真琴时自己种菜的习惯吧。池畔看过去有些逆光，治子身穿一件白色起毛的兔羊毛毛衣站在那里，那一瞬间她看起来像个精灵。

　　"恭喜你了。"

　　治子歪了歪头，微笑着说。

　　"你以后肯定会有出息。这个给你，你就把它当成我吧。"

　　她给邦夫的是一个带有一个般若面具的钥匙链。

　　不久后，邦夫出发去了波士顿。父亲启介每年都会有一两次到纽约出差的机会，有时他也会来波士顿，但更多的时候都是把邦夫叫到纽约去。他们去商社招待客户的餐厅吃饭，喝着法国葡萄酒，吃着鹅肝和上等的牛排，那都是邦夫平日里吃不到的。在邦夫的邀请下，我也跟他们父子一起吃过几次饭。启介大概觉得儿子已经上大学，要像大人那样对待他，从他问邦夫的方式就可以看出这一点：

　　"最近学业方面怎么样了？"

　　邦夫也跟父亲谈些从日本来的交换教授呀，正在研究的凯因斯理论的背景呀等等不痛不痒的话题。郁伯母去世的消息就是这时从父亲口中得知的。

　　"那个女人一辈子服侍楠元太郎，是个好女人，明治年间出生的女人就是不一样啊。"

　　启介对儿子说，发出了少有的感慨。

　　大正初期，楠元太郎获得为军队供应硬面包的权利，由此站稳了脚跟。第一次世界大战结束后他顺应西化潮流，开发出香蕉面包、橙子面包等果味面包。后来日本军国主义势力抬头，他根据创业初期日俄战争期间的经验，发明了添加中草药的健康面包。日本战败后，他又开始大力主张要在日本普及欧美国家的饮食，以增强国民体质，找回自信。就这样，楠元太郎勇往直前奋斗至今，连妻子的死也没能够影响他。他的经营方针就是要顺应时代潮流，而他在这方面也表现出极为突出的才干，不过庄田启介似乎并不看好他，他对儿子评价道：

"只能说是上个年代的商人吧。"

"那以后谁来照顾他的日常起居呢？"

邦夫问道。

"谁知道呢？难道是治子不成？"

启介回答时眼神有点不太自然，似乎是在揣摩儿子问这个问题的言外之意。

邦夫一向不喜欢父亲的这种眼神。冷酷、理性的背后掩藏着内心的懦弱。每次看到父亲的这种眼神，他都会想到自己和父亲是完全不同的两种人。邦夫心想，七十多岁丧偶的楠元太郎如果没有治子照顾怎么生活呢？想到这儿，他有点心痛。启介放下了手中的叉子注视着儿子，仿佛想看透他的内心，过了一会儿，吐出一句：

"那可不是一个按常理办事的人啊。"

说完便结束了这个话题。

当楠元太郎跟邦夫说"把伸子嫁给你"的时候，邦夫想起了那天和父亲的对话以及父亲的眼神。父亲的那种眼神让他觉得他不是在看人，而只是在观察一个物体。父亲用那种眼神盯着他问道：

"你是不是想走一条自己都不知道的路？"

邦夫面无表情，嘴里嘟囔了一句：

"聪明人懂得躲避灾害。"

楠家的确有一些阴暗且不为人知的过去，喜一郎的自杀揭开了一角，从中走出的正是那个拉着平板车的楠元太郎。邦夫脑海里每次浮现出还是走街串巷的小贩模样的楠元太郎时，总会联想到古代凯尔特人的族长，凯尔特人没有留下文字，他们弹着竖琴，散布在欧洲大陆的四面八方。

邦夫被楠元太郎说服，答应娶他的独生女儿，当然不是因为他听到了和岳父一样的凯尔特族长的竖琴旋律，但他对跟楠元太郎一起共事并没有丝毫的犹豫。

开始写庄田邦夫的传记以后常常困扰我的就是这类逻辑性矛盾。当我追寻他作为一名经营者的足迹时，我发现他总是徜徉在一个危险游戏的边缘，而且似乎并没有意识到那会危及到自己的性命。这难道能说是一个现代理性主义者应有的态度吗？我解读他留下的资料并试图想整理成为一篇合理的有说服力的传记作品，那是一个艰难的过程，我感到我作为一名经营学学者的素质受到了严峻的考验。

我跟邦夫重新恢复往来是在我那次去参加时流研究会之后。半年后，我在报纸上看到一篇报道，介绍说他要在原总公司工厂所在地建一座高达二百多米的纺锤形的塔。对此，真琴市有人发起了反对运动。邦夫开始想得很简单，以为是他的计划规模太大才会让当地居民感到不安，他想只要跟大家好好解释解释就没事了。然而后来他才知道反对运动并不像他想的那么简单。

事情发生时，我已经跟他恢复了往来，这一点我感到很幸运。因为我这个经营学者终于有个机会可以做"临床试验"了。科学的对象是人，但科学却是无情的，对这一点我感到很郁闷，同时庆幸自己亲身经历了那场混乱。

是一封恐吓信让邦夫认识到了事情的严重性。

你如果执意要建那个亵渎我们伟大而善良的领导人——楠元太郎的建筑物，我们就把它炸了。不仅如此，为了消灭邪恶的灵魂，我们还会给贵公司以致命的打击。事先通知你是出于慈悲。你如果有改悔之意，在20号读卖新闻的晚报上登一则"明白了，楠元太郎"的广告，我们会再跟你联系。你如果通知警察，使自己的行为合法化，我们就立即采取行动……

邦夫把恐吓信给我看，我吃了一惊。

"我当然通知了警察。不过直接报案的话会泄漏给媒体，我只是跟一个局里的朋友说了这事儿。"

"他怎么说？"

"他说除非对方勒索钱财或者真的采取什么爆炸行动，否则警察也束手无策。

广告也登了，但对方并没跟我联系。"

庄田还告诉我，楠元太郎刚死的时候，有个自称是他儿子的人要求分遗产，他调查了一下，却没有查出楠元太郎还有个儿子。后来才得知他在波士顿留学期间，治子回到了滋贺县娘家，那人好像是治子身边的人。据说曾经做过冰棍儿、日式点心等小生意，但都失败了，最终也没能做成一桩事。一时间风传他是治子生的，尽管从年龄上来看不太可能，小报杂志还是拿这件事大做文章，楠食品为了应付媒体伤透了脑筋。

不知是不是治子出面阻止，那个人最终没有在邦夫面前露面，时间久了也就被遗忘了。想来想去，对方如果不是出于怨恨，也没有利害关系，那么只可能是唯恐天下不乱的闹事者或者是爆破狂，但目前只能静观事态的发展。

"说不定是个精神分裂者。"

我安慰邦夫，说完后才想到邦夫没准儿也对他公司负责这件事的总务部长说过同样的话。

庄田没有告诉我警察局里谁在暗中帮他，也没有告诉他公司里的人。这种时候他显得非常冷静，走的每一步都是有条有理的。当一个企业面临不测之灾时，企业的命运取决于领导者是否能够妥善处理、能够将受害程度控制到最小，乃至是否能够将不幸化为振奋人心鼓舞士气的机会。我脑海里不禁浮现出经营史上几出有名的灾难和事件。庄田告诉我这件事说明他信任我，不过也许他只是又恢复了年轻时的习惯，那时候他对我的态度像是对自己的老婆一样。

我认为一般来说独裁者都有很强的猜疑心，楠元太郎也不例外。不少有能力的干部因为有能力而被他排挤出了公司。他似乎认定有能力的人一定也有野心。人们都说楠食品没有人才，因为人才都被排挤走了。一定有很多人对他怀恨在心。楠元太郎去世十年之后的今天，庄田收到这封恐吓信，一定让他回忆起了当初那些含泪离开公司的干部们。

恐吓信与反对运动到底有没有关联，是否只是一个巧合呢？庄田很想搞清这一点。

"关键是查清反对运动的组织和底细。

"要查清敌人先得查清楠食品的历史。这个倒是好办，因为打算建一个创业纪念馆，有关资料都已经搜集齐全。但是有没有查清对方底细的办法呢？这在经营学上应该是叫危机管理吧？"

他说得很对。我想这大概是邦夫第一次对我在专业领域的能力给予了肯定。对此我并不反感。只是，专业领域的知识和研究学问的方法不见得马上能派上实际用场。不过，我在一家大广告公司担任兼职顾问，找到公司的一位董事跟他说了这件事之后，他觉得如果能帮助楠食品渡过这个难关，那么就很有可能拿下今后的广告，要知道，迄今为止他们的一家竞争对手垄断了楠食品所有的广告。于是，他很痛快地答应帮我调查这件事。

关于真琴市民对建造巨大建筑物的看法、印象、对楠食品公司的信任程度等一般性调查比较容易，很快就做好了。但是，关于反对运动领导人的底细、思想倾向、组织等调查则似乎比较棘手，广告公司最后给我的答复是：有一个叫朝仓喜久雄的右翼分子主管的昭和经营史研究所比较擅长这类调查，现在是一个纯粹的研究所，广告公司有时也请他们帮助调查。

我打算把了解到的情况如实告诉邦夫，不附加自己的意见。

他约我在一家美国饭店顶层的会员制俱乐部见面，俱乐部旁边是高级公寓。庄田大步流星地走了进来，他总是那么朝气蓬勃。窗外新宿繁华街区的霓虹灯宛若海上各种颜色的渔火一样令人目眩。

庄田注视着远方，感叹道：

"这样的风景也不错嘛。

"我房间的窗户正对着明治神宫的森林，晚上看出去就好像是一个大大的黑洞，阴森森的。"

"有这种感觉是不是因为在美国生活久了的关系？"

"不知道。有时候我自己在办公室待到很晚，等注意到时已经是夜里了。周围静悄悄的，只有传真进来时才有点声音，但只要听到传真的声音我就会觉得很踏实。"

我想问他："你不寂寞吗？"我的意思是，也没有成个家。但我最终没问出口，如果我问了他，我想他肯定会带着几分戏弄的口气说：

"你呀，和波士顿那会儿一点没变。"

"白天看窗外的时候，会觉得那一栋栋的小房子都像是端坐在三合土上正鞠着躬的样子。"

他并不介意我的反应，用他惯有的口气继续说道：

"俗话说，狗急了也会跳墙。再谦恭礼让的人受人欺负也会以牙还牙。所以做人啊，就算你心里很看不起对方也绝不能表现出来，特别是作为一名企业经营者。我在反省自己是否有过看不起那个私生子的言行。"

"……"

"很久以前有个人自称是楠元太郎的私生子。对他我并没有任何负疚感。我一直觉得没有是理所当然的。但是现在我开始觉得有时候不知道对方的存在也许就是对对方的一种侮辱。"

说到这儿，庄田停了下来，他举起手里的酒杯对准眼前悬挂着的壁灯的光，像是在确认酒杯里酒的颜色，然后喝了一大口。

"对那个私生子来说，我的存在是不能忍受的。那大概已经不是能用理性来控制的了。对他来说，楠食品的经营业绩根本无关紧要，反正是个无关的外人在经营，经营得好坏他并不关心。但是如果经营业绩会成为我的功劳，证明我的能力的话，那就得想法破坏了。"

这几年楠食品的业绩的确年年增长，它的发展战略让同行公司敬畏三分。如果说嫉妒是无法阻止的，那么可以料想到今后它一定还会遭到来历不明的攻击。（不过，庄田的这番话多多少少带点炫耀色彩，但我并没有深究。）

"你看窗外的灯光，像无数的萤火虫一样闪闪发光。"

庄田一口气喝干了杯里的酒。

"灯光后面可能是幸福团聚的家人，也可能是正在数钱的小商贩，嫉妒的种子说不定就在那里萌生。有的企业家可能会尽力去打压，就像政治家一样。也有的人会巧妙地绕道而行。"

我一边听一边想："这个独裁者开始说心里话了。"

"那庄田你会怎么做呢？"

我装作很不经意地问他，尽可能不带批评的口吻。

"这个问题应该是由经营学家来回答吧，我可回答不了。"

　　庄田微微一笑，看了我一眼。人们都说他越来越像岳父楠元太郎，但他长相酷似母亲梅，眼睛要比楠元太郎大得多。那双眼睛正带着一丝淘气看着我，我不禁心软了。然而正是这双眼睛是他的员工们最怕他的地方，说他连微笑时眼睛也在冷漠地观察你。我猜庄田最有魅力的一刻，应该不是像现在这样和朋友在一起，而是发现敌人之后挺身而上的那一刻。

　　庄田在同人杂志《KIGEN》的俳句专刊上写过一篇文章，介绍爱尔兰诗人叶芝因为对日本的俳句和谣曲很感兴趣，写了一部叫《鹰之井畔》的戏剧。这多半是他留学期间从朱丽叶那里听说的吧。我试图想象他写那篇文章时房间里的情景，但我发现我好像完全想象不出。他是个企业家，书架应该不会是整整齐齐的吧。书架上肯定有很多工作所需的食品行业方面的书，而且一半以上都是英文版。庄田画画得很好，墙上如果挂着画的话，那一定是抽象画。记得在理惠经营的阳光庄画廊见到他时，他说他常去那儿看抽象画展。他听的音乐应该是爵士乐。学生时代，我从他那儿知道了史坦·盖兹、贝西伯爵、奥斯卡·皮特森、迈尔斯·戴维斯等名字。这些年，说不定还混杂了一些巴洛克风格。可是，虽然我能够列出他房间的一些具体元素，但却没有一个整体印象。而且从他的房间也完全推想不出他脑子里日渐成熟的经营计划以及看不见塔尖的巨塔的建筑计划等，这让我感到有些不舒服。

　　庄田推行的多元化战略是要将公司发展成为一个综合性食品企业，这对传统的零食、熟食以及日常食品业来说都是一个很大的威胁，也难怪有人会指责楠食品搅乱了行业秩序。然而，消费者团体却站到了庄田一边，因为楠食品使用的高效率的新设备可以将豆腐、咖喱粉等日常食品的销售价格降低到市价的七成。

　　庄田通过各种手段：说服、收买、挖墙脚，甚至巧妙利用反对派政治家的力量，终于达到了自己的目的。他的手腕、做法让人想起楠元太郎，但我却无法和深夜里独自欣赏现代爵士乐的那个庄田邦夫联系在一起。也许二者浑然一体，也许正好相反。总之，不可否认的是，庄田这人就是一个各种矛盾元素的综合体。

　　庄田结婚时，跟着伸子一起嫁过来的保姆三田绫，在伸子死后也继续照顾着庄田的饮食起居。和大多数企业家一样，庄田在家只吃一顿早饭，出门之后就到晚上回家睡觉了，在家的时间很短。日本不像欧美有很多生意场上的聚会需要夫妻一起参加，在东京一个人生活并没有什么不便。

庄田日记里时而出现一些像谜一样的语句，一些警句箴言般的记述，也许需要通过他儿时的某些经历和家庭环境去解读，仅从日记里无法进行推测。要是还有其他更具体的资料的话情形可能会不同，但目前手头这些资料让我这个经营学学者感到束手无策，或许应该请心理学家或精神分析医生来解读。我在整理资料进行分类时将这些资料都放进了"?"类。

开始读庄田的日记后我发现，他行为处事大度豁达，在日记里却从不触及自己的内心。唯一的例外是建造巨塔的反对运动开始以后直到他失踪（很有可能是死亡）之前的很短一段时间。

庄田作为一名企业家取得了很大的成绩，但他在更换社长等重要人事问题上却表现得很幼稚。我看这多半源于他的封闭性格，这种性格往往给人很冷漠的印象。

庄田邦夫就任公司会长①之后，从公司干部中选拔出了新的社长②人选，但一名老干部对他说：

"我只愿意为楠姓或跟楠家有血缘关系的人服务。"

庄田很为难，他在日记里写道，当时他觉得仿佛是自己受到了指责，因为他没有孩子。

"要说血缘关系，我也只是远亲而已。母亲跟楠家夫人是姐妹，并没有直接的血缘关系。"

庄田话中有点挖苦的意味。老干部很惊讶，分辩道：

"没有的事。您是上一代社长亲自任命的，在您手下干活就像从前在老社长手下干一样。而且您最近无论是长相还是声音都越来越像老社长了。"

最后还恳求道：

---

① 董事长。
② 总经理。

"您可别不管我们这些老家伙啊。"

庄田邦夫不得不承认，虽然他在当社长的十五年，特别是楠元太郎死后的十年中，一直主张和推行现代化，但现在看来现代化只是在技术和设备层面上的，这些人的内心想法还是一成不变。

现代化的失败。现代化对日本企业来说到底意味着什么呢？……

他这样写道。读到这儿的时候，我不禁心中暗喜，我这本小说《庄田邦夫》的主题已经由它的主人公自己提示出来了。

我很疑惑，对手下员工也就罢了，庄田难道对理惠、对去世的妻子伸子、对自己身边亲近的人也从未打开过心扉吗？

想到这儿，我后悔自己受邀参加时流研究会时没能融入到那个沙龙的氛围里。庄田在那儿跟原激进分子那珂崎等人倒是谈笑风生，庄田和那珂崎都跟理惠很熟，而我当时却跟老前辈高濑汲吉谈得比较投机。突然间，我发现跟庄田最亲近的人不是死了，就是下落不明，我有些震惊，挪不动步了。

说起来其实庄田有几次也曾经向我流露过内心的想法。在新宿酒店的顶层看夜景时就是那样。记得他征求了我对反对运动的意见之后，跟我闲聊时说：

"我每天回到家里听着单簧管、鼓点的声音时，就会觉得白天在公司里度过的时间是那么的抽象和枯燥。现在在这里我也有这种感觉。"

他又接着说：

"大概跟拳击手走下拳击台的心情一样吧。你也知道，我并不讨厌枯燥的感觉。"

我很遗憾那天晚上没有问他和安部理惠的关系。我跟他恢复往来之后一直想问他这件事。但我怕一旦问出口，他好不容易向我敞开的心扉又会重新紧闭。

楠元太郎在选女婿的时候，先让公司的干部们跟庄田见面，在得到他们的同意之后才正式决定把独生女儿嫁给他。这种方式可以说既是楠元太郎对邦夫的关爱和重视，也是他对公司干部们的关爱和重视。庄田是不是因为这一点，加上考虑到自己在楠食品的立场，所以决定不再结婚了呢？但从他和理惠的关系来看，是不是他想等巨塔建成之后再公开两人的关系呢?

两种可能性都有，但似乎又都不正确。他的脑子里也许压根就没有再婚的概念。但既然要写他的传记，这件事还必须得搞清楚。

庄田晚期的日记里频频出现关于理惠的记述。

在阳光庄画廊认识那珂崎时实不久之后的一天，庄田向理惠问起他剃光头的原因。

理惠解释说:

"你知道很久以前曾经发生过学生激进分子动用私刑整死好几个人的事吧?

"那件事之前，那珂崎就跟他们发生了激烈的冲突，他宣称要走'自己的路'，于是离开了他们的战线。据他本人说，不是掉队了，而是他摈弃了他们。几年后，他们内部动用私刑使十六人致死的事件大白天下，头头也被捕了。从那时起，猫就开始大把大把地掉发，大概就是所谓的圆形脱毛症吧，不过他绝对不承认跟那件事有关。他自己说是剃光了，不过我知道是因为开始秃了他才剃的。"

接着，她又说:

"我有一个同父异母的弟弟，跟他一般大，他们俩是同学。"

那天，理惠介绍了跟那珂崎的关系，顺便也跟邦夫讲起了她自己的身世。

理惠的养父是从前的诸侯、贵族，她那同父异母的弟弟和那珂崎在同一所贵族子弟中学上学，他们上初中时就是好朋友，常互相到对方家里去玩。上高中以后，理惠的弟弟开始热衷于阅读印度哲学、神秘主义的著作，而那珂崎则总是高谈阔论地大讲革命理论，两人在一起的时候，他总是面带微笑地听他讲。

"因为思想问题，再加上跟年长女性的恋爱纠纷，上大学那年弟弟死了。跳海自杀的，连尸体都没找到。"

从那时起，每当理惠看到那珂崎因为不满社会风气或周边事物，不切实际地一味反抗时，就会教训他说:

"别总那么孩子气。

"裸奔什么的最多也就高中生玩玩还可以。"

提到他从前参加斗争的事，她就像责备弟弟的姐姐一样。而那珂崎对理惠似

乎有种歉意，好像理惠弟弟的死是他造成的一样，理惠一说他，他好像马上就能
冷静下来。

读这一部分日记时，我耳边响起一个声音：

"为什么会生活在这样一个时代，对此没有丝毫疑问，却只是一味反抗，这
从理论上就说不通嘛。"

那是那珂崎的声音。我后来又参加过几次时流研究会，大概是某次散会后庄
田、理惠、他和我四个人一起聊天时他说过这样的话。听了那珂崎的话，庄田立
刻表示赞同。那珂崎跟庄田年龄差了一轮以上，但却很合得来。他这个人表面上
看起来反动得有些滑稽，但骨子里却是个很规矩的人，庄田似乎很欣赏他这一
点。那晚，那珂崎仿佛是得到了庄田的鼓励一般变得有些饶舌：

"没有敢死精神的反抗是自相矛盾的，但现在能认识到这一点的革命者已经
不存在了。"

他很感慨地说，脸上的表情很落寞。

"那不是你自己选择的路吗，小猫？你要知道，无政府主义者本来就是没有
同志的。"

那珂崎飞快地看了理惠一眼，脸上露出了温和的微笑。

"如今的无政府主义者们可是建立了许许多多的小共和国啊，看不见的隐形
共和国。"

我想起大学时代参加市场实习时广告公司调查部的部长给我们做的一个讲
座，于是插了一句：

"就好像歌星的演唱会上总有一些固定的热情歌迷，他们也算是一个小共同
体吧。"

那珂崎毫无兴趣地瞥了我一眼，接着说：

"现在我正在筹建的是一个活动体，你不能用老一套的右派、左派的标准去
衡量它。有机会请庄田先生看看。"

他一边说一边打量着我，我注意到他的外眼角外延，使他的眼睛看起来又细
又长。

我看看理惠，希望她能说些诸如"快别做那么无聊的事"之类的话。然而她

只是看着那珂崎，像是有些怀疑似的歪了歪头，什么也没说。

她的态度让我联想到默默关注儿子行为的母亲。理惠身上既有母性很强的一面，又有很孩子气很任性的一面，也许那正是她最大的魅力，使庄田为之吸引。然而庄田和理惠各自好像都有一块界定好的禁区，他们相互决不侵犯对方的禁区。也许这就是人们常说的"成年人的交往"，但我却无法理解，以至于要去咨询我的妻子。

我第二次从美国留学回国之后，没过几年就结婚了。岳父是我导师的朋友，也是同一所大学文学部的教授。结婚那年我刚评上副教授。因为有高度斜视，我的自卑心理一直很重。妻子菜穗子尽管是听从父母之言，但最终答应跟我结婚还是看重和相信我作为一名学者的潜力和未来，我从心底里感谢她。婚后我们生了两个孩子。

"虽说都是女人吧，但我也不敢说很了解啊。"

菜穗子正在厨房准备晚餐，她仰起脸来说：

"也许让人出乎意料的女人对男人来说很有魅力吧。觉得很可爱。不过这种女人多半不适合当平凡的家庭主妇。"

"会是那样吗？我倒是觉得在意料之中的女人才让人放心。"

我小心翼翼地说，很注意用词。虽说这个话题是我挑起的，但谈论这类话题时，往往会意外地遭到菜穗子的反驳。

"那是因为你是个学者，而且还是个经营学者。我爸爸也曾这么说过。"

菜穗子胸无城府地解释道，我心里踏实下来，就着话茬提议道：

"今年夏天去哪儿度假呢？我拿到了些版税，要不咱们去巴厘岛？"

我想象巴厘岛应该是一个阳光明媚的南洋岛屿。

"真的吗？太好了。孩子们也一起去吧？"

菜穗子停下正在切黄瓜的手，非常兴奋。

"当然。应该没问题吧。"

儿子已经上小学四年级了，女儿上二年级。与我四平八稳的日子相比，庄田的生活节奏里缺少的是一台稳定装置。我跟庄田重新恢复往来两年之后，理惠沉迷到了伊坂杨严隆信的世界里。

　　伊坂旧居早已荒凉不堪，楠食品公司出资将它修建成了博物馆，但我还没去过。庄田认识理惠后不久，就带她去了那里。那时，庄田脑子里已有修建巨塔和创业纪念馆的想法，去那儿大概也兼有调查资料的目的吧。馆长是从国立博物馆请来的，他陪庄田和理惠参观并为他们讲解伊坂杨严隆信的生平。从那以后，理惠便对伊坂杨严隆信很感兴趣并开始查阅相关资料。当时馆长为了吸引更多的人来参观，计划每三个月举办一次小型的展览，他大概觉得理惠是个能派上用场的不可多得的人才吧，游说理惠说："你要是当上我们这儿的客座馆员，就可以更方便地利用资料了。"理惠也被他说动心了，于是到博物馆和和歌山市小住的日子越来越多。我在阳光庄画廊见到庄田时，他甚至开玩笑说：

　　"最近理惠被伊坂杨严隆信夺走了。"

　　语气让我想起了学生时代朱丽叶从身边消失后的那个庄田。

　　如果要把庄田的事写成小说的话，那么就需要掌握他与理惠这次和歌山之行的第一手资料，这可以算得上他们的蜜月旅行了吧。我决定亲自去一趟伊坂杨严隆信博物馆。就在我努力找寻记忆的痕迹时，忽然注意到庄田好像从来就没想要带我们去那个博物馆。也许是我多心了，但博物馆是那个对慈善、捐赠从不感兴趣的楠元太郎花大价钱修建的，按理说完全可以作为一个很好的宣传材料，去证明楠食品从创业者那一代就已经有为社会作贡献的意识。而另一方面，庄田在同理惠深交之后首先带她去的就是那里，也正说明那个博物馆里有什么他只想让理惠知道的东西。

　　就在我时而想起这件事并抱有一些疑问时，一天，秋山享夹着一卷旧地图出现在我大学研究室里。在这段时间里，我已经写完了庄田传记的第一章，秋山把我的稿件装进他带来的布包后，在桌子上摊开了两张地图。

　　"你看这张地图上的这个岛，它位于一个扁三角形的顶点，三角形的底边就是这条连接长崎县和冲绳本岛的线。"

　　他一边说一边用手指着东海里的一点。看起来是个挺大的岛，地图上写着冲之波美岛这几个字。

　　秋山又拿出另一张地图：

"这是同一个海域的最新的地图。"

在这张图上，冲之波美岛消失了。

"这张怎么没有呢？是不是印错了？"

秋山不语。我们双目对视，他到底想说什么，我完全不明白。过了一会儿，他才开始说：

"这张旧的是明治中期的地图。但是今天最新的地图上，不管你看哪张都找不到冲之波美岛。应该不是印错了。"

听他这么一说，我又重新比较了一下两张地图。除了冲之波美岛以外，两张图完全一样。从海域性质来考虑，曾经出现过的珊瑚礁沉没到海里，或是一段时期隆起的岛屿因地壳变动而下沉，这些都是可能发生的。听了我的话，秋山说：

"从这个岛的面积，以及地图上显示的同一等高线上还有两座山等因素来推断，珊瑚礁或是岛屿下沉的这两种说法都不成立。"

"那是不是现在也还实际存在着，只是因为某种原因不能印到地图上呢。听说战争期间，濑户内海上生产有毒气体的岛屿就被军部下令从地图上抹去了，因为是军事机密。不过，就算现在有机密，那也是美军的机密了。"

秋山又否定了我的说法：

"开始我也是这么想的。可是如今这个时代，探测卫星拍的照片，连操场上有几个中学生在做体操都能数得清。如果有意抹去的话，反而像是在公开宣布有军事机密一样。"

他说得那么肯定，我开始感到隐隐的不安。

"那你说这张地图跟我们到底有什么关系？"

我忍不住问。秋山把手一抬，那样子好像在说"你先别急"。

"请先听我详细说明一下。"

说完他吸了口气，这才开始说：

"最近，哦，准确地说是十年以前，长崎一座旧宅的仓库里，发现了很多关于冲之波美岛的资料。从那些资料来看，这个岛的历史非常久远。壹岐、对马这两个岛过去是日本和朝鲜半岛交流的中间站，这个岛也是这样。中国，主要是江苏和浙江两省和琉球王朝以及九州部族都在这里进行贸易，起到一个贸易中转站的作用。因为海流的关系，据说台湾以及南洋国家的船也曾到过这里，正因为这样，岛上的现代文明很发达，据记载还曾经修筑过一些城郭。"

我听得津津有味，可就算是这样，那又怎么样呢？我想象不出他下面还会说些什么，于是目不转睛地盯着他。

"再来说楠元太郎吧，关于他的身世，为了找到缺失的资料，我询问过很多市町村，但回答千篇一律，全都是：

　　　　我们这里没有你要找的这个人的资料……

"这件事简直令人难以想象。今天的楠食品已经扬名于全世界，而它的创业者却连户籍都搞不清楚。

"不过很多文献上都提到他的原户籍所在地是滋贺县。"

一种莫名的不安涌上心头，我想要摆脱这种不安，宁愿相信楠元太郎的出生地真的是滋贺县。滋贺县出了很多有名的商人，在日本的经营思想史上占有重要的一席之地。

"没错。他本人也常谈起参拜多贺神社、参加琵琶湖远泳比赛的事，强调自己的出生地是滋贺县。他的原户口所在地是一个村子，但整个村子现在都已经沉没到人工湖底了，前不久这事还曾经是个热门话题呢。楠元太郎在《我的前半生》中提到的老家正是这个村子，村民们全都已经被迫搬迁到其他地方了。"

听了这番话，我想起学生时代邦夫给我看过的一张照片。那是治子的照片，背景是楠元太郎在真琴市的住宅。那房子屋顶的形状很独特，四角向上高高翘起，庄田说脊檩的颜色也完全不是日本风格，刷了蓝色和红色的颜料。庄田还说，治子告诉他说"这种形状和颜色的房子、砖瓦是外来民族传到日本的，在滋贺县有很多"。

那张照片现在清晰地浮现在我脑海里，我跟秋山说了这事。

"说不定什么时候也需要考证一下，关键要看跟这个消失的岛屿到底有多大关系。"

我想起什么时候听他说起他大学上的是文学部，读过不少历史古文书。

"真是奇怪啊!"

秋山两手抱在胸前:

"滋贺县的外来民族大部分是百济、新罗还有高丽人。中国人好像也有,但很少。"

突然,他提高嗓门大声说:

"雨尾,我明白了,明白了!"

嗓门很大,吓了我一跳。

"一定是楠元太郎不想让人知道他的先祖是来自南方的外来民族。为此他必须得声明自己的老家是在滋贺县,因为滋贺县的外来民族来自北方。他尽可能不让别人知道自己是外来民族,即使万一有人知道,也让人以为是来自北方,这样就可以隐瞒他来自南方的身世。我猜他如此费尽心机一定是有什么原因。"

秋山似乎对自己的推测很有自信。而我还是理不清脉络,于是又问了一句:

"长崎县的资料你看了吗?"

"还没有。我查楠元太郎的出生地时,找到一个人,他父亲也是从那个沉没的村子搬到真琴市的农民,他本人也已经快八十岁了。他告诉我们出版社的同事说他父亲曾提到过楠元太郎是长崎人。"

"那么这两条线是否就连到一起了呢?"

"现在当然还不能说肯定能连到一起。一切都建立在大胆的假设之上。"

"我们来整理一下思路吧。"

我拿出笔记本开始往上写:

一、写庄田邦夫的传记一定要搞清楚他的岳父楠元太郎的身世。

二、楠元太郎的出生地不明。一般流传的原籍所在地是滋贺的说法是后来才有的,而且说他生在滋贺这种说法也很可疑。现在得到线索知道他是从长崎移居过来的。

三、有一个叫冲之波美的岛屿,从地图上消失了。大约十年前,在长崎一座旧宅的仓库里发现了有关该岛的资料。

秋山凑在旁边看着我写，补充道：

> 长崎的旧宅其实是楠元太郎曾经寄居过的房子。长崎县当时为了寻找因原子弹爆炸而下落不明的县民曾向全国各地提供过查询资料，资料里有楠元太郎的名字。很奇怪吧？他常说自己生在滋贺县，我总觉得有点过分强调的感觉。为什么呢？

说到这儿，秋山停住了。他大概想平静一下，这些发现、怀疑以及由此带来的兴奋让他心潮澎湃。

我心想，重要的证言终于出现了，但同时又意识到，目前还不能证明楠元太郎确实在长崎旧宅寄居过，至少秋山的话里没有确凿的证据。

"如果说长崎县提供的查询资料有他的名字，那就说明在居民登记册上，而且还是长崎市的居民登记册上曾经有楠元太郎这个名字。"

秋山嘴里一直嘟囔着"为什么呢"，然后又陷入了沉思。

我开始计划下一步应该做的事情：调查登记册上的是不是同名同姓的楠元太郎；请历史专业的教授帮助解读长崎旧宅的老资料，查清是否跟楠元太郎有关。我觉得自己仿佛是在查一名嫌疑犯，心里有点过意不去。可是如果证明这一发现是事实的话，会对楠食品以及邦夫产生什么样的影响呢？我得停下来好好想想。反正执笔的人是我，进度可以掌控。

"看来楠元太郎的出生背后藏着一个天大的秘密。"

我尽量不表现得很激动，淡淡地说。有的秘密其实最好不要揭开。揭开秘密有时会危及到作者。我可不想被卷入危险之中。

但要写庄田邦夫传的话，我又不能对挡在面前的这个秘密视若无睹，随便乱写。正当我左思右想的时候，秋山又补充了一个新情况，他先声明是读了长崎旧宅资料的历史学者告诉他的。据说，冲之波美岛是药草和香料的产地，而发现资料的那家长崎旧宅正是祖祖辈辈经营药材的批发商。

"我来做一个大胆的推测，楠元太郎正是通过药材交易的途径，从冲之波美岛偷渡到长崎的。"

说完，他又加了一句：

"是不是有点太玄乎了。"

那天，我跟秋山就今后怎么办谈了很久。谈到一半，我们换了个地方，请秋山出版社的工作组副组长和管出版的董事也来一起讨论。出版社考虑到如果推测是事实的话，将成为一大新闻，影响范围非常广，于是扩大工作组的规模成立了一个秘密调查部，要求调查部将调查结果逐一向我汇报。而我这边，进一步细读庄田日记等有关资料，暂且根据推测的结果继续往下写。

第三章

楠元太郎在创业时期热衷于广告宣传，据说战败前风行一时的"健康面包"的广告图样就是出自他个人之手。这一点就不像一般的日本人。

曾经有几年时间是由楠元太郎任社长庄田邦夫任专务董事，其间在广告宣传方面两人的意见没有什么不统一，但在经营战略上存在一些分歧。后来关于是否要在东京附近的厚木市设立一个完全自动化的大工厂，两人各持己见、互不相让。不过之后不久，庄田在新产品的宣传上主动去找楠元太郎商量，以示两人言归于好。

那天楠元太郎的心情出奇地好，商量完工作的事邦夫正准备回家，却被他叫住了：

"哎，不用那么急着走吧。

"聊聊你原来说过的英国的事情吧?"

他主动提起这个话题，真正的用意难以揣测，但庄田明白他是想知道关于凯尔特人的事。

"凯尔特人被称为是'黑暗中诞生的民族'，其发祥史还是个谜。"

邦夫刚开了个头，楠元太郎的眼神就开始熠熠发光。

"几年前去欧洲的时候，在罗马的美术馆看到了一尊名为'濒死的高卢人'的雕刻，它的原型就是凯尔特人。看到那出众的容貌，我好像明白了为什么他们被称作'野蛮而伟大的民族''高贵的原始人'。他们描绘的一些神奇的花纹、幻想中的动物体现了他们的世界观，就像我之前和您说过的，可以说是一种将大海也纳入视野的轮回思想，我觉得与东方思想也是相通的。当然了，我大多是从爱尔兰留学生那里听来的，也不见得都对。"

"唔、唔。"楠元太郎很满意地应着。

"野蛮而伟大这个说法不错嘛。"

他抱起胳膊闭上眼睛，接着说：

"真正的进步都是从地方开始的，处在时代中心的人都会堕落。"

"这就叫'周边文明论'，这也是一种学说。"

庄田这么一说，楠元太郎睁开眼瞪着他说：

"我说的可是亲身体验。"

那天楠元太郎说的一番话其实是故意让庄田谈起凯尔特人的话题，以此来批判庄田的现代主义、进而引导他继承自己的创业精神。离开时，庄田回头看了看楠元太郎的房子，那是模仿原来在真琴市的住宅建的。他想，等岳父身子骨不好了，也许自己搬到这里来住比较好。和伸子结婚的时候，楠元太郎让他搬来一块住，但他没有答应，而是把伸子接到庄田启介生前一直居住的房子里。于是，楠元太郎让一个名叫绫的女佣一起跟了过来，她本来是长年跟着伸子的母亲的，楠元太郎的原配妻子郁过世之后才跟随伸子一同来到楠家，一手操办楠家的家务。这么做可能是为了让伸子不至寂寞，但也有楠食品的干部将其解释为是对庄田实行的变相监视。

不久母亲梅也去世了，有绫在身边帮忙，庄田和伸子的生活表面上看来波澜不惊，无忧无虑。也没有孩子的负担，两人有时还会一起去看看戏什么的。

他的住处被称为池田山，位于高轮。高轮那个地方从五反田沿坡而上，向右一转就到。大谷石堆积的石垣之上筑有草堤。周围的情景让人觉得，要是家里有个女孩子，便会随时听到钢琴练习曲的声音。然而这里总是静悄悄的，与左邻右舍的联系全都由绫负责。

　　第一封恐吓信寄到了楠食品，第二封就直接寄到了家里。大概是他们算计好了这样的威胁最有效果吧。时间距离第一封大概一个月左右。

　　上面写着：

　　贵公司无视警告 仍不中止计划 我们拟再次弹劾庄田邦夫
　　一、不遵守业界秩序 压迫中小企业之罪
　　二、开除创业时期领导干部 管理冷酷无情之罪
　　三、疯狂进行房屋拆迁重建 使居民焦虑不安之罪
　　四、让妇女儿童争相购买馋嘴零食 破坏我国良好风气之罪
　　作为以上罪行的抵偿 我们首先要求中止计划 庄田邦夫公开致歉
　　别忘了你们时刻处于我们的监视之下 贵公司应该也很清楚食品公司
是最不堪攻击的

　　庄田按照约定和警察干部通了电话，对方也说"我们也有些事情想请教一下"，于是两人相约在新宿酒店的沙龙会面，庄田是那儿的会员。庄田拿出恐吓信给他看，他看了之后却还是像之前一样歪了歪头，兴味索然地说：

　　"他们并没有提什么具体要求，所以不排除故意生事的可能性。我们调查了反对运动，也没有发现有什么政治背景。"

　　庄田想到让警察去调查居民运动的确也是勉为其难，便没有深究，转移了话题：

　　"你要问的事呢？"

　　在再三劝酒催促之后，警察干部才终于开了口：

　　"恕我冒昧，我想您应该知道那珂崎时实这个人。不知您对于他最近的动向是否有所耳闻？"

　　这问题令庄田很意外。顿时引起了他的戒心，猜想那珂崎是否和这恐吓信有关。必须承认，这事确实匪夷所思。

　　于是他追问了一句：

"难道他和寄给我的信……"

对方好像明白了他全无戒备，于是态度缓和下来：

"不，这是另一码事。完全无关的。"

他强调道，又问了一句：

"他是个什么样的人呢？"

庄田觉得自己可能也被怀疑了，猜测着也许他们已经对自己跟那珂崎的关系展开了调查。

"我和他同属一个叫时流研究会的团体，他是个头脑敏锐的人。年纪大约三十八九岁吧。原来是激进分子，也是财阀集团大公司的少爷，人很好。"

说到这里，庄田想到那珂崎的名字或许还在激进分子的黑名单上。如果是那样的话，就是警察多虑了。如若是真正的激进分子，也不可能去参加什么时流研究会之类无关痛痒的沙龙式聚会。

庄田和这位警察干部是二十来年的老交情了。曾有一位外国总统到楠食品在厚木的面包工厂视察，而当时这位干部刚好被警察厅派到警视厅担任警备科长，负责总统的安全保卫工作，两人的交情便由此开始。为了保护贵宾免遭该国反总统的激进分子袭击，两人经过多次商议，制订了一个将工厂设计上的弱点全部考虑进去的滴水不漏的方案。另外，这位干部还是首批派往国外研修的警务人员，这也拉近了他与庄田邦夫的关系。但无论关系多么亲密，只要一涉及工作他马上变为一副铁面无私的表情，让人难以接近。庄田对他这一点颇为欣赏。他自己在公司时也是这样的，他认为政府官员更应如此。

庄田的口气有点质问的味道：

"他有什么可疑的地方吗？"

对方出乎意料地点了点头，说：

"他不是建立了一个'矛之会—自然力派'吗？"

庄田一听是这事，也就放了心，解释道：

"那不过是他的一种出众的表演才能吧。嗯，也可以说是一种恶作剧。"

大约一年前庄田参观了矛之会的游行。

　　"我成立的小共和国要游行了。欢迎大家来看啊。"

　　那珂崎在时流研究会上宣布道，并且告诉大家小共和国的国名为"矛之会—自然力派"，人数为六十二人。

　　入秋后他们举行了游行。开场仪式上，观众们就座于酒店庭院里的折椅上。五十名左右身着制服的青年紧随那珂崎之后，列队走过观众面前。他们戴着佩有星形徽章的藏青色军帽，身穿整洁的普鲁士风格军服。其实接下来的才是重点，他们所有人赤身裸体，头缠红色头巾，腰缠红色兜裆布，前面顶着巨大的阴茎套。看着看着，庄田想起他曾听说在非洲大陆的某个地方，有一个部落在战争的时候戴上阴茎套上战场。对方看到后错认为那是实际大小，从而心生畏惧乖乖投降。广告公司的年轻员工们还曾经就此进行过热烈的讨论，有人认为很野蛮，也有人认为这是一种卓越的智慧，因为它将战争转换成了一场展现男性力量的竞赛。

　　来到会场中央，青年们止住脚步，高雅庄重的乐声环绕四周，让人联想到宫廷雅乐，他们和着音乐节拍，抖动肩膀的肌肉，绷紧手臂让肌肉块高高隆起。双手叉腰，并依次颤动着胸部、侧腹和下腹的肌肉。当音乐节拍加快，有力的合奏响起，声音变得更加高亢时，他们就会让全身的肌肉像翻腾的蛇一般凸起、颤动，将他们健美的成果展现在紫铜色的皮肤上。女观众发出尖叫声，仿佛在回应他们呼出的热气。红色的头巾和红色的兜裆布，加上绿色的阴茎套都在紫铜色的肉体上舞动，身后是黄白两色的菊花散发着幽香，场面极为壮观。

　　过了一会儿响起了军队般的号令，于是他们又恢复了肌肉发达的纯朴青年的样子，温和顺从、略微低头地退下场去。

　　庄田邦夫回忆那次游行场面时，还想起在旗手高举的黑色国旗上，印有白色圆圈图案，若是再写个"诚"字什么的就与新选组①的标记一模一样了。从这一构思中也的确能够窥见昔日激进派的痕迹。

　　"我去看了那个游行，我觉得那就是1970年自杀的三岛由纪夫生前创办的盾之会的搞笑版。"

────────────

　　①　日本江户时期幕府的警备队。

"关于那个'矛之会共和国'的动向，有些事情怎么也搞不懂。"

警察干部说着，似乎更加疑惑地注视着庄田邦夫。

从他那眼神来看，就算你当面指责他不信任你，怀疑你知情不报，他也肯定不为所动，只会面不改色地继续盯着你。

庄田在此之前，的确在阳光庄所在大厦高层的事务所里，亲眼看见那珂崎在同各个国家各种领域的人物相互联络。也曾经觉得，那个像是非法出版社的"黑猫洞房"，实际上只不过是个掩人耳目的幌子。但是，那些都只是感觉，并不是能够说明的"事实"。

"具体地说是什么事搞不懂呢？"

庄田反问道。

"这个嘛，我可只告诉你啊，大概两个月前，他们的两名核心干部失踪了，这还是他们家里人请求搜救我们才知道的。在皇宫的二重桥下找到了鞋和制服，但两人下落不明。按理说皇宫里是谁也进不去的啊。"

庄田怔怔地望着警察干部，思绪已经游离到了别的地方。他有种预感，一个对于楠食品的经营具有非常重要的意义的构想，被对方不经意地说了出来。他还不明白这个预感的内容。可是，天意时常就是这样降临的。对方是在询查犯罪的可能性。但是，在超越现世的思考中，经营总是能开拓新的领域。也说不定，那珂崎的行为也能为创业纪念馆及纪念塔的创建提供某种重要启示。

正因如此，警察干部搞不懂这事也是情有可原的。

"那珂崎在大学好像是研究理论物理学的吧？"

"对呀。"庄田恍然大悟。这里蕴含着一条重大的线索。理论物理学与分子生物学的结合。

"而且矛之会的成员还接二连三地去调查核电站。我们不希望他们知道这些动静已被我们掌握，所以请你保密，因为是跟你我才会说的。"

关于这一点，庄田觉得就算是为了防止误会的加深也有必要再说一句。

"我亲耳听那珂崎说过，他是不赞成核能发电反对运动和反核运动的。说不定他们是想自己建立核电站呢。"

"太荒唐了。"警察干部不由得将声音提高了八度，"那珂崎原来可是激进派，就是现在也难保他不是。要说他想破坏核电站我还信，他会建设核电站？除非他疯了。”

说到这儿，他也怔怔地望着庄田。这位优秀的警察官员，大概已经隐隐约约看到前方存在未知的东西。

“让你这么一说，是有点不太对劲。”

警察干部似乎已经开始发现那未知之事，庄田觉得有必要为那珂崎打打马虎眼，于是就鲁钝地应了句不痛不痒的感想。他想起上小学时，关于大东亚战争他曾问过一个很质朴的问题：“战争这东西，不就是有胜有负吗？”

结果被老师呵斥道：“不许胡说八道。”他又想起，提议将同人志《KIGEN》下期特辑的主题定为三岛由纪夫的正是那珂崎。在他的意识中三岛由纪夫确实占了很大比重。这不会也是那珂崎的一种伪装吧？

“我讨厌那个人。”

记得当时满腔不快地反对他的就是高濑汲吉。那强烈的语气与他敦厚的性格很不相符。

“我总觉得他的风格怪异，按说一个有修养的男人应该远离那些喧嚣之事。暂且不论《假面的告白》和《潮骚》吧，说得过去的也就只有《金阁寺》了，而且总给人一种编造的感觉，虽然也有人说那是华丽的修辞。”

对此，那珂崎反驳道：“现今有哪部作品不是编造出来的。”这话显然没把高濑汲吉放在眼里，于是，个性刚毅的法国文学家松村站到了高濑这边：“话不能这么说吧。”

也有人从中插嘴道：“不是这样的，他想说的其实是……”

时流研究会的气氛如此热烈实属罕见。

大野安娜也参与了那次议论：“好了好了。今晚真的很开心。我是非常乐于看到年轻人像这样进行讨论的。”

大家听了都笑了，发出各种各样的笑声，议论也就告一段落。笑声中大野的声音尤为引人注目，她朗朗地高声笑着，声音圆润动听。

那晚的情形庄田虽然只是断断续续地记得，但无论怎么看也看不出那珂崎是危险行动的密谋者。他把这些告诉了警察干部，对方回答说："我正让人留心观察着呢，核电站的事儿他们也只是调查，并没有采取行动的迹象。没事儿，或许是我杞人忧天了。"

警察干部的话让人摸不着头脑，后半部分像是在自问自答。

不久后，庄田向理惠问起那珂崎的情况。因为警察干部的话使他对那珂崎产生了空前的兴趣。

"那孩子过于认真而且自视清高，无论如何都要坚持自己的信念。他已经不能再像个弟弟似的对我任性撒娇了。他现在的日子可不太好过呢，我因为有你在倒还没事。"

理惠回答道，但并未提及他的具体的生活目标和信念。

"他有没有什么喜欢的人？"

"这个嘛，那孩子好像对女人没什么兴趣。"

那珂崎时实已年近四十，而理惠习惯了像过去一样称呼他"那孩子"。

"话虽如此，但'自然力派'是什么意思呢？'矛之会'倒有可能是与三岛有关。"

"也许是一种批判，批判那些忘了即使没有核爆炸人类也在慢慢消亡中的人们、和那些为求忘却而热衷于反核运动的人们。"

理惠表现出很理解那珂崎的样子，她还提到，相传中国的领导人曾经说过，就算有两亿人牺牲在核战争中，自己的国家也还有九亿人呢。

"猫说不定是尼采主义者呢。他的想法虽然和那个中国领导人正好相反，但如今这个时代啊，相反的也会慢慢相似起来。"

她的话也变得深奥起来。

如果那珂崎认为自己有可能成为核的牺牲品，两亿人中的一人，为了保住性命才发起"自然力派"的话，那么他的确是一个不要命的危险人物。可以说他是个不折不扣的激进分子，满肚子不可告人的疯狂想法。但如果是这样的话，也就没有什么理由被警察找上门来了。因为他不像过去的革命党派是以夺权为目的，所以警察也不能武断地将其判定为危险分子。但是，"矛之会—自然力派"这个组织不仅名字带有戏弄意味，还有两名成员失踪，而且是在二重桥下留下制服和鞋子后消失不见这样离奇的失踪，难怪警察要再次展开对那珂崎及其周边的调查了，庄田邦夫对这件事作出了自己的解释。

庄田隐隐约约地感觉到，自己想通过建纪念塔找寻的东西与那珂崎的终极目标之间，有着某种密切的关系。他试着跟那珂崎商量了一下总公司工厂旧地的再开发计划，并有意避免提及警察干部。庄田认为，当你在跟不同集团的不同人物进行交流时，一定要注意信息保密，防止交叉传播，否则就会招致不必要的误解，甚至充当起间谍的角色。

那珂崎听了他的话，当即答应给他介绍一个合适人选。

"是我学生时代的朋友，九州大名^①的后代。外号叫'老爷'，鬼点子不少，他手里好像有张旧城池的地图。我也不知道什么时候能帮到您，所以还是尽早给您引见吧。我想那张地图对建纪念塔应该是有参考价值的。他和理惠是同父异母的兄妹。"

那珂崎并不隐瞒对庄田邦夫的好感。

几天后，那珂崎如约带着老爷来到了鲁蒙，这里也是高濑汲吉和松村健等人聚会聊天的地方。

"不知道那珂崎君是怎么介绍我的。"

面对年长的庄田，老爷的言行既显得落落大方，也流露出傲慢和自大，他显然误会了庄田的用意。

"我可不是城市规划的专家。我只是爱好收藏地图。无论是山脉图还是海洋图，包括城市的俯瞰图，凡是能够称为地图的东西我都收集起来，也不知道有多少。我没有细数过，但希望有朝一日建成一个博物馆。其中以古地图最为有趣。可以体现出生活在那个时代的人们的想象力、宇宙观。当中也有些地图描绘的是他们理想中的岛屿、渴望建立的共和国。至于哪个是真实的地图，因为无法对照实物来查看，所以就不得而知了。"

一聊到地图的话题老爷就滔滔不绝地讲起来。

"到目前为止我写的一些关于城市问题的东西，都来源于我由各种地图展开

① 江户时期的高级武士，诸侯。

的想象。前不久电视上播出了我在自己家里与劳斯博士的谈话节目，挂在客厅墙壁上的那张就是其中之一，我已经把它做成了针织品。"

老爷理所当然地认为庄田看了自己出演的节目，但其实庄田并没有看，所以只得默不作声地点点头。

"其中有一张地图，不知是哪个年代的，画的好像是某个小岛上繁荣昌盛的王国。地图接近于平面图，但整张图标明城市所在地等显然是运用了古代技术制作而成的，很特别，让人难忘。而且好像那里科技已经相当发达了，因为图上描绘有交通网络，好像我们今天的高速公路。有机会给您看一下吧。或许您建纪念塔时能作个参考。也欢迎您来我家坐坐。"

老爷毫不在意自己的话会给庄田留下怎样的印象，大方地点头邀请着他。尽管如此，从他不时抽动的眼睑、微张的双目深处迅速转动的眼眸，也可以看出他是个细腻敏感之人。

过了不到一周，庄田就在那珂崎时实的陪同下登门造访老爷。安部理惠那天去了伊坂博物馆，所以没有同行。

在老爷家宽敞的客厅里，他接连不断地拿出许多藏品来给他们看，主要都是些类似古地图的东西。

看了很多地图和古代城市的平面图。绘制时间不详，大概得通过分析纸张的老化程度和颜料才能搞得清。但是它们足以证明古代的人民有着多么丰富的想象力。绘图手法也是自由自在、饶有兴味。我们不能说服居民，说明还是我们企业的想象力不够充分。

那珂崎说的那张图画的好像是一个小岛的中心城市。要是在古代技术就已经如此发达，那就有确凿的证据可以证明古代曾经存在过与现代工业不同体系的技术。但是，图上所画的在道路上排列的那些一个个小盒子，驱动它们的能量是什么呢？可以想见不是石油，但看样子也不是牛马之类的来自生物的动力……

庄田邦夫十分详细地写下对于古地图和平面图的印象，最后留下了一句谜一般的话：

老头子会不会知道这个呢？

他继续写道：

　　那珂崎对岛屿的这种强烈的兴趣好像我以前也见到过。我看过他目
不转睛地凝视着地图，垂涎三尺般地沉醉于其中，特别是对其中那张我
估计是冲之波美岛的地图，仿佛是想确定它确实存在一样用手指肚在上
面画着。或许是刚刚产生的兴趣使他被那个小岛深深吸引？

　　庄田以前就知道理惠有个同父异母的兄弟叫"老爷"。只是，问起他们的关
系时，理惠的回答很含糊："我也不太清楚，好像是老爷的父亲曾做过军队的司
政长官，我就是那时候在南方生的。但这都无从证明了。"

　　能够证明的只是在户籍上，她是老爷的妹妹。她有个十分疼爱的弟弟自杀
了，那人好像就是老爷的亲弟弟。

　　庄田看过地图后问道："也许问得有些冒昧，你和理惠是怎样的兄妹呢？"

　　他似乎还是比较在意理惠。老爷勉强挤出一声又像是"啊"又像是"嗯"的
模糊声音，并求助一般地望向那珂崎。

　　"实话实说呗，又不会怎么样。"

　　被那珂崎堵了回来，老爷又发出含糊不清的声音，和刚才口若悬河的他判若
两人，"安部这个姓是因为她结过一次婚，所以一直用的就是那时的姓氏，原先
是和我一样姓××的"。

　　他语气犹豫地开始解释。

　　"那时，父亲带回来一个七八岁大的女孩子，是在母亲去世后不久吧。"

　　"那是在外面什么地方有女人了。"

　　那珂崎插了一句。庄田联想到死去的伸子也有相同的遭遇。

　　理惠曾经说过"不清楚母亲的家世"，老爷的话与之相符。

　　"但是，刚开始那阵儿，理惠的日语讲得还不太好呢。"

　　老爷说出了一个惊人的重大事实。

　　"我觉得她的母亲是印度尼西亚人或者是中国人。因为父亲在战争中曾经到

过海南岛和爪哇岛。"

"理惠可是日本帝国主义的私生子啊。"

从那珂崎说话的口气中似乎可以听到他曾经呼喊过的口号"反对日本帝国主义侵略亚洲",又似乎可以看见大东亚共荣圈的隐约的残影,时流研究会上还就这个话题讨论过一两次。

听说这件事以后,庄田邦夫做了个梦,梦到的是理惠来到日本的情景。

首先浮现的一幕,是在清晨所特有的寂静海岸,一个大大的木箱漂流而至,里面有一个公主模样的偶人。她仿佛受到惊吓般睁开眼睛说了些什么。虽然讲的不是日语,庄田却能够理解。然而他却不能将所理解的内容用语言表达出来。忽然间大雾弥漫,模糊了他的视线。

"原来你在这儿呢。"

这声音就在近处却不知是谁。远处一些尖塔上的旗子被风吹得哗哗作响几乎乱作一团。庄田回头望望身后的沙滩,发现自己离木箱被冲上来的地方已经很远,走过头了。

"她的祖先肯定是那些零星小岛上的海盗头子什么的。别看她现在沦为娼妇。"

那是那珂崎的声音。等庄田回过神来,理惠已经不见了。庄田一心想守护公主,这种情形使他困惑不已,不知所措。但同时,又有一种迷失的心情,如同走失的孩子寻找母亲一般。他觉得这雾气正是敌人施的魔法。他焦急地想要呼唤理惠,却喊不出声。一种"墙壁"般的沉重感觉排山倒海地压过来,直叫人无法呼吸。正在挣扎呼喊之时,他清醒了过来,唯有波浪静静退去的感觉还留在脑海。

老爷的话引发的幻想有时会出现在庄田的想象世界中。有时是理惠在弹奏竖琴,白皙的手指在地下室一样的阴暗空间里挥动;有时是理惠衣着不整言行放纵地诱惑着他。庄田感到窒息之时那褴褛的衣衫便会一齐化为浅黑色的百合花在风中飞舞。还有些时候,是楠元太郎从荒凉的大海登上岸来,头发上还挂着水珠,他的表情严肃中含着悲伤和气愤,双手抱着偶人一样的理惠。

定期碰了几次面之后,我告诉秋山:"庄田好像很早以前就知道冲之波美岛的存在了。虽然没跟我说过，但是，至少他在造访老爷的府邸之后在日记上写道——好像是冲之波美岛的地图。如果说他在那以前就知道，说明他失踪前老早就知道了。而且还写了这么一句，老头子会不会知道呢，可见是楠元太郎以外的什么人告诉他那个岛的。"

秋山也基于同样的想法进行了推理。我开始觉得，一定有一个决不现身的重要人物躲在幕后操纵着一切，我一边克服自己的这种情绪，一边重复道："问题是，庄田是什么时候、从谁那里得知那个'消失的海岛'的。"

"会不会是安部理惠呢？"

秋山回答。

"雨尾先生也见过她好几次吧。是个什么样的女人呢？"

与理惠在各个场面相见的印象我都历历在目，但猛然被他一问，我才感觉到要把它诉诸语言是多么困难。不是用一个形容词可以说清的。但是，只要一想到她，脑子里必然会浮现出以下的情景。

倾斜的余晖洒在理惠的背后，她手扶在柱子上，茫然地看着庄田。这是我坐在她家客厅的沙发上无意间看到的。由于我看到的是穿衣镜中的她，所以她并未发觉。

镜中映出高高的天空，洁白的卷云如同扫帚轻划下的痕迹，正值秋天的景象。到处都被夕阳的光线涂上了一层红色，理惠全身透露出的是一种恍惚。或者是她透过庄田，看到了这个日渐倾颓的时代。但她看上去绝非消沉也并不脆弱，她随意的衣服有着长长的宽大的下摆，臀部长得很结实，可以说比起庄田，她的肢体更有生活气息。

庄田在日记的各个地方都提到了安部理惠。虽然大部分只是事实的记录，但其中也有这样的记述："理惠像评论别人的事情一样评论自己身体的长处短处、以至细微之处。'我啊，要是这里没有肉就好了'，说着还啪啪地拍了两下大腿。性格真是单纯豪放。"

我们还是不知道是谁告诉庄田冲之波美岛的存在，我和秋山最后得出的结论是，还是不要妄下结论比较好。

"你知不知道古文书？又叫'技师之书'。"

秋山突然换了个话题。

"不知道，虽然庄田的日记里提到过两三次，但我还没看相关的资料。"

"是啊。我总觉得除了我们掌握的资料以外还有一些重要文献没被发现。"

"一般来说是有可能的。再向三田绫了解一下情况怎么样？"我提议道。

这一天，我把小说《庄田邦夫传》的第二部分交给了秋山，也就是庄田与朱丽叶相遇并相恋的那部分。那个时候我已经跟庄田有了直接接触，所以写起来很容易。而且这与学术论文不同，所以尽管一些基本事实还没弄清，我们决定姑且先把能写的部分写下来。

那段时间，第二次世界大战余波未息，从各国聚集而来的留学生们要么担忧自己祖国的未来和故乡的安危，要么苦恼于是否要放弃国籍定居美国。同学的这些烦恼庄田看在眼里，觉得多少有点羡慕。幼年时父母不和、被疏散到地方，以及父亲被视为亲英美派造成他们同世间的隔绝，这些经历都使得他无法像其他国家来的留学生那样深切地忧国忧民。

他和父亲商量要不要加入美国国籍时，庄田启介也只是略带鼻音地答一句：

"那是你的自由。"

这种没着没落的自由让庄田有点不知所措，就在此时，他邂逅了朱丽叶。那是在他去图书馆借那本法国学者写的《日耳曼·凯尔特神话》的英译本时。朱丽叶在找关于凯尔特人的更加专业的文化人类学的书。听到庄田跟图书馆的人说起书的名字就问道："我有凯尔特人的血统，读有关祖先的书是理所应当的，可你一个亚洲人为什么会感兴趣呢？纯粹出于好奇？你是中国人？越南人？"

说完她目不转睛地注视着庄田，这让庄田紧张起来，猜想她是不是对亚洲人怀有敌意。

"我是亚洲人，不过我是从日本这个岛国上来的，和爱尔兰一样。我是想比较一下日本的创世神话《古事记》和凯尔特人的神话。"

听了庄田毫不示弱的回答，她的眼角露出了一丝笑意，但那厚厚的、看上去总是很湿润的嘴唇却一动未动。这看上去既像是对对方的蔑视，又像是性情封闭的女孩的惯常举动。

"我正想听人聊聊有关日本的事情呢。我叫朱丽叶。就是从你刚刚提到的爱尔兰来的。"

她自报家门之后，庄田邦夫也把自己寄宿地方的电话告诉了她。

庄田本来没怎么期待，但不久朱丽叶就打了过来，两人互相告知上课时间并约好在大学校园里见面。她教给庄田声调像唱歌一样的盖尔语，据说盖尔语里保留有传承了两千三百年的凯尔特人语言的发音。出自她的口中，盖尔语就如同小猫的脚心一样，虽然有些粗糙，却很柔软。

两人一起过的第一个圣诞节，朱丽叶送给庄田一块纪念章，上面是漩涡和丝带相映衬的象征凯尔特文化的图案，庄田则送给朱丽叶一个日本古代陶俑的吊坠。有一次，庄田问她："为什么你那么想寻根溯源呢？"

朱丽叶反问道："战争结束时，我的祖国没能独立。都是那个老奸巨猾的丘吉尔干的好事。要堂堂正正地生活下去，我就得先弄清自己的根在哪里。话说回来，庄田你清楚自己的祖先吗？"

她告诉庄田自己是从欧洲大陆跨洋而来的凯尔特部族首领的后裔，但庄田被她问到时只知道父亲的祖父大概是纪州的武士。庄田觉得没什么可说的，比起那个被称为半个英国人的父亲，伯父楠元太郎更让他感到亲近，于是跟她聊了聊楠元太郎的为人以及事业。

"我也有同样的经历。"

朱丽叶歪坐在图书馆前的草地上，目光明亮，姿势像是在慢慢靠近他。

"不知道为什么，小的时候，我更喜欢姨妈。她会给我烤好吃的曲奇。后来我知道妈妈并不是我的生母而姨妈才是，就是在我考进这所大学的那年。"

和朱丽叶的这段对话，似乎是两人成为男女朋友的一个仪式。她的眼睛闪闪发亮，如同摩拳擦掌正欲扑向猎物的猫一样，张开的嘴唇上唾液在微微地扩散。

"我明白。这种心情我们很像。"

这么说并不是纯粹想讨她欢心。

庄田有些迷惑，这并不是他的风格。庄田来自战败的日本，是在故国无处容身的青年，但他看上去开朗大方、充满活力，个头、长相都不同于一般的日本人，这些都让他更容易被战胜国的学生所接受。虽然他周围不乏女性朋友，但他渐渐厌倦了利用自己的这种立场。这时出现的朱丽叶，在他眼中与其他那些傲慢的、对自己和他人从不心存好奇的美国女孩是不一样的。她似乎受到伤害、带着秘密，并且在困惑战后世界中自己该置身何处。

图书馆前草地上的杜鹃花修剪整齐，它们脚下的番红花也到了开放的季节，松鼠不时地出没，仿佛在窥视并肩坐在草地上的两人。

"找到一个真正的安身之所，那不是美国或日本这样地理意义上的地方。这才是最重要的。"

庄田的口气好像是在下结论，以此结束了他们的这段对话。他们翘掉了第三节课。朱丽叶转过头来以示同感，金色的头发在她的肩膀上舞动，光彩夺目。七叶树展开新叶，似乎象征着短暂的春天已经来临。庄田想把支撑身体的手换个位置，结果搭了朱丽叶的手上，而她并没有把手缩回去。

第四节课的上课铃声响了。

"下了课我在宿舍门前的小卖部那里等你。"

"好啊。"

这一次，庄田大方地从上面握住她的手，轻轻摇着站了起来。

那天晚上，两人沿着查尔斯河畔向大海的方向走去。走上第二座桥时，两人向下俯视宽广的河水潺潺流过，庄田引用《方丈记》等典籍向她说明日本的隐者思想。朱丽叶则告诉他凯尔特的漩涡状花纹体现了永存中的变化和转生这一宇宙观。两人不知什么时候牵起了手，并肩俯视着河面，倚靠在栏杆上聊着天。倚过背去，月亮已经升到了公园的树林之上，向静谧而漆黑的校园洒下一片银光。

有一个过路人走近前来，他身强体壮但少了一只手臂。他透过月光望着庄田邦夫，问道：

"你是日本人吗？"

庄田措手不及地答道："No，Chinese。"

"是吗，战友啊。"

对方有点醉醺醺的，一边嘟囔着一边东倒西歪地向桥边走去。他大概是在二战中失去的手臂。背有点驼，大概也是因为那时受苦的缘故吧。

"为什么，庄田，你为什么不说实话？"

朱丽叶敏锐地问道。

"和你在一起的时候，我不想惹麻烦。"

庄田辩解道。

她死死地盯着庄田想要看穿他真正的想法。她的目光是在判别眼前这个男人到底是一个轻浮的交际好手呢，还是一个有思想有深度的男人。

"是吗，但是我不赞成。虽然我们好几百年都被英格兰压制，但是我们决没有泄气。因为我们并不是依靠策略和机制，而是承继着一种意志。"

"我对于日本，好像并没有你对爱尔兰的那种眷恋。"

"你打算加入美国国籍吗？"

"我只是想待在一个有人理解我的地方。"

"你说的是哪里？"

"这里。"

庄田想要避免轻浮之嫌，也许因为用的是外语所以说得出口。

"说什么呢。"

朱丽叶的话说到一半就停下了。好像是想抗议说"说什么傻话呢"，她的表情显得气愤，眼中溢出了泪水。她平静了一下，说：

"不要说让人难过的话。我可能不得不回爱尔兰。"

"没关系，那我也去。"

她松开了撑着身体的手，不再背在后面抓着栏杆，眼睛半闭着。庄田双手抱住了她。两人的关系比预想的更近了一步。她的身体柔软得令庄田惊讶。尽管如此，当她的意志反映在动作中时，她的脖子、手臂和腰都会变得如钢丝般强韧。

后来两个人基本上同居了，但她也会时不时地不说一声就没了踪影。而且不知是不是因为宗教戒律，有的夜晚她会拒绝庄田，但也并不解释什么。无论两人的关系发展到什么程度，朱丽叶身上总是存在着未解之谜。

因为这些未解之谜，庄田晚年时猜测，朱丽叶可能与爱尔兰独立运动有什么瓜葛。庄田在日记中写道，她称自己有"流浪癖"，曾经有两三周时间突然不见了行踪，也许是联络秘密组织，或者是参加一些秘密祭祀之类的集会去了。只有这样，对她连男朋友都不肯告知去向、再三出去旅行的神秘行径，才能解释得通。

多年后交往的理惠也是这样，与庄田邦夫关系密切的女人都有些神秘之处。

这也许也是他的偏好或是兴趣吧。如果像庄田梦到的一样，理惠是很久以前灭亡的王族之后，那么她和朱丽叶之间就能找出共同点了。

"越调查疑点越多，说明对方是深不可测的。"

我有点不服输，"一方面我们还是要去调查事实，另一方面我可以试着把庄田的一些日常生活写出来。当然，这种日常只是一种假设，如果发现关键事实并且有很大出入的话，我写的自然就作废了"。

"我觉得我们越来越不能大意了。"

秋山当即答道。

3月×日　晴

早上，我慢慢睁开眼，想起来今天是星期日。吃完绫准备的早点，到外面大街上一走发现春天已经来了。花店的门口簇拥着郁金香、黄色的连翘、雪白的珍珠花等等。与平时不同，心情很舒畅。也许是因为成功解决了因批发商破产造成的恶性不良债权问题吧。尽管这些事本应习以为常的。

甚至还轻浮地想要和擦肩而过的年轻女孩搭讪。这个时候，要是见到前些日子跑到公司来的风之游民公司的阿千，说不定就出问题了。理惠去了伊坂博物馆一个星期后也回来了，两个人悠悠闲闲地过了一个下午。

那时，安部理惠住在外国使馆聚集的麻布地区边角上。那一带过去好像有大名和旗本①的宅邸，她住处前面的路就是仙台坂，再往前一点是北条坂。

"早安。"

两人精神饱满地相互问候，庄田一边喝着午后的咖啡，一边迫不及待地给理惠讲不久前他梦到理惠被装在箱子里漂到岸边的梦。

"所以说，从今往后就把你当成王室的后裔咯。"

---

① 江户时代将军直属家臣中，俸禄未满一万石的。

　　"那倒不错啊。"

　　她拍手叫好，完全不像王室之后，庄田眼看着自己的美梦消溶在日常的雾气中，但心情并不失落。

　　斜阳洒向露台，把仙客来染成了透明的红色。直升机飞过远处的天空。

　　到了傍晚两人来到街上。虽然两人在东京一起度过的星期日并不多，但也有庄田边听爵士乐边整理公司的事务，"王室的后裔"站在厨房里准备晚餐的日子。也不知她是从哪儿学的，用猪耳和猪蹄、海参、蔬菜一起炒，做成一道既不是中国风味也不像南方口味的菜，但手艺却很不错。

　　这天他们决定去面向东京湾而建的酒店餐厅用餐，俩人相伴走下仙台坂，叫了辆车。街上洋溢着春意，黄昏渐近，略带些许慵懒的味道。餐厅位于四楼，从朝西的窗户看出去，能看见楠食品总公司大楼，就在新宿高楼大厦的旁边，在大厦后面落日的照射下投下黑色的影子。两人相向而坐，窗外可以望见斜下方往来的船只。拖船拉着的小型货船、客舱周围，早已挂起灯笼的水上游船缓缓驶过，在薄暮中泛起白色的波光。近处公园里的树丛和酒店庭院中新种的榉树遥相呼应，形成一道弧形，将东京湾的景色围绕其中。庄田看着远处夕阳下波光摇曳的大海，感觉好像被带到了一个庞然大物的腹中。

　　不知是波浪拍打岩壁还是通风设备的声音，从时光轨道深处传来规则而低沉的声音。那节奏仿佛是来自于遥远的祖先的时代，舒缓中有着几分倦怠。听着听着，庄田似乎听到有个声音在呼唤着他："行了吧你，快过来吧。"不知何时开始庄田心里时而可以听到这种节奏的声音，或许是很久以前实际发生过的事，但怎么想也想不起来了。和朱丽叶初吻的第二天，庄田一个人站在头一天晚上的同一座桥上，听到查尔斯河响起了同样的节奏。

　　庄田之所以会在父亲去世时回到日本，也是因为和朱丽叶的关系无法继续下去了。她是爱尔兰资本家的女儿，就算自己的父亲是不同凡响的国际型商人，她的父母也不会同意她和一个来自东方战败国的前途未卜的青年恋爱。但是那时候，朱丽叶和庄田都没有想过大人们是如何看待他们的关系的。朱丽叶一定有某些地方让庄田很着迷，尽管她与母亲梅是完全不同类型的女人，而且，无论两人多么亲密，她身上还是有些庄田无法洞悉的东西。

庄田就是不明白为什么她对祖国的独立如此执着。

"国家这个东西嘛，就算灭亡了又怎么样呢。"

庄田这么一说就会惹得她很生气。在她的针锋相对之下，只好解释道："就好像日本，其实并不是因为之前的战争而丧失独立的。事实上从更早以前就没有过精神的独立。"

"你是指将军呢，还是指天皇呢?"

朱丽叶问道。她的话让庄田意识到外国人对日本的历史往往有着让人出乎意料的看法。

"你刚才在想其他的事情。不是在想工作吧? 看你那副表情。"

理惠突然问道。庄田望着她，从眼神可以看出他的思绪还没有完全回来。

"什么?"

庄田问了一句之后，才意识到理惠在说什么。

"啊，是吗?"

"是吗，是什么?"

"嗯。"

庄田点点头，这一瞬间他犹豫着是不是该提朱丽叶的事情。因为过去也谈过初恋这个话题，所以理惠也知道不少。今天这样想起她来，可能是因为朱丽叶身边发生了什么变化。也该是六十岁左右的人了，这个年龄就算有这样那样的变化也不足为奇。

接着又被理惠半开玩笑地追问，庄田只好搪塞了一下："父亲请我在波士顿的一家会员制的餐厅吃过饭，那里望出去的景色和这儿很像。"

"和朱丽叶也去过那里吗?"

"没，那里可是非常高级的，当时一美元等于三百六十日元，我这个留学生可去不起。"

"嗯。"

从理惠应和的方式中，庄田觉得她好像看穿了自己的心思。

庄田就好像一个隐瞒了在学校发生的事，但被母亲识破的孩子一样，他诚实地说出了他对朱丽叶的挂念。他本来还犹豫觉得这些事其实是不应该说的。这天两个人决定要在外面吃饭，于是就在卧室度过了一个悠闲的下午，相互满足之后两人之间的气氛轻松自在。这天理惠在卧室的表现如同一个年长的女人。

"最近我常想，她可能回到爱尔兰参加政治运动了吧，说不定在波士顿的时候，她就已经加入了那种秘密组织。"

庄田觉得既然提到这个话题，还是说清楚比较好，"当然，我们俩注定就是要分开的，但就觉得什么地方想不通"。

"你想见她吗？"

"不，还是不见面比较好。"

突然，汽笛声响了起来，好像要将庄田再一次引向远方。他看看窗外，一艘大大的渡轮正从树木掩映中的海湾大桥下驶过。

坐下没一会儿，海湾大桥和它前方及左右的公寓、高层的办公大楼就相继亮起了温暖的灯火。可能是因为远离工作的地方吧，和在新宿总公司大厦俯瞰到的城市灯火不同，庄田觉得海边大楼的一个个窗口透出的灯光看上去都那么幸福和满足。

忽然间，一个只亮着舷灯的巨大黑块挡住了那些风景，只剩下船舱周围翻滚的波浪泛起微弱的白光，海面上繁星涌动。庄田又一次感到自己好像被带入鲸鱼的腹中一般。这种黑暗既像死后的世界，又好像是刚刚从那里逃离出来的黑暗空间。

庄田觉得，总有一天自己也会回到那里。和理惠在一起的时候，庄田就会很安心，似乎有人为自己准备好了最后回归的场所。

"我打算在总公司工厂旧址盖的那个塔，其实本也是希望给人这种感觉的。但是说成是死后的世界就不会被人接受，所以虽然本质不变，但可以说成是面向未来的起点。为此，就需要亮得没有阴影。古代有过的所有可能性，都隐藏在高得连高度都无法测量的巨塔里。形状也可以是纵向拉伸的椭圆形。这是建立在古代风格之上的象征未来的无限空间。"

庄田兴奋地把筹建纪念塔的构想讲给理惠听。他的目光透过杯中深红色的陈年葡萄酒，望向理惠的脸庞。理惠的脸映在桌上淡淡的灯光中，灯光又映在她的眼里，黑黑的瞳仁就像窗外的大海一样。

看着看着，她视线的焦点开始四处移动，转向了庄田。

"以前跟你说过吧，有个和你长得一模一样的诗人。最开始见到你的时候差点认错人了。他的诗集出版了。今天本来要带来的却给忘了。因为今天我们的'那个'实在太棒了。"

"什么诗集？"

"名字叫《痕》，不能说是超现实主义，大概算是象征主义吧。下次我忘了的话提醒我一声。"

第二个周六，庄田和法国文学学者兼评论家松村健、那珂崎，以及和他一起出现的理惠等人在阳光庄二楼的沙龙小聚。是为了提前商量同人志《KIGEN》继三岛由纪夫特辑之后第三期的编辑问题。

见到那珂崎时，庄田想起了不久前警察干部问过的有关"矛之会—自然力派"的问题。但是，看到那珂崎理着短发的额头下那双满含亲切笑意的细长眼睛，他想警察干部所谓的"可疑的举动"一定是杞人忧天了。

"今天带来了。"

理惠把《痕》递给他。那是一本B6大小的薄薄的诗集，封面用的是灰色的柔软纸张，装订十分朴素。在《痕》的标题下面用明朝体印着作者的名字"野野宫银平"，翻到书的扉页，上面写着一首格言风格的诗：

　　　锁链不见了敌意

　　　大海变得阴郁

　　　经度和纬度模糊不清

　　　浪花终日翻腾

　　　留下痕与城

锁链应该是指这世界上的纠葛吧。经度纬度模糊不清是什么意思呢，而且结局还是留下痕与城。

　　虽然不太明白，但他觉得这是通过比喻在倾诉什么。翻到版权页一看在大约
十五年前就发行了。
　　"一般来说都是把小说放在最后面，把诗什么的挪到最前面。"
　　他听到松村跟理惠这样说道。庄田一边漫不经心地听着他们的对话，一边读
着中间部分一首题为《动乱时代》的作品。

　　　　残留在动乱时代的
　　　　黄昏的风景
　　　　飞机尾迹的云端被晚霞涂抹
　　　　无人汲水的石井慢慢干涸
　　　　就连背叛与阴谋
　　　　也如同青铜牌上雕刻的肖像
　　　　映照在烛光之中
　　　　响起落寞的反省的铃声

　　这首诗庄田也能明白。
　　"怎么样?"
　　理惠小心地询问庄田的感想。
　　"嗯，也有看得懂的。"
　　说完庄田继续读了下去。虽然他是头一次看，但奇怪的是好像每一首诗都在
哪里看到过。在学生时代，一直对诗歌什么的没有兴趣，只是作为课外书读过而
已。说起来，他是看不起不务实业的人和诗人的。
　　"看来把第二期编成三岛由纪夫的特辑还是为时过早了。时流研究会本是不
对外公开的。"那珂崎说。
　　"才不会呢。时机上并不差。"
　　是松村的声音。
　　"理惠觉得呢?"那珂崎问道。

那个时候

树下开着洁白的花

人们如影子般穿梭往来

守护着自己

庄田感到，这确实是自己经历过的事情，于是不自觉地环视了一下四周。总觉得好像有人在窥视自己的内心。

"哎呀，已经来了啊。"

"欢迎欢迎，这下大家可都有干劲了。"

高濑汲吉和大野安娜来到沙龙。大野还是穿着长袍一样的卷边衣服。

"打扰了。"

"你好。"

"晚上好。"

大家互相问候了一下。

"庄田也慢慢被我们拉进来了啊。"

大野安娜笑道。

大家商量完编辑的事就开始喝酒了，庄田想知道那珂崎对诗集的评价，就问他觉得野野宫银平的诗怎么样。庄田记得他曾经说过见过野野宫银平。

"从年龄上看应该是日美安保条约签订前最早的革新派，所以才有点过分感伤吧。"

庄田就是这天从松村的口中得知野野宫银平已经失踪近三年了。他在当天的日记中写道：

失踪是怎么回事呢？这个叫野野宫银平的人活跃于1955年到1970年这段时期。那是个我完全不了解的世界。在我为经营广告公司四处奔波的时候，在另一个地方有个和我长得一模一样，但有着不同世界观的男人也在到处奔波。这么一想，那个接二连三发生重大历史事件的时代仿佛被赋予了更具体更深层的内涵。

读到这里，我也想起我泡在赤坂见附附近的美国文化中心，在从纽约和迈阿密海滩寄来的杂志堆中搜寻商业信息的那段日子。

那里正巧是去向国会的游行队伍的必经之路，听到游行队伍的喊声一天比一天大，见到队伍行进的时间一天比一天长，我明白反对安保条约的势头是越来越旺了。我心里很不安，也问过庄田：

"不要紧吧？会引起严重的动乱吗？"

"再怎么厉害，也闹不过今年吧。看看南美就知道了。历史上没有一次动乱是无法平息的。如果是宗教战争倒有可能持续个三十年、一百年的。"

庄田左胳膊搭在椅背上，把身子转向我，眼睛瞪得大大的。这样一来，他那两条弧线般的浓眉，还有眉毛下面略带茶色的瞳孔周围都像有生命一般动了起来。

"即便那样，也只是说打仗的状态持续了很长时间，真枪实弹作战的时间其实是很短的。人在生理上受不了长时间的紧张。"

庄田的话很有道理。而且他那爽快的说话方式与自信的态度中有一种让人信服的力量，让人愿意跟着他的思路走。他作为楠食品的领导人，能让手下的人乖乖听话，原因之一就在于此。

庄田说话时，尽管态度和语气都很温和，但话的内容却是建立在他冷静理性的观察之上的。那段日子里，就连画坛的领军人物高濑汲吉都参加了示威游行，可庄田毫不为之所动。但他也没对参加运动的民众表现出反感，一副事不关己高高挂起的态度，沉着得很。这种沉着让周围的人迷惑不已，让人以为在他体内潜藏一种憎恶游行、憎恶大众狂热的恶魔般的热情。而当他在工作中捕捉到一个新点子时，他那活力四射的举止、兴奋不已的声音与此形成鲜明对比，对此我记忆犹新。

应了庄田的预言，安保问题后来就平息了。没多久后的一天，庄田风风火火地跨进公司办公室，还没坐下就问："××公司的泳装能弄来多少套？"

稍早前，公司接了一个单子，是美国一家服装面料厂家的泳装促销计划。可也许是因为安保运动闹得人心惶惶，市场反应很一般。而且当时正赶上美国货名声不好，公司的广告制作班子可是犯了愁。

"各种款式加在一起应该能弄三十多套。"

工作人员回答。庄田摇摇头，攥紧右手向左手手心打去，命令道："那不够，我要一百五十套，不，二百套。"

"干什么用呢？"

面对这个问题，他强忍住不笑出声来："我要启用现在最时尚的媒体。"

屋子里顿时静了下来。大的报社受社会形势所迫，都不愿意刊登美国公司的广告了，说是怕招致读者反感，影响发行量。抗议也没用，决定权在媒体一边。在一片沉默中，庄田开口道："准备和泳装数量相同的自行车，我要让女孩子穿上泳装游行。"

有两三个人稍微动了下身子，制作部主任嘟囔了句"能行吗"。

"昨天我向警方咨询了一下，我在丸之内警署有熟人。穿泳装骑自行车不算违法乱纪。"

庄田对呆若木鸡的员工们解释道："游行本身就是现在最有效的宣传媒体。"

让庄田这么一说，好像的确是那么回事。有人问了一句："真正的游行队伍不会反感吗？"

一石激起千层浪，又有人说："说不定反而会有宣传效果哦。"

"有表现欲的人太多了，不一定非要专业模特，只要咱们公开征集就行。"

"要不先小规模地试一次？"

"那可不行。"

"还得突出厂家标识吧，不然……"

大家你一言我一语，热烈讨论开了。

在大家都被安保问题折腾得筋疲力尽的时候，我们搞的泳装游行的确很吸引人们的眼球，像一片虚拟的蓝天一样让人眼前一亮。

庄田邦夫刚去楠食品就任的时候，公司里一定也出现过类似的一幕吧。当他提议建造一座高耸入云的纪念塔时，公司里又是什么反应呢？我记得时流研究会还就他的这个计划展开过热烈讨论。

庄田的计划参考了布鲁诺·托德、神秘主义者施泰纳以及高迪等与疯子只有一纸之隔的天才们的思想，还采纳了那珂崎时实和松村健等人的意见，对高濑汲吉等温和派来说则多半是不被理解的了，这一点庄田自己也意识到了。

"我明白你的意思，可那只是你的浪漫幻想，我是觉得有点悬。"

高濑一如往常地说道。

"你这个计划啊，我总觉得有点要挟人的意思。起码它不能给人一种健康向上的感觉。"

"从成本这方面考虑也不太现实吧。当然这是另一码事了。"

"你的目的是什么呢？是为楠食品树立品牌形象吗？"

"我还是觉得建个购物中心之类的更好。"

高濑又补充道。

庄田应该知道，持高濑这种意见的人占多数。但是我总觉得，事情到了这一步，又是纠缠不休的反对运动，又是恐吓信，庄田他自己也已经是骑虎难下，不能回头了。

"健康向上的生活、追求丰富品种与良好口感、促进儿童生长发育，这些一直是我们食品生产企业最为关注的。"

我想，当庄田在听高濑与那珂崎对这件事针锋相对的不同意见时，他一定也听到了自己在股东大会和消费者团体集会上谈及楠食品经营方针时的声音。他一定已经注意到，在自己头脑中逐渐成形的这个计划与自己作为公司经营者的日常言行正向着两个不同方向越离越远。或许有那么一刹那，庄田会回头望望自己青年时代，不，孩提时代走过的路，然后暗自纳闷：我怎么就走到这一步了呢？

第四章

　　我们在和歌山站上了车。沿国道向南走不多时，山峰渐渐逼近，道路分为两条：一条顺海而行，一条穿山而过。其中沿海的那条狭窄异常，不刻意留心就会错过。那条道给人的感觉是一条走一半就到尽头的死路，要么就是一条因施工临时修的路。即使看见有岔路口可以进去，估计只有好奇心非比寻常的人才会冒这个险。路没有铺，正中还长着野草，两行轮胎轧过的痕迹凹进路面。我和秋山享怕搞错了，又看了看地图，才彼此点了点头。不然的话我们俩都没有信心。

　　不久，道路延伸进了隧道。隧道很长，路面略向下倾。走了约摸十分钟后便豁然开朗起来——纪伊半岛的海面在我们眼前铺展而开，从那浓浓的藏青色可以看出是与太平洋相连的。

　　"太好了。我还以为会走到地狱去呢。"秋山这样形容走在隧道里那种不安的感觉。

　　"我得有好几年没来这儿了吧。"司机小声说。

　　"那么久？没有什么人来吗？"

　　"完全没有。"

　　上了年纪的司机用哄孙女一般的口吻说道："又不像有什么好玩的，有谁会来呢?"

"是吗,可这里应该有人住啊?"秋山小心翼翼地试探道。

"是有个博物馆,不过也不知道里面放的是什么。莫非二位是学者?"

"可以这么说吧。"我急忙回答。

前面很远处能看到一座圆圆的小山,将路和海分隔开来。说它是假山实在太大,可纪伊半岛上的山又没这么柔和的棱线。秋山又看了看地图,好像在说"不对啊"。按说差不多能看到博物馆的屋顶了,可除了山什么也看不见。

道路开始左转弯,将我们带离海边,向出了隧道后就绵延不绝的崖壁靠近。没多大工夫,车拐过一个近乎直角的弯,停了下来,车头正对大海。

"出什么事了?"

我刚要问,司机按了下计价器。定睛一看,正前方矗立着两根门柱,上面挂着一块牌子,上面用工整的字迹写着"伊坂杨严隆信博物馆",我和秋山面面相觑,不知说什么是好。付了车费后,出租车便扬长而去,仿佛在说此地不宜久留。

没有一丝动静。围墙一直延伸到很远的地方,上面布满了茂密的爬山虎,挡住了我们的视线。正前方是一扇带铁框的木门,看上去很牢固。我们起初还以为博物馆一定有售票窗口和保安,看来我们错了。正当我们不知所措时,门吱呀一声开了。肯定是有人在监视。一条笔直的道路从大门正面通向那座圆圆的小山。我禁不住叫出声来:"哎哟,这可是够让人吃惊的啊。"

上了山道路就变得狭窄,弯曲盘旋地到了半山腰似乎就绕到山背面去了。

"楠元太郎这家伙到底想什么呢?"秋山话中透出不满。一切的一切似乎都与这个能干的编辑预想的相反。

装有换洗衣物和洗漱用品的包显得越发沉重。我们绕过三个S形弯道沿坡道上来后,道路拐向入口正对面的斜坡,延伸进一片灌木丛。

走了一会儿,在多雨地带特有的阔叶林前方突然出现了一座"城堡"。两边是十几棵常绿树组成的群落——可能是榧子树,像护城的卫兵一样伫立着。每棵树都有个支柱,可见是最近刚移栽过来的。这番景象分明是一种精神的体现。尽管没有城楼,没有铺着琉璃瓦的飞檐,也不见白壁围着的格子窗,然而,这座两端各有一座屋塔,中间底部有个硕大华盖的石建筑的的确确是一座"城堡"。

道路变为下坡，再次进入林子里，最终来到一处平坦的地方。除了树叶在海风中簌簌作响，别的什么也听不见。方圆四周的寂静仿佛继承了楠元太郎本人的意志。"城堡"周围挖有宽宽的护城河。护城河上架着一座拱桥，过了桥应该就是入口。

和秋山并肩走过那座桥时，我感觉自己好像是到神秘世界调查的文化人类学家。楠元太郎建这座城堡究竟要向后世传达什么？我们能顺利揭开谜底吗？就在不久前，庄田邦夫也应该和安部理惠一同走过这座桥。

突然间，我察觉到背后有动静，猛地转过身去。秋山做了同样的动作，显然他也有所察觉。定睛一看，原来有一条不知从哪儿来的小白狗跟在我们身后。那狗看上去很不寻常，仿佛通人性一般，让人有些毛骨悚然。这时候我发现：从进门起到过桥再到看见狗，其间我们没有感受到任何动物的气息。这么热的天，按理说应该有蝉在鸣、有蜻蜓在飞，然而除了阔叶树的叶子随风轻摆发出簌簌声，就连一只飞着的小鸟也没有。甚至连叶子的声音也像是人工合成的。护城河里的睡莲有点像超现实主义绘画，鲜艳得吓人。

然而那条白狗一出现，四周顿时溢满了生命的气息。树上传来蛪的鸣叫声。

在我和秋山的注视之下，白狗在桥边坐了下来，那架势像极了维克多唱片的标志，那动作如同在替博物馆的主人招呼我们。难道这也是博物馆设计好的吗？我有点较真地想：庄田和理惠来之前，这条狗已经在这儿了吗？我觉得不是。肯定是他们走了以后才出现的。我也说不出理由，就是这么觉得。

当然，跟理惠来之前，庄田自己已经来过好几次了。关于这个日记里有记录，但他对博物馆的感想却只字未提。而对伊坂杨严隆信的关注，可以说也是跟理惠来这里之后才开始的。庄田是因为想要弄清岳父的秘密，所以才注意到这个博物馆的。

根据秋山在国会图书馆查到的资料，伊坂杨严隆信出身于熊野地区的神官家。大约在两千年前，徐福奉秦始皇之命来此地寻找长生不老之药，伊坂的先祖向徐福的后代学习了天文、物理和药学，定居此地以后则全凭自学创建了一套惊人的知识体系。当时，幕府严格纠察异端，他的研究之所以能逃过幕府的眼睛，一是因为他住在连幕府都得让它三分的纪州藩领地内，二是因为这里在地理上和外界隔绝，还有就是他为人低调，行动谨慎，避免引人注意。或许也正是因为这个，他的生卒年月都是未解之谜。二战结束后没多久，要不是有个奇人在靠海那边地势陡降的山麓挖隧道引起人们的注意，说不定伊坂故居至今还没被发现呢。第一个学术调查团来考察时，认为遗迹过于破败萧索，没什么学术价值。可能其中一部分还要归因于他的知识体系和正规的学究派截然不同。而现在看来，这或许反倒是件幸事。楠元太郎建博物馆时，伊坂家也只是象征性地露了一面，没有引起人们的关注。

对楠元太郎来说，这反倒是正中下怀。对他这个热衷并擅长广告宣传的人来说，这种态度是前所未有的。不过我们也可以认为他平时使用的是一种更高明的手段：假装毫无隐瞒，实则把某些东西隐藏得万无一失。

我和秋山紧张地跟着那条狗向博物馆走去。因为秋山说有可能得住上几天，我把到地方大学集中授课时的一套行装都带来了。

出发前，秋山怕直接道出出版社的名字会遭到拒绝，就跟我说："先借用一下您研究室的名字。对外就说我是您的助手吧。"

这一点也让我有点担心。我从楠食品打听到现任馆长是庄田邦夫失踪前就指定好的，但他的身份却不清楚。

我不知道馆长对我了解到什么程度，便下定决心，一见到他就掏出名片亮明身份：在波士顿时和庄田是朋友，比他小几岁，跟他一起经营过广告公司——只能实打实地说了。

前来迎接我们的是位个头比我高一点，但略显苍老、身材瘦削的男性。我听说他和庄田邦夫同岁，还以为他是个充满活力的男人呢。他看上去得比庄田大十岁。

"我叫野见恭平。接到××大学的通知，在此恭候多时了。"

他说出了我供职的学校名称，那肯定是馆长了。我感觉跟他见过面，却又想不起来在何时何地。

穿过玄关就来到一间大厅，天花板有三层楼那么高，迎面是宽宽的楼梯，楼梯上正面和两侧都装着彩色玻璃，映射出耀眼的光芒。相比之下，馆内有些幽暗，像教会的礼拜堂一样。彩色玻璃上的画是印度风格的画，内容像是传奇故事。我问野见：

"那画上是什么故事？看上去像是楠元太郎从诞生到圆寂的经过。"

庸俗的独裁者到了晚年总爱把自己神化。因为刚才入口那扇门，再加上爬那座看起来像是假的实则很大的山折腾了半天，我看楠元太郎的眼光越发带批判性了。

"不，那是模仿阿弥陀佛接引图画了某位神仙的现身过程。"野见不理会我问话中的揶揄，不慌不忙地解释完，说："先带二位看看房间吧，看你们走得浑身是汗的。"

然后看了看表，"请在四十分钟后回到大厅。时间比较充裕，我想可以边用餐边跟二位谈谈这几天的安排。"

他用一种事务性却很清晰的口吻说完这一切，做了个手势招呼员工过来。

"房间在西配楼。她是负责人，有什么事情尽管吩咐。不过这里毕竟是博物馆，招待不了那么周到。"

话音未落，从他身后走出一位身着黑色长裙的中年女性。她恭敬地行了个礼，"我叫吉野莲"。

这个女人气质不凡。弯弯的眉毛下面，两只眼睛睁得大大的，望着远道而来的客人，目光中却透着冷漠与忧郁。

她看起来是那么不可靠，以至于你探出手想去碰她，却发现在那里的只是幻影，手指穿透她的身体伸向虚无。

连住的房间都预备好了，可以说是酒店级别了。虽说我们是事先联系好的，但受到这种接待还是有些出乎意料。可我总感觉这和博物馆的气氛格格不入。

或许正因为这里是用作客房的配楼，内部的陈设丝毫没有博物馆的样子：走廊铺着带鲜花图案的厚地毯，采光窗上刻着精细的花纹——说是西方某个庄园领主的城堡倒更合适。也许是莲过于恭敬的行为举止引起了我这样的联想。她没有化妆，但容貌高雅端庄，完全不像是一个偏僻地区博物馆的职员。但莲的这种温文尔雅的语调、无微不至的接待说不定也是一套精心设计的保密手段。这种事我做企业调查的时候经历过好几次了。调查进行到一定程度，他们便会砰的一声关上大门，让你寸步难行。有一类企业机密是见不得光的，经不起科学理性的分析。大公司总务部部长职业性的谦恭与机构的壁垒，这些我都见得多了，然而野见似乎又不大一样。

等莲离开后，我来不及冲澡就先去敲开了秋山的房门："你怎么想的?"

"得抓住这个机会好好查查。野见恭平这人好像还有点意思。"说这话时，秋山的双眼因充满好奇心而炯炯放光。我意识到了我们之间年龄的差距。

那天，我向野见恭平解释说，因为要给庄田邦夫写传记，所以需要取得楠元太郎的翔实资料。我说话时，秋山就在我身边侍立，一副助手的样子。我实话实说地告诉野见，关于楠元太郎，包括他的身世在内有许多搞不清的地方，而我认为让一切水落石出的关键都在这伊坂杨严隆信博物馆里。当然，我也没忘加上一句："我想，如果能如实写出庄田邦夫经营方面的业绩和他的性格，对他来说也是一种名誉恢复。"

我不清楚野见恭平怎么看庄田邦夫，所以没敢用"晚年的怪异行为"或者"悲剧性结局"等字眼，只说了一句"晚年的行为"。我还解释说，因为自己是个经营管理学学者，最终的关注点还是在于庄田邦夫作为一名管理者的定位及其在企业经营管理思想史上的意义。如果这些搞明白了，我就可以将客观叙述与文学加工融为一体。

野见恭平缓缓点头，说："您说得很对。文学作品比学术论文更能反映现实，但只有一流的作家才能做到这一点。"

我觉得他话中带刺，稍微有点不悦。他的言语中充满了自信，看得出他这个馆长不是光管看门的。无论如何，此刻我不能和他发生争执。

"那么，我先带二位在馆里转转。"

我决定跟野见走走，把在庄田日记和资料里读到的关于博物馆的记述和野见的说明作个比较。庄田邦夫显得比实际年龄年轻，所以两个人可能真的是同龄人，不过野见看上去要年长得多。他在前面走路时身子略微前倾，步子也很小，让人感觉有点不够稳。每次说话时，他总要把整个身子转过来冲着我们。

楠元太郎是1977年去世的，享年九十五岁。其后十年多，庄田邦夫一次也没来过这里。他全然忘记了伊坂杨严隆信博物馆的存在。那时的他为了将楠食品打造成综合食品生产商，四处忙于同外国企业开展技术合作，哪还顾得上什么博物馆。而且，他似乎觉得楠元太郎在位时间过长，影响了经营管理的现代化进程。

庄田再次前来，是因为安部理惠认识的一个导演对伊坂杨严隆信感兴趣，说想以他为主人公拍一出戏。他为了把理惠他们介绍给馆长，利用五月长假重返久别的故地。然而，那段时间恰巧是他着手研究重新开发真琴市总公司工厂旧址的时间。我不愿去臆测庄田就连在日记里都设下了欺骗读者的圈套。

根据记录，当时的馆长不是野见恭平，而是一个从国立博物馆退休的男性，戴着一副眼镜，显得很谨慎。野见则是在庄田邦夫失踪后即刻走马上任的。

不久，理惠本人也对伊坂杨严隆信产生了兴趣。庄田日记中写道，那年秋天，他和理惠第二次来到博物馆。那次她转了整整半天，搞不懂她缘何如此用心。尤其是在一个叫做天文学配殿的角落里，她对据说是伊坂杨严隆信用过的天球仪、定位器、称微量物质用的秤、古地图等都表现出了浓厚的兴趣。那天她头一回看到伊坂杨严隆信的肖像画，仿佛受到了冲击一般。

　　　　这幅肖像画使人联想起意在表现人物气质与内心的中世纪贵族肖
　　像。画中人面向斜前方盘腿而坐，可作者没有画他的脚部，也没有用光
　　影营造立体效果。从这个意义上说，这幅画并不写实。它那如同写乐①笔
　　下的演员一般的相貌，以及那仿佛凝视着什么的瞳仁中的光芒，在肖像
　　画传统并不悠久的我国绘画中堪称珍品。画中，伊坂杨严隆信凝视着宇
　　宙，且与之相对而坐，其神态呼之欲出。

日记中这一段描写的笔触细致详明，让人疑惑他是否还涉足过美术评论领域。当然也可能是跟理惠学来的。

他的确重又对伊坂杨严隆信产生了兴趣，但并不像理惠那样痴迷与狂热。他永远自信十足，不可能对某个人产生憧憬或崇拜的感情。如果说只有一个例外，那就应当是楠元太郎。可是身为岳父也没能使他免于受庄田的冷眼观察。

在这一点上，他与忘我地欣赏那幅画的理惠不同。她时不时会对各种人产生

---

① 东洲斋写乐，日本江户后期浮世绘画师，擅画演员、相扑力士及武士肖像，画风夸张。

憧憬，有时甚至还抱有近乎皈依的感情。但她并非无药可救：过一段时间吸引她的对象就会像附体的魂灵离身一样被她忘在脑后。庄田将她的这一特性比作演员的移情入戏，说她可以去做"女影星"。然而她对伊坂杨严隆信的感情好像又有些不同。不知是伊坂杨严隆信有种魔力，还是理惠自身另有隐情。

给我们引路时，野见恭平说："这幅画据说是他晚年叫画师给他画的。有记录说他有很强的阶级偏见，不爱见人，按说是不会愿意给人画的。那他为什么会留下这么一幅肖像画呢？这到现在还是个谜。"

"野见先生怎么解这个谜呢？"我想尽快了解对方的想法，便试着问道。

"既然您这么问，就请允许我讲几句个人看法。"野见先郑重声明了一下，说话的口气让人觉得他以前可能在大机构工作过。他很肯定地说，伊坂杨严隆信留下这幅画后就失踪了。他还说，至今也没有在附近的任何一间寺庙里发现他下葬的记录。伊坂杨严隆信的祖先是神官，公元前从中国大陆渡海而来的徐福的后裔还教过他秘药制造的方法。出生在这样一个药学世家，该不会那么轻易死掉。据说那秘药以楠科植物为原料，主要是所谓的天台乌药。

"这么说，他就是咱们现在说的生物学家喽。原来如此，楠元太郎嘛，当然得是楠科植物啦。"一直沉默着的秋山冷不丁打趣道。我不再说话，任由野见恭平和秋山去讨论伊坂杨严隆信到底去了哪里，径自看起展品来。那天球仪与其说是他用来观测天体的，倒不如说是他对宇宙进行思考的工具。旁边放着资料的复本，其白话文译本是用打字机一行行打出来的。

我看到上面写着："我支持山片蟠桃的主张：在这个太阳系以外或许还存在不同的太阳系，里面也有人类居住。"

在江户末期，确切地说是在嘉永、安政年间，英国船、俄国船还有美国船莫里森号相继到来，在那之后不久，估计伊坂杨严隆信是一边听着佩里叩关的报道，一边蜗居此地埋头研究。我看到了航海用的八分仪、罗盘和气压计，展品介绍说这都是伊坂杨严隆信设计的。这里还陈列着大量的海图、地图、比例圆规等物。在摆成扇形展出的地图中，我发现第二幅上有"波美岛"字样。我一言不发走回秋山身旁，拽了下他的胳膊。

"怎么了？"他诧异地跟我走到航海用品陈列柜跟前，看到我指着的地图，便大声喊道："啊，是真的！"

野见馆长三步并两步地跑了过来。

"我们想看一下第二张地图。"

"啊啊。"野见发出了猫头鹰般的声音。他回过头去，身穿一身黑衣的吉野莲又不知从哪里冒出来，打开了柜子。

拿在手上端详过才发现，这里陈列的不过是翻拍的照片，原图估计是被收藏起来了。不过眼下管不了那么多了。为谨慎起见，我们把其他地图也查了一遍。这里连琉球本岛的地图都有，九州全岛的也有。

"有什么发现吗？"

"这个'波美岛'恐怕就是现在已经消失了的'冲之波美岛'。"

秋山说。我吃了一惊，想要阻拦，可是来不及了。

事到如今，就只有和盘托出，求野见恭平合作了。我做好了心理准备，肯定了秋山的话："关于这一点以后再向您解释。请您务必协助，不，是指导我们的调查。我们需要您的帮助。"

我眼前仿佛浮现出一股浩浩荡荡的海流，从纪伊半岛的潮岬，经过四国的室户岬和足褶岬，一直流到鹿儿岛的大隅半岛和琉球弧。从秋山那儿听说了这座消失的岛屿，以及有可能与楠元太郎的出生有某种关系的假设后，我去了大学的海洋学研究室，向一个熟人请教了一下海流以及随季节变化等知识。日本列岛周围的海流，在不同的季节会和来自其他方向的海流交合、分离，从而带来些意想不到的东西。相反南方来的海流则在冲绳本岛向西流入中国东海。

伊坂杨严隆信有可能留下一张肖像画就向南或西进发了。位于纪伊半岛南端的那智胜海湾有一座补陀落寺，素有通向西方极乐净土的渡海基地之称。

这座博物馆里有冲之波美岛的地图，这给我的推测提供了一些线索——这座岛在某种程度上起到了把楠元太郎和伊坂杨严隆信联系在一起的作用。长崎县政府在调查原子弹爆炸死难者时，曾寻找过楠元太郎的下落。而在长崎故居的仓库里找到了许多有关冲之波美岛的文件，其中相当一部分是用无法解读的文字写成的。楠元太郎有可能在幼年时期寄住在这里。这家人在江户时代是搞药材批发的。这样一来，如果从这座博物馆里找到与楠元太郎和冲之波美岛都有关的资料，调查就往前推进了一大步。

"这么问或许过于冒昧了，如果有冒犯之处还请您原谅。"

我实在忍不住了，声明了一句后，便劈头盖脑地问了一连串问题：野见恭平和庄田邦夫是什么关系啦，是否在楠元太郎在世时见过他啦，庄田邦夫对冲之波美岛了解多少啦，他和安部理惠来这儿时的情况等等。

"要是馆里有员工知道庄田邦夫和安部理惠当时的情况，我也想向他们了解一下。"

我开始觉得，理惠的朋友要拍关于伊坂杨严隆信的戏这码事，可能是两人为来博物馆做各种调查而想出的借口。

"庄田他们家被疏散到新宫那会儿，我跟他们住一条街。"野见开了口，神情中看不出一丝犹豫或焦躁。或许这类问题他早就料到了。

"庄田一家住的是我亲戚家的偏房，在新宫市市郊。那时候，往那儿送点补给啊递个信什么的都是我的活儿，所以上初中时的庄田邦夫和他母亲的样儿我都记得。现在我是老了，那会儿别人一说我跟他长得像我就美得不行。人家怎么说也是城里长大的名门子弟。庄田本人对我可能没怎么注意吧。好多年以后我又去了楠食品在他手下干活，我觉得这是种缘分。"

他像是看出我还想发问，又继续说："再后来，我进了大阪的一所大学，而庄田搬到了东京，接着又去了波士顿，就没机会见面了。我在大学里学美学，当时学生运动闹得正欢呢，就是所谓的第一次全学联时期吧。我也成了其中一员，整天搞运动，等毕了业却找不着工作。我先是从出版社接一些校对和编辑的活儿，后来又去了楠食品，多亏有这层关系才来到这座博物馆。"

野见说明了自己同博物馆的关系，声音略低，既没有一点架子，又没有让听者不自在的过分谦逊。他的话中没有自相矛盾的地方，可我并不满意。难道庄田会凭这么点关系就白纸黑字留言指名野见恭平在岳父建的博物馆里做馆长？仔细想来，那张留言是否确有其物还是个谜。就算小时候没机会接触（按野见讲述的情形来看两人倒可以说是一直认识的），在他给楠食品做些分包工作时两人兴许建立了密切的关系，说不定暗地里有什么不为人知的事。

我在心里暗暗推测。不过我们此行的目的是搞清裹在楠元太郎身上的谜团，找到能够解释庄田邦夫晚年行为的线索。要是对野见恭平的身世追根究底就会引起对方警惕，当务之急是将他拉拢到我们这边。我好容易才打消了想继续追问的念头。

"我们以为，既然这座博物馆是楠食品创始人楠元太郎建的，那就一定会有他的相关资料或记录，可是你们好像并没有展出。"秋山仿佛察觉到了我的想法，换了个角度问道。

"前一阵有几个研究机构，像昭和经营史研究所等也来问过同样的问题，所以我们也进行了许多调查，我跟馆里的员工把数量庞大的资料从头到尾查阅了一遍，全都是伊坂杨严隆信的手书以及据说是他收集的古书，没发现关于楠元太郎的资料。"

"楠元太郎是怎么知道伊坂杨严隆信这个人的呢？据我所知他只念过小学，江户末年的思想家、科学家、天文学家跟楠元太郎之间能有什么必然联系呢？"

"的确。"野见恭平稍微挺直了下身子，"这一点我也有疑问。投了这么大笔钱建博物馆，敬仰之情肯定是不用说了。但是关于这事的直接动因，别说是说明资料了，连得到点启发的资料都没处找。"

"看来还是得在这儿待一阵子，查查资料，是吧？"秋山像在征求我的意见，但却是在问野见馆长。

"二位打算住几天呢？在我们这种地方可能生活上多有不便。"

我打算利用从现在到傍晚的时间将庄田的日记和已经看过的资料同方才野见恭平说的话再对照一遍，便回应道："这个我们俩再商量商量吧。"

在真琴市的总公司工厂旧址建造纪念馆的计划遭到坚决反对以后，庄田邦夫才真正开始调查他岳父的情况。当时他找过我商量解决办法，所以事情的经过我记得很清楚。今天野见的话里居然出现了昭和经营史研究所这个名称，让我心里咯噔一下。因为是我把这个研究所的理事长朝仓喜久雄介绍给庄田的。而把我介绍给朝仓理事长的，则是在该所任兼职理事的一个大广告公司的常务董事。不知怎的，我甚至有点毛骨悚然，仿佛看见许多条河都被吸引着流向一个漩涡的中心。记得我和庄田邦夫跟朝仓理事长一起吃过两次饭。第一次是为引见二人，第二次是研究所发表第一次调查报告的时候。我记得朝仓脸色总是白得诡异，并且带着个身材魁梧的秘书。

两人第一次见面的那晚，我把他们约到广告公司的迎宾馆。

迎宾馆位于六本木繁华街区的一角，原来是战前一个被称为煤炭大王的人给他小老婆住的房子，公司买了下来重新装修而成。时值六月末，从大门到玄关的小路两旁装有路灯，青苔被悄然而至的细雨打湿，晶莹发亮。随处可见初绽的绣球花，朵朵大得逼人。坐在大敞四开的和式房间里，可以看到庭院里树木茂密，尽头似乎有座池塘，不经意间袭来阵阵凉风。理事长的声音向来含混难辨，这次因为下着蒙蒙雨，那一句"我是朝仓"听来十分清亮，与他理得短短的平头、嵌着一对小眼睛的黝黑脸庞毫不相称。我之前跟他见过一两次，声音好像不是这样的，我猜他是不是出于某种原因做过声带手术。

"年轻时我与尊泰山大人见过几面，听说你的事情时，我感觉这世上还真有缘分这东西。"

朝仓开了口。庄田点了下头，问道："这我还是头一回听说。是创业那会儿的事吗？"

"不是，战争结束后我从中国回来，进巢鸭蹲了一阵。从那儿出来没多久后。"

从两人之间的对话可见楠元太郎的确没把自己的女婿介绍给朝仓喜久雄。朝仓同东条英机、岸信介等人一同被当做战犯嫌疑人在巢鸭拘留所关押了一年左右。他接着又回答我说："我在那儿待了十个月零十一天。我很幸运，只是被开除了公职①，就被放出来了。我们一伙的有不少都没命了。我能从巢鸭出来也算是捡了一条命。"

朝仓喜久雄脸庞漆黑，声音高亢地说着"我"如何如何，话里还夹杂着英语，让我和庄田邦夫听得一愣一愣的。他向我们介绍了他的秘书——一个年轻男人，剃着和尚头，拿着一股劲儿，像块石磨一样盘腿坐着。这家伙怎么看怎么像右翼组织成员。可是他的面色却像刚从土里爬出来的独角仙幼虫一般通透洁

---

① 日本二战后，驻日盟军最高司令官按照《波茨坦宣言》所提出的备忘录，开除了军国主义领导人的公职。

白，实在奇怪。

战后那段时间里工会在全国范围内大批涌现，楠元太郎则拼死抵抗。后来就发生了暴力团伙破坏罢工和工会委员长被暗杀的事件。倘使楠元太郎和朝仓喜久雄是在那种情形下相识的话，镇压工人运动的幕后领导人很有可能就是朝仓，因受楠元太郎的委托。有传言说他在中国杀了好些人。头次见面那晚，庄田邦夫不可能没注意到这一点。毋宁说正因为他知道这段历史才坚定了他委托朝仓镇压反对运动的决心。尽管只有短短的三年，跟庄田邦夫在同一家公司供职的经历，以及回大学工作不久就被卷入"校园纷争"的经历告诉我，要想解决问题，有时"强势理论"是必不可少的。我深知自己玩不转"强势理论"，但我看庄田具备当领导人的素质。即便如此，我还是搞不清把朝仓喜久雄介绍给他究竟是对是错，虽然他是关系很熟的广告公司引荐给我的。

我身为学者，既写《实例：经营管理学十二讲》之类的书，又参加电视台的智力问答节目，别人都说我是教授中的异类。其实这是我为了克服高度斜视造成的木讷性格而做的努力，或许也是针对我自身的"强势理论"。这也是留学时庄田教给我的。

然而，庄田并不像是生来就喜欢"强势理论"，所以我才可以原谅他。他似乎总在努力克服和超越着什么。他向我透露自己的内心世界，详细地记日记等都可以看做是这种努力的表现。但不管是对初恋情人朱丽叶的态度，还是成为楠食品领导人之后的十足干劲，里面似乎都暗藏着某种深不可测的热情，在背后推他向前。我越来越强烈地感觉到，他身上有些东西是不能用经营管理学的眼光审视的。

创始人楠元太郎身为企业家，有需要的话会动用暴力团伙，恐怕还杀过人。经历过几次困难与大风大浪之后，他把接力棒交给了庄田邦夫，自己则成为"创业之父"。公司员工和工会干部都管他叫"老头子"，他的人品传为美谈，为人们津津乐道。

"我那时年轻气盛，还是个愣头青。可尊泰山大人实在是了不起。"

朝仓追述道。他讲话时态度沉着，间或加点手势，像是对楠元太郎及其继承人有着发自内心的信任。

"不是有个莉露吗？虽然我不是吧，他很信任从上海回来的年轻人，还给我弄了一批手下。我一想，见义不为无勇也。再说了，我也算有点志气，如果是为国效力，那就不能计较褒贬啊名誉啊个人感情什么的。我觉得我这一点到现在也没变。"

朝仓的话有个背景，就是日本战败后不久风行一时的流行歌曲《从上海归来的莉露》。我费了点时间才明白过来。此时，一只甲虫拍打着翅膀，从敞开的拉门飞进屋里。

好像是金花虫的一种，翡翠色的前翅闪闪发亮。它先是在屋角的一盏带纸罩的落地灯周围徘徊，接着向饭桌飞来，满屋子乱转，一刻不闲着。每次变换方向都会射出刺眼的绿光。根据庄田那天的日记，看着那虫子，他立刻陷入了深深的幻想。他隐约听到了音乐声。那是他很久以前不知在什么地方听过的曲调。

这曲调每逢重大时刻都会在庄田耳边响起。和朱丽叶初次接吻时，和伸子举行婚礼前两人并排拍照时，还有为楠元太郎彻夜守灵时，庄田都听到了同样的曲调——他既没学过，也不知是在哪儿听到过。既像古代的琵琶琴曲，又仿佛是现代音乐的声响。半响，那曲子中断了，唯有金花虫振翅的声调越发高昂，再次传入耳畔。不知何时，坐在对面的朝仓理事长的秘书脸上缠满了绷带。庄田吃了一惊，望向朝仓，只见他的眼镜像撒了银粉一般光芒耀眼，对庄田说："我们俩都很会伪装啊。"

不知是用了腹语还是怎么着，听不出是他在说话。

"你要建创业纪念馆，这可是件了不得的事啊。"

另一个朝仓理事长开口说道。庄田邦夫的内心被一种感觉占据，仿佛他们登上了舞台，正在演一出戏。

聚光灯下，神秘的实权人物正要助在困境中挣扎的楠食品一臂之力。过去楠食品的创始人有恩于实权人物。如今还人情的时候到了。

看不见的观众屏息凝神，望着主人公庄田邦夫与形迹可疑的朝仓喜久雄握手结盟。庄田邦夫不时会有这种感觉，意识脱离现实，自己扮演的角色被另一个自己观看。而这必定是由现实情景触发引起的。庄田的意识时而飘向过去的某一幕，时而在幻想牵引下遁入未来。

他曾经突然中止花了一年时间研发的新产品，理由是他在幻想中看到将来的景况对该产品不利。为了找个正当理由说服技术人员，庄田还着实费了一番工夫。有一家竞争对手探听到楠食品的研发计划，暗中紧随其后，然而他们不知道他们中止研发的消息，仍将产品推向市场，却落得个血本无归的下场。传说那家公司后悔不已，大叫中了庄田的计。

这天晚上，金龟子那色彩鲜艳的翅膀一扇一扇的，让庄田在重要的谈话过程中魂不守舍。

"环绕创业纪念塔挖一条护城河的设计也不错嘛。人走过桥，就到了另一个世界。"

朝仓理事长对庄田的赞誉声也渐渐模糊起来。此时，另一个庄田分析起朝仓的话来："这家伙说得跟自己真见过另一个世界似的。要那么说我也见过。"

那个庄田视野里浮现出一位老人，体格坚实，稍稍缩着肩膀，正要过桥。他和楠元太郎很相像，也说不定这就是几十年后的自己。庄田意识到这一点时，感觉死去的楠元太郎正向自己发出过桥的命令。专制的创始人似乎在死后还继续着他的统治。

前方矗立着一座巨大的塔，中部略微凸出呈纺锤形，顶端隐没在遮天的烟霭里。塔底部很宽，差不多有四层楼高。有许多来登塔的人，在看上去像个小黑豆般的入口处进进出出，络绎不绝。小贩的吆喝声、敲钟打鼓的声音、叫喊声等交织出一片喧嚣，与默然伫立的塔形成鲜明对比。一个像到了小人国的奥列佛般的男人，仰面朝天躺在这块喧嚣的褥子上。庄田回想起楠元太郎临终的面容，妻子伸子几次想让他瞑目，可他就是睁大双眼直勾勾望着天。

临终的他在病榻上的最后一句话是："去吧，别喝水啊。"

那语调紧迫而有力。

他身处于怎样的幻觉之中呢？小时候学过老式远泳法的楠元太郎，是他的意识已经回到了故乡呢，还是在心底为逼死长子喜一郎而悔恨，正教死去的儿子游泳呢？对这句不像遗言的遗言，庄田暂且做了一个很普通的解释。

随后，庄田就坐在遗体身边陷入了漫长的睡眠。

在梦里，庄田穿过了好几片深邃的森林。那森林像极了他上中学时迷路后被困在里面一个多星期的熊野森林。唯一不同的地方，是森林与森林之间是暗流涌动的海峡，朱红色的桥将葱郁的岛屿连成一片。

"我从雨尾先生那儿听说了你的事，就叫人搜集了些关于楠食品的外部资料。"

朝仓理事长的声音像从水底传出来的一样，总算把庄田拉回了现实。饭不知什么时候吃完了。金龟子也早没了影。

"我在调查户籍资料时有个意外发现。"

朝仓理事长接着说："一般人都以为楠元太郎先生出生在滋贺，但他真正的出生地好像在别处。"

"那是哪儿呢？"我当时纯粹出于好奇问了一句。

"那就不知道了。他是明治十五年生的，这应该没有问题。二十二岁时被征兵参加了日俄战争，所以至少年龄不会差得太多。"

"但是，他是随奈良师团出征的。如果真像在单行本《我的前半生》里的访谈中说的那样，出生于滋贺县北部的话，那他就应该被编入敦贺的连队。我查了奈良师团士兵的出生地，发现其中有一处在平户藩，离奈良很远。此地在仁治年间被划为东大寺的领地，长期归东大寺统辖。这在史料上有明确记载。由于当地的大名叫松浦，那一片的土地也就被称为松浦藩领。"

我看见庄田条件反射般地坐直了身子。可能是朝仓理事长的话和那珂崎介绍他认识的"老爷"的话如出一辙的缘故。而且，按老爷的说法，那里似乎还是解开安部理惠出生之谜的关键地。还包括同消失的岛屿之间的贸易关系。

"照您的话说，我岳父就是在那块地方出生的咯？"

"不。"

朝仓摇了摇头。

"我查过了，到处都找不到能证实他出生地的资料。只能说他出生地不详。"

这天晚上，庄田发觉自己原来对岳父一无所知。

"松浦藩领那个地方，自古以来有很多人从各处漂流到那儿，滋贺县也是一样。有很多相关记录。有一种说法认为他是渡来人，想必你也有所耳闻。"

这个庄田还是头一次听说，面对朝仓的问话，他只得含糊其辞地"嗯"了一声。滋贺县那里从朝鲜半岛过来的渡来人很多，而长崎的渡来人则多是来自中国大陆或者更南的地方。如果楠元太郎是有意移居到滋贺县的话，那可能是他事先算计好的——有一天即使被人知道他是渡来人，因为是滋贺县也就很顺理成章了。

在读《我的前半生》时，有一处引起了我的注意。谈到楠元太郎在哪里学到做面包的手艺，书中是这么写的："从滋贺县乡下搬到真琴市，然后又去了神户，在一家面包店给人打杂，在那里学到了做面包的方法。"

关键的专有名词都被略去了，实在不可思议。

"假设他是渡来人，那他有可能来自南方的岛屿、泰国、缅甸、马来西亚或者天竺附近的岛屿。"

朝仓喜久雄大胆猜测道。

日本同这些地方很久以前就有人员往来。想想江户时代的人对于唐朝和天竺，是如何将他们的想象力发挥到极致的，我们就不能简单地将朝仓理事长的猜测斥为信口开河。

"咳，反正这不是眼下的主要问题。不过搞不清他的出生地，就很难确定策划或煽动反对运动的人是谁。人的户籍有时就会有这个作用。"

朝仓理事长能说出这种话，八成是他的经验之谈，战时他曾在驻中国的特务机构工作过。

伊坂杨严隆信博物馆的食堂位于一进正门门厅后东侧的配楼，与我们住宿的西配楼相对。博物馆的建筑格局呈箭头形，东西两个配楼分别是招待来宾的食堂和宿舍，箭头中部最宽的地方就是分三层的博物馆。从外面望去，每一部分顶端都立着一座尖塔。我和秋山并排就座，野见恭平则坐在我们前面，背对着厨房。一个女人给我们端来了饭菜。不是博物馆里的吉野莲，比她要年轻，但和她一样着一身黑衣，一言不发。

"你们想看哪方面的资料？伊坂杨严隆信留下的文献实在是卷帙浩繁，至今没有得到充分的整理和解读。可能庄田邦夫先生去世后楠食品变得更重利了吧，对我们博物馆的关注力度大不如从前，也不给拨够经费。我们的工作很难有进展。"野见抱怨道。

"伊坂杨严隆信的一切对我来讲都是未知数，因此我都很感兴趣，不过这次之所以麻烦您是因为要给庄田邦夫写传记，得做些背景调查。我想尽量多看一些关于建造这座博物馆的经纬、第一代董事长楠元太郎的言谈记录、有关这座博物馆的指示和公司内部命令之类的东西以及其他跟楠元太郎和庄田邦夫有关的资料。"我跟野见说了我们的想法。

"有可能的话，我想读读伊坂杨严隆信写的跟冲之波美岛以及南方诸岛、琉球弧有关的东西。"秋山按照我们事先说好的那样提出了要求，接着追问道："野见先生，我好像在哪里见过您。"

野见将手掌贴到右耳垂后边，表示没听清。他本就凹陷的双眼似乎向里凹得更深了。

"您去过东京神田那一带吗？"

野见缓缓地摇了摇头。那动作过于迟缓，就像得了老年疾病似的。

"我刚才说过了，我是在这附近出生的，虽说参加过学生运动，也只是小打小闹罢了。庄田先生他们家被疏散过来时，我们家只不过是帮了点小忙，结果后来我却一直承蒙他、承蒙楠食品的关照。"

"对于庄田邦夫本人或者是关于他的传言也好，您有什么印象特别深的地方吗？比如他小时候玩耍的样子，他的习惯，任何事情都可以。"我顺着秋山的问话进一步问道。

"这个以后还有机会细聊。那些事有时候会突然间浮现在我脑海里，但硬要去回忆的话，就怎么也想不起来，在记忆的深渊中消失得无影无踪。真是上了年纪了。"野见有些黯然地说。

"我现在正在读庄田邦夫留下的厚厚的日记，他好像有种古怪的幻想癖，甚至可以说有几分病态。他上中学时有那怪癖吗？"

"有啊。"

野见回答得很干脆，让我吃了一惊。

"发生过一起失踪事件。有一天他一下子就没了人影，村里人都以为他遇见鬼了，要不就是让天狗抓去了，大伙上山找了一圈也没找着。可过了一个礼拜，他又忽然冒出来了，说是去采蕨菜结果迷了路，但是直觉告诉我不是这么回事。他肯定是看见了什么东西，吸引他走进去了。要我猜，是栗子花的香味吸引了他。那香味把他引到了另一个世界。"

我不由得看了一眼秋山。庄田邦夫有不为人知的幻想癖，这毫无疑问，可是野见叙述的口吻就如同他自己的亲身经历一般，看来他自己也不怎么正常。

野见对我俩的诧异毫不在意，低头拿起筷子。

"庄田邦夫究竟看到什么了呢？您说另一个世界，可我还是摸不着头脑。"秋山的口吻就像是一个极度缺乏想象力的人。

"怎么说呢，可以说是个天狗共同体吧。或许他在一个超越了现代国家框架的集团中，看到了人类行为的徒然与虚无。"

听起来就好像他也在场看到了一样。那个时候，战争就快结束，整个日本已经开始崩溃。不光是因为空袭、舰炮射击等物质原因，还因为军部和对军部唯命是从的所有国民的愚昧，以及听凭军人滥用职权的皇室的判断失误，一切的一切使得日本就像患了内脏疾病一样从体内开始溃烂。然而在熊野的深山里、原野上，舒展的嫩叶、柯树和栗子花的芳香依然洋溢着勃勃生机。

"那是异界和现实世界最为接近的时期和季节。"野见说明道。他说所谓天狗是指被排除在体制之外的山民，有的还是平家逃亡者的后代。除了这种一般性说法以外，他还告诉我们："他们最大的特点就是说话时鼻翼一开一合的。而且他们对话时不使用语言，而是用手指碰触对方的身体。"

最后，他又像临时想起一样加了一句："这都是我听说的。"

这可真是意外的收获。证明庄田邦夫有一段深藏不露的过去，他奇特的秉性是幼年时代养成的。

"这些话您会原封不动地写进去吗？"野见恭平忽然顾忌起来，用他凹陷的眼睛盯着我。

"不会原样写的。需要写进去的部分我会请您过目。"

我小心翼翼地回答，生怕对方翻脸跑掉。本来还想提"您见过那些天狗吗"之类的问题，但终于忍住了。我给秋山使了个眼色，让他也克制住采访欲望。话说回来，我也担心把野见的话原封不动写进去的话，说不定别人以为是精神科病例呢，哪像是企业家的实录性传记小说啊？野见讲的那些庄田邦夫幼年时代的逸事既给我提供了新的视角，也给我出了一道难题。我本想主要写他作为一名企业

家所取得的业绩、他的管理能力以及在波士顿学习经营管理的经历对他的影响
等，现在看来这样写行不通。可是，我不过是一名经营管理学的学者，手中的笔
能写出别的来吗？

我想起那时候一家大企业要收购我和庄田经营的广告公司，我们俩在一起商
量的事。这种事情不能在员工面前谈，所以我们挑了一家平时很少去的饭店，到
里面的酒吧去商量。

要把公司卖给大企业，我心有不甘，觉得那样的话我们之前的辛苦努力都付
诸东流了。而庄田则异常冷静，像长辈开导晚辈一般地说："现在公司是一切顺
利，可我们也不能总靠留学经历这块金字招牌吃饭，等以后海归不稀罕了，咱们
的卖点也就没了。"

"那今后我们该去哪儿呢？"

我的语气中流露出不满。庄田回答说："我觉得我还是适合单干，打算往那
方面考虑考虑。你要没意见的话，就跟员工一起到那家大企业吧。作为组织机构
里的一分子，这点适应能力还是得有的。"

庄田使用了Organization Man这个词，让我想起在波士顿上的管理学课。

作为并购的交换条件，大企业向我们保证让庄田做负责美国业务的常务董
事，让我也做董事。

"那怎么行？"我说，"我是看在你游说的分上才入股的，其实我本心还是想
回大学。"

"也是，或许那更适合你。"

他很痛快地认可了我的意见。我顺势问道："你为什么不留下呢？人家可是
看上你啦。你说想自己重新创业，有什么计划没有？"

本来如果靠父亲的关系，庄田是很容易进财阀系统的公司的，但是他从来没
动过这个念头。他和他父亲相处得不好。如果把他自己创立的广告公司转手让给
大公司，庄田就真是无处可去了。如今他父亲也去世了，他应该更没心思去攀关
系了。

我把这些想法告诉他，想问问他的意思，却发现刚才还往前探着身子、两眼
放光地动员我的庄田一下子变得神情恍惚，他的心仿佛游到了远方。

酒吧里我们坐的位置属于隔间，在隔板上方有一个热带鱼的水箱。在升腾的气泡和摇曳的绿藻之间，十几只小鱼游来游去，身上带着斑纹，肚子侧面发出霓虹灯一样的绿色荧光。而他注视着那些鱼，缓缓地摇着头。

过了一会儿，庄田慢吞吞地把头扭回我这边。有那么一瞬间他仿佛因为我的存在而惊诧，但马上眼神就恢复正常，说："还什么都没定呢。也有可能会跟你一样干经商以外的事。"

"我要是能拿到一定的资金，还想再去波士顿学习一段时间。"

"那挺好的。卖了公司咱们就能有一笔不小的收入。"

那次谈过以后，庄田就拱手卖掉了公司。我不知道他那时除了经商还想干哪行。结果是没等转行就进了楠食品，和楠伸子订了婚。

我在第二次去波士顿时得知此事，有种被背叛的感觉。我本来还觉得他肯定会做出更加惊天动地的大事。具体情况我不了解，但那个学生时代充满自信、有着大好前途的庄田，在仕途得到保证后怎么就沦落成了一个平庸的商人呢？我仿佛亲眼见证了一个青春与梦想在现实中受挫的故事。

很久以后我和他重归于好，谈到和伸子的婚姻时，庄田说："怎么说呢，我觉得楠老头子有点人格魅力。尽管他很封建、很专制、很不可理喻，但他来求我时我却没法拒绝。"

他的语气不像是在狡辩。接着他讲述了楠元太郎恳求他娶伸子为妻的前因后果。

他的坦诚化解了多年来郁积在我心中的怨气。不光是坦率的言辞，他说话时自然的笑容也打动了我。这个他，和在波士顿时同从日本过来的父亲见面时的他截然不同。我暗自思忖：当时这对父子怕是因为没有第三者在场就无话可说，所以才把我叫过来作陪的吧。我还想，不如把妻子也介绍给他，两家人一起交往也挺有意思。

我再次从波士顿回到日本，在大学工作了几年之后，跟我导师挚友的女儿结了婚。当时我没跟庄田说。因为我觉得我们已经是两个世界的人了，再说我结婚请的都是学者、出版社的编辑、官员一类的人，要是叱咤商海的庄田突然现身其中，怕是怎么着也有点格格不入。

　　和妻子结婚前，我一早就觉得她人不错，不过那时她对我来说只是一个助手。偶尔她会来帮导师做做研究，整理整理资料。一次导师问她："菜穗，你喜欢什么样的男生？"她毫不犹豫地回答："像雨尾那样的呗。"

　　导师把这话告诉我时，我怀疑自己听错了。

　　其实在那之前，我对她也有点意思。节假日的时候，在住处看书看累了，不知不觉就会想起她来。每次我眼前浮现出来的必定是这样一幅景象：她从爬满常春藤的图书馆门前经过，向研究室走来。常春藤那浓浓的绿色是那样恬静，但并非黯淡无光。因为这幅想象中的图景，我暗地里叫她"常春藤小姐"。这种感情并没有强烈到爱情的程度。对高度斜视的顾忌和自卑使我与恋爱无缘。说起来，在波士顿时跟那个叫伊莲诺娅的女生交往也是庄田怂恿的，并不是我的本意。在做广告公司时培养起来的对市场和商品的敏锐让我开始在意穿着，但在第二次去波士顿期间又消失得无影无踪了。

　　老师告诉我常春藤小姐对我有意思之后，我的心理就发生了变化。她这个女孩，是要去真心交往之后才会逐渐发现她的魅力。而且她了解做研究的人的生活，这也让我很省心。可以说，订婚之后我才开始有恋爱的感觉。我们一起去看画展，参观镰仓的紫阳花寺，十分开心。要说那时我还有一丝自信的话，就源于一个研究人员对所从事的课题的持之以恒。学者的生活很枯燥，自然也与世间的荣华富贵毫不沾边，可她顺理成章地接受了这种生活，这也让我很欣慰。

　　那时候可以说我几乎忘记了庄田邦夫的存在。不久我们就结了婚，连着生了两个孩子，没有一个是斜视。我的木讷性格也不知何时消失了，我开始敢于挑战新的研究课题。

　　我读了庄田的日记才知道，在经济方针国民会议上久别重逢后，庄田邀我参加KIGEN聚会的那天晚上，他正处于一种幻觉状态。照野见对他中学时代的描述来看，这倒也不足为怪了。

　　日记那一部分的开头写道：

　　　　回到家已经是深夜了。桌子上放着三田绫写的字条，上面写着：明天九点有会。我八点叫您。先失陪了。

伸子病死后，女佣三田绫就一直在庄田身边服侍他。从俩人结婚那天起她就过来住了。三田绫对伸子有种母爱一般的感情，一直以来就如同这个家的一员。伸子死后，她执意留在庄田身边。他像平常一样看了一眼字条，走进书房隔壁的藏书室，找了几本关于KIGEN聚会的主题——"俳句"的参考书。接着他从堆满书架一角的磁带和CD中抽出睡前放的音乐。那天晚上他选的每一首曲子都是短小而沉静的，估计这也是为了写关于俳句的文章所做的准备。

底稿写了三分之一左右，庄田想起了他的父亲。在繁忙的工作之余，每逢节假日，父亲总是会抽出时间，穿上和服或浴衣绞尽脑汁作上两句俳句。他回忆道：不知是为了提前适应退休后的生活，还是因为觉得自己融入不进欧美社会，父亲作的俳句总带着种消遣解闷的意味，这反倒更加衬托出他的寂寞。我想起在波士顿一起留学时，庄田曾像评价一个与自己毫不相关的人一样评价他父亲："明治年代出生的所谓国际派商人基本上就是那样的。"

庄田在写关于俳句的文章时目光冰冷，就像他对夏日傍晚、身穿浴衣、在透过帘子吹来的凉爽的微风中惬意地吃着冷豆腐的父亲投去的目光一样。

同他跟父亲的关系相比，进入楠食品以后，庄田邦夫和楠元太郎的关系可以说是天天都在搏斗。两人之间确实存在由年龄和成长环境差异带来的感性分歧。但同时，两人也都能感受到超越分歧之后的同一性。渐渐地，庄田发现，每天与楠元太郎的斗争同时也是自己跟自己的斗争。

庄田有几个地方跟楠元太郎很像：对背叛者的态度，对使用不正当手段的竞争对手决不原谅、抗争到底的斗志，事情一旦过去就会把一切都忘得一干二净的习性等。当初，工会委员长被害，工会运动也不了了之以后，楠元太郎似乎马上就把双方曾经的激烈对峙、斗争忘到脑后，大方起用原来的工会干部，甚至还让他们做到了高层。

庄田在写KIGEN底稿时，书房里放着环境音乐，如同洞窟里树根渗出的水珠一般隔一会儿就滴下一滴。那响声恣意地时断时续，使人联想到落到地面的时疏时密的雨点。

他的房间有时会响起古典音乐，有时又会传出巴洛克音乐，还有的夜晚不知为什么会放些带有虚无感的现代爵士。或许他对音乐的风格并不在意，全凭当时心情而定。

也不知伏案写了多久，庄田忽然感到有谁走进了这个房间。他回头一看，面前站着的正是"自己"。

"嗨。"

那个人打了声招呼。庄田一时有点窘迫。

"这么晚来干吗?"庄田问道，但语气并不强烈。

"不好意思。"和他一模一样的男人答道。这"一模一样"只是庄田自己的感觉，仔细看的话，那男人比他老了几分，显得有些落魄。"我找不着回来的路了。我就跟荷兰人似的，从一个码头绕到另一个码头，也没法上岸，迷失了好一阵子。"

"你瘦了。"

"是吗? 我营养应该还不错，航行中净吃鱼子了。"

"那东西胆固醇高得很啊。"庄田提醒道。

"哈哈，哈哈哈。""庄田"大笑，兴许是觉得面前这位既没冒过险又缺乏运动，成天蜗居家中吃着山珍海味的人连关心别人都那么刻板、那么教条，显得十分可笑。

"那你今后打算怎么办呢?"

"我想差不多该探寻真理了。"

不知道是哪边作出的回答，只记得常住这屋的那个庄田有些目瞪口呆地盯着另一个自己的脸。

"那又是何苦呢?"反问的声音小得几乎听不见。庄田慌了，不明白另一个自己为什么突然生出如此奇怪的想法，难道他疯了吗?

"不管转过多少个码头，我也是在亚洲大陆边缘这块土地上扎根立足的民族的子孙。只是那看不见的共和国已经沉没了。"

庄田像是一边在随波漂流一边在思考，也不管对方听不听得懂，自顾自地说着。

常住这屋的庄田觉得这话在哪儿听过。他眼底浮现出夏日的海潮中绵延的列岛。海流撞在岛上，泛起雪白的浪花。

"人死后，灵魂来到海里，四处游荡，最后在弧形岛群中的某一座岛屿靠岸。至少古代欧洲的土著居民凯尔特人是这么认为的。"

刚进来的那个庄田先是一惊，紧接着喜形于色，低声耳语道："这么说，你觉得我……"

这时，一阵风从窗外吹来，深夜的访客就像一溜烟似的消失不见了。

庄田醒了，四下张望了一下，看看刚才是不是在做梦。然而那番景象又实在是过于清晰了。和自己对视时，那人略显羞怯将左手放在脖子上的动作，急着说什么以前先深吸一口气、左眉毛向上翘起成弧线形的习惯，全都历历在目。时流研究会（后来取杂志名，被称为KIGEN之会）结束后，庄田同高濑和我喝得大醉，现在酒也已经醒了。他感到有风从不知何时打开的窗户吹来，便站起身。

另一个庄田八成是从窗户溜走的。庄田觉得他还没走远，便向窗外望望。初升的月亮掩映在附近公园的树木之间，将树干漆黑的影子拉得老长。他想起睡前自己听着洞窟里滴水的声音，便看了一眼唱机，发现音乐已经停了。另一个庄田现身兴许距现在还不到二十分钟。

那天晚上流浪的庄田来访或许只是他打瞌睡时做的一个梦。可我转念一想，要真像野见馆长说的那样，他在上中学时就发生过类似情况的话，那这归根结底还是一种病理现象。

庄田邦夫这人到底应该怎么写呢？他的失踪，以及他在楠食品的功绩，我在叙述中怎么把这两者联系起来呢？究竟应不应该把这两者联系起来呢？

要是我把这种困惑告诉秋山，他八成会满不在乎地说："所以我才来求你啊。会写小说的经营管理学者可找不出几个啊。"

说不定还会说："雨尾先生你比较好说话嘛。"

这可纯粹是误会。我的确当过大广告公司的外聘董事，把庄田邦夫引荐给朝仓喜久雄过，还写过通俗的入门读物赚过些版税，但这都是工作需要，跟好不好说话没有关系。我想说你这么说可就不对了，但又不是很硬气。自从在秋山的如簧巧舌和高额报酬的诱惑下写了那本《实例：经营学十二讲》，我似乎就走上了一条同学者身份不相符合的旁门左道。

人们只看到这些表象，对我以学者身份做出的理论成果却视而不见。像我的博士论文《宗教思想范式在经营组织中的影响》等作品，怕是连秋山都没读过吧。害得我莫名其妙地跑到和歌山海边这古怪的博物馆来做调查来了。

第二天一大早我遇见秋山，他一副睡眠充足活力四射的样子，丝毫没察觉到我的困惑。

"总算能正儿八经工作了。这博物馆的床还真不赖。"

他挥舞着双臂，如同岸边即将跃入水中的企鹅拍打着短小的翅膀。

早餐时，秋山拿着两本书出现在餐桌前，分别是地方史研究协会编的《琉球·冲绳》和《日本史的原点——冲绳史》。

"昨晚上大致翻了一下，现在我确信和歌山县，特别是熊野，在有史料记载以前就和冲绳有着密切的关系。"

"此话怎讲呢？是有船舶往来吗？"野见馆长的胃口被吊起来了，好奇地问道。

"是黑潮。"秋山很干脆地回答："海中峭立的岩石或者崖壁的断面被称为立神。信仰立神的风俗从冲绳和吐火罗列岛传播开来，一拨到了长崎，另一拨就顺着黑潮到了熊野。目前普遍认为它与那智的祭火节和冲绳的'他界'（传说中位于大海彼岸的圣地。相传诸神均来自此处）是同源的。"

行不行啊，我暗自担心。现在秋山的身份可是我研究室的助手，书本上刚读过的知识就拿来卖弄，小心露馅啊。

"这我也听说过。"野见馆长将着下巴上长长的胡须表示赞同。

"问题是冲之波美岛的下落。是真的消失了呢，还是被冲走了呢？"

"冲走？"

我质问道。秋山毫不在意地继续侃侃而谈："对，江户时代天文学家西川如见描绘的古地图《地球万国一览之图》中有记载说：'日本之下即女护岛，南美有食人国、树林国，北极近旁为夜之国。'天竺旁边有注释写道：'是岛中有因疾风漂流者，时可至数海里。'有趣的是在旁边，也就是现在的加里曼丹岛和马来西亚那一片写着：'凤凰翅展一里，色彩炫目，故岛人皆盲，不裹衣服，此裸人国之谓也。'"

我想起不久前秋山的公司出版了一套江户时代的幻想小说集，不禁暗暗发笑。

"岛屿消失可能是由于塌陷沉没，如果是小的珊瑚礁则可能是由于侵蚀，海底火山喷发，还有就是最近的说法：跟核试验的影响有关。"野见馆长解释道。

"那您认为冲之波美岛是属于哪种原因呢？"

"这个嘛，很难说。首先得弄清冲之波美岛这个岛屿是否真实存在过，不然就无从谈起。"

野见恭平泰然自若地应答道。他是知道这个岛的存在而故意隐瞒呢，还是因为确实不相信它的存在所以淡然处之呢，从他的神态我无法做出判断。不过我总怀疑他知道那个岛的重要秘密。讲不出原因，只是一种直觉。

那天晚上，野见恭平出现在我的梦境中，絮絮叨叨地讲了他改名换姓以前的生活。事情是这样发生的。

和前一天晚上一样，我同秋山简单地碰了下头，将一天的调查结果记录在本子上，然后就睡了。

估计睡了两个多钟头吧，一阵低低的敲门声将我惊醒了。我还以为天已经亮了呢。

"深更半夜的打扰你实在抱歉，我也犹豫了半天。可是听说你们后天就要走了，而我有些话如果不从今晚开始给你讲的话，一个晚上是讲不完的。"野见压低声音说，语气像在恳求。这激起了我的好奇心。很明显他想要一吐为快。我请他坐在椅子上，打开了桌上的本子。"我原名叫野野宫银平，是个诗人。昨天跟你讲的大部分也都是实话，庄田邦夫上中学时我就认识他。战争结束后我到大阪上大学。他去波士顿那段时间里，我参加了第一次全学联运动。"

他说他写诗我倒想起来了，庄田的日记里野野宫银平这名出现了好几次。这么说，眼前这位白发苍苍的老人就是他啊。我忆起日记里还讲到安部理惠给庄田邦夫看过这位诗人的作品。诗的题目好像叫《痕》，开头那句是：

     锁链不见了敌意
     大海变得阴郁

　　我一说起这个，野见恭平，也就是野野宫银平那凹陷的双眼眨个不停，搓着双手，抑制不住内心的喜悦，应声道："没错。"

　　还补上了后面一句：

     经度和纬度模糊不清
     浪花终日翻腾

　　这样一来，双方的立场就明确了。我知道野见恭平馆长就是野野宫银平，野野宫则再次清楚地知道我是要给庄田邦夫写传记。

　　"大学毕业后的一段时间，我靠在出版社做校对、写点豆腐块文章什么的维持生计。无奈我生性嗜酒，老婆又得了病，家里穷得揭不开锅，我只好给楠食品公司写了封信，内容大致是庄田邦夫社长从前被疏散到新宫时，有一家人为他提供了住处，我就是那家的儿子。而今时过境迁，我已穷困潦倒，希望他能伸出援助之手。我是抱着试试看的心理写的，没料到公司那边还真给回了信。尽管没能见到庄田邦夫，但他们答应了我的请求，分配我做宣传工作。他们那里恰巧有员工读懂了我以前写的诗。"

　　"您先等等。"我打断了他，"我觉得您下面要说的话包含相当重要的内容，因此我想录音或者做个详细记录。"

　　野野宫露出了微笑。想必他是为自己说的话得到了应有的评价而心满意足。

　　"你说得对。但是你不用担心。我说话的方式会刺激记忆元这种细胞，肯定会印在你脑子里。你要是信我就会发现，睡一觉起来那些东西你还能全倒出来。这个方法是小兰在那个岛上教我的。"

　　"那个岛？小兰？"

　　"是的。那岛八成是冲之波美岛，小兰是这个博物馆里吉野莲的妹妹。"

　　不可思议的是，我居然不假思索地对野野宫银平说的话深信不疑。

第二天早上吃罢饭，我跟秋山推说"好像感冒了，头疼得厉害"，窝在屋里将前一天晚上野野宫银平讲的话写了下来。正如他所言，那些话的确印在了脑子里，一提笔那些词就一个接一个往外蹦。野见馆长就是几年前失踪的野野宫银平，下一段中那些话都是野野宫说的。这些事实我之所以没告诉秋山，是因为野野宫强烈要求我替他保密，尤其是下面这段话完全说服了我。

"这件事还没结束。还遗留有很多谜团需要我以伊坂杨严隆信博物馆馆长的身份去解开，估计还得花一到两个月，只要你跟我合作，我也会跟你合作。"

作为一名学者，听完他的话后我也有我的考虑：如果这事含有不合常理或预料之外的内容，我该用什么方法叙述才能让人信服呢？要是把什么都原封不动地写进书里，搞不好还会影响到我的学术威信。庄田邦夫的幻视和幻想癖和野野宫银平的现身或许是在同一空间发生的。野见恭平，也就是野野宫银平说的话，或许能为搞清愈发纷繁错杂的楠元太郎的出生之谜，以及他与伊坂杨严隆信的关系等提供一些线索吧。

第五章

楠食品宣传部部长台先生，给我介绍了一份工作，破译一份关于南方某岛的古资料。在那之前，我也不定期地从他那儿揽些活赚点稿费。

有一天，他邀我去新宿总公司附近的一家酒吧街。这家店白天只有茶，到了晚上就供应酒，所以我也是这里的常客。说来惭愧，打很久以前，我就成了一个半天不喝酒就浑身难受的酒鬼。要是酒喝没了，浑身上下就仿佛有无数的蚂蚁在爬。因为害怕我总是忍住不喊出声来，但就会看到稿纸、字典，还有牙刷和牙缸全都浮在空中，如同有生命一般自己动起来。仔细一看，上面全都爬满了虫子。这时要是像喝药一样来上一杯酒，那些东西就会变成玫瑰色，虫子也不见了，只剩我悠悠然倚靠在桌旁。

偶尔我靠着靠着就会进入梦乡，接着就神游到了一座从未见过的美丽岛屿。和不喝酒就睡觉时做的受刑的噩梦简直有天壤之别。

每一天我都是这么过的，所以要在台部长面前隐瞒我的酒精依赖症颇费了一番工夫。

"委托方是昭和经营史研究所，在企业调研和公司史编纂等方面很有名的一家机构。"

台部长在圆凳上坐下，立即像往常一样开门见山地谈起工作来。楠食品经常会把面向客户和大股东的宣传文件的编辑工作委托给外部的专业公司，我因为有台部长的介绍，才得以接手其中一部分活儿。

"这个活儿啊。"他说到半截，急忙在周身的口袋里翻找起来，最后从内侧口袋抽出了两张皱巴巴的地图，在吧台上摊开，推到我这边。他手指上的龟甲形戒指闪闪发亮，但和刚戴上时相比，因为手指上的脂肪多了很多，戒指周围的肉都鼓了起来，就好像结婚以后被戴上了紧箍咒一样，看到这里，一种厌恶之情油然而生。

"你看，这张地图里，以长崎和冲绳本岛的连线为一边的等边三角形的顶点上有个冲之波美岛，可你再看这张，"台先生把另一张地图推向我，"那个岛不见了。"

的确，对照来看，两张地图的区别相当明显。

（不知几时，野野宫银平说话时省略掉了句末的敬体形式。或许是想尽快叙述大量内容，有点捺不住性子了吧。还好我连对方这种语调的细微变化都记得很清楚。）

"不过最近，说是最近也有五年多了吧，在某处发现了一些被认为和冲之波美岛有关的资料。资料本身很重要，这毫无疑问，可是上面的字谁也不认得。既不是日本字，也不是中国字，也不属于任何一种已经破译了的古代文字，但却是一种形成了体系的文字。然而就在这时，有个女人破译了这种文字。但据说她的日语很不地道。有人推测说这份资料同我国天皇制的形成有密切关系。因此我们想找人同她一道破译这份资料，或者说是地志吧，从而追溯该岛的历史，发掘其文学价值。这个人就是你。"

在大阪上大学时，我在学习美学专业之余，还听了日本史课，读了几部古文献。我们在教授的指导下阅读的第一部古文献是有关奥能登地区旧居的记录，这部文献至今还是研究江户中期地方家庭形态及农业的历史学家常用的资料。记得当时要裱糊资料遭虫蛀的部分，要将前后顺序混乱的资料整理清楚，同时要小心谨慎以防资料破损，发现了脱漏部分还得将其连上等等。想起那些索然无味的工作，我不禁叹了口气。

"怎么说呢，我也很久没读古文献了。"

"不，刚才我也说了，这个并不重要。据说那部古文献跟日本的《古事记》性质相近，只是里面有过多的诗歌，难解其中含义。所以我们就想找个懂古文献方面知识的诗人。"

台先生解释道，同时他补充说，这可能会是一份长期工作，报酬不菲。

那时，我已经有一个月没找着活了。

妻子因没有得到及时救治去世了。打那开始，我就决心以反砂川基地扩建斗争①、1960年安保、以及全共斗②那段历史为背景，将革新运动遇到的挫折及其内部矛盾写成一部小说。为此我经常到图书馆去，查阅那段时期的报纸缩印版作为资料记到本子上。小说的主人公自然是我自己，不过考虑到故事的主要情节是迦叶山的联合赤军事件③，我将自己的年龄减少了十岁。

也许错就错在这儿，我写到中途就写不下去了。或许我应该再拿出点勇气将事实原原本本地写出来才对。有关山村工作队的事实。

我尊崇地区人民斗争理论，认为日本的改革必须从切断蔓延至地方的权力根源开始，故而被任命为甲信越地区山村工作队队员。可能他们认为我是和歌山人，换一个地方不容易暴露身份。

不久我们就制订了计划，决定偷袭统辖N县和Y县、人称"山寨王"的家伙。由于我还是个新手，他们将我编入了基层执行部队。"山寨王"同时兼任保守政党的县联合会会长，经常从县政府所在城市回到深山里的老家度周末。他的老家防卫松懈，所以我们打算从这里下手。从后山顶望去，可以看见一座有好几栋房子的大豪宅，十分惹眼。

我本计划入侵豪宅杀了这个地主，可最终失败了。我应该把这件事写进小说里。

四年前开始动笔，写了一百页之后，觉得应该重新构思，于是又从头写了二百

---

① 1955—1957年，日本工人学生反对扩建位于东京都砂川町的美军基地的流血事件。

② "全学共斗会议"的简称，1968—1969年领导日本全国大学生斗争的学生运动组织。

③ 1972年有一群激进青年进入群马县迦叶山进行革命改造，结果引发私刑，十二个人被他们的同志杀死。

来页，还是不太满意。我踟蹰不前，还尝试把主人公改成一名女英雄，但却发现更是如入迷途，只好又回到最初的构思。就这么改来改去的，一晃三年就过去了。

中间有好几次我都想放弃，可每次又都不甘心，最后终于写出了一个两千多页的东西，那已经是一年前的事了。我把稿子带到以前刊登过我的诗歌的出版社，想让熟悉的编辑读读看。

当我把足有二十厘米高的稿子搁在编辑部杂乱的桌子上时，周围人发出"噢噢"的感叹声，我不禁面红耳赤，就像一个参加入学面试的学生。然而结果并不理想，于是我身心俱疲，一下泄了气。诗也写不下去了，妻子死后见长的酒量越发不可控制。一到晚上，我就想起小说的事，辗转反侧睡不好觉，弄得白天人也精神恍惚的。后来我发现在酒里掺安眠药喝能睡着，自然用药也越来越多了。

在梦里我经常受到一种叫做"总括"的刑罚。我被绑在十字架上，脸被人用斜刃小刀划破，手脚被人用扎榻榻米用的粗针刺穿。如今卖榻榻米的已经很少见了，他们从哪儿弄来那么古老的针呢？生出这种想法的，不知是受刑的梦中的我，还是做梦的现实的我。无数的蚂蚁从脚下爬到我身上，成群地聚集在我的手腕和脖子上。这时眼前出现了一个人的特写，正在指着我骂。像是我妻子，又像是哀叹我不务正业含恨而死的母亲。

我想高喊："杀了我吧！别再折磨我了！"可是发不出声。

还有一天晚上，我喝过酒，站在一个缓缓的斜坡上。

到处都是乔木，树枝像婴儿张开的手掌。远处，一片青翠的林海像人的心脏一般跳动着。刺眼的阳光照在草原上，让我在梦里想起照叶树林这个词。四周的喧嚣是花草树木在说话。

有人在责备我："银平，你又在捉虫子。有闲工夫还不去练练柔道。"

是我那既顽固又小心眼的父亲。父亲是职业军人，小时候他一看到我读小说就大发雷霆："男子汉大丈夫，懒懒散散的成何体统？"

战败后，他一下子蔫了，变得那么的沉默寡言，几乎有点病态。过了几年以后，他突发奇想般地不知从哪儿翻出一本旧得发黄的笔记本，参考那些报纸上登载的诗歌作品写起短歌来。

"银平，短歌用不着季语对吧？"

这样的基本问题也要反复叮问，能写出什么样的作品也就可想而知了。看到父亲颓唐消沉的样子，我感到很悲哀。他弓着腰的背影仿佛在演示一个人丧失了理想时是怎样的失魂落魄。

我环视四周，想看看父亲藏在哪儿，最后才发现说话的原来是树荫下开着的黑边剪秋萝。看到这些植物，我意识到自己所在的地方海拔相当高。我曾经读过一本名为《东南亚的高地民族》的书，或许是那段记忆在梦境中出现了。在梦里我还明白了一件事：我之所以幻想革命，是因为我想住在这样的斜坡上。

这时，一只蝴蝶飞了过来，蝴蝶身上有一道道鲜艳的蓝色竖纹。

我听到一个年轻女性的声音说："那是竖翅科的新品种。"

蝴蝶问道："我走后日本怎么样了？"

"越来越富，全世界都很憎恶。"我回答完，又想起了点什么，接着说："如今关于你的各种肆意评论还是一点没少。"

"哇哈哈。"它发出一阵哄笑，飞起来说："看来我设的圈套到现在还管用呢。"

说罢它表情严肃起来，问道："骑白马的日本武尊①回来了吗？"

我算明白了，它飞回来就是想知道这个。我深吸一口气，打算老实作答："还没有，可能回不来了。"可还没等我开口，不知哪个垃圾堆里大量繁殖的蛾子就将我团团围住，那吵人的振翅声和四散的鳞粉让我无法呼吸。

突然四周静了下来，我在黑暗中睁开了双眼。我将手放在剧烈跳动的心脏上，意识到刚才是在睡觉，便伸出手拧了下床头灯的开关。屋子一直都没收拾，还没读的报纸杂志堆成了山，四处可见蒙了一层灰的衬衣。书桌上，前天和昨天吃完的方便面盒还那么放着。

在那种窘境之下台部长给我介绍工作，实在是雪中送炭。我决心要靠这份工作重新开始新的生活。

没过多久，我就带着台先生寄来的介绍信和地图，来到了位于银座一间旧小

---

① 日本的神话人物，传说其力大无穷，善用智谋，于景行天皇期间东征西讨，为大和王权开疆扩土。

学对面胡同口的昭和经营史研究所。

这座建筑比较老，不太大，高约十层楼，研究所占据了上面几层。朝向大街开了一家经营牌匾和画具的店铺，绕到店铺背面，就看到一间陈旧得略呈黑褐色的大厅，顶上悬挂着一个不大却很精致的牌子，上面的"昭和经营史研究所"一行字好像是台湾的一个书法家写的。进去一看，前台柜台里面，一个女孩正趴在桌上睡觉。我没做声，在逆光的一个角落里站定，打算先观察一下周围。

沉静的光笼罩着四周。可能因为还是白天的缘故，很难让人相信这里是繁华街的一隅。到了晚上，这里应该就会变成霓虹灯光下的花花世界了吧。在前台右侧和墙壁之间是窄窄的楼梯。包括大厅在内的整幅景象如同通向灰暗天空的入口。而在那里面，或许敞开着一个黑夜的洞穴。

突然，不知从哪儿传来了手枪扳机扣动般的声音，接着右手边的墙壁裂开了，一个脖子以上全都用绷带缠得像石膏一般的人走了出来，他用白布中露出来的双眼瞥了我一眼，径直向前台走去。女孩被惊醒了。我回过神来，急忙跑入即将关闭的电梯。顿时，光和影交织的空间将我包围。我仿佛身处一个无限延伸的圆筒里。我以为是自己的酒精依赖症产生的幻觉，顿时慌了神，连电梯现在是走是停都搞不清楚。

不久，电梯门毫无征兆地悄声开启，我一下子暴露在炫目的自然光下。天花板是玻璃做的，就像温室一样。尽头有一个小桌台，桌上放着电铃，桌脚分开呈叉状。桌脚中间垂下来一张纸，上面写着——有事请按铃。

我遵照指示伸出手去，却又犹豫了。如果不愿意的话现在打道回府还来得及，尽管有点对不住台部长。一直以来所有的工作都要通过他，唯独这次是他让我直接来找对方，这令缺乏自信的我顾虑重重。而且这件事里还有些地方我没搞明白。对方似乎颇赏识我解读和组织文章的能力。是不是经营史研究所里有人在哪儿读过我的文学作品，看中了我？也说不定我写的长篇小说其实很不错，只是编辑中没有能相马的伯乐，没准儿小说已在独具慧眼的人群中私下传阅，这次这个工作就是他们之中的某一位推举的呢。

突然身后传来一个女性的声音："你好。"我吓了一跳，转身一看，一个女人正在满屋的光芒中站起身来。她像是一直蹲在地上来着，而我并没有注意到她。

她丝毫没有要掸掉衣服上灰尘的意思，冲我笑了笑。女人五官端正，不，应该说是面容高贵，但可能是因为目光的焦点没有对上，我不知怎么回答是好。我想起法国小说里，恶魔或者神灵为了考验圣人，在朝阳中派出迷人的金色豺狼的情景。

可能是我一直直愣愣地盯着她，她的表情有了些微的变化，这次目光与目光对上了。我估计她会扑哧一声笑出来，做好了心理准备。我对别人的侮辱异常敏感，意识深处仿佛有一面镜子，每时每刻都映出自己那张呆呆的脸。

然而她没有笑出来。我清楚地看到她脸上露出的疲惫。她再次浮现出的微笑是温和而顺从的。她虽然年纪尚轻，却仿佛乐天知命。

然后她垂下眼睑，向空无一物的地方伸出手去，用游泳一般的步伐带我穿过了左手边的门。那间屋子好像一个室内运动场，这再次引起了我的警觉。研究所的接待室理应摆着各类书刊，可这里都没有。整间屋子就像一个格斗比赛场，大得莫名其妙。屋子里有的，只是一个摆在角落里的大地球仪，和正面墙壁上挂着的绣有鸟与风景的织锦画。那大概是欧洲的古画吧。不知何时，那个女人已经不见了踪影。

一阵咳嗽声传来，一个瘦小的光头老人推开正面的门走了进来，那一瞬间，我隐约看到门里面摆着一排安有许多计量仪器的接收装置。他脚步略显匆忙地走过来，一声不响地在我面前坐下。他的样子就像乡下的农业合作社主任，完全看不出是一个让企业界人士闻风丧胆的实权派人物。

"我就是朝仓喜久雄。欢迎你的到来。"

说罢，他就低下头去看手中的资料。从纸张颜色和上面画的线来看，那似乎是我任某周刊签约作家时提交的个人简历。上面写的应该是作家、诗人、1932年、毕业于某某大学、野野宫银平、妻子和枝等等。他看简历的那段时间，让我得以仔细观察他：皮肤略黑，眉骨不高，一双小眼睛向内凹陷，显得他整张脸很扁；嘴唇很厚，紧闭双唇时应当能给人一种意志坚定的感觉；骨骼硬邦邦的，像个箱子，要是拿上杆带刺刀的步枪估计看起来就更强悍了。

他取出镀着水银光亮如镜的眼镜戴上，继续蜷着身子看文件，就好像要把关于我的记录反射到眼镜片上，再熟记于心。

过了一会儿，朝仓总算直起上身，喀嚓一声将镜片推上去，那样子好像是在洞窟里面窥探着外界。

他同我讲的工作内容和台部长说的大致相同，唯一不同的一点是，委托人其实就是朝仓自己。朝仓说，工作的目的是破译几年前发现的古资料，从而弄清日本的起源。

这份古资料似乎是一部叙事诗，描写位于日本同中国大陆交通要道上一座岛国的建国与灭亡。这是一个有通灵能力的少女解读出来的，但是她的话中词与词的联系很别扭，内容的重要性是毋庸置疑的，但理解只停留在预感与推测阶段。

说到这里，朝仓声音低了下来："我的第六感告诉我说不定这份文献是有关天皇家谱的记录。"

他顿了一下，说："我知道你是反对天皇制的。"

我觉得这会儿不说点什么是不太合适了，动了动身子，朝仓却想要制止我开口似的扬起右手说："没事，这没关系，反而……"

"您想让我转变立场？"我一下子怒火中烧，死死盯着朝仓。他要是说出什么不该说的，我肯定掀了桌子就走。长久以来被忘却的关于战争的记忆一下子涌上心头，令我血脉贲张。他的眼神变得相当不悦，如同忘记了眼前还有我这个人，正在全神贯注地同自身的情感作斗争。但他终于抬起头来，接着浑身上下逐渐散发出捕捉猎物的野兽一样的气味。我被他看得心里发毛，可还是不甘认输地迎着他的视线。

也不知我们这样面对面僵持了多久。突然间朝仓的表情和缓了下来，身体又变回刚一开始那么小，说道："我看起来像特高警察①吗？"

他凹陷的眼睛深处露出了些微笑意。

我意识到自己败了，只得喃喃说："不像。"

"你只要给我翻译成准确通顺的日语就行。所谓的科学不就是这么一回事嘛。历史也好，神话也好。"

我过了一阵才反应过来，他说的"science"指的是人文科学。我没想到朝仓

---

①　特别高等警察，日本1911年—1945年由内务省直接统领的压制思想和取缔社会活动的警察。

喜久雄会使用外来语。

接着，他对初次见面的我讲了很多，尽管口齿并不伶俐，但话里充满了感情。他说日本正在走向灭亡，人民甘愿屈尊于从属国的地位，贪图物欲，置民族尊严于不顾，为了使民族觉醒，唯有从科学的角度发掘历史……

他还说："我这么说你可能会怀疑这份工作是有右翼倾向的。但我跟你讲，我非常厌恶右翼，如今的右翼已经无药可救了。"

他抱着双臂仰起头，对着天花板叹了口气。

说罢，他仿佛突然想起来似的，又加了一句："你写的东西很不错啊。可能有点不合潮流，不过那恰恰证明了作品的价值。这份工作不知得花几年才能干完，等这事完成之后，咱们就谈谈出版的事，怎么样？"

我感到自己的脸涨红了。不知道他读的是哪部作品，但这还是我头一回遇上知音。

或许是我的表情变化让他肯定了劝说的效果，朝仓喜久雄不住地点头，开始向我讲述工作的具体要求。别看他外表像个老农，说起话来还是很有条理的。

"在某个岛上有一座直接由我管理的研究所，研究所里有一个附属图书馆。我让人在那座岛上给你安排了住处。还会有个女人照顾你，生活应该没什么不便之处。要是你没意见的话，我希望你把那儿当做据点潜心工作。"

他说完后拍了拍手，方才的那个年轻女人又倏然出现。她像是故意做出一副毕恭毕敬的样子，双手捧着个盘子，盘子上放着两只玻璃杯和一瓶洋酒。

"阿兰会做你的助手。"

说着朝仓摘下眼镜，让我拿起杯子："咱们干一杯吧，预祝你工作顺利。"

这正合我意。说不定他已经调查过我，知道我有酒精依赖症。既然如此，也就没必要隐瞒了，于是我伸手拿起杯子。

"什么时候开始？"

我被上等好酒在口中扩散开来的快感弄得飘飘然，心不在焉地问了一句。我还没完全迷糊，知道此刻不能喝得烂醉而失去朝仓对我的信任。我看了一眼坐在他斜后方的阿兰。她细长的眼角像用笔画的一般，脸的轮廓呈椭圆形。她是在笑，但那笑像凝在脸上一般始终没有变化，让我想起立体派画家基里科画的没眼睛没嘴巴的女人画像。想到要和这个女人共事，我心里平添了几分沉重。

那酒不知道是什么牌子的，有一种介于白兰地和威士忌之间，混杂着中药味的芳香扑鼻而来，但这已经足够让我乐不可支了。

"等你准备好就开始，不过在那之前先去研究所看一趟可好？"

"照您先前的指示，已经做好准备了，今天就可以带他去。"

阿兰说话的语气仿佛在照读秘书工作手册上的话似的。她的声音接近女中音，却又非常清亮，和她的长相毫不相称。"要是她用这种声音勾引我，我可不能稀里糊涂中了圈套。"我居然起了戒备心，也没先照照镜子看看自己的模样。

跟阿兰一起坐电梯时我才感觉到，她身上有股淡淡的大海的味道。我只要喝了酒，嗅觉就会变得灵敏。

胡同里侧不知什么时候已停了一辆红色跑车，我在阿兰旁边的副驾驶座上坐下。不知为什么，我感觉这个座位相当舒服。

车开动以后我没多久就睡着了，做了一个很长很长的梦。

我在关得严严实实的城门篱墙前和军队僵持不下。在我身后，无数的民众正朝着城堡蜂拥而来。

"你们原来不也是跟我们一样的贱民吗？咱们出身相同，你们是活不下去了，不得已才当的兵，跟我们一伙有什么不好？"

我慷慨陈词道。等我明白这种游说毫不奏效，便翻了脸，冲着卫兵和门卫破口大骂：

"你们是权力的走狗！给糠吃就什么都干的猪！"

他们那怒不可遏却连看都不看我一眼的表情、身后潮水般涌来的群众，这些都是自反对砂川基地斗争以来我习以为常的情景。铁篱对面的城堡后院，盛开的虞美人像电影里的特写画面一样映入眼帘。

忽然之间传来了一个女人朗诵诗歌的声音。

翻起的眼睑里

伤痕的木桩肩并着肩

> 繁华的商埠里教义已涅槃
>
> 只有信号灯越来越光鲜
>
> 没有主角的广场　铺路石散发着严寒
>
> 拴在城外的马
>
> 声声嘶鸣是对战场的艳羡
>
> 宣告关门的铜牌黑纱般哭丧着脸
>
> 一副官僚模样矗立眼前

那声音停止了，取而代之的是迅猛的河流声，像浑浊的光线掠过失去了信号的显像管。不知何处传来了门上合叶的吱呀声。

"你为什么会写下这样的诗句？你能解释一下原因吗？"

那个女人在我耳畔低声说道。不知为什么，这句话不是那女人用声带发出的，而是她用手指轻触我汗涔涔的皮肤让我感受到的。她朗诵的这首诗是我发表在诗集《痕》中的一首。

女人说："我们需要你破译的文献，是这首诗的根源。"

写这首诗的时候，我满脑子想的都是"城堡灭亡了"。那是二十世纪六十年代革新派在安保风潮中失败之后不久。我脱离了革命阵线。

"你想错了。"

这次我听得很清楚，是阿兰的声音。她似乎有读取我脑中想法的能力。

"是很久以前祖先的经历命令你写下了那样的诗句。"

接着传来一个男人的声音，听起来像朝仓喜久雄，嗓门一大声音就尖得和他的外表毫不相称。"你参加革命组织，这没有错。你是国粹主义者。六十年代失败的不是革新思想，而是整个日本。不过日本早在十五年前就已经灭亡了。"

"可能吧。"我在梦中点头称是。不过那个时候，我脑子里充斥着脱离革命引起的自责，没有了当初的傲气。我万分苦恼，整日借酒浇愁，对病弱的妻子也是骂骂咧咧。这种心情在相当长的一段时间里折磨着我。

我回过神来，感觉载我飞驰的时间长河流得更快，我的整个身子都已经向后仰着了。我看到有风筝飘在空中。看着看着，我自己就变成了那风筝。云朵从我脚下一闪而过，雾气开始将我包围。

　　街上各个角落都立着用莫名其妙的文字写的碑。上面写的肯定不是街名，好像是政府告示牌或者古迹说明之类的东西，但我读不懂。问了岛上的人，他们也只是或摇头，或是歪过头看我，有的人像是压根就没明白我问话的意思。对他们来说，从小就看熟了的碑，居然现在还有人来问是什么，一定觉得很愚蠢。

　　岛上的人讲话带着很重的口音，但既不像外语，也不像某地的方言。一定要说是什么的话，有点像是古文。

　　从准备住宿的地方步行十五六分钟就到了工作地点，应该就是朝仓理事长说的带图书馆的研究所吧。可是，我不敢肯定让我和阿兰过来工作的人真的就是他，这让我有点郁闷，也有点烦躁。清醒过来时，我已经躺在一座巨大石质建筑的一间屋子里。那建筑有四五层高，不知道是做什么用的。

　　从远处望去，工作地点的那幢楼似乎位于经常刮大风的地方——那同样是一座石质建筑，顶上有山形墙，墙体极厚，牢固是牢固，但给人一种不踏实的感觉。那楼在阳光照射下留下一道浅浅的影子，使整幢楼愈发显得模糊，简直可以用漂在海上的蒙古包来形容。

　　从住处出发，如果不走通向图书馆的上坡路，而是走左边的一条下坡路，就会绕过图书馆所在的山丘，到达一排似乎已废弃不用的库房。库房旁边还有一条运河，不光有海水流入，还有河道与其连接。仔细观察的话，会看到浮在水面上的垃圾时而缓缓漂向大海，时而又因为涨潮而被冲回陆地。但是我们脚下的这片土地究竟是一个岛呢？还是大陆延伸出来的一个海角呢？这就无从得知了。从这里的整体气氛以及始终静悄悄的库房来看，可能是一座有些萧条的普通港口城镇，可是它总给人一种远离尘世的感觉，这是为什么呢？站在库房之间，偶尔会看到一条白狗在楼房角落嗅嗅，又向着堤坝跑去，却从来没有看我一眼。

　　那天我从昏睡中醒来，头隐隐作痛。我环视房间，努力回忆自己为什么会在这儿：我是在朝仓理事长的劝诱下喝了一杯像白兰地的酒，然后就失去了意识。那酒里多半掺了能让人产生幻觉的药物。正如朝仓理事长所言，这里的确有图书馆，阿兰也确实和我一起来了，那他干嘛还要用绑架一样的手段呢？我实在搞不

懂。要说有什么原因，那可能是不想让我知道来这里的路线。但是这里连文字都
和我们不同，问这里的人，他们也都像没有地名这个概念似的只是摇头。既然如
此，就没必要那么敏感吧？还有一种可能，他们怀疑我仍然和原来从属的党派有
着联系，故而要阻止我在中途和外界取得联系。想到这里，我骨子里的那份叛逆
又涌上心头：既然他们那么不信任我，我也就没必要表现出诚意了。可是这一切
毕竟都是建立在推测和假设上的，我并没有把握。而且，这里有种和日本不一样
的感觉。我脑中突然闪现出一个想法：这里有可能根本就不是日本。那样的话我
就明白了。我这是秘密出国。以前我的一个同志从北陆的轮岛边缘向北远行，我
去送的他。但是这个岛上的一草一木都透着一股南国气息。我想，如果他们交给
我的古文献破译工作能够取得进展，或许能搞清这里的地理位置与性质，但能不
能做得到还是个未知数。

从研究所出发时是阿兰开的车，所以我认准了她是帮凶，便极力追问，但毫
无结果，她只是摆出一副为难的样子说："我也是什么都不知道啊。"人在说谎时
一般都会目光游移不定，眼睛眨个不停，但她说这话时声音毫无起伏，表情模棱
两可地茫然望着前方，也不知她是否意识到了自己在这件事情上的责任。

按阿兰说的，她正驱车走在通向图书馆那条熟悉的道路上，突然起了这个季
节少见的大雾。于是她打开雾灯，放慢速度，走着走着却忽然有种喝醉酒般的感
觉。她觉得这样下去太危险，就把车停在了路边，之后的事情就记不清了。

"不过我记得在那之前有人过来盘问我。好像说他们是边境警卫队的。"

她的这部分说明也是含含糊糊的。

"等再回过神来，就在这房子里了。"

她这才环视了一下我们身处的这间屋子，说："当时你就躺在我旁边。"

"怎么可能有这种事？"我喊道，但我回想了一遍发现大体经过的确如她所言。

"可就是这么一回事。"

阿兰这句无可奈何的话让我发不出火来了。我回想起妻子的表情。在我还不
知道她患了癌症时，老是责怪她说："没事发什么呆呀？""你生活态度太消极
了。"每当这时，妻子总是露出一副既不知所措，又恨自己不中用而略显焦躁的
表情。

阿兰看我平静下来，似乎松了口气，说："不过还是有点奇怪。"

她像是怕被我误会，犹豫了一下，接着说："按说我是第一次来，可是对这里有印象。"

"什么意思？"我再度起了疑心，问道。

"你看，这里的图书馆和我工作的地方一模一样。房间的布局也是。还有附近那些道路转弯处的样子，清晨阳光打在房屋白墙上的影子，这些我都见过啊。到底为什么呢？"

我当然回答不出。但有一点很清楚：阿兰已经不像在昭和经营史研究所跟我见面时那样见外了。

就这么浑浑噩噩地过了几天，我开始明白责备阿兰也是无济于事。说不一定她也和我一样，被命运所捉弄。那样的话，我们俩应该齐心协力才是啊。而且回想起来这儿之前我那充斥着安眠药和酒的生活，我好像也没有资格理直气壮地谴责他们绑架我。我只知道，一个看不见的敌人正等着我将古文献破译成功。朝仓喜久雄说什么从客观科学的角度去挖掘天皇制的起源，那都是骗人的。天皇制形成的历史过程基本上已经搞清楚了，问题是为什么这种虚构能如此长久地存活于日本人的心中。朝仓犯的一个最大的错误就是因为他对诗歌本质上的革命性和危险程度缺乏认识，而将这份工作交给了我。当然这也情有可原。日本的诗人大部分都只是写点大众喜欢的诗充充数，弄好了能得个天皇授的勋章。但我和他们不一样，朝仓的错误就在于他没能把真正的诗人和但求荣华的门面诗人区分开来。

想着想着，我情绪越发高涨起来，虽说我没忘批判一下自己这种堂吉诃德式思维，但我同时也半认真地思考了一下自己作为一名革命诗人的人生。同时我又有点心存芥蒂，不知道楠食品的台部长和庄田邦夫对我这一点是否了解，但无论如何，单凭自己想象就着急、愤怒，实在是很愚蠢。

说是被绑架，可这间屋子并没装铁栅，也没有人监视我。没有任何东西表明我被软禁，目前我的行动也没有受到限制。从来这儿的第一天起，我只要一躺下就能听到街上的动静，有时是马车轧过石板路的声音，有时是很多人匆匆赶路的脚步声。总之不是现在街上的声音，而是读小说或者听音乐想象出来的动静。

我回忆起失去意识那段时间里也时不时听到这种动静。不知那究竟是梦境还是现实的反映。我的眼中闪现出一片漫无边际的照叶树林，但我既不是从空中俯瞰，也没有进入林海之中。我那飘忽不定的视野里，一团漏斗形的黑云像龙卷风一般飞摇直上。那团云即刻在天空中扩散开来，飞快地向着我这边冲过来。

"那是什么？"

我害怕地问道。一个像是阿兰的女人说："闹蝗虫了。你不用担心，这边的草它们不吃的。它们是从过去的世界探险过来的。"

这么说，当时我们正处在时间长河之外。可我们不像是身处未来。我看不见她的身影，但她的动作与心理的变化我都能感受得到。难道我也在不知不觉中拥有了阿兰那种凭触觉看东西的本领？不久，云状的蝗群越来越近，轮廓也越来越清晰，所有的蝗虫合为一个巨大无比的蝗虫冲了过来。树枝摇来晃去，树叶沙沙作响，从树枝上落下飘散开去。草丛中无数叶子的顶端变成了无数条蛇，战栗着像在欣喜地迎接从天而降的大王。

四周暗了下来，不知是蝗虫张开的翅膀掩映了太阳的光芒，还是它们振翅的声音招来的乌云。一望无际的平原都被蛇鲜红的信子点燃了。到处能听见如同瀑布飞淌一般的轰鸣，让我难以站立只能伏在地上。从地底传来一个断断续续的声音："过度的逻辑思维无益于正确把握情况。过度的逻辑思维……过度的……"

不断传来的不是阿兰的声音，而是我的脑子在轰鸣。

和这些每一个片断都鲜活无比但前后脉络乱成一团的回忆相比，在这里从第一天早晨开始，发生的事情前后的时间顺序都非常清晰。

我努力尝试着将过往的回忆同不得不躺在一个陌生房间里的现实状况联系起来，但一动弹身体就痛，这种现实感受让我好几次不得不中断这种努力。我想在悔恨、肉体的痛苦和现实之间构筑起联系，却总也无法理清纷乱的思绪，焦灼万分。类似的感觉我以前也有过。在反对砂川基地扩建斗争的混战当中，我被人打破了头，在一家警察监视下的医院里醒来时就是这种感觉。尽管很不情愿，但从那时开始，我就认为人只有在被俘虏的状态下才能真正存在。沮丧与绝望背后，一种无可奈何的安适感悄然袭来。遭受冷落的长篇小说、想把死去的妻子和枝的故事写成书表示哀悼而未果的挫败感、对一没酒喝就会出现的幻觉的恐惧……

这所有的一切仿佛是遥远黑夜里的一场酣畅淋漓的大战。

我已是筋疲力尽。

学生时代参加斗争，糊里糊涂地加入新的战线、同和枝一起逃离战线、同在一个屋檐下的生活、无时无刻不提防同伙的袭击、穷困潦倒、和枝患了癌症。

我不知身处何方，不过我已经俨然一具行尸走肉，就算杀了我又有何妨。只是我还想再睡一会儿。睡之前如果能让我再喝上一杯的话就没什么遗憾了。

然后，我就再一次陷入了沉睡。

白色棉花一样的东西不停地从视野中流过。这回我身处深海，望着如流星般滑过眼前的海雪。在漂浮的微生物残骸的反射中，依稀可见有座城堡屹立在黑洞一般的海底。仔细看去，城堡一共两座，或许是因为长年腐蚀的缘故，两座城堡都散发着微弱的磷光。

突然间眼前的情景发生了变化，五颜六色的软管开始缓缓流动，有时聚拢成漩涡，有时四散开去。潜水艇加速前进时，窗外的液体应该也会出现这种样子。然而那软管却渐渐失去了色彩，接着就听到风沙噼里啪啦打在窗户上的声响，就如同潜艇被疾风骤雨包围了一般。难道这是宇宙尘埃？难道说我们正位于地球引力场之外？

第二次昏迷过程中，戏剧性的梦境并没有出现，只是感觉我乘着交通工具在飞行中穿越了各种各样的场景。

过了多长时间呢？

我毫无预兆地睁开眼睛，发现阳光已透过高高的采光窗射在房间的一角。我决心要弄清眼下的状况。刚有了这种想法，阿兰就仿佛恭候多时了似的端着放有饭菜的托盘走进屋来。

可是侍候人的工作并不适合阿兰。照料伤者的工作是高尚的，可我感觉她更适合被人照料。我躺着没动，环视四周，屏息凝神，远远传来浪涛一般的声音。让我始终无法抹去这样一种感觉——我身处一座古老而脱离现实的建筑之中。

各种各样的细微的声音响起并又消失，看来这房子不小。也许我正躺在一座巨大的废屋的一角。晨曦中高高的采光窗十分敞亮，可头顶紧闭的低矮窗户上却安着磨砂玻璃。窗外是那么明亮，而整间屋子却像陷在淤泥里。

阿兰看我醒过来，露出了微笑。如今的她是如此真实，和原来简直判若两

人。可是为什么只有我受伤，她却毫发无损呢？在银座事务所时她的眼睛没有焦
点，而现在她那略带蓝色的眸子却过于天真，纯净得如同不食人间烟火一般。我
无论如何也难以相信这两双眼睛属于同一个人。

我瞅了一眼放在枕边的托盘，吓了一大跳。托盘上冰凉的玻璃容器里盛满了
鱼子一样的东西，颜色和血一样。我以为那是他们趁我昏迷时从我肚里割取的内
脏，心想一定是没喝酒导致的幻觉，便摇了摇头让自己清醒。可是原来的那些戒
断症状，那些爬来爬去的虫子和浮在空中的物体并没有出现，看来有些东西发生
了根本性的变化。而且我的食欲也恢复了。我猜关于鱼子的幻想源于我年轻时因
患胸腔疾病吐过整整一脸盆血的记忆。

我不想让思维继续向过去延伸，毅然站起身来。我想去洗脸，一迈步却有些
脚下不稳。我打算刷刷牙，定睛一看，牙刷正是我一个人住时在家里用的那把。
那管牙膏用过的量也和家里的相同，就连那条用旧的毛巾都一样。我想起刚参加
斗争时老大告诉我，如果警察到我家来，让我带上洗漱用品跟他们去警察局的
话，那就肯定是要拘留我，所以一定得先跟律师取得联系再跟他们走。现在看
来，只可能是有人进了我家把这些东西拿过来了。我心中又闪过念头，我没准是
被某个庞大的组织绑架了。无形的权力已经向我下了命令："你得在这里继续你
的生活。"我眼前浮现出昭和经营史研究所理事长朝仓喜久雄那矮小却结实的身
影。作为一个独裁者他是有些其貌不扬。楠食品的台部长说的"这事有点复杂"，
难道指的就是这个？我看着洗漱用品，心中满是懊丧。台部长和朝仓都说这工作
是破译那份消失了的岛屿的地志，却不知道还附带有这么一出。我死了心，刷过
牙，仔细刮起胡子来。

我最终还是对鱼子敬而远之，吃了片面包抹黄油。从饥饿的程度来看，我得
有一天以上没吃东西了。不过也可能在失去意识时有人喂过我吃的。我喝了咖
啡，歇了一会儿，精神头又上来了。多少年都没吃过这么健康的早餐了。我想看
看自己到底身处何方，便走出房间。房间后的小厨房里，阿兰正站着洗碗，完全
没有要阻拦我的意思。走廊和我自己住的那儿一样短，尽头有一部电梯，外观和
研究所里的是一样的。

关上电梯门，刚才那些不时响起的东西碎裂的声音、女人小跑时脚上低齿木

展的声音、警笛声、犬吠声……所有这些声音混杂在一起构成的街上的喧嚣就像被抹掉一般消失了。电梯开始缓缓下降，过了一会儿，电梯门打开了，出现在眼前的是一派地方小城的平凡风景。看到这幅景象我才发现，刚刚自己走出房间、乘电梯而下、走到门外，这一连串动作基本都是受习惯的驱使在下意识中完成的。我走了两步，回头一看，身后除了我们的那幢楼再无他物，仿佛吊在半空一般。从房间到外面我没遇到一个人，中间的楼层也不像有人住，也许这才造成了我的这种印象。果真如此的话，我和阿兰所在的空间难道是存在于同这个小镇相互隔绝的时间里吗？

我回到房间，才发现我刚才一直躺在日式房屋角落里一座矮矮的床台上。就像一家改建过的大厦一角小得可怜的餐馆，安着屏风拉门，铺着榻榻米，却总有点让人静不下心来。建筑本身很古老，可却总让人感到缺乏情趣，一定是因为常年闲置无人利用的缘故。朝仓喜久雄曾说："直接由我管理的研究所。"这话到底是真是假呢？这里欠缺人情味。当然他本人就没有什么人情味。我要利用在这里的这段时间，弄清他们葫芦里卖的什么药。首先得从我的住处下手。我双眼睁得大大的，做好了随时发现秘密装置的准备，穿过卧室隔壁阿兰的房间，走进屋后的厨房。

那里只有一台煤气灶，根本不像正儿八经做饭的地方。阿兰送来的早餐可能是在远处某个大厨房做的。街上的喧闹声八成就是从这儿来的。难道这一片还有一些和我一样被绑架过来的人，和我一样像囚犯一般从事着秘密工作？可是究竟是什么样的古文献犯得着这么大动干戈，非得如此秘密地破译呢？我知道对朝仓那样的人来说天皇制是很重要的，可为什么这份工作偏偏选了我来做呢？从他们的角度来看，我没有家眷，这一点很方便。想到这里，我感觉脖子上像被架了一把冷冷的匕首。可以想象，文献中有些内容比较敏感，破译工作一完成，我可能就会因为知道得太多而被除掉。那部文献的内容或许远比天皇制深刻，说不定就是一部日本的民族形成史，有可能从根本上撼动我们国家的独立国地位。

不管怎么说，这都是破译完成以后的问题。我必须在那之前想出一套周密的策略。

我回到自己的房间，盘腿坐在榻榻米上，背倚着床台，考虑下一步的战术。

情况的确不妙，不过反过来想，只要工作没结束我就能一直在这儿衣食无忧，我心里打起了奴隶的小算盘。对阿兰不能放松警惕，但在表面上要做出信任她的样子。我想要喝点儿酒，好让我进一步深入思考。

"这片儿有酒吗？当地的酒就行。看样子这条街住了不少渔民，肯定有酒吧。晚上之前你给我找点儿来。"

我尽量做出一副"从今以后我就是这屋的主人"的样子，傲慢地对她发号施令。我没敢看阿兰的脸。要是看到她为难或者伤心的样子，我绝对不忍心置之不理，继续残暴专横下去。或许我内心深处还期待着和阿兰建立一种心灵相通的关系。自从妻子的病到了晚期，我就再没跟她说过话。我已经有很长时间没跟任何人倾心交谈了。当然这也怪我自己性情太过孤傲。

但她依旧显得有些魂不守舍，仿佛意识飘到了远方。她的行动举止也有点飘忽，不像是凭借自己意志做出的。倒不是说一点没有个人主观感情，只是她的反应过于缓慢，已经不能用优雅来形容了。乍一看，这有点像戴耳机听音乐的人把自己和外界分隔开了，沉浸在自己的世界里自我满足，可这和自我满足又不一样，要说是一种没着没落的感觉似乎还更为贴切。要是受到某种强烈刺激，她的心灵是不是就会摆脱束缚，恢复正常呢？一想到是朝仓喜久雄的组织让阿兰陷入了这种状态，我就对他们更添了一分痛恨。

我们的古文献破译工作不久便展开了。阿兰一按电脑键盘，显示器上就出现了日语，看来的确如台部长所言，借助那个破译了异族语言的神秘女子之手，古文献所用语言与日语的转换程序已经安装到了电脑里。但可能是因为语法还没有得到透彻的分析，语篇中很多地方文理不通。即使把这些整理清楚了，通篇还随处可见各种难以理解的比喻，用普通的方法是解读不了的。我甚至还觉得古文献的前后顺序也不对。恐怕有几个学者已经读了最初的译文，冥思苦想却徒劳无功，最终只得放弃，把破译的工作交给了我。那几个人里肯定也包括昭和经营史研究所的人员。

我瞄了一眼阿兰桌子上摊开的原书，发现其中部分文辞有点类似古语，让人联想起万叶假名，但又不敢确定。

开头部分有这样的句子：

　　城很远，日历按规律经过，腐蚀加重……

还有这样的句子：

　　城根本无法抵达……

我想了想，觉得原文很可能是押韵的，便分行将其改写为：

　　城遥不可及
　　任时间一分一秒流逝
　　越发斑驳锈蚀

当时人们用的肯定不是阳历，但是也没有证据证明用的是阴历，为了避免同后文词句矛盾造成混乱，我将"日历"改成了"时间"。而之所以将"腐蚀加重"改成"越发斑驳锈蚀"是因为当时脑中闪现出街道角落里的青铜告示牌。

这么一改，我发现这个句子和我出版的诗集中的一节异常相似。

我精神又要不正常了。也可能现在已经不正常了。这是酒喝完了的缘故。我按住脑门，对阿兰说："让我歇一会儿。"恐惧将我包围，但我却搞不清自己为什么而恐惧。诗集《痕》出版已经是二十多年前的事了，但是也不可能有谁在操纵我。我想起来这里的途中，一个像阿兰的女人对我轻声说：

"是很久以前祖先的经历命令你写下了那样的诗句。"

我问自己："这样行吗？这样真的行吗？"如果说这一切都已经印在了我的基因里，那我岂不就丝毫没有了主体性？我参加革命运动，也是因为体内流着过去的下层乱民的血，而不是因为系统学习了社会主义或者出于什么正义感。

我抬眼一看，显像管上，一排绿色的文字微微颤动着出现在眼前：

紧握窗棂的手指上随时可能化身暴徒的突起的骨节……

我在一种近似昏迷的状态下凝视着那绿色的文字，它们变得扭曲，开始流动，就像被人从深海里抓出来暴露在阳光下，感到惊恐、羞耻而急于逃离的人鱼。

这部文献中出现的城究竟是哪个国家的哪一座城呢？那个时代，统治原作者所在的岛屿或者地区的是哪一个种族呢？

我的思绪迷失在遥远的古代。这部古文献的作者应该还是想要寻求某样东西。我的想象世界中呈现出古代封闭的村落城池的景象。作者写的"城遥不可及"指的恐怕不是物理上的距离，而是在暗示城已经消失了。对原作者来说，这"城"也可能喻指一种希望，一种对民族独立的渴望。

我多少恢复了平静。混乱很快就过去，证明我身体变得健康了。尽管当地的酒还没找来。

我抬起头，看到阅览室那高高的天花板。天花板中央是一个通风口，中楼像阳台一样围在四周。

我们工作的阅览室前面有一个服务台，里面是一排排书架，看来这里的确曾经是图书馆。之所以说"曾经"，是因为现在好像不对外开放了。从外面看时，整座石建筑就如同飘在风中一样，看来这座图书馆上面应该还有好几层。我扭头看了看来时经过的正门，寂静无声，毫无疑问一般人是不让进的。不知道这是遵照朝仓理事长的指示，为了我们的工作特意安排的，还是因为这座岛本来就没人利用图书馆，所以一直如此。自始至终都有微小的声音响动，可能是显示器上光标一闪一闪地催人输入下一步指令。眼睛的错觉转化成了声响。

阿兰双肘撑着桌子，呆呆地望着这边。由于一直盯着屏幕，她眼皮显得比平时要肿。在与把我弄到这儿来的敌人作战时，我是应该袒护她还是应该孤军奋战，我实在没法判断。

阿兰伸出手来，碰了一下我的指甲。

"再过一个小时上午的工作就结束了。"

这句话是她用指尖传达给我的。她时不时地用手指和我交流，我对此毫无抵抗力。我甚至还想，是不是能够支配阿兰的某个人想要借助她的手指把我也给控制住。那一瞬间阿兰的不经意反倒让她愈发显得风情万种，一下子让我丧失了思考能力——我还从未结识过如此年轻貌美的女子。

下午的工作刚开始没多久，我就产生了一种预感：这份工作很可能让我身陷其中不能自拔。不是因为他们的委托，而是因为这部古文献包含的内容复杂而重大，让我不得不认真对待。

阿兰将不知什么时候准备好的两份便当放在服务台上，起身走到屋子的一角拿来一个暖瓶。我撕开塑料纸包装，里面是加料吐司，切成两片的大圆面包中间夹着熏肉和卷心菜。

"你知道吗，我年轻的时候净吃这东西来着。"

她指的应该是十几岁的时候吧。她的这句"年轻的时候"，反倒让我觉得她还很孩子气。我还以为至少会有啤酒啊酒精饮料之类的呢，度数不高也无所谓。我眼馋地四下看了看，终于忍住没向阿兰开口。这可是阿兰第一次提起自己的事。

"在哪儿？"

"在原来工作过的图书馆。"

她的那句"原来"是如此轻描淡写，仿佛她丝毫没有因为换地方而感到焦躁不安，这让我很纳闷。

来这里这几天，我曾以为她没跟我说实话而冲她发火，有时还会威胁她。现在想起来，或许她也是被命运捉弄的人。不客观地说，可能是她过往经历的累积在她的基因里注入了一种元素，从而造成了她这种处变不惊、随遇而安的性格。

我装作若无其事地问道："你在哪儿上的学？"

"我没上过学。"

她边咬面包边回答的样子里，还依稀可见少女般的青涩。"我可不能放松警惕啊。"我边告诫自己边观察阿兰。

"自从叔叔收养我以后，我就一直待在研究所里。学校我从来没上过。"

"收养？这么说你是孤儿喽。孤儿也分好多种啊，有在交通事故中死了双亲的，也有海路难民。"

她头一次露出了浅浅的微笑。

"肯定是他们不要我了。我叔叔曾经对我说，我身上流着好几个民族的血。"

"不要你了？谁不要你了？你的叔叔就是朝仓喜久雄吗?"

阿兰点了点头说：

"当然是我父母不要我了。"

接着她把头偏向一侧，做出一副思考的样子，小声说：

"可能是这样。"

说罢她抬眼盯着我，问道：

"野野宫先生您呢?"

看来她是想慢慢地聚焦在我的身上。也许她想在我身上寻找和她同样的命运。阿兰说"当然是我父母不要我了"这句话时满不在乎的语气，恰恰证明了她缺少和父母一起生活的经历。不然她不可能没有一丝幽怨和踌躇。也许正因此，被人带到这里来她也没感到一丝诧异。

而我呢，我是主动逃出来的，可是我始终觉得自己是被革命阵营遗弃了，这个想法在我心底无法抹去。我的父母在我秘密从事地下工作期间相继过世了。

吃完这顿莫名其妙的饭，我们聊起天来。我问：

"我到附近走走可以吗?"

其实我有点希望她能陪我一块去。她的身世、她的婚姻经历、她谈没谈过恋爱、她家人的下落，这些面对面不好开口的问题，我想在散步时问问她。

她淡淡地回应道：

"您走好。哎，把这个带上，要是回来晚了，咱们就从三点来钟开始。"

她时而主动接近我，时而又忽地疏远我，让我颇感不安。

我打算边走边调查地形，这可不是开玩笑。或许我已经改掉了以前那种邋里邋遢的生活习惯。阿兰交给我的，是一部新书那么大的无线步话机。她什么时候，又是出于什么目的置备了这么个东西呢？我又起了疑心，但转念一想，兴许遭遇突然袭击时这玩意儿还能派上点儿用场，便默不作声地收下，走出了图书馆。

我面山而行。山位于北面，山顶如同一口反扣过来的大锅，山麓很平缓。图书馆所在的土丘对面依稀可见一处集居地，正对着我们住的地方，看上去像是个小镇。如果北面的山就是陆地的尽头，那这里肯定是一座岛。而如果前面还有陆地相接，形成一座半岛的话，我逃脱的可能性就很大了。

不管怎样，只要登上山顶，对面被遮住的大海和周边的地形就一览无余了。潮水的涨落以及每天清晨在雾霭中若隐若现的森林和港口也都能看得一清二楚。

　　那天十分晴朗，我感到心情舒畅，不禁张开双臂尽情挥舞起来。下了土坡不久，我蹚过一条河，没有向港口的方向走，而是上了一条通向山里的平缓坡道。我边走边想：如果说阿兰是她父母的弃儿，我就是社会的弃儿。在时间的长河中，我们两个谁都没有一个确定的位置。

　　太阳细心地照耀着空气中的每一颗微粒，让它们纵情欢歌。四周的景色是那么恬静，仿佛已经不声不响地过了好几千年。一望无际的草原，随处可见的杂树林，还有巍然独立的青松都是一副波澜不惊的神情，默默地延伸到远方。我感觉自己就像一个来自远古时代的旅人。间或有蝗虫飞起，马上又隐匿在草丛中。轻风拂面。那一天，碧空如洗，万里无云。这样湛蓝的天空，从战争结束那天起我再也没看到过。那时我还是个小孩子，住在新宫。

　　我还记得，附近神社的宫司①把我们这帮孩子叫到一起，告诉我们说："自古以来，这附近就藏着一个打了败仗的神仙。大家要从历史中学会怎么做人。"

　　很久以后我才明白，他的话里带着一种被天皇所遗弃的无可奈何的情绪。

　　沿斜坡走了不多时，我发现前方一棵大树下有座小屋，屋前有个身穿白衣的人。走近一瞧，是一个老人坐在小屋前面的石头上。我产生了错觉，以为是刚才回忆中那个新宫的宫司迎接我来了。我不知道自己说的话他能否听懂，但还是大着胆子打了声招呼："您好，我叫野野宫银平。"

　　他微微点头，站起身来，像在自言自语似的说："我也觉得你差不多该到了。"

　　他的脸上嵌着数不清的皱纹，从太阳穴到下巴长满了短短的银色毛发，下巴上的胡须一直垂到胸前。

　　"你来这儿干什么来着？嗯嗯，野野宫银平君，诗人无家眷？"

　　这句话的后半部分，他的语气听起来就像在记忆中搜寻什么似的。我想起昭和经营史研究所的朝仓理事长看摊在桌子上的我的简历时，那像要把每个字都印在眼镜上的架势，继而脑中闪现了一个念头：这个仙人一般的老头儿可能是他的

———————
　　①　神社的最高神官。

同伙。可是我还没做好战斗准备呢。还是先静观其变吧。

"我是来破译关于消失岛屿的古文献的。一方面是受一个叫朝仓的人的委托，另一方面也是出于我自身对这方面的关注。"

话一出口，我发觉自己对这个不知名的老头儿有点低声下气，心中十分不悦，于是补了一句："如果你是他们的同伙，那我得跟你说两句话。"

老人脸上的表情没有丝毫变化，就那么直勾勾盯着我。我又觉得当下搞僵了不太好，说："你是这里的管理员吗？"

他依然无视我的问题，只顾遥望着脚下的海港。然而他的脚稍稍挪动了一下，支在拐杖上的双手也换了个姿势。我终于火了，像要宣泄心中的怒气似的说："那我失陪了。"

说罢就要从他旁边走过。

"等等。"他大声说道。那声音里有一种威慑力。我吃了一惊，止住脚步。

"我是库尼玛。我知道你想问什么。可那是没用的。你用耳朵听到的语言，没有几句是你真正明白的。我是凭感觉的。"

"你说什么？"

"你先坐那儿。"

库尼玛抬起拐杖，向他方才落座的石头旁边一指——那里有一条矮矮的踏脚石一样的凳子。

"不用语言，自己的感受就没法传达给别人了啊。"

"你说的那叫道理。单调乏味，毫无乐趣。你对语言的肆意性了解多少呢？"

让他这么一批评，我立刻觉得自己不能退缩。以前我那爱和人争论的性子又显出来了。

"就算是和人争论，我也得找个像样的对手。很可惜，那个对手我在这座岛上还没找到。"

要是以前，我肯定会更加直截了当地指出对方的理论是反阶级的。可眼下就算我的讽刺再辛辣，我也不过是拳头打在棉花堆上罢了。尽管对方让我很不舒服，但是敌是友还不得而知。

"哼，哼，像样的对手。像样。我看你也不外如是罢了。"

说到这儿，他忽然发出咻咻的声音，飞身一跃，离地九尺。他像野蛮民族请大神一样大声喊道"阿伊呀"，紧接着落回地面，如同什么都没发生。"这家伙还真会唬人。"我尽可能给自己壮胆。

　　"自作聪明的庸人可真不少呀。他们就怕遭人排斥。成天端着个架子却又没一点度量。这种家伙简直多如牛毛。不过你倒是挺有斗志的啊。我要说你是傲慢的庸人，估计你又得发火了。"

　　"你别想打岔。你想耍大刀，也得看清楚眼前有没有关公。"

　　听了这话，他仰天大笑，又立刻止住，说："明白了。明白了。真是失礼了。我是库尼玛。"

　　我仍然用一副"那又怎么样"的表情盯着他。他好像以为只要自报家门对方就会闻风丧胆似的，真让人讨厌。

　　我好容易忍住没跟他继续抬杠。现在不是吵架的时候，我得从库尼玛嘴里问出该问的东西来。我改变了态度，问道："这里是一座岛呢，还是跟陆地连着的海角或者半岛呢？"

　　他立即回答道："是岛，一座沉没的岛。"

　　"过阵子你就能看出来了。我说的话你也就能懂了。只要满足一个条件就行。到时候这座岛的语言你也会完全明白。自己说的话别人听不懂就说别人有问题，那是洋鬼子才干的事。不过为此你也必须失去一个别的东西。我很羡慕你哟。"

　　"我老家的神官也说过同样的话。"

　　我想起新宫神社的神官，回了一句。

　　"我不是说了语言派不上用场吗？你真是满脑子偏见。"

　　"那我有什么办法？我来这儿还不到半个月呢。"

　　库尼玛摇摇头，用皱纹深处微微张开的眼睛注视着我。眼角上满是眼屎，这反倒使他的目光如同云层间泻出的光线一般尖锐。一阵沉默之后，他说："阿兰可是个好姑娘啊。"

　　说罢又站起身来，像在表明我们的谈话已经结束。我感觉这老头儿说的话很是无聊，又有种自己的隐私被人偷窥了的感觉。

　　不管怎么说，库尼玛都让我很不愉快。但我还是宽慰自己——能发现山里面有这么个仙人般的老人也算是种收获。

我在路上走了一会儿，发现身后不知什么时候跟了一条小白狗。

我断言道："我说库尼玛，你变身也没用。我照样认识你。"

"你可够神经质的。我是仁仁（人人）。"

说着它用两条后腿支撑着站起身来，像在说："嘿，看清楚了。"它这副样子，活像在一幅画上看到过的，住在南方岛屿上的矮小怪兽犬门。

"那就好。"

我撇下这么一句，加快了脚步。当时我压根儿没觉得狗会说话是很奇怪的事。

我渐渐走上了山路。草原上星星点点地现出几棵低矮的树木，又过了没多久，就来到一处葱郁茂密的树丛跟前。

口袋里的无线步话机响了。我一时没反应过来怎么回事，慌了神，马上又想了起来，掏出明信片大小的无线步话机。仁仁注意到了，简短地问了句"什么"。

"救命，好大，好大！"

阿兰近乎尖叫的声音从一小片薄纸一样的话筒传了出来。

我匆匆瞥了一下山顶，便转身跑起来。我一下子担心起阿兰的安危。我将路上的石子踢得到处乱飞。跟在我身后的仁仁吓得几乎跳了起来。到了下坡路，随着速度加快，呼呼的风声在耳边响起。

到了山脚下，我不得不将速度放慢，等到了通向图书馆的上坡路时，我已是上气不接下气。我想：这副样子怎么跟人打啊，但现在也只能一步一步向前走了。

那巨大的、像飘在风中的蒙古包般的图书馆终于浮现在眼前。正门旁边，一个起重机模样的东西正在蠕动。一张像船帆一样的淡绿色薄膜晃来晃去。一个大得难以置信的蝗虫正把它那戴了头盔一般的头往正门里挤，它翅膀半张着，忽闪忽闪的。

我拔出沙土路和草丛之间的木桩，将它高高举起权当武器，一边提防着被它长长的像电线杆一般的后腿踹到，一边潜入它腹部正下方。我铆足了劲，将木桩尖头朝上刺进它腹部。那腹部居然出奇地软。它长着刺的小腿前后摆动，要把我扎进的木桩甩掉，有个像是练拳击用的沙袋一样的东西从我背部擦过，落在门廊上。

它的头顺势从门框滑了出来。根据气味判断，那掉落的东西是一坨大粪。我双手死死扣住蝗虫的中腿。蝗虫转动头部想往下腹部看，像要搞清楚发生了什么事。它因此转了个个儿。这次我将栏杆的支柱狠命向它那看起来很结实的下巴刺去。很幸运，支柱扎进了蝗虫的口腔。就在它忙着用一条前腿把木桩拔出来的工夫，我飞奔进图书馆锁上了门。我紧紧抵住门，用目光搜索阿兰的身影，这时一阵风声传来，我知道是蝗虫飞走了。我松了一口气，转身向屋里走，看到阿兰瘫在阅览室前台外面。她像是要逃跑却没来得及，昏过去了。

"怎么样了？受伤没有？"

我稍微用力摇动她的肩膀，她恢复了意识，拼命抱住我的双腿，让我向后打了个趔趄，险些跌倒。

我蹲下身来抚弄她的发丝，告诉她蝗虫已经跑了。那蝗虫似乎分解成无数小个体，成群飞上了天。事实上，从采光窗能看到一团黑云一样的东西在动，那就是龙卷风一样的漏斗形蝗群向大海的方向边飞边散乱开去。

日出日落，周而复始。关于消失岛屿的古文献破译工作每天都有所进展。时间长了，对这座岛的情况我也渐渐开始有所了解。不对，其实谜团还是越来越大，只能说我渐渐看出来哪些情况是我所不了解的。

正像库尼玛所说的那样，岛上有不少居民。我宿舍前面那条如此萧索的小路，有些时日也会有络绎不绝的行人。男子的装扮多似渔夫，从外表看，也有公证处的书记员、邮局职员、店主模样的人。自打跟阿兰上了床，我的视力慢慢恢复了。也可能是过度摄取酒精导致的晶状体浑浊痊愈了。

在把她从巨大蝗虫的侵袭中救出之后一段时间里，我们之间的关系没有发生任何变化。我在忧虑：我每日的伙食已经是来路不明了，要是再跟她上床，那我岂不就屈从于这种禁闭生活了？我渐渐摆脱了酒精依赖，体力也随之恢复，所以我需要凭借意志力来禁欲。同时我也想忠于过去的自我——昔日的战士岂能轻易地向环境缴械投降？

但是仔细想来，她也是被人抓来的。

这事发生在一天晚上。入夜之后，街上的喧嚣仍清晰可辨。

"今天晚上出什么事儿了？"我问阿兰。

"海的精灵要到岛上来。"她回答道，"满月过去半个月以后，十月里一个月黑风高、流星坠落的夜晚，这座岛的神灵会和海的精灵举行婚礼。渔夫们大肆捕捞准备过冬并狂欢庆祝。像带鱼一样的鱼被成群成群地捕捞上来，海面都变成银色的了。"

"……"

"还有人看见大群的鲸鱼悄然穿过洋面游向南极哩。"

"渔夫大概有多少人？他们交税吗？"

我这人很容易被带入叙事史的世界里不能自拔。我自感这样不妙，便有意问了点日常的事。

"所有人差不多都是渔夫。不过，他们跟你交流不怎么顺畅吧。"

"你怎么知道？"

我质问道，声音尖锐起来。我想起了库尼玛傲气四溢的那句"过阵子你就能看出来了"。另外，虽说阿兰是跟我一起被人带来的，那她对这座岛未免太熟悉了，简直就像很久以前就住这儿似的。

"是不是因为这里是座岛，岛民比较闭塞，不会对外地人推心置腹？"

阿兰点点头："光在这儿生活是不够的。"

她仿佛从来没受过别人的攻击，永远是那么镇静。

"那你呢？你原本就是这儿的人，在这儿安居乐业，是不是这么回事？"

话说到这份儿上，我觉得无论如何得弄清楚阿兰的身份，于是犯了老毛病，提了个讨人嫌的问题。

这种心情，和我以前秘密逃离被机动队包围的公园时如出一辙。我站在人民这边，为人民而战，可人们都把我当敌人。那是我和和枝的一次逃避之行。我说服自己：要暂时隐没在人民的海洋里。然后两人就一起逃跑了。

"我这个人总是失败。"

阿兰意外地说了句前后不搭界的话，将我拉回现实。除了被蝗虫袭击的那次，她从来都是彬彬有礼，偶尔流露出她那个年纪的人应有的调皮与活泼，她立刻就竭力抑制。可现在她竟然毫不掩饰地流露出真实的声音，我缓和了语气，说："我没有要责备你的意思。不过把我带到这儿来的是你呀。那是计划好的吧？你是在忠实履行昭和经营史研究所的朝仓理事长派给你的任务吧？"

我缓慢但却是连续追问道。我也是受害者，要是不这么说的话，我就永无翻身之日了。这种感觉将我紧紧包围。

她眼中流露出一丝悲戚，和我四目相接，略带迟疑地挤出一句："什么意思？我就算去了那座岛上，最终还是得回到这儿来。就像命中注定似的。我不是在说这次的事儿。说上辈子也好，反正我感觉很久很久以前，我的确是待在这里的。这次来了以后，这种感觉越来越强烈。这不是什么朝仓叔叔的命令。真的。"

我本想责怪阿兰，可听了她这番话，再也责怪不起来了。我眼前隐约浮现出这样一幅图景：一个想要逃脱宿命的可怜少女，怀揣梦想身赴日本却屡屡失败，每次都被人带回原地。

"你说人怎么才能改变呢？"

她年纪轻轻的，可是说这话的口气听起来就像个万念俱灰的人。

"没这必要。"

我很想鼓励一下她。我开始觉得，牵绊她的并不是朝仓喜久雄主宰的昭和经营史研究所之类的世俗权力，而是某个更大的东西。和她共事的这段时间，我发现她聪明伶俐，惹人喜爱，这些特质不是一个受世俗牵绊的人所能拥有的。若她从那个更大的束缚中解放出来，她现在这种气质与能力是否依然不变呢？我不知道。从利己角度出发，我也不希望她改变。

"我也不知道。不过我会帮你的。总会有办法的。"我温柔地说，这还是自打来岛上头一回。"忘了什么时候了，很久以前，我也曾想要改变。婚也结了，还会写写诗。可是从来没有一件事让我觉得很顺很成功。"

说着说着，我不禁激动起来，哽住没说下去。我眼前一下子闪现出脱离革命组织后的悲惨生活、受到逼迫时的恐惧、焦躁，还有和枝哭泣的面容。真是惭愧。我极力忍耐，让自己平静下来，说："咱们必须把古文献破译出来。这里面肯定藏着什么。朝仓有什么企图咱们不管，咱们就算为自己，也得把它破译出来。"

阿兰默默点了点头，挽住我的胳膊，依偎在我身上。几滴泪水般的液体从她的脸颊滑落。

在慢慢窥见岛民们的现实状况和生活气息以后，我发现他们每个人虽然景况各异，但都背负着一种同样的苦闷。或许是受其反作用影响，来这座岛之前在东京的生活点滴以惊人的速度淡出了我的记忆。现在想来，那座岛国的人无一例外地被施了欲望的魔咒，被名利冲昏了头脑，而内心却既疲惫又空虚。因此他们无论何时都像是热锅上的蚂蚁。

这座岛上不光有老人，年轻人脸上充溢着年轻人该有的朝气，女人也很多。库尼玛的话的确不假。小孩子三五成群，从一个屋檐下绕到另一个屋檐下，有的还跑到广场上去。一对对恋人在树荫下伫立不动，紧紧相依。

在他们眼中，并肩走向图书馆的我和阿兰是什么样子的呢？或许他们根本就没有看见我们。不时有人向阿兰点头问候，我则总是和人撞到一起。那种碰撞显得很不得劲，好像他们根本就看不见我的存在一样。每次我都苦笑不已：我又不是透明人。至少有一点可以肯定：这里的年轻人找对象都找互相能看得见的同类人。似乎没有像东京那种痴迷于演艺明星的情况。这或许是因为他们生活中的每一天都被包括恋爱在内的各种具体事物填满的缘故。

虽然我和阿兰的状况以及我们之间的关系有了变化，但我坐在屋子里听到的街上的喧嚣，以及由此想象出的光景却还和以前相同。宛如鱼儿在小河里跃动一般的人们的说话声、锣声、马车轮咯吱作响声等等，都使你联想起古代的城邑，可你走出门一看，眼前只是一个平凡的乡村小镇。竖在街角的那块碑我仍然读不懂。有人像是为了报时而敲钟的地方在现实中我也没找到。巨大的铰链发出的声音引起城门开合的联想，安坐屋中听到的声响让我脑中浮现出一座被高高的石墙包围的古代城市，可其实，岛上只有供渔船停泊的船坞、面向大海缓缓下降的沙滩和海角下悬崖边的惊涛骇浪，古代城市的影子都找不着。黄昏的市场熙来攘往，可叫卖声同在屋里听到的不同，在现实中的镇子里，既听不到节假日里引蛇跳舞的笛声，也看不到耍蛇人的身影。

我时不时会思考库尼玛说的"一座沉没的岛"是什么意思，可是想不明白。休息日里，有时我想好好考虑一下眼下的处境，便会让阿兰待在屋里，独自一人上街。

我们住的地方和图书馆不同，是与外界隔离的，进出都得坐电梯，所以我不用担心阿兰在我出门时遭到袭击。我有种被从大牢里放出来的感觉。不过我出门时还是带上了无线步话机。

同阿兰关系越深入，我对她的身份就越心存疑问。不可否认，她是在我长期颓废生活后出现的第一个拥有柔嫩皮肤的女人。可是有时候，她在床上的举止和她的年龄与外表毫不相称，就像一个成熟女人，让我大开眼界。

"只要你一进来，我就受不了了。"

这种话她居然说得脸不变色心不跳，让我很纳闷：这是因为她天真不更事，还是有意鼓励我，抑或是因为她跟许多男人有过丰富经验？她的这种语言与态度，也让我以前在这方面的欠缺一下子暴露出来。阿兰稚嫩的肉体中，的确集聚着经年累月的经验。记得一个研究西方史的学长曾经告诉我说："但凡出身望族世家，男的都是性无能，女的都是荡妇。"我可不想这么去想阿兰。我清楚自己已经对阿兰产生了一种爱怜。

也包括这方面的事吧，总之对我来说，她是一个猜不透的女人。不管我怎么热情地窥探，阿兰总是显得有些难以捉摸。从她能够通过手指接触洞穿对方心理、传达思想这点来看，她具备一些文明开化以前人类所拥有的能力。我把那想成淫荡，看来是受文明蛊害太深了。

最初那一晚过去两个月后，阿兰开始几乎每晚都想要我。而我却心存犹疑，不知她是否出于真心。现在她偶尔会说些"想要改变自己""不改变不行"之类的话。在我听来，她似乎是想抛弃那些文明开化以前的能力。她是不是想通过和我的接触来寻求一种可能性呢？

据阿兰说，岛上的人都处于束缚之中。她解释说，束缚他们的是一种只能称之为历史的因素——她那语气就仿佛她自己也是其中一员似的。我听她自顾自说着，感觉她是在向我倾诉自己想要摆脱这种宿命的愿望。可是她的脱胎换骨必定会使我俩的关系也随之改变。可以说，我们之间的关系只有在对分别的恐惧中才能维系。支撑这份脆弱爱情的，就是对据称与消失了的冲之波美岛有关的古文献的破译工作。

我独自眺望着晚秋落日下闪烁的海面，思绪也被染上了一层悲观的色彩。徐徐摇曳的海浪，一来一去间流泻出细微的光亮，让我的情感也漫无目的地弥散到远方。

我忆起从前同和枝在日本的生活，只有在这样的时刻，那些日夜才会裹上一层柔美与温馨。

傍晚我带着一身疲惫下班回到家，有时会看到妻子偎在二楼阳台，出神地望着我们生活的城市。妻子比我小几岁，因为与1960年安保以后的激进派有直接关系，所以我们说好她尽量避免出去抛头露面。可成天这么闷在屋里，她怕是也受不了吧。

自从抛弃了思想，和枝的性格变得极度内向，和房东一家处得并不融洽，做饭也得躲在我们租的房子二层上后来搭建的小厨房里偷偷做。不过我曾经在附近商店街有夜市的日子里带她去逛过两次。当时想着反正是晚上，而且不是说大隐隐于市吗？捞金鱼的和卖盆栽的摊儿之间，还有卖棉花糖的，卖上发条玩具的。和枝挽着我的胳膊，闹着要吃香气四溢的乌贼烧烤。

那是怎样的一种生活啊？现在想来，反倒是那阵子无时无刻不被人追踪的生活更为充实。难道是如今这座岛上的生活使我产生了一种倒退的想法，让我产生了幻觉？

我们住的地方在郊外，在一个电车轨道和道路的岔口附近，时常能听到断路闸边打铃边降下的声音。不一会儿，就有电车呼啸而过。到了冬天，天黑得很早，车一经过，车里明亮的灯光就会在墙上投下斑驳的影子。每到这时，屋子还总会跟着晃。凭窗眺望，会看到在岔口前驻足的有提着购物篮的主妇，还有骑在自行车上、像是被打发出去买东西的孩子。

我是比内讧迭起的全共斗那代人还要早一辈的革命家，所以不太担心会遭到敌对组织袭击。只是有一阵子，我无意中和一个后起组织有了点接触，不过也正是借这次机会才认识了和枝。我在山村工作队战斗的那段日子里干的伤害山林地主、杀人未遂等事情都已过时效，可以既往不咎了。然而妻子始终对我这段经历心怀恐惧。她死后，我在怜惜与哀痛中多次回想起这点来。

"我们已经完全不参加运动了，不可能被当成攻击目标的。"

我时常这样给她宽心，后来才明白，她恐惧的是步步逼近的死亡。很长一段时间，我都没注意到她的病。或许对因认真而显得固执的和枝来说，思想的死亡和肉体的死亡是一回事。

那时候，对我来说，赎罪就是为革命献身，就是敢于失去重要的东西。这种信念在联合赤军事件发生后在我心中土崩瓦解了。不久妻子在我的疏忽中死去，赎罪也就成了浮云。写作长篇小说是为了证明自我的存在，可却以失败告终。直到现在，开头部分我还能脱口而出。

"'这万里晴空下芝麻粒大的堡垒，是世界革命烈焰中的一颗火星。'提着一桶上级同志的残羹剩饭走出小屋的我再次对自己说道。自从我来到这山上指挥所，已经一年过去了。"

这段也就是来岛上三四年前写的，可现在我却感觉事情已经过了十几年。

照顾和枝的日子里，我也曾想到死。我能做的，只是守在她枕边，握着她的手，要是能和她一起死肯定很轻松。我深深感到一切都是徒劳，活下去也没用。追随妻子而去不正是自己能献给她的唯一礼物吗？我觉得要是救不了她，什么校对、什么写文章全都毫无意义，不知不觉中我就已经不再为出版社工作了。

我把妻子的遗体火化，捧着骨灰回到家，再次深深感到，我生活的全部意义只是照看妻子。

我整日坐在屋子里发呆。夜里几辆电车呼啸而过，每辆过去时，灯光都透过车窗，在被烟熏黑了的墙上一闪一闪。

后来，我的长篇小说也不被看好，我感到自己对事物的感受能力已经落后于时代，内心充满凄凉。

再后来，我在报纸上读到关于楠食品的报道，在人物介绍栏目中看到了庄田邦夫的经历，回想起战争时期，我们家帮了他和他母亲不少忙。我还想起当时，人们都说我们俩像一个模子里面刻出来的。他失踪时，我还是个小毛孩子，但也混在大人的搜救队里参加搜山行动。我清楚地记得，我看到了一具生物的遗体，遗体的脸像乌鸦天狗一样，可等我把大人们叫来，那里却什么也没有了。大人们大发雷霆，骂我在关键时刻还撒谎给他们添乱。

我给庄田邦夫写了一封长信，寄到了楠食品总公司。信中诉说了妻子过世后我穷困潦倒的生活。我其实只想讨点钱买酒喝。

我对此基本没抱希望，可后来宣传公关部的台部长联系我，给我介绍了一个
校对与撰写领导发言稿和公司介绍文章的工作。当时要是没那么幸运，现在我恐
怕正沿街乞讨呢。台部长略有发福，似乎有点想迎合我的意思，向我慨叹上班族
的不易。但上班族如此稳定省心，他一定从未想过要放弃。也不知他现在怎么
样了。

到了这座岛上以后，我才开始冷静地琢磨这个人。

我望着大海，过去的前半辈子就在无边的地平线上四散开来，在粼粼的波光
中若隐若现。我之所以单独到海角来，是想在不受阿兰影响的情况下回忆和枝。
同和枝一起走过的日子尽是辛酸，却又是那么刻骨铭心，难道是因为这座岛上的
生活至今让我难以把握吗？

的确，阿兰自从出生那一刻起就已经失去了些什么。她失去的，不是我这种
能够从记忆中抽出的经历。出生之前就已然失却——从这一点来看，可以说她和
现在的年轻人是一样的。不过这座岛的青少年是不是也是这样我就不知道了。

阿兰之所以对我以身相许，只能说这对她是顺理成章的事。我们俩现在的关
系，既不是轰轰烈烈的爱情结晶，也没有相互扶持共渡难关的经历。阿兰似乎从
未有过要故作含蓄和羞涩让男人更加为之迷恋的心思。我们有了不寻常的关系之
后，她仍然开朗可爱，同以前一样主动同我说话，显得很自然。

这对我来说不啻于一种救赎。我一直提心吊胆，担心她后悔跟我这么个同她
年纪相差甚远，既没能耐又不性感的老男人上床。也许我能因为阿兰真正振作起
来。对此我是求之不得。可是古文献破译工作对她来说究竟有什么意义呢？如果
说她是为了填补出生前的记忆空缺，那这份工作给人的压力可就太大了。

我们将今天读通的部分译了出来：

　　到这个镇上已有些时日了，一天我看到一座闪着金光的城沉没在透
　明的水里。我不知看到的是实物还是幻影。但转念一想，或许这种存在
　的不确定性恰恰是城的本质。之所以这么说，是因为这座城可以被看做
　镇上的人们为了祈求和平而自己创造的幻象。

这段文章和先前破译的序言文体迥然不同，当它出现在屏幕上，我心中涌起一阵感动。我抬手按住阿兰，对她说："这是正文。"

她抬眼仔细看了看显示器，表示赞同："应该是。"

看着这快速闪动的绿色文字，我联想起冲之波美岛突然现身浪涛之中的情景。莫非千年王国和乌托邦都是这么出现在地上的吗？

"可是开头部分未免太突兀了。"

我想掩饰自己的感动，便故意挑起毛病来。我这个人性情乖僻，对我来说，将内心的感动毫无保留地表露在外，就像让我一丝不挂地站在别人面前一样难为情。而且我原先预想开头部分会很庄重严肃，像什么："昔混沌未开之时"或者是："保全天佑践万世一系之帝祚黄金万乘之良国"之类的。尽管我以前是革新派，并且现在也以革新派自诩，但我总感觉天皇制应该是这么严肃的东西。

"可能真正的开头还在后面，不过目前可以肯定的是，这部分不是序言。"此时的阿兰十分冷静，完全不做模棱两可的推测。

"嗯。"我点点头，问她时间。刚过四点。

"要不今天就先到这儿吧。"阿兰说道。我们现在已经是心有灵犀了，彼此想什么一点即通。我知道工作已经进入正式阶段，一种紧张与不安被心中的斗志唤起并逐渐膨胀。说得夸张点儿，我就像大决战前夜的战士，要调整自己纷乱的心绪。

第二天是我们定好的休息日，我打算再次挑战上次只登了一半的那座山。在回家的路上，我边走边想：要是明天见到了库尼玛，一定要冷静地问他几个问题。我还在心里设想了好几种情形。我的问题大都是关于阿兰的。

和我上床时，她会嘟囔些奇怪的话。那不是兴之所至偶一为之。她每次说的话都一样，而且时间固定。当她露出一副树木汁液争先恐后在体内蹿升的表情时，还有当她在达到高潮之后的恍惚中双眼大睁目光发直、嘴唇像初绽即止的花瓣时，她就保准要说那些话了。她的每一句话都似曾相识，仿佛这座岛上的人在某时某地说过。如果说，那些话只有在恍惚冲破日常生活窠臼的短暂瞬间才喷薄而出，那么那些话就一定和阿兰的身世有着千丝万缕的联系。她的声调很怪，像是在求助，又给人一种海洋生物头枕着波涛的感觉。我问她那些话是什么意思，从哪里听来的，她却似乎不能理解我的问题。

"我说话了吗？真的吗？"她总会无辜地反问道。看来那些话完全是她无意识中说的。

我越来越确信这座岛就是阿兰的故乡。她说话时词尾声调总是上扬，这和岛上的人是一样的。她曾说自己是孤儿，被研究所理事长抚养长大。我想，如果阿兰的身世弄清了，那么这座岛和朝仓喜久雄理事长的关系，以及他要考察消失岛屿历史的原因也就都水落石出了。

那天清晨，我为了把库尼玛的话录下来，在口袋里揣了一个隐形麦克风，一个小录音机，早早便出了家门。我没有走通向图书馆的上坡路，而是取道山脚下的平地，向北方的山直奔而去。

不知不觉已经换了季节。上次我没太注意，广袤的常绿树森林已是葱郁繁茂。不多时，我过了一条河，上了一个坡，离库尼玛坐着等我的地方越来越近。

参天大树下有一间小屋，可是不像有人住。我有些失望，走近一瞧，果然没人。我向屋内探望着，再次确认屋里没人，便绕到了屋后。这座小屋像个哨所一样有着尖尖的屋顶，后面有块地被围了起来，好像是个茅房。大树的树干十分粗大，两个大人都合抱不拢。树梢高不可见，树枝向左右伸出，就像我在照片上看到过的非洲猴面包树。树皮很粗糙，好些地方已经干裂卷起。我将耳朵贴近树干，仿佛听见远方的流水潺潺。我剥开一块树皮，白色的树心露出来，发出楠树般的沁人芳香。时间还是上午，可我抬起头，却望见窸窣作响的树叶间有星星在闪耀。

树梢实在是太高了，树枝也伸出老长老长，让我不禁产生了错觉，以为这棵大树是倒着长的，树根倒竖在天空。我想起死去的和枝曾经说，到了井里头，大白天也能看见星星。

在公园召开的反越战集会遭到机动队袭击时，她跳进井里，才得以免遭逮捕。幸好井不太深，又正值夏天枯水期。前一天，年轻的同志们在机动队层层包围下顽强斗争，我却躲得老远袖手旁观，我感觉自己这种态度十分可耻，便在那天下午去了公园。阳光直射进井底，我往里面一看，发现她正蹲在齐腰深的水中。我把她救上地面时，她浑身冰冷，脸色苍白得不似人样。她一直没能生孩子，恐怕就是那时候落下的病根。

她曾经是个令同志叹服不已的女兵，可自从跟我一块儿生活，她就变成了一个连我有事不回家都得哭鼻子的女人。这一发现是一剂毒药，长久地打破了我思想的壁垒。这一点我还从未向任何人提起。

潺潺的流水声将我带回逝去的时光。我手支在树干上，呆立了一会儿。我无助地仰头望去，看到星辰划过天空。或许在地球另一头某个遥远的岛屿上，渔夫们正在捕捞像带鱼一样的鱼，港口热闹非凡。一想到在我们居住的土地之上，终日乃至终年有星辰流淌，我就有种异样的感觉。我想，过去我住的地方就像一口井。接着我和和枝的屋子就浮现在眼前——我们仿佛待在一个阴暗的管子底部，点着些微的灯火取暖。

裤兜里的硬物碰到了我的腿，把我拉回现实之中。我才想起自己还带着小型录音机，便又返回小屋。所幸我可以把这个藏在残破的墙壁后。我设定好时间，让它到了晚上自动录音，心想或许可以录下库尼玛的动静。这些都是参加革命运动的时候学来的。

我走出屋，发现仁仁不知什么时候来了，正伏在那里摇着尾巴，像在梳理小草。我意识到自己刚才的动作可能都在它的监视之下，心里一阵慌乱。

"库尼玛出去了。"仁仁细声说，像在嘲笑我。这种对话很是稀松平常。

"他去哪儿了？"我粗鲁地问道。

"不知道啊，他就像风一样飞来飞去的。"接着它像要观察我的反应似的，盯着我说："应该是去了卫星发射基地吧。"

它脸上一副理所当然的表情，说罢打了个小小的哈欠。

"这岛上有基地？"我不禁问道。说完我便在心里盘算，如果有基地，肯定就在常绿树原始森林那一带。

"这个嘛，"它故意装傻，并再次窥探我的表情，说，"就是你坐过的那东西。"

我恍然大悟：原来是这样，那辆看似平常的车上竟然还装着火箭发动机，说不定到关键时刻还会伸出机翼呢。可是被一条狗小看让我着实不悦，我装作若无其事地说："照这么说，我这样的人还在陆续被送来啰？"

"不，那可不是。你是具备条件的。"

"条件？什么条件？"

"这你应该很清楚才对呀。不过话说回来，阿兰那姑娘不错吧？"

我心情糟透了，恶狠狠地瞪了仁仁一眼，宣布道："我要去登山了。"

这条狗说话的口气就像是库尼玛的徒弟，它似乎已经洞悉了我的一切，真让我受不了。

"这山可不矮呀。"

"不用你管。"

"那敢情好，我省心了。"

我撇下仁仁，独自上路。为了摆脱内心的不愉快，加快了脚步。不久我就上了真正的山路。走了不多时，我进入了一片灌木丛。低矮的树木生得十分茂密，叶子全都开始发黄。山里的秋天来得早，树丛间的亮光让人搞不清是中午还是傍晚。我看不清这片丛林延伸到多远，四周一片寂静。就连我脚踩在厚厚的枯叶堆上发出的声音都即刻被这无边的寂静吸收了。

忽然，头顶闪过一个黑影，把我吓了一跳。我从低矮的灌木交错的枝杈中间仰头望去，发现一只眼睛像玻璃球、浑身漆黑的大乌鸦从茂密的树木上空无声地滑翔而过，停在高高的楠树枝上，像监视我一样望着这边。我看着它，它便扑棱翅膀，又飞了两下，落到旁边的一棵树上。或许它是在把我引向某个地方。我想起八咫乌鸦为远征纪国熊野的神日本磐余彦指路的故事。他在那只乌鸦的带领下，在吉野川上游见到了长尾巴的人。这种伎俩很像库尼玛的风格。就算他会发射卫星，这种想法也是不行的。我不知何时已经把库尼玛当成了这座岛的统治者，做好了跟他对着干的准备。

丛林猛地就到了尽头，我来到了广阔的半山腰。一望无际的草原上开着数不清的花朵，干燥的微风扑面而来，仿佛春天和秋天一起到来了似的。清澈的天空下山峰巍然屹立，山势陡峭，可时不时露出的山脊线却显得意想不到的婀娜。这高山的斜后方还有一座略低的山，从平原上是望不到的。前面的山浑圆无比，就像戴了个帽子，两三只飞翔的小鸟被风吹得东倒西歪。

我解开纽扣，把汗涔涔的胸膛敞露在清凉的风中，犹豫是否要登到山顶。我看了一眼时间，已经十二点过了——等到了山顶天也该黑了。此刻，我没有信心在日落西山后沿着方才穿过的丛林原路返回而不迷失方向。

忽然之间四周暗了下来。空气开始流动，小草不知所措地扭动身躯，掀起一阵起伏。我拽着丛林边缘一棵树干，凝神观察四周。天空还是一片晴朗，太阳并没落山。说时迟那时快，一张黑色的网从天而降，在离地一米左右的空中剧烈地浮动摇摆。那是一大群黑凤蝶以令人不可思议的一致步调在飞翔。它们漫无目地，优雅地飞上飞下，就像喜不自胜的人在手舞足蹈。可是这么一大群蝴蝶究竟从哪儿冒出来的呢？不会是一种海市蜃楼现象吧？公关宣传部的台部长曾经带我参观过全息摄影棚。预先印了某种条纹的底片在激光照射下，会将其上的像以立体形式投射在空中，可是实物并不存在，所以我伸出手却抓了个空。

可究竟是谁，出于什么目的玩这些把戏呢？难道又是库尼玛干的好事？到底为什么呢？

黑凤蝶群突然消失了，真是来无影去无踪。不知是不是我眼睛产生了错觉，我看到几株类似日本天剑的花在空中飘浮。

"过此地者无人生还。"

不知从何处传来一个声音，是一个男人装成女人声音说的。我一听就知道是库尼玛，立刻燃起了斗志。我有好几年没这么斗志昂扬了。我从口袋里掏出无线步话机，在发送栏里输入："我要上山顶了。我爱你。"发给了阿兰。没有回音。四周又渐渐亮起来了，就像水闸被打开，黑水都泄了出去一样。我开始担心，怕阿兰又出什么事了。我抬头看了一眼北边的山，意识到现在登顶已经不可能了。还是近期内等破译工作进展到一定程度，请个长假，打点好几天的粮食和寝具再来吧。

快到住的地方时，我遇到了阿兰。她系着条围裙，手里提着购物袋，正从街上往回走呢。

工作开始有了进展。我们已经搞清这部古文献的作者是一名被派到某个古代城市的测绘工程师。从正文来看，派遣他的应该是一个重视秩序与进步的科技组织。

　　然而，很难想象在比中世还要早的古代会有进步、科学之类的概念。我叫阿兰重打了好几遍。我甚至怀疑不是电脑里装的语言转换程序就是刚开始输入的部分有错误。阿兰也疑惑地歪着脑袋，说："可是，怎么弄到最后出来的还是这个呀。"

　　"对了，写转换程序的人应该读得懂原文吧。"

　　我从一开始就对此心存疑问，此刻，更想借这个机会将这事儿搞明白。

　　"他为什么不自己译成现代文呢？为什么要让我译呢？"

　　她只是一脸困惑地看着我。

　　"怎么说呢，就好像电话接线员的工作性质决定了她不能去关注通话双方的对话内容，这人可能也是这么个情况吧。"

　　我听她这么一说，忽然想到写转换程序的有可能是外国语言学家。他可能已经识别了文字排列和反复的顺序、出现频率、字形，但是在还没搞清意义的情况下就给转换成了现代日语。当然了，他们也不懂日语。

　　如果真是这样，那他们又是受谁指使呢？有谁会觉得这部古文献值得费那么大劲去破译呢？这时，我想起台部长曾经以一种感慨的口气自言自语，那谜一般的话语在我的记忆中浮现："说是右翼，其实很多在本质上是跟美国有关系的。单纯的人毫不知情地听凭他们使唤，就跟左翼一样。"

　　说这话之前我们讨论了什么我已经不记得了。当时我只是觉得有种东西（是什么呢）让我放不下心。我回想起朝仓喜久雄曾被盟军以战犯嫌疑人身份抓了起来，被放出来时却变成了一个盛赞美国民主主义的人。可是我还是不清楚这和古文献破译工作有什么联系。我只是有种预感，文献被破译后，人们发现日本原本不是一个独立的国家，于是就不会指望最近发展迅猛的日本凭借其经济实力同美国对着干了。也可能会是真正的国粹主义者以破译的古文献为依据，意图在新的基础上重建一度土崩瓦解的皇国神话。

　　总之，虽然我什么都不知道，但人们无疑在这部古文献中倾注了极大的热情与关注。而我内心深处某个地方也在感受并回应着这种热情。对我们这辈人来说，革命运动就像"日本的独立与和平"的标语表现出的那样，继承了国家主义思想潮流。

　　我开始寻思以这部古文献为蓝本，设计一个新的构思，重写那部失败的长篇小说。朝仓喜久雄不是还说"你的小说写得不错"吗？

"也可能……"我又开始迟疑。这部古文献一旦被破译，日本民族形成的秘密就会揭晓，天皇制诞生之谜就会大白于天下成为研究的对象，别说皇国史观了，国家的理性与精神都可能遭到毁灭性打击。这兴许正是朝仓等人所担忧的。这种情况下，他们肯定已经设计好了，时候一到，就将参与破译工作的人和资料一并除掉。他们不顾我的愤怒将我绑架到这座岛上，命令我从事秘密工作就是明证。我的思绪乱成一团，不知这项工作的领导人是国际资本，是右翼势力，还是库尼玛。

"再往前读一点儿吧。"我不禁叹了口气，催促阿兰。

测绘工程师被派到镇上时，两座城已经破灭。镇子不再受历代帝王的统治，而成了与各国互通往来的贸易中心，兴盛繁荣。尽管如此，在这个已经沦为通商国家的地方，人们仍将原来那座城尊为建国的象征。

他们一方面缺乏思想，崇尚低俗的功利主义，另一方面又有着深厚的敬神观念，这种精神结构实在怪异，但也正是这种力量使城镇繁荣，后来又使岛屿陷落。镇上的人察觉到危机临近，便请人派来测绘工程师，似乎是打算从确定旧址开始，逐步将破灭的城重建起来。

破译工作中，有一次我们决定不拘一格地使用现代概念，意外发现古文献对于当今社会也充满了警示意义。我一下来了兴趣，焦躁与疲劳感也飞到了九霄云外。干完活我甚至还生出闲情逸致跟阿兰一块去看日落。

现在我跟她结伴走在路上，岛上的人已经会冲我们点头致意、亲切问候了。可我一个人走的时候，他们仍然对我视而不见。很多时候，他们大老远看到我就刻意避开，不给我打招呼的机会。一开始我将这归因于我不是这个岛上的人，但最近越来越觉得不是这么回事。他们的反应，和我参加革命党时大阪和东京的人们的反应如出一辙。我们所破译的文献里写道：测绘工程师来到镇上，受到了居民们略带敌意的谨慎欢迎。这我能理解——对于要从科学角度考察你身处的历史环境乃至于你自身的人，你采取这种态度很正常。但是，居民不可能知道我和阿兰在做古文献破译工作。而且我也不觉得这工作有多科学，有多"过激"。这还只是我的推测，不过文献内容充其量也就是民族形成的历史过程，以及对其精神支配的根源——天皇制的解释。

还有一点就是，我听不懂镇上的人说话。这和听不懂外语还不一样，他们语言表达的脉络，以至于精神结构和我不同，从而造成了我理解上的困难。不过他们的话里经常出现"嗯""呒"还有"帕派亚亚布劳利"之类的发音，听起来就像受到电波干扰模糊不清的广播，让我想起朝鲜战争期间，我想收听社会主义国家的短波却苦于电波的干扰。当时我刚进大学，在全国学生运动组织的基层担任了一段情报宣传工作。每天晚上，我都想方设法收听莫斯科和北京的广播。为了等待大气状况改善以便收听中波，我常常挨到深夜。由于电波衰减现象严重，声音时强时弱，就像从遥远的地方越过漆黑的大海而来。每到这时，我总切实地感受到自己与西伯利亚和中国大陆的电波发射塔紧密相连，同时觉得日本列岛在摇晃，仿佛下一秒就会沉入黑夜汹涌的海洋。

她通晓岛上的语言，所以干完活以后上市场买个东西、去个洗衣房之类的都没问题。可当我单独一人时，岛上的居民脸明明冲着我，眼睛却朝我身后望。他们这种态度让我觉得，目前这座岛上承认我存在的就只有库尼玛、仁仁和阿兰三个。

现在，晚饭后我们俩会一起去河畔散步，而早上去图书馆工作以前，我们会一直溜达到能望见大海的岬角那边。

有条并不太宽的河从山间流出，滋润着平原。大片原始森林从能望见图书馆的山丘脚下一直向西延伸，一条窄窄的支流发源其间。两河交汇为一，流向大海。河上架有两座桥，一条在支流上，一座在交汇点下游不远处。两座桥都很旧了，其中一座的桥面很宽，桥旁立着一块碑，桥两旁种着大槐树，还有人放了把长椅。那块碑同岛上其他地方的碑一样，写着我看不懂的文字。

"岛上应该有人能看懂吧?"我问阿兰。

她摇了摇头，回答说："要是输到电脑里就能弄明白，但是那上面的文字和古文献里的还不一样，图书馆的电脑又不能扫描图像。"

然后她又像安慰我似的加了一句："说不定等古文献破译工作有更大进展以后就能看懂了。"

一天，库尼玛突然出现了。那时我身边没有别人。他可能就是专门挑的那时候。

当时我正站在支流那边的小桥上，望着河面出神。我这么做没有什么目的性。我想把前一天写的文章思路再捋一捋，便利用去图书馆之前的时间散散步——仅此而已。古文献里说镇上的人们担心自己一手创建的城镇会以自我增生的方式无休止地扩张。在繁华之中，他们体内潜藏着的劣根性显露出来，开始担心这座城镇反过来压制它的生身父母。

为了让情绪恢复正常，人们委托测绘工程师测量失落的城距镇子有多远，地理上的位置在哪儿。接受委托的是工程师所在的组织。那到底是个政党一样的组织，还是个技术集团？文中没有写明。读到这段时，我脑中浮现出曾经从东京高层建筑最顶层俯瞰到的场景。那才是以自我增生的方式无休止扩张的典型呢。那是妻子去世后没多久，我透过餐厅的窗户放眼望去，心想地球上肯定有一个不为人知的怪物在操纵着这个城市。看着看着，我就产生了一种幻觉，头晕目眩，只想赶紧摆脱。或许那是酒精依赖的早期症状。

古文献中接着写道：

> 即便如此，他们还是计划等测量结果一出来，就在城与镇子间修一条高速公路。他们向我致以略显冷淡却不失恭谨的欢迎，并提供了工作所需的人手、工具，还为我安排了住处。

这下我可坐不住了。

"等一下。"我冲阿兰喊道，"高速公路是怎么回事？凭那时候的技术怎么可能会有汽车呢？"

"是啊。"阿兰眯缝着左眼看我——她有这么个习惯。这副表情是她疑惑的表现，有些顽皮，从另一个角度看又像是在戏弄对方。

"要是古代以前技术和科学思维就发展到这种程度的话，那还谈什么进步？这玩笑开得大了点儿吧。"我想起以前，我把对否定进步的人都看做敌人。我自认为，尽管我离开了革命战线，但我相信未来与进步的态度并没有变。直到不久

167

前我还是很"进步"的。可是进步到底是个什么东西呢？人类的本质可能发生变化吗？

"但是不是也可以这样考虑？即使文明已经很进步了，但为了少数势力为了统治需要，不得不与落后的当地民众相妥协。我好像在哪儿听到过这种观点。"阿兰少见地发表了自己的观点，让我很意外。这么说来，或许我也应该重新思考"进步"这个概念了。

我是被人绑架到这座岛上的，现在却在这里安顿了下来。但这并不代表我把灵魂出卖给了谁。我是在做古文献破译工作，可其中的内容我并不赞同。然而我也没想到，这份资料居然会触动我的内心，成为我思考很多事情的契机。不管怎么说，等破译工作完成，我肯定得将这份文献中隐含的思想当成我自身的问题来作一番科学分析，兴许还得就历史观的动摇加上一些评论。因为此刻我觉得，我那部长篇小说失败的根本原因，就是我在历史、科学、进步这些概念上太稀里糊涂了。

阿兰边读古文献，边用手将其逐字逐句地输入电脑。古文献已经泛黄，很多地方遭到腐蚀或虫蛀，其破损恰恰可以证明其真实性。

我独自走在路上，正思考什么是进步时，心里忽然起了担忧，觉得自己平时对阿兰说的那些话太冷酷了。不管那些言论有多么荒诞不经，我都得平心静气地读下去，因为我必须忠实于文献原文。这是我的职责。

我边想边低头望向河流，竟发现水藻摇曳的河底现出库尼玛的脸。

起初我以为那是我自己的脸，还纳闷我怎么变得如此苍老。可我越细看，那脸越像库尼玛，接着他就真的从水面现出身来，没掀起一点儿水花，然后上了桥，面朝我站着。

"你怎么……"我惊讶得只能挤出这几个字。不知什么时候他手里多了根和上次一样的拐杖。

"我可以无处不在。我可没想吓唬你。不好意思，真是不好意思。"说着，他做了个深呼吸，把早晨清新的空气尽数吸进胸中。"前两天朱雀师来了，把我忙得够呛。"

"朱雀师？"我反问道。

他愣住了，直勾勾盯着我，不一会儿点头说道："真是，现在的年轻人都不知道自己国家的历史了。百闻不如一见。两天后，月亮挂在工会办公楼前榉树梢时，在广场集合。"

说完这句话，他立即像一溜烟似的消失了。

第二天，工作没太大进展，我们只破译出来一节：

　　　　夏天。我为了测量护城河的宽度和城墙的高度，头顶骄阳站在石头墙边上。二三块榻榻米大的石头一直堆到天上，石头上面有风掠过，传来阵阵呼啸。如此雄浑的气势，让人难以相信这里只是一个芜杂小镇的边界线。恐怕这石头墙的年岁比镇子还要老。石头的罅隙中生着类似龙爪花的植物群落，细碎的花瓣呈漩涡状，炽烈得如同隐匿在时光深处的生命喷薄而出。花色鲜红似血。

白天，我把同库尼玛见面一事告诉阿兰，问她朱雀师是何许人也。

"他是偶尔到这座岛上来的吟游诗人，听说到过不少地方呢。"

阿兰还说，他同时也是个建筑师。

"建筑和音乐不是自古以来就有共通之处嘛。"

"还有诗歌，不过现在的日本诗歌是不行了。"我补充了一句。

自打和阿兰一起生活以后，我时常惊愕于她的博学多才。她年纪轻轻，又是全凭自学，可无论诗歌、绘画还是自然科学她都造诣颇深。她尤其精通日本古代史，都能当我老师了。我甚至怀疑是不是有人出于某种目的对她进行过特别教育。

从她的话语判断，别说是《古事记》《日本书纪》，就连《神皇正统记》和《愚管抄》她都读过。同时，语言理论和文化人类学方面的外国学者，她也是如数家珍。这表明阿兰为了这次古文献破译工作接受过特别训练。阿兰给人一种不协调的感觉，她在精神还没成熟到对学问产生兴趣时就接受了特别教育，成熟的外衣下掩盖着稚气。这让她既惹人怜爱，又难以理解。我发觉自己的思维已经有些奔逸，想把思路拉回来，便问道："那个吟游诗人到岛上来，为什么库尼玛要这么兴师动众呢？"

用阿兰的话说，朱雀师出身历史悠久的音乐世家，其家族是贵族，主管以琵琶为主的艺术。

她介绍了朱雀师的家世，那口吻像在说："所以人们大张旗鼓地准备迎接他是理所当然的呀。"

"再说了，城本身不就是音乐吗？前面有一段写着呢。"

让她这么一说，我也觉得好像有过这么句话。

那天，我等到傍晚，和阿兰一起走出家门。电梯门一开，我就感觉街上似乎比平时要热闹。我们沿着山麓走，在库尼玛现身的桥前面右转，走到河流变宽处，过了一座桥，再穿过一条狭窄的胡同，就来到库尼玛说的工会办公楼前。

夜幕降临的广场上随处可见熊熊燃烧的篝火，人很多，挤满了整个广场，有的聚在一处，有的四散分开，不一而足。工会办公楼的建筑像个大仓库，人们在前面支起高台，高台上大约两层楼左右的高度架起了一个祭坛，左右两头拉起了幕。

我跟人撞上好几次。今晚赶上这么盛大的活动，岛民都亢奋不已，就更不把我当回事儿了。

"那边准备好位子了。"

顺着声音传来的方向望去，只见一个系着围裙、微弓着腰的年轻男人正示意阿兰到广场一角去。这人看上去就像个海产品批发店的售货员。从阿兰与他的对话来看，她应该就是这个岛上的人，而且还是名门之后。她自己说她是孤儿，被理事长朝仓喜久雄抚养长大，可眼前的她和她的描述完全不一样。我似乎明白她平时为什么不愿意跟我一块儿上街了。今天晚上是库尼玛让来的，所以阿兰也不好反对。这些杂念萦绕在我心头，但我终于还是逐渐被广场的紧张气氛吸引了。阿兰回头冲我点了点头，意思是说："我们走吧。"

我们被带到广场角落一块地势略高的地方，这里种着几棵大树，叶子已经掉光。从这里可以清楚地看到集会的情形。四周围着绳子，还放着折叠椅，就跟贵宾座位似的。我仰起头，透过长长的树枝能看到星星一闪一闪，摇曳的篝火让夜空显得更加浩淼。我想起在清水谷公园召开反战统一集会那天晚上，我去看热闹。年纪比我小的同志头戴钢盔的身影像皮影戏一样地移动。几杆红旗屹立着，像在守护写有标语的横幅，在聚光灯下带着几分落寞。安保过后，随着激进派势力增长，革命运动看似恢复了活力，可是在一次又一次的镇压之下，集会的参加者也一次比一次少。公园周围的城市愈发灯红酒绿，主张革命的阵营也愈发显现出劣势。

"他们在干吗?"我看见人们手里都拿着白布，尝试性地举到头顶挥舞，便问道。

"在做欢迎朱雀师的练习呢。"

话音未落，广场前方右手边就响起一阵骚动，紧接着整个广场都沸腾了。

一个身材魁梧的光头男子淡定地提着琵琶出现在祭坛之上。他身披袈裟一样的衣服，挽着袖子，在祭坛上坐了下来，上身略向前倾。他双肩魁梧，动作灵敏，脖子却固定不动，因此显得比实际身材要高大。我发现他给人的整体感觉有点像朝仓喜久雄，这唤醒了我内心的警觉。自从离开革命战线，每次碰到在众人前指手画脚的人，我总会报以怀疑的目光。

人群中响起一阵欢呼，欢呼声随即响彻广场。朱雀师举起右手，掌心冲着群众，他频频点头示意以回应人群的欢呼。人们疯狂地挥舞着手中的白布，突然又变得鸦雀无声。当第一声弦音响起时，我心中的戒备已全然消失了。

我以为他要讲两句郑重其事的场面话，可他什么也没说，只是挑动琴弦，奏出深厚而锐利的乐音。他用力按住琴弦，一扫，就迸出一排柔和而规整的音符。接着他用指甲撩拨琴弦，琴声变得高而涩。在他的轻拢慢捻之下，琴弦发出凄凄的幽咽，忽地又转为骤然下行的琶音，终至于窃窃低语。广场笼罩在一片寂静之中，人们想咳嗽都不敢出声。

他开始吟诵：

城　屹立苍穹
沙漏不差分毫地据守　铜锈在薄暮中泛青
怨　让痛楚的银浪翻腾　衣不蔽体的人民
聚到城中　四散而去　只留下一个行僧

这声音内敛而深沉，琵琶声再次响起，这一次声势嘈杂，像在衬托那声音的厚重。

去年的光线　如今只剩一缕

双城　抗拒却仍沉到水底

追忆　牵引悔恨的航迹

时间　曾经抵达的城邑是否依然

呐喊　喧天锣鼓倾吐着异议

心灵的深处旅途在继续

快掬一捧银色的歌曲

诗句回环往复，愈发激烈的弦声在夜空中久久回荡。轻快的切分音响起，似乎有某个人凭借其意志在强行避免旋律向抒情方向发展。

漫天的繁星　化作水滴撩拨风的琴弦

巨大的壶沉默无言

黄金华辇中悲歌连连

悲歌连连

"这是……"我凑到阿兰的耳边轻声问道。

"这个啊，是消亡的岛屿的叙事诗。"

我似懂非懂地点点头。库尼玛之所以突然现身，告诉我朱雀师的事，应该就是想让正在破译古文献的我听听这首歌吧。他想让我发现某样东西。那东西应该也是他们一直寻求却尚未找到的。工作越有进展，我们越清楚地认识到最根本的那部分是多么难以理解。那部分同日本人的起源、日语的起源乃至天皇制的起源都有密切关系，说不定那部分讲的就是这些起源本身。我想找朱雀师问清楚这一切。歌声还在继续：

城塞华丽的配殿

征伐已远去　漏箭①的韵律掠过石板

驻足驿道的虚无辽远

那是悼文

还是宣谕　铜牌上镌刻历史的烛焰

英雄一去不复还

　　毫无疑问，朱雀师讲的是消失的岛屿。听起来，那不单是一个地方、一座岛屿的历史，而且反映了位于海上交通要冲的几个民族兴亡的编年史，一个失传的故事。我为什么会有这种感觉，我自己也说不清楚。我脑中闪过一个念头：只要抓住了这一点，我所破译的文献就具有了普遍意义。然而这样一来，我的工作不就与朝仓喜久雄的初衷相违背了吗？他所寻求的恐怕是天皇制的起源，而不是具有普遍意义的东西。

　　我仰望夜空，感觉自己正在缀满星星的暗灰色天幕下，同朱雀师一起为消失的岛屿、为覆灭的王国歌唱。

　　曲调急了又缓，间或夹杂些干涩的弦音，仿佛历史的长河在周而复始中流淌向前，用潺潺水声抹去飞溅的鲜血，让痛与恨发酵，痛苦挣扎着注入大海。在我想象的图景里，层层波浪绕过世界最南端，将岛屿包围，然后翻腾向北。岛屿笼罩在一片深绿之中，平原躲在芦苇下面沉沉睡去。琵琶奏出的乐曲，既像在轻声呼唤岛屿安然入眠，又像在保卫城池，哀悼覆灭王国的志士们。

郁郁梵钟添一抹寂静

铜锈之醚

鳞次栉比的房屋

时间之海上漂浮的城

---

　　①　装在漏壶里的箭，箭上有刻度，用来表示时间。

> 垂髫小儿般嬉闹
>
> 是炽热的蒸馏器飞转的声音
>
> 在摩擦中沉寂
>
> 从碧空罅隙中滴落的铜锈的波纹
>
> 渐弱的火苗中迟钝的心
>
> 映出失却的神的记忆
>
> 回旋的是和煦的风

朱雀师讲完了。一阵短暂的寂静后，人群中爆发出热烈的欢呼。

"真棒。朱雀师到底是忧国的语部①啊。"

这个声音我在哪儿听到过。原来是仁仁不知什么时候蹦到了我们身后的椅子上。

"你说他是忧国之士？"

我不知为何感到很懊恼，便反问了一句。我和阿兰一直紧挨着，没注意身后的目光。和往常一样，它的话还是满含轻蔑，让人受不了。而且它只不过是条狗，居然占了贵宾席。

"不，我说的是忧国的语部。"

听仁仁这话的语气就知道，它现在正处于一种极度兴奋状态。它用唱歌般的腔调说："人哪，畏惧吧。神的皮鞭就要落下。岛民哪，你们须丢掉虚荣。你们当断然告别安逸与奢侈，振奋建国的精神，尊崇神灵。"

"这是什么呀？"我有种不好的预感，便问仁仁。"这是谁的话？"

"这是朱雀师的歌。"

仁仁回了一句，然后眼睛和嘴巴张得老大，露出讶异的神情，说："怎么回事啊？你刚才什么也没听吗？"

它被我一连串莫名其妙的反应所慑，迷惑不解地望望阿兰。仁仁背诵的那几句歌词，我根本就没听朱雀师唱过。

---

① 日本古代凭记忆口述有关宫廷及大家族的系谱和典故的部民。

"哎呀，仁仁，闭上你的嘴吧。是你搞错了。"

阿兰脸上现出惊慌的神色训斥道。在我看来，她好像要掩饰什么，这让我内心再次充满了近乎恐惧的惊异。

"阿兰，你听到的是什么词儿?"

我从喉咙深处挤出沙哑的声音问道。她双目紧闭，像要将朱雀师歌曲的节奏从心中唤起。她上身微微颤动，喃喃自语道：

> 城　屹立苍穹
> 锁链不见了敌意
> 海让痛楚的银浪翻腾
> 经度和纬度模糊不清
> ……

这既不是我听朱雀师唱的歌词，也不是仁仁说的。其中好多地方夹杂着我年轻时为日本的前途担忧时写下的词句。

"我听到的是……"

话到了嘴边我又咽了回去。因为我想起她在整首琵琶曲中始终握着我的手。她肯定已经通过指尖信号得知朱雀师的歌深深触动了我，我对其有自己的理解，所以她说的歌词里才会夹杂有我以前写的诗句。然而，同样一句话会被听成两三种不同的话吗? 这种事可能吗?

开始散场了。广场渐渐沉入狂热后的空虚与夜色之中。那些听众为什么欢呼呢? 肯定是因为他们理解了朱雀师的歌。然而狂热经常源自误解。只有我听到的歌词和大家不一样，这也不是没有可能。说不定仁仁听到的歌词才是那些听众的理解。起码阿兰对我和大众的两种理解都予以了肯定。

或许是觉得自己犯了一个天大的错误，仁仁耷拉着尾巴，混入四散的人群。我用余光捕捉到了它的背影。

"阿兰，今天晚上我想跟你好好聊聊。"

我心平气和地对她说。我不是要质问她，也没有生气，我只是想毫无隐瞒、推心置腹地跟她谈谈她的命运、我所处的形势等等。

我觉得阿兰背负着相当复杂的宿命，昭和经营史研究所工作人员只是她的一种伪装，我的这种想法越来越强烈。在朱雀师集会上受到的恭谨礼遇，从一句话里听出好几种意思的能力等，都证明了我的这一推测。怀着这种想法，我有点执迷不悟地觉得自己肩负着拯救她的重任。不管这一任务多么艰巨，多么困难，解放战士也应在所不辞。

圆盘一样的月亮从山边露出了头，在红色的月光下，我看见阿兰略显忧虑地点了点头。可能是她本来就一直担心自己终有一天要现出本来面目，现在我恰好触到了她的这根软肋，造成了她的紧张。也许阿兰疲惫的神色是由于她深知无论如何也无法逃脱自己背负的命运，同时她预料到我一大把年纪还鲁莽地急欲寻求真相，最终只会让自己受伤害，然而我却又恰恰正在进行这一无谓的尝试，这使她感到很有负担。

过了一会儿，阿兰露出了微笑。就像儿子投身革命，母亲忧心忡忡，但又下定决心默默守候时露出的微笑。我看到阿兰这种表情，想起她躺在我身下时，偶尔会闭上双眼说："有时候就这么闭着眼睛感觉你，有些事情就能看得更清楚。"

或许阿兰每次都是在把野野宫银平这个固有名词从脑中抹掉以后才接纳我的。"这样也好。"我对自己说。

"你别担心。"我宽慰道，"我没有要责备你的意思。恰恰相反，我只是觉得要正确地破译古文献，有必要进一步了解你。"

我还没了解她，就和她上了床，这实在是罪过。我边说边产生了这样一种感觉。这种不按部就班的行为，这对脱离革命以前的我来说是不可原谅的。我与和枝无谓地害怕过去的同伙，就是因为我俩的结合以我脱离革命为前提。现在，我心中迫切地渴望完全占有阿兰。

被巨大蝗虫袭击的那一晚我决定，如果一个无助颤抖的柔软躯体能够凭借肌肤之亲获得安宁，那么我将不遗余力。起码那一晚，我的心又找回了当革命家时那股单纯劲儿。接着我就在欲望驱使下采取了行动。可是想来想去这事都充满了矛盾：违反原则、在性欲驱使之下的行为怎么会让我的内心重拾当年的活力？要么就是我以前太拒人千里之外，就像个浑身是刺的海胆。

刚开始阿兰的反应就激烈得让我吃惊。她用指甲抓我的后背，高声叫唤。那时候我听到有流水声，难道是因为有东西正在侵入阿兰的体内？

这种经历在我自然还是头一回。和枝每次都很怯生生的，实在忍不住要叫出来时，就用牙狠咬毛巾。而我内心也有种负罪感，觉得既然我们是脱离了革命的人，就不应当享受到快感。

然而到了这座岛上我就变了。当时阿兰显得很理所当然，一切都发生得那么自然。之所以听到阿兰体内有水流淌的声音，我想是因为我也和她一起达到了高潮，完全忘我了。

"你是不是有消失岛屿上王族的血统？"我问道，"我觉得你说的那座岛和古文献里那座岛要么是一回事，要么就存在某种密切联系。我需要你的帮助来解开这个谜。"

阿兰慢慢转向我，她的脸被身后的月光蒙上了一层深深的阴影。她有着长长的脖颈，鬓角的细发映在月光中，显得那么悲戚。

"说实在的，我也不清楚。我可没有隐瞒什么。不过这个岛上有我认识的人。我记不起来是谁，可只要一见到我就能认出来。一定会觉得'哦，这人我老早以前就认识'。那个人应该也是一样。我也说不清这是为什么。"

她不像在说谎的样子。阿兰解释得过于专注，脚被路上的石头绊了一下，险些跌倒。我伸出胳膊扶住她，手顺势搂着她的腰，两人依偎着在夜路上走着。

第一个夜晚，出现在我梦里的野见恭平即野野宫银平跟我讲的基本就是上面这些。早晨我睁开眼，发现他的讲述我竟记得分毫不差，不禁大为震惊。我虽自感记性不差，但这实属反常。或许野野宫并没有出现在我的梦里，而是将我带入了一个波澜不惊却属于另一个维度的时空。

在野野宫银平的话里出现的人我只认识三个：庄田邦夫、公关宣传部台部长、昭和经营史研究所朝仓喜久雄理事长。剩下的库尼玛、阿兰、仁仁，还有野野宫银平在"岛"上遇到的人对我来说都是未知的。无论如何，会说人话的狗、从河底现身的库尼玛都只是虚构，抑或是某样东西的象征。或许岛屿本身就只是一个承载假说的容器。也许可以认为，这都是受挫的革命家、有酒精依赖病史的野野宫银平所描绘出的一个幻想宇宙。然而我不得不承认，他叙述的口吻给人一种奇特的现实感。也许是他所有未竟的梦想凝结成了这个高密度的岛。

从早上一起床，到开始这一天的工作，我脑子里想的大致就是这些事儿。野野宫银平受朝仓委托破译古文献，并因此被幽禁在未知岛屿或者说是消失了的岛屿上。而那部古文献，好像同庄田在日记后半部分，第十三四册开始偶有提及的《工程师之书》是一回事。这是我的直觉。然而，一提到《工程师之书》，庄田邦夫的表述立刻就谨慎了许多，不知所云的叙述也增加了。

临来楠元太郎建的伊坂杨严隆信博物馆之前，我觉得庄田留下的日记和资料过于浩繁，就几乎都留在东京了，现在我追悔莫及。主要是当时的预算和时间不允许我把那些资料一一输到磁盘里，结果害得我没法将野野宫银平说的话同庄田的资料进行对照比较。

但是我印象当中，有关《工程师之书》的叙述出现之时，也就是庄田失踪两年前，他突然改变了文风。我不是写作心理学家，也不是文艺评论家，描述不出这种改变。不过他文章中铿锵的节奏不见了，取而代之的是一种近乎踌躇的不紧不慢。巨大纪念塔遭遇反对运动也恰好是这一时间。换了原来的庄田邦夫，应该比平时更加情绪高昂才对。

可以想见，这部古文献给庄田的心理造成了极大影响。他是从谁那里，通过什么途径读到这本翻成现代日语的《工程师之书》的呢？是安部理惠？是老爷？是朝仓理事长？还是博物馆的什么人发现的呢？如果记录无误，那时野野宫银平尚未到博物馆就任。

如今我既见不到庄田邦夫也见不到安部理惠，不得不承认，我现在只有对剩下的资料进行更深入的阅读，一步步推理，除此之外别无他法。

可是，我究竟该如何处理昨天晚上野野宫银平向我和盘托出的这个故事呢？

我不确定要不要把这事儿告诉同行的秋山享。我倒是觉得他应该靠得住，可要是随随便便跟他说了，他可能反倒会觉得我脑子出了毛病。我想起在未开化土地做共同体的实地考察时，别人教给我一条铁的纪律：在从事具有危险性的工作时，同事之间没有秘密可言。想来想去，我决定再观察一晚上，看看野野宫银平是会再次露面接着讲，还是只昨晚那么一次。观察之后再斟酌一下叙述方法，然后再跟秋山说。

可我还是相当紧张，不知今天野见会以怎样的姿态出现。我尽力掩饰自己的睡眠不足，向吃早饭的地方走去。

"休息得好吗？"秋山问。看他肿起的眼睑，我敢肯定他昨晚一定喝多了。

"早。你呢？睡得怎么样？我看你还有点迷迷糊糊的啊。"

"哎呀，让您给看出来了。"秋山一拍脑袋瓜，"昨天晚上回去之后我怎么也睡不着，常有的事，住的地方一变我就这样。反正闲着也是闲着，我就喝起酒来，一不留神就喝多了。"

他老老实实地回答，和我的预料一样。这时小莲穿着和昨天一样的黑色长裙走了出来，说："早上好。今天县政府来了位美国客人，馆长得去介绍博物馆，今天一早就出发了。他让我代他跟大家赔个不是。"

她用毫无感情的口吻传达了馆长的意思。我既有点儿失望，又松了一口气，跟还没醒酒的秋山面对面在早餐桌前坐了下来。

第六章

　　第二天晚上，野野宫银平再次出现在我的梦里，一切都仿佛顺理成章。白天他被叫到县政府去没见着人影，我还以为今天晚上够呛了呢。但我心里打定主意，他要是出现了，我可得瞪大眼睛看清楚他从哪儿出来的，怎么出来的。我做好随时都能爬起来的准备，这才躺到了床上。可是不一会儿我就陷入了沉沉的梦境。我睡得那么沉，就像昏迷过去一样，让我怀疑是不是有人在房间里下了迷药。也许他出现的必须条件就是要对方处于不省人事的状态中吧。等我清醒过来，他已经站在屋子中央了。

　　他看到我醒来，脸上的肌肉动了几下，就好像牙缝里塞了什么东西很不舒服似的。他用略向内凹的眼睛注视着我，像在试探我能否看见他的动作，过了一会儿才坐直身体，讲了起来。

　　我听说长期患白内障的人做了手术重见光明时，会感激地发现大自然原来是如此美好。我与阿兰肌肤相亲恢复了感受能力之后，每当看到岛上的风光和大海的景象，心里的滋味就跟久病初愈的白内障患者一样。

　　我还感觉这里的嫩叶特别地美丽，和在日本见到的完全不同，这或许也是出于同样的原因。这里没有落叶、没有冬天的枯枝，也没有春秋的季节骤变，有的只是南方岛屿所特有的风情。我身体的变化大概本是循序渐进的，可因为一直没察觉到，所以一切就像突然发生的一样。因酒精摄入过多造成的视野狭窄的毛病也是突然间就好了。

但想喝酒的念头仍时不时地侵扰着我。我求了阿兰好几次，还用蹩脚的岛上话找别人问过。出人意料的是，即便运气好弄到一瓶，真喝起来我却觉得酒量不行，喝到一定程度就再也喝不下去了。我甚至怀疑是不是库尼玛在暗地里控制。

也许是我改头换面脱胎换骨了。也许是跟我从东京那污浊不堪的地方搬到这么洁净的岛上来有关系。但最重要的原因恐怕还在于我和阿兰的结合。对过去，那苦不堪言、在人生的谷底艰难爬行的过去我并非毫不留恋，但只要一想到阿兰委身于我时的身姿，还有她在工作间隙不经意间流露的妖媚眼神，我立刻就认同了自己的改变。或许正像阿兰什么时候说过的那样，我已经从用脑袋思考变成用身体思考了。这很可能被人斥为"堕落"。阿兰具备用指尖和人交谈的能力，这算是进步，还是堕落，我暂时还搞不清楚，只知道眼前这座岛上的美景以及季节的变化一天比一天清晰。

夏天来临，岛上飞来许多黑凤蝶。我想：如果它们是渡海而来，那就说明不远处还有一座岛或者一块大陆。从我们的住处到图书馆的那条路两侧，木槿花的大红花瓣上尽是它们嬉闹的光景，工会事务所所在的广场围墙四周，一簇簇野生龙爪花上也满是它们飞舞的身影。

也不知这座岛上的人靠什么生活。有人出海打鱼，海边零星分布的住家院子里也都栽着果树，除了时而举行物物交换的集市，这里见不到激烈的竞争以及相关的华丽宣传、官司诉讼或政治运动什么的。一句话，我以前生活里的那些乱七八糟的日常俗事这里一样也没有。当然，我对岛上的情况基本还是不得而知。

后来，我又上了一趟山，为的是到库尼玛的小屋里取藏在那里的小录音机。

那天他也不在，不知是不是又看卫星发射去了。这倒正合我意，可是我满心期待倒好带子放了一遍，才发现根本没得到任何线索。计时器应该是在晚上八点来钟启动的，按说他从外面回来肯定得弄出点儿动静：他像天狗似的穿着一个齿儿的木屐走道儿，地板肯定得嘎吱嘎吱响；他喝醉了酒，喘气声肯定小不了；还有他的自言自语，睡着了打呼噜的声音……可是哪一样都没录上。看样子库尼玛不在这间小屋里住。果真如此的话，这倒也能算个新发现。然而，整盘带子从头至尾录上的是流水一样的声音。那不像是窗外刮的风，或许小屋附近有条小溪。

阿兰有时候行为诡异，就如同被我所不知道的东西控制住了一样。她时不时地会到市场去，但又不像是为了买菜做饭。每顿饭都像是有人在某个地方做好了，再用我不知道的方法送来。所幸我还持有男人不该下厨房的旧观念，也算是为自己的懒找个借口。如果换一个人的话，阿兰怕是要百口莫辩了。我从来不挑挑拣拣，给什么吃什么，所以在这方面她从不会感到为难。除了吃饭，在其他方面我也多次觉得她形迹可疑，可问也问不出个名堂，索性随她去了。这包括洗衣、美容，还有性交时她嘴里嘟嚷的咒语一样的话。

到了夏天，阿兰把发型换了。她那一头低垂的长发是去年秋末开始留的，眼看着春天到头，她毫不怜惜地给剪短然后还烫了一下。这似乎不是为了迎合我的喜好，只能说是动物般的灵感吧。

我想把阿兰完全据为己有，从身体到灵魂。但是朱雀师的那次集会和围绕他口述的叙事诗发生的事情提醒我，摆在我面前的问题不是那么简单的。那天晚上的集会结束后，我曾托阿兰上图书馆查找朱雀师的有关记录，结果却白费工夫，一本资料也没有。

"朱雀师我好像认识，但我记不清什么时候见过面。那首歌我也不是头一次听。"

阿兰说。也不知她说的歌是指我听到的还是仁仁听到的。

我为了帮她恢复记忆绞尽脑汁。我试着提出种种假设，时而说朱雀师是守卫她父亲所在的宫殿的北面武士，时而又说他跟抚养阿兰长大的叔叔有不共戴天之仇。我想借此让她想起点儿什么来，可每次都以失败告终。

"我脑子里有一段时间是脱节的。那一段我怎么也想不起来。而且这段时间好像还不短。没准得有一两百年。虽说这不太合情理。"

一天晚上，我们回溯过去的努力再次付诸东流，阿兰也心灰意冷了，像把一切归咎于自己低下的记忆力一般，沮丧地抱怨着。看她那副样子，我赶紧说："不要紧，用不着勉强。我听说人最原始的记忆都在基因里印着呢。要真是这么回事，那你想不起来也是很正常的嘛。所谓不合情理，只是因为不符合人只能活一百年左右的常识，想不起来可以说是理所当然的。"

是的，其实我根本不知道该怎么安慰她，我语无伦次。

从集会那天晚上到现在，我和阿兰的关系的确发生了一些变化。这些变化源自一种感觉：我们是两个完全不同的人，可是命运将我们紧紧相连。

我是那种感觉不到对方需要就忐忑不安的人。和枝在世时，我就是她的支柱，从而和枝也就是我的支柱——也许是我太拿自己当回事了吧。和枝死后，我将撰写长篇小说视为对过去生死与共的同志应尽的义务。而当我意识到这个任务非我力所能及，我的生活变得一团糟，整天泡在酒精里。如今，阿兰是需要我的。经过朱雀师那次集会，我们都已对此深信不疑。

关于凤蝶，古文献上是这么写的：

> 它们似乎在暗示禁忌的邪教渗透到城里的过程。
>
> 我想，或许在锁国时期，危险思想就是这样同镇上的先觉者秘密结成连带关系的……

关于黑凤蝶的叙述根本就是在写我们所在的这座岛。

随着阅读的深入我发现，古文献中的世界与现实中我们身处的这个岛屿渐渐混在了一起，而我不知不觉间已经默认了这一点。我开始盼望着通过古文献破译来搞清楚我所处的状况。不光是搞清楚这次绑架和我与阿兰邂逅的来龙去脉，还有我在日本孤立无援的原因，以及日本是否会就此灭亡，是否能够重整河山。

"毫无疑问，我是被环境这个框框给限制住了，可是制约你的是不是一种更深奥更具体的历史呢？"

一天晚上，在和阿兰谈过用语言沟通思想的不可靠性之后，我提出了这样一个问题。

我还问道："秘密监视你的是库尼玛？还是朝仓理事长？"

阿兰缓缓地，却是坚定地摇了摇头。

"哎呀，我要知道的话，"她的声音很低，正因为低，声音里更透着一份迫切，"我要知道制约我的是什么的话，记忆兴许就能恢复了。"

那一刻，月亮大概已经升到了空中，整扇采光窗明灿灿的，没有开灯的房间仿佛浸在水底的光线中一般。

我们陷入了沉默。在深邃的寂静中，我们两人仿佛从人们生活的时间轴上脱轨了，从本质上与日常的安逸拉开了距离。

阿兰扭了下身子，说："哎，你能不能调查一下这座岛？如果知道了这座岛的地理位置和由来，我们来到这里的原因和路径也就清楚了，不是吗？"

这一预料之外的建议让我震惊，我惭愧于自己曾不怀好意地推测过她和库尼玛的关系。可是不排除一种可能——当然这么说有点儿怪——她会不会是为了证明自己的清白故意提出这个建议的呢？我看着她瘦削的下巴和透着忧虑、睁得大大的眼睛想。

"你这么说不要紧吗？"我叮问道，心中涌起一种看到女人宽衣解带准备以身相许时的感情。阿兰抬头看着我，点了点头。

那天晚上，阿兰的态度简直让我疯狂。她似乎相当渴求，双臂搂在我后背上，不情愿似的扭动着腰肢。到了兴至之处，她攥紧拳头举过头顶，叫出声来。高潮退下之后，阿兰又开始配合我，我翻了个身，仰面朝天，这次轮到我配合她，两人随即开始攀登另一座山峰，眼看着即将步调一致接近巅峰时却稍稍错开，然后又再次一步步靠近。

"要被冲走了。就像以前一样。"高潮之后，余味不尽中，阿兰喃喃念道。然而她刚要想起点儿什么，就在退去的潮水中丢失了记忆。封口还没打开，记忆又再次离她而去。

　　去年的光线　如今只剩一缕/双城　抗拒却仍沉到水底/追忆　牵引悔恨的航迹⋯⋯

那时，朱雀师的话仿佛从老远的地方传至我的耳中，游丝一般飘过。

就像歌里唱的，如果除了踏上寻找记忆的征程以外再没别的办法让我到达远方的城，又有谁会来为我引路？记忆就潜藏在阿兰体内，可我是否有足够的体力走完这段旅程？在激情过后的恍惚中，我从床上坐起身来想道。

那晚我即将进入梦乡之前还在想，一定要尽早破译古文献，发现那座城的所在地。这是阿兰在我的帮助下必须做的。如果不做，就会像仁仁听到的那样"神的皮鞭就要落下"。朱雀师的歌声在潮水间漂荡，渐弱渐息。第二天早上，我一起床就问："还得花多久才能读完？"

"已经完成了将近三分之一。"阿兰的目光如同是在目测图书馆桌子上摊开的古文献。

古文献已经读到测绘工程师被捕的地方了。

　　　　我一边找地方做标记以便测量，一边在心里琢磨镇上的锁国政策是何时解除的，锁国时期镇子与外界交流的窗口设在什么地方。

这段叙述告诉我们，当时的测绘技术已经有了超乎我们想象的进步。可以通过设定三角点进行平面测量。我一边阅读一边想起反对砂川基地扩张时，人们在地上静坐以阻止测量。或许测绘工程师是在怀疑锁国还没结束。这种怀疑就像护城河水面丛生的菱草一样逐渐蔓延，勾起了他的探索欲。而这必定就是他被捕的原因。

接下来是这么一段话：

　　　　镇上十字路口的角落里可以看到通过锈蚀铜牌刻的史碑。所用的古代文字已经消亡多年，因而未能尽数解读。然而，镇上的人似乎一致认为，碑上的语言为很久以前统治这座岛屿的部落所用，碑上刻的应该是到古城为蛮族所灭为止的史实。

我相信，这里出现的史碑，和我们所在的岛屿街角的那个是一回事。古文献中并没有摹画出史碑的样子、形状和上面的文字。

　　　　斗转星移，如今居住的并不是蛮族的后裔。他们早已在某一时期消

亡了。现在的部落是何时以何种方式来到岛上定居的，尚不清楚。目前
唯一公认的是，他们的语言是几种起源与体系各异的语言的混合体，女
性使用的词尾略微上扬的口语还留有蛮族发音的痕迹。

阿兰的日语发音就像古文献里指出的那样词尾略微上扬，这一点在她态度坚
决毅然决然得令我无所适从时，反倒成了我的救命稻草，让我能舒口气。她的表
情与声音的自相矛盾毫无疑问是她的一种魅力，我就是被她这点吸引，才开始走
入她的世界的。

"人都是跟父母学说话的。"我对她说，"那你是跟谁学的说话呢？"

问完她，我脑中浮现出一段有些俗套的历史故事情节：阿兰幼时祖国沦陷，
一个怀着复兴帝制之梦的老忠臣收留了她，帮她躲过新统治者的追查，并将她抚
养长大。

"父母的事，我都不记得。"她把手从键盘上移开，盯着手指，像在观察指甲
的色泽，用一种带着感伤的语调说。

"是吗。"我的语气变成了对她的宽慰，"或许只要弄明白这点，一切就都水
落石出了，可是……"

正如古文献上所写，史实在悠远的岁月中灰飞烟灭。正如我们极力想破译古
文献一样，对于那碑，测绘工程师也怀有极大的兴趣。我生出了一种平凡的感
叹：这些所谓的"史实"所处时期纷繁错杂，因此时代划分相当混乱，可也正是
有了这种混乱，历史才会周而复始。

可这真的就只是历史的周而复始吗？会不会是有些人居心不良，将我们缚在
了一条无限循环的轨道上？我觉得也不排除有这种可能。或许我们需要多一点沉
着，去深入探索世界的结构、存在与时间的关系。

岛上的四季更迭并不分明，但还是照样秋去冬来。我们对考察岛屿的计划进
行了多次修改。根据我两次登到半山腰的经验来看，预备三天左右的行装应该足
够了。这个冬天，我们一点点备齐了该带的东西——确定方向用的磁铁、睡袋、
暖瓶、干粮、爬山用的柴刀与冰镐还有山刀，全副武装。

岛上再度迎来了春天。云雀在天空鸣啭，和煦的阳光照耀在图书馆脚下的草

原上，驱散了一切神秘与未知。

"没想到能和你一起出门旅行。"

我晃了晃背上的包说。库尼玛的事先放一边，阿兰这么积极地配合我做岛屿调查，真的让我很高兴。她头发束在脑后，肩上的背包带对于瘦削的她显得过于宽大了。她活力四射，就像一个去郊游的女中学生。她频频冲我笑着点头，像是在抑制内心的紧张。

按照计划，我们绕过了库尼玛的小屋，走上了原始森林旁一条陡峭的山路。还好仁仁没有出现。

这条山路似乎已有好多年没人走过，一层野草覆盖其上，几乎寸步难行，路上还长着很多杂树。我们便借助磁铁辨识方向，用柴刀砍断拦路的灌木向前挺进。天气很暖和，我们不一会儿就浑身冒汗。阿兰走在我身后，我怕小树枝弹到她的脸，不住地回头看。

过了晌午，我们来到了一个视野开阔的小山丘上，便在草地上铺开挡雨用的塑料布，吃起午饭来。我边大嚼鱼子饭团，边极目远眺，只见远处有个渔港，堤坝前的海水像罩了一层薄雾。天空中的云就像白色棉帽，悠然地向北方缓缓飘去。

"哎呀，有紫罗兰花！"

我顺着阿兰手指的方向望去，果然有紫花在草丛中若隐若现，花朵比日本的紫罗兰大，颜色也更浓。这才刚爬了六七百米，风景却已经同山脚下的亚热带平原迥然不同。

"关于紫罗兰还有个传说，说有个旅行者捡到一个鸟蛋，就揣到袖子里，在野地里露营。"

阿兰用目光催我赶紧讲下去，我便继续道："那天晚上他做了个梦，梦里有个女人求他说：'你捡到的那颗蛋是我前世的孩子，请你把它埋在山野里吧。'他照做了，结果第二年那里就开出了紫罗兰花。"

周遭一片安谧，我不禁萌发出闲情逸致讲了这个故事。远处，镇子尽头的草原上氤氲着红色的烟霭，或许是某种豆科植物的花连成了一片。那种植物有两个日本的紫云英那么大，花开得真够早的。

就在这时，天空的一角忽然浮现出一个黑点。我觉得我看错了，还以为是睫毛上粘了什么东西，用手一拂才发现不是，天空中的确有一块黑，就像是破了一个洞。

看着看着，那个洞渐渐变成棒球一般大小，而且好像在朝这边靠近。我回头看阿兰。她拽着我的胳膊。我知道她在害怕。远处有风声传来。

"还是到林子里面去吧。快点。"

我们将摊开的行李迅速地收拾好，离开了山丘。周围比刚才暗了些。气温骤然下降。

"我怕。"

"别怕，肯定是要下雷阵雨。南方嘛，常有的事儿。"

我边给她打气，边朝林子深处跑去。一条蛇从脚下蹿出来，又消失在草丛中。林子发出沙沙的响声。大风像刀子一样刮过，树枝上的叶子被切成碎片，四处飞散。整个林子都在战栗。我在粗壮的树干之间发现了一块大石头。

"到那里面去，快点儿！"

阿兰摔倒了，我赶紧扶她起来。一个黄鼠狼一样的小动物从我们前方穿过，沿斜坡跑向山谷。

然而雨并没有下，倒是有一团气体笼罩在我们周围。那不是雾，因为它太黏，太浓，湿漉漉的。树底下堆积的落叶高高飞舞，依稀可见树林上空的光亮。可能是因为这气体并非从天而降，而是埋藏在地底的不祥之气受到天空异常变化的刺激涌了出来。这是操纵风的妖怪和地底的恶灵在遥相呼应。

终于，我们跑到了大石头旁边。还好石头底部深深凹陷，两三个人也进得来。

我拉住阿兰的手刚要往里跑，却听见尖厉的一声喊：

"慢着！"

我被一股力量狠狠向后拽去。

喊声过于猛烈，我不禁停下脚步回头看去，只见阿兰的头发不知什么时候已经凌乱不堪，她表现出了一种我前所未见的坚定，仰望岩石，岿然伫立。

仿佛是天界的一座堤坝塌了，倾盆大雨骤然而至。雨水在她的脸上留下了痕迹，两道，三道，很快就多得数不清。转眼之间，她的头发贴在脸上，整个人显得苍白异常。

阿兰默不作声举起手来指向岩石。不知怎的，透过雨的屏障和昏暗的气流望去，方才还好好的岩石渐渐变得扭曲，形状越来越诡异。说不定是那岩石在动。

她点点头，自语道："不能进去，太危险了。"

随后她看着我说："我想起来啦。进到这里头就再也出不去了。"

我很惊讶。这座岩石外形极像女性的阴部，所以我明白如果不小心进去了人就会回到出生以前，也就意味着死亡。但是为什么有人要设下这样的圈套呢？阿兰想起了什么？如果我们命中注定会中这个圈套，那何不干脆顺其自然，亡中求存呢？

暴风雨越来越猛烈了。雨点砸在地上，使地轴都为之撼动，森林不住地颤抖，敲击着地上每一根草，树的枝干与地表间的每一寸空隙都被飞沫填满。在那说不清是灰是黑的浓雾之中，一道鲜红横穿而过，就像野兽飞溅的鲜血。那仿佛是个暗号，接着带火的箭头就落在我们的前后左右。火势在水里仍然不减分毫。

"放心，射不中咱们的。"阿兰看我有所动摇，又在向石洞里张望，连忙制止道。她缓缓转过脸来看着我。"听我的，算我求你。"

她的瞳孔，汇聚了周围的黑暗中仅存的光亮，充满了力量。她像在恳求我、命令我相信她，按她说的做。

"你下到山谷里，赶紧下去，找一棵临渊而生的楠树，砍倒它。"

"……"

"这样你就得救了。"

"那阿兰你呢？"我被她的气势压住了，犹豫着问了一句。

"我留在这儿。等暴风雨一停我就回去。我必须这么做。"

阿兰说着我似懂非懂的话看着我，她的瞳孔再次闪耀出强烈的光芒。那已经成了命令的眼神。我感到她一下子变得遥不可及，高不可攀。

整座山再次摇动，隆隆作响。难道说阿兰打算牺牲自己来平息神的愤怒？有一棵树的粗枝折断了，发出哀鸣一样的声音。

"不行。两个人不一起得救的话我不干。"

她的表情瞬间变得柔和。

"没事儿，真的没事儿。身份比我低的人才会丧命。我一定活着回去。"

雨更大了，瓢泼般浇下来。雾气游移，掩没了阿兰的身影。

"阿兰！"我唤道，可她已经不见了。我使尽全身力气呼喊，然而回应我的只有大风的呼啸和澎湃的森涛。

"他妈的——"我自语道，接着转过身，跑向刚才黄鼠狼逃去的左侧斜坡。

我想起动物知道在这个时候往哪儿跑最安全，在心里发誓，一定要尽早找到楠树，救出阿兰。我被树根绊倒，差点儿把手中的柴刀扔了出去。我站起身来继续跑。

耳边传来和方才截然不同的声音，声响格外地大。我知道那声音是涨水的溪流发出的，注意着脚下以免滑倒，同时步步为营地向山谷挺进。时不时有刚才那种红色箭头从天而降，像在诉说我内心对阿兰痛苦的挂念。

树林忽地就到了尽头，眼前出现一条大得难以想象的溪流。上游不远有一处湛蓝的漩涡打着旋儿。从地底涌出的水流声同简直要将溪流覆盖的树木产生共鸣，可能是因为温度有落差，水面上漂着一层白色蒸气，与林中流淌的气体不同。巨大的楠树就在其上伸展开它的枝叶，那在风中挣扎的模样仿佛是它坚强意志的象征。

我怕滑倒，一步一步地向它接近。地上苔藓密布，让我失去了平衡，但我好歹到了树根底下。

我用手摸了摸树干。从手感来看，树龄应该极长。树皮肯定也硬得很。我只能在心中祈祷柴刀能坚持到最后一刻。这种极度紧张的状态，我以前也曾有过。我陷入了回忆之中。

那是从井里把和枝救出来的时候。她固然是很轻的，但在施工现场找到的绳子能否安全地把她吊上来谁也无法保证。这一回忆反倒使现在的我鼓起了勇气。如果阿兰的指示是正确的，我就必须慎重且迅速地完成任务。

我站稳脚跟，对准树干砍下了第一刀。结果出乎我的意料。粗壮的大树剧烈地晃动起来。可能是因为古木中空吧，想到这里，我更有干劲了。第二刀落在了同一个地方。树干的表皮脱落，露出了浅绿的肉质，楠木强烈的味道飘散在狂风中。我看到在突如其来的狂风中，树液静静地流出来。看来这是个大工程。我更加用力地站稳，告诉自己：这是与时间在战斗。响彻山谷的狂风、湿漉发黏的黑色雾气、稀疏落下的红色的箭，都已经微不足道了。雨点断断续续地从斜上方打下来，几乎能够刺穿脸颊。我握紧刀子，以免它从手中滑落，继续挥动着，接二连三地砍下去。深水处依然滚动着漩涡，那声音似乎是要将周围群山一并拽入地底。

也不知过了多长时间。

我感到呼吸困难，脚跟发颤连站都站不稳，觉得难受极了。唯一的动力就是看到树在一点点地被砍下来。树干上的口子慢慢变大，不一会儿枝干就仿佛抗拒般地剧烈弯曲下去，由于自身的负重，树干起初是缓缓地、接着越来越快地向下倾倒，终于，伴随着悲鸣般的断裂声，向着水中倒了下去。

我已筋疲力尽，死死抱住树干断口处，追随它倒下的方向。最后的树皮也被撕裂，大树发出巨响沿着斜坡滑进水中。水花溅起，水面上的水蒸气逃窜般地向左右两边分开。

在意识渐渐远行之时，一种满足感笼罩了我。赢了，我暗自想道。

等回过神来，暴风雨已经停了。正如阿兰所说。自然回到了原本的秩序之中。沦为牺牲品的不是阿兰，而是那棵苍老的楠树。

虽然我知道必须返回阿兰所在的那块大大的岩石旁，但是我已经站不起来了。浓雾散尽，我仰头望向树林，发现我冲下的斜坡竟是十分陡峭的。我回头细细地眺望楠树倒下的那片潭水，终于又振作精神站起身来。我开始顺着斜坡向上爬。脚底不断打滑，只好抓住藤蔓来支撑身体。终于到了个稍微平缓点的地方，我起身开始步行，却发现自己已经完全迷失了方向。我找了找指南针，也已经不见了。

我停下来擦了擦汗，开始一一回味阿兰在暴风雨中的行为和说过的话。让我砍倒楠树的时候她说："我留在这里。"

但是之后又保证说："我肯定会活着回来的。"

她的意思是会回到我们一直共同生活的家中，但我还是放心不下。之前的那句"我想起来了"是什么意思呢？她内心掩藏着的某些记忆，使她能够比我更加全面地把握状况，这一点是毫无疑问的。我有种感觉：阿兰曾经和我不知道的敌人战斗过。过去有过同样的战斗，恐怕那个时候，阿兰的同伴采取的行动和我当

时想去做的一样，但是以失败告终。正是因为有了那样的前车之鉴，她才会充满
自信地发出指示吧。

　　总之，如果实在找不到和阿兰分开的地方，还是先回趟家比较好。我默默祈
祷，希望她已经平安到家，脸上带着我熟悉的微笑，好像什么事都没发生过一样
在等我回家。暴风雨中阿兰那凛然的表情，让我脑海里不禁出现这样一幅场面：
湿漉漉的长发缠绕在她的脸颊上，她屹立在瞬息万变的水与山林之中，指挥着这
场战斗。但是，强大的敌人掀起了异常的风暴，设下了形似女性阴部的岩石，向
阿兰挑战。她可能已经受伤倒下了。想到这里，我的心一片混乱，必须及早找到
她把她救出来。总之要先找个利于观察的地方弄清自己的确切方位，于是我继续
向上爬去。

　　我好像在同一个地方徘徊了数次。夜幕降临时我还没有走出去。我知道如果
体力不支就这样睡去的话是十分危险的，于是就把装在背包里的睡袋拿了出来准
备露宿。虽说是南方的小岛，但地势高的地方夜间应该还是很冷的。我告诉自己
一定要冷静。这时想起还带了巧克力以防不时之需，可是等我放进嘴里还没来得
及好好嚼就已经沉睡过去了。夜里，好像有人走上前来看我，但我终于没能战
胜睡魔。

　　睁开眼的时候，太阳已经升得很高了，和前一天一样，我听到云雀自在的鸣
唱。想了一会儿，我还是决定先找到回家的路。就是为了去救阿兰，也必须找到
之前我们登山时走过的路。我想那块形似女性阴部的巨石，可能是库尼玛或别的
什么人安置的陷阱，没准已经不在。虽然我现在迷了路，但很明显，这儿不是
被我称作"原始森林"的那个地方，所以就算往上爬也走不到深山里。

　　幸运的是，午后我终于来到了草原的边缘，能够俯瞰到镇子了。我吃了一
惊，我迷路的那块地方竟然就紧挨在那片原始森林的右下方，比我想象的还要
近。可能是夜里我在慌乱之中不断在森林里兜圈子所以才走不出来吧。

　　傍晚好不容易回到家里，直感到饥饿难耐。电梯动起来的时候我突然想到，
不知阿兰回来了没有。要是她还被困在森林里可怎么办？

　　阿兰在。但是没能起身迎接我。看到我打开房门站在那里，她的脸上一下子
充满喜悦，这使我内心感动不已。

"你也……"刚一开口她的眼泪就夺眶而出，话也说不下去了。她想站起来脸上却露出了痛苦的表情。

"怎么了？"我站在那里问道。

"对不起，我的脚好像扭伤了。"

我感到自己的动作无比迟钝。那是因为心里一直悬着的那块石头终于落了地。我不由得深深叹了一口气。

"那可必须得去医院啊。"

阿兰目不转睛地看着我步步靠近，摇了摇头。"去过了。已经给我敷过了，还上了夹板，不要紧了。"

掀开被子，我看到她的胫骨上牢牢地扎着绷带，腿都缠粗了。

第二天开始，阿兰就发起了高烧。她在噩梦中说着胡话，突然一下子好像被什么东西吓醒，汗已经浸透了全身。

"我、做了个梦。"她看看坐在身边的我，"你听我讲。"

我点点头闭上眼睛，她开始说："好像是很久以前的事了，不知为什么，我坐在一段很高的台阶上面。天空清澈通透，能看到很远的地方。旁边坐着一个奶妈一样的人在照顾我。虽然我们俩都没说话，但是我知道有什么伤心的事情即将发生。奶妈跟我说'你父亲一定会平安回来的'。可是她越是这么说，我心里越是明白：其实她也知道，这次的战争失败了。

"我迎合着安慰她说：'是啊。他出征的时候那么雄赳赳、气昂昂的。'天上飘浮着无数紫色的花，花与花之间有溪水一样的光洒落下来。为什么呢？我看到自己坐在船上在那条光河中移动。不知道那是什么地方。好像有宫殿一样的建筑在我身后。男人们大概都去打仗了吧。有时能听到女官们为了解忧在弹奏琵琶。

"之前已经有过好几次战争。我记得每一次都会响起号角，难以计数的军舰从海港英勇出征。女人们蜂拥在海边，拼命挥动布条，歇斯底里地喊着丈夫或是情人的名字，为他们的凯旋而祈祷。但这一次出征的样子有点不同。没有了往日激动人心的呼喊，取而代之的，是充满紧张的一片沉默。"

阿兰的呼吸变得急促，我站起身来想让她停下来。

"你很累了，睡一会儿吧。"

　　她微张着眼睛望向我，是因为视力衰退吗，她的表情仿佛在寻找一样。接着她死心了似的闭上双眼，伸出手来。我用两手扣住了阿兰的手，轻轻地握了握。她大概踏实下来，迷迷糊糊地睡了过去。我担心她会不会就一直这样，再也醒不过来了。想起和枝死的时候，我心里不禁感到恐慌。

　　不知过了多长时间，可能比想象的短一些吧。阿兰突然睁开了眼。

　　"我很小的时候，经常玩跳房子。"她这样说道。没有对方才的话作任何解释。"我记得因为自己爱玩男孩子玩的那种游戏，还被奶妈骂了。"

　　越往下说，她似乎越深地陷入了幻觉，话题在现在和过去之间不断跳跃。我察觉到，阿兰在说的并不是她的梦，而是由梦境触发的对于过去的遥远记忆。

　　"我还清楚地记得父亲的事。"

　　阿兰闭着眼睛，露出了令人难以捉摸的微笑。一种预感告诉我，她要开始讲述自己的幼年时代了，而且一定与之前她告诉我的不同。

　　"记得有一次，我让父亲带我去祭坛。在一个很大的圆形建筑里，父亲一拍手，就会有回声从背后传来。父亲指着中央的祭坛对我说：'世上的声响，绕进这个回廊之后就不能进入祭坛中央了。你看那儿，我就是跪在那儿与神对话的。'我问他：'我也可以和神说话吗？'父亲严肃地告诉我：'不行，女子是不可以进去的。'想了会儿他又说：'但是，阿兰也许可以吧，在长大成人之前。下次问问神灵看。'如果不是对父亲的话，我想我会撒娇说：'现在就让我进去嘛。'但是，我一向很听父亲的话。因为我没有母亲，对于母亲完全没有印象。一直跟我在一起的就是上了年纪的奶妈、女官和年轻侍卫。也许因为我是独生女吧，我是个有点古怪的女孩儿，喜欢弓法和剑术，也和镇上的小孩儿玩儿。台阶下的广场上有大大的楠树和银杏树，小孩们聚集到这儿，我们一下子就打成一片，唱着'竹篮网、竹篮网，竹篮网中的小鸟是……'玩些类似这样的游戏。我穿的不是和服，也不是洋装。"

　　说到这里，阿兰停了下来，好像是要寻找刚才的梦找到自己儿时的样子。我看着阿兰，因为发烧，她的脸颊红得像北国的苹果。

　　是否该放任她这样在幻觉中摸索前行？虽然想知道她的过去和前世，但我是否就该沉默地听她讲这些会使她精神疲惫的回忆呢？还是该打断她，将她的意识唤回现在,让她踏踏实实地睡上一觉?我犹豫着,没能采取行动。

"秋天,有好多银杏果掉下来,我就和大家一起捡。但是,一个月里也就有
这么两三次能出去玩。因为每天都有各种活动。以前,我就坐在父亲旁边,很多
次看到他祭奠那些立下功劳的祖先和圣人,有外国使节来拜见或进贡时,他也会
祷告。我并不讨厌那些仪式,气氛庄严肃静,我也喜欢看到父亲盛装出席、威风
凛凛的样子。而且,那些远道而来的人们带来的礼物里,有很多稀罕的东西。

"小岛上许多地方都供奉着各自的神灵。不同季节有不同的节日。渔民把漂
流而来的宝物网上来,有金色的佛像,还有透明的玉石,仔细端详它就能看到从
未见过的宇宙。

"啊,那是什么呢。有一个漆黑的巨大的东西向神殿靠近。啊啊——"

阿兰的语调变了。她额头上竖着的青筋突起,扭动着身体发出呻吟。她的梦
里似乎出现了很可怕的东西。

"阿兰!打起精神来!阿兰!"

我晃动着她,紧紧握着她的手鼓励着她。过了一会儿,她的脸上没有了烦恼
的神情,噩梦似乎已经退去。我看到她呼吸均匀,进入了梦乡。于是走到阳台
上,心想近期内这个家就要靠我了,和和枝那个时候一样。

我这才发现,家里几乎没有什么能称得上家具的东西。我只有早上是在这个
房间吃饭,中午在图书馆吃阿兰不知从哪里带来的便当,晚上的话我习惯在回家
的路上,去一家小店悠悠闲闲地喝点酒吃点饭。那是我半年前左右发现的一家小
店,店里卖的酒是这个岛上酿造的,有点像烧酒或发泡酒又都不像,但它的酒精
含量大概是日本酒的两倍吧。含到嘴里就会起沫,但不难喝。大热天喝觉得很爽
口,但让我惊讶的是,自己的酒量已经大不如从前了,我可不是怕又对酒精上瘾
而在有意克制。我和阿兰共同生活,我们有不得不完成的工作。而且这个工作对
我们来说关乎自身,因此也愈发重要。话虽如此,但对于天生贪杯的我来说酒量
减少简直是不可想象的。我想冠冕堂皇地说是使命感让我远离酗酒,但其实好像
还是身体发生了变化,要么就是有什么人在控制着我。

就算这样也没什么了不起,随他去吧。当我这样想时,我意识到自己真的变
了。要是过去我一定会逞强般地去喝,企图突破别人的控制。

　　不，其实没有变。在工作中我逐渐明白我也许能够打破朝仓和库尼玛建立的这个体制，所以极力抑制自己。我努力朝这个方向去想。这种追求自我肯定的态度也是最近才开始有的。但有了这种态度之后，我反而看清了周围一些未知的事物。

　　阿兰虽然出身高贵，但是如果她现在正被什么看不见的势力控制着，行动受其指使的话，那么战争才刚刚开始。为了看清敌人的真实面目，首先就要从细节开始一一查明。

　　回想起我刚开始在这里生活的时候，总会听到好像送菜升降机启动一样的声音，虽然最近习以为常不再挂记了。还有，我们的餐具都是每样两件，想来也不自然，像是有人决定了我们的生活中不可能有客人。

　　我一边回想着和阿兰生活的每一天，一边环视厨房，打开了固定在墙上的柜门看了看，也没发现什么。找着找着，我想起有时候阿兰对我的态度，好像是不希望我知道太多。那主要是做菜啊、洗衣服啊、美容之类，属于女人生活圈子里的事情。我自己其实也有点害怕知道那种细枝末节的事情。

　　突然，我注意到厨房一角的地板上有一处颜色不同。地上明明铺着细长的木板，却好像湿了一样的在反光。用手一摸的确是水，闻起来是海水的味道。从山上逃出来时，阿兰应该是湿透了。但是，有海水的味道就奇怪了。

　　我一边回忆一边走进浴室。这里是阿兰至今都不肯和我一起进来的。角落的桶里面是阿兰出去探险时穿的衣服，被脱下来堆成一团。她受了伤，好不容易挨了回来，在这里换的衣服。我听到厨房里有机器转动的微弱声音，正要回去那里又注意到她的衣服竟反射着光亮。我回身拿起衣服，发现上面满是细细的鳞。我的心跳莫名其妙地加快了起来，为了分散注意力，我转身望向厨房，刚才还空无一物的水槽旁边，放着平时用的那个托盘，上面已经摆好了饭菜，环视四周也不见一人。房间里，阿兰的呼吸急促不定。我站在厨房和浴室隔断的地方，让心情平静下来，打算冷静地想一想。我又一次伸手拿起了阿兰的衣服，水珠滴答滴答地落在盆里，确确实实是无数柔软细小的鳞片。莫非她是跳进大海游了出来？从那座山怎么能走到海边呢？她的脚或许不是在那块形若女阴的巨石前扭伤的，而有可能是在乱涛之中被礁石撞伤的。难道说，阿兰是人鱼的化身？

即便如此，这些吃的又是谁从什么地方拿来的呢？

我想起昭和经营史研究所的电梯门只要一关，就成为墙壁的一部分，让人不知道其所在之处。刚才的响声，我就只当是同样方式的送菜升降机启动时的响声了。图书馆的圆形屋顶看上去如同摇曳在风中的蒙古包，相比之下，这幢楼房就显得中规中矩了，只是垂直和水平的直线构成的六层楼而已。这个岛上如果有公团住宅的话可能就是这样的。不过，说不定里面藏有什么秘密装置，从地下或者墙壁里面可以通到一个看不见的总部。

"看不见的总部"这个词在我脑海中浮现时，我自己也吓了一跳，琢磨了半天。如果说在地下构建了一个总部的话，即使大得如城堡一般，一般人也是看不到的，这样一来许多谜团似乎就可以解开了。

库尼玛穿着仙人般的服装，如同诡异的新兴宗教的教主，仁仁也许是完全仿真制造的机器人。虽然我一直想象自己是被空运到这里的，但也有可能是经海底隧道坐车过来的。开车的自然不是阿兰。仁仁说过库尼玛会飞，但我觉得还是不要当真为好。古文献比较靠前的部分有过记载，一个重视"秩序与进步"的科技组织派了一名测量工程师到镇上来，还和城镇的领导人共同策划建设连接古城和城镇中心地区的高速公路，但并没有计划建机场。话说回来，也没人规定那本书的记述非要和这个岛的现实一致。这些都只不过是此时我的恣意推论而已。

我想歇口气，于是进了电梯，来到室外，一边在大街上闲逛，一边在脑子里整理这次北山探险的前后过程。看样子那个看不见的神秘总部无论如何都不希望别人知道这个岛的位置和历史。虽然我不清楚是为什么，但如果冷静地按常理推断的话，也许是担心我们如果在破译古文献之前就搞清楚了这个岛的来龙去脉的话，可能就失去继续工作的热情了吧。不对，这又是一种效率优先的想法。换个角度来想，如果他们认为想要探知一切的态度正是有损小岛尊严的危险思想，那么这个看不见的总部所主张的就是反对科学主义、捍卫国家体制的论调。他们是不是已经从什么资料上得知了天皇制形成的秘密，为了否定它才开始计划破译另一种古文献呢？如果是那样，我就是在做违背自己思想的事了。不，不可能。不管他们意图如何，历史资料总是我们科学客观地研究天皇制的一线曙光。不，对我来说天皇制已经无所谓了。我想知道的是阿兰的事。阿兰现在也想弄清深深桎桔和约束着自己的那段过去。我希望那是因为爱——这种沉睡在她内心深处的人类感情已经苏醒了的缘故。她提出在岛上探险也是缘于此因。在深邃的历史之中，空间与精神结构也许本来就是一回事。但是，阿兰内心的这种变化能否说是背叛了她和总部之间的约定呢？

不管怎样，想要用一般手段调查这个岛是不可能的。必须重订计划。朝仓和库尼玛都从未想过我们会真心相爱吧。因为年龄差距也大，而且在涉足这项工作之前，我的状态几乎等于废人。

这不正是我们的胜利吗？越发的狂暴恰恰反映了他们的软弱。正如法西斯是帝国主义最后的表现形式一样。

到了第四天，阿兰的高烧已经降到了三十八度左右。她静静地讲起了对家的记忆。

"我住的房子里有很多房间，虽然是石头的，但因为有好多乐师，所以并不冷清。"

阿兰的话从措辞看来是在回想高烧时的噩梦。或许是因为身体衰弱，她的心境似乎一直停留在幼年时期。

"竖琴是我的宝贝。自己有时也弹，好像能听到浪涛拍岸的声音，感觉就像在海里一样。不过，我为什么不记得母亲了呢？有一次我把父亲问急了，父亲的表情变得很可怕，说了句'长大了再告诉你'就扭过头去了。母亲是不是瞒着父亲，和别人偷偷从岛上逃走了呢？

"即使这样我也没觉得孤单。有很多事可做，没有仪式的时候就听奶奶讲过去的事情，或者读读书什么的。"

这次遇难以来，阿兰第一次露出了笑容。

"我画画很好的。不管是水彩还是油画，那时候都是用树木的果实和花榨成的颜料。那时候我都是随便画些会飞的妖怪啦、曼陀罗一样的东西。等我这次好了以后就画你。"

从她说的这些话我可以觉察出，梦境和她的现状相互混杂，她一半的意识还游走在幻觉当中。她闭着眼睛露出微笑，大概是因为想起曼陀罗画得很好而受到了父亲的褒奖吧。我担心不必要的提问会打断她的幻想，就不经意地望着窗外，一直坐在她的旁边。房间里弥漫着春日午后慵懒的阳光，远处传来的细微声响让这里显得更加静谧。也许海边是在拉船吧，我能间歇地听到男人们喊响号子，那种隐约的嘈杂声仿佛是从历史长河中回荡过来的。那段时间里我唯一的动作，就是为阿兰悄悄换下额头上的毛巾。

破译工作中断两周后再次展开，进展速度一如既往。阿兰挂着我从镇上找来的丁字拐走到图书馆。

我发现古文献的许多部分是在狱中写的。

我是在完成了护城河的测量，正准备着手调查城镇规划时被捕的。

醒过来一看，我睡在一个不同于平时的房间里。

如果给古文献划分章节的话，那么从这段叙述开始，就进入了第二章。我没有找到相关说明，解释他被捕的具体原因。只有一段文字推测说，调查锁国的起源可能触犯了领导人的禁忌。关于软禁的描写与我俩的状况十分相似。工程师一睁眼就发现自己睡在被囚禁的小屋里。仿佛是刚出生的婴儿，发现自己来到这个世界的感觉。但工程师是从重视进步和秩序的组织中经选拔被派到这里的，而我则是迷失了生活目标，在走投无路的颓废中被这个诡异的机构给盯上了。最近一段时间，我内心渴望变化的心情跃跃欲试，我开始觉得说不定就是它把我推向在岛上的俘虏生活。另一方面，我又毫不留情地自我批评，认为失败影响到我的精神，这种想法跟我脱离革命阵营时的思考方法如出一辙。我心中掠过那篇以失败告终的长篇小说的开头：

"在万里晴空之下……"

现在回想起来，通篇满是空泛的描写和过度的思考。直到现在我才觉得，那种作品没被选用是理所应当的。写小说时，我很排斥细腻的感情描写，认为那是很小市民的。

我想甩开这些苦涩回忆，便问阿兰：

"这一段想说的是什么意思呢？"

古文献里出现这样一段描写：一个女人来到房间里，劝说他吃掉取自他体内的内脏。

"要说是暗喻吧也太离奇了，而且那个时代也不太可能有超现实主义的手法。"

也许古文献的作者是想通过这种间接的表现方法，暗示测量工程师已经放弃了科学工作，表达他因败给岛上不合理的历史和群体性无意识而改变立场之后的悔恨和自虐般的痛苦。又或者，因为软禁和行动所受的制约使他心情抑郁，产生了幻想。我琢磨累了，于是去问阿兰的意见，一边不时看看她，心里祈祷文献中出现的女人可不要长得像眼前的阿兰。

不过，如果把古文献当做文学作品来看待的话，那么考虑故事情节是否与我们的境遇相同、或是担心里面的女人会不会像阿兰，反而是可笑的了。我的长篇小说之所以失败，可能是因为我对文学本身就怀有恐惧。一旦让主人公走进小说，作为小说里的人物开始动作言行，现实生活中的作者就必须按照人物的自然发展写下去，无论那是对他有利的还是有弊的。至于书中人物和作者有什么共同之处啦，以及由此联想到的人物原型啦，这些问题就让那些低级趣味的新闻评论去猜测吧。尽管如此，我那篇长篇小说的高潮既不是亲身经历的反对砂川基地扩张的斗争，也不是走上社会之后的反越战运动，而是通过联合赤军事件去描写我本已抛弃了的革命运动的精神。我将自己巧妙地融入其中，以证明自己的诚实。

古文献中写道，和工程师住到一起的这个女人，显然不折不扣是这个镇子的居民。对她的记述只有这么多，关于她的长相、表情、体态和性格，都没有描写。不过在翻译过程中可以看出的是，身为工程师的作者对这个女人的感情很不稳定。两人之间，几乎没有我和阿兰那样的心灵交流。他写道：

> 她如果有人类的感情，可以说是个出众的美女……

还有什么：

> 我觉得她的身后还有一个真正的她。而和我交往的，只是前面的那个躯壳。

看来在他认为即使有了肉体上的关系，处在不同世界的男女之间也是不可能真正结合的。尽管如此，在软禁解除时，他还是说：

"不能让她一个人走。"

这又是为什么呢？

我确定他们俩的关系跟我和阿兰不一样，但又对阿兰陷入幻觉中时没有叫过一次野野宫银平这个名字耿耿于怀。我安慰自己说，这是当然的了，因为高烧中她是在古代王国里徘徊的。

"船走了。"

阿兰那哀切的叫声，令我无法忘记。当时她的烧退了点，但仍然懵懵懂懂地睡着。

"白色的大船驶出了小岛。张着很多帆，周围的海浪被劈开，水花飞溅起来闪闪发亮。最后的船。我也坐在上面。好像是飞在空中的船一样。

"但我是坐在石阶的最上面看着的。"

突然，阿兰惊叫着醒来，她的叫声几乎让空气冻结。她好像不知道自己身在何处，四下打量，看到我也辨认不出，过了一会儿好像终于想了起来。她用孱弱但对准了焦点的目光看着我，刚想要笑，却已经累了。

"刚才我被扔到海里了。好像是被装到一个结实的大箱子里扔掉的。好吓人。"

说着，她抓起了我的手。

发烧时阿兰陷入的幻想世界，似乎让我窥视到了这座岛的历史。但是那也可以解释为是她少女时代的梦境，读过的传说故事，或是对自己出身的自恋般的空想，这一切都在她神志不清时浮现出来。或许这样解释更为科学和合理。但在这个岛上，逻辑是否合乎常理、认识是否统一严谨等等，都并不那么重要。如果是在我过去生活过的土地，那么什么时候会有西伯利亚的冷空气南下、大陆过来的低气压的移动速度、夏天的积雨云生成的气象条件等等会比较重要。但在这里，王国灭亡时阿兰在高高的石阶上看到的天空的形状更加重要。还有，在太阳光中浮游的黑凤蝶的举动如何用昆虫学的理论来解释，花丛中嬉戏的蝴蝶在阳光中交织成一幅锦绣画面，而这些和阿兰的曼陀罗有着什么样的关系等等才是问题的关键所在。

来到小岛一年有余，两年将至，我不知不觉失去了看表知时间的习惯。如果在日本我过的就是一种很有规律的生活，那么现在早上没人来送报纸、没法看电视新闻的状态一定会让我非常不安，出现所谓的信息犯瘾症。但现在的我已不再关心报社和电视台制造的所谓信息。取而代之的是，我知道了类似槟榔的黄花一开即是入春，海棠绽放芳香的白花则是初夏，体态娇小但声如蚱蝉的知了啼鸣便是入了深秋。

我继续慢慢地走着，在心里对阿兰说：

"无论你出身如何，是不是王族后代，都不重要。对我来说，你这个人，以及和你在一起的此时此刻，才是最重要的。"

在我心中，对逝去的妻子的怀念和对阿兰的爱恋相互交融。妻子为了对思想信念尽忠尽义，三十多岁时接触了激进派，从此便再无宁日一直到死。同样，对过去在日本度过的尘世生活的怀念，与对眼下岛上生活的珍惜也同在我心中留存。

走着走着，不知从哪儿传来了五声音阶构成的童谣。

咩~唧　奴~唧　唧啦啦　咔啦啦　嗒啼呖呖……

那是阿兰发烧时在梦幻中唱的歌。我在心里又一次呼唤阿兰，这时，我眼前出现一幅船顶着耀眼的白帆、静静地升向蓝色天空的景象。远望起来，它就如同阿兰的灵魂，又如同我消逝的希望，以及那沉没之城的记忆。

大约一个月后，我经过再三考虑去见了库尼玛。我并不是找他决斗，而是因为有一个新发现引起了我探查的兴趣，我想去确认一下。

起因是夏末的一天，阿兰说："这里每年都有很多人来度假，今年有好多年轻人出事了。"

"在日本，夏末的时候也会公布溺水的人数统计。"

"不是，没有人溺水。尽是小艇相撞啊、帆伞的绳子断了以后人掉到岩石上之类的事故。"

"为什么？"我问道，"为什么没有人溺水？"

问完之后，我从自己的问话里得到了启发。因为鱼是不可能溺水的。说大家都擅长游泳，这个理由并不成立。因为越是对游泳有把握的人越容易溺水。

我记起：库尼玛从河底钻出来全身却没有一处沾湿；阿兰在幻觉中看到自己被装进箱中投入大海；而我几次想登山却都没有成功。

这是为什么呢？之前我一直认为是因为库尼玛在妨碍我。但假设登山登得越高等于在水中潜得越深呢？那样的话就算没人妨碍我，探险也自然不会成功。也许是我过去对于天空、山脉、平原、大海之间的关系的认识里有什么误区。我觉得我是用肺在呼吸而不是用鳃，可是如果怀疑起来的话，连这一点也不是完全能够肯定的。当然这只是我瞎想而已。但我觉得有必要跟库尼玛见个面，确认我的这种想法是否妥当。如果通过和他交换意见能够建立一种和平友好的关系的话，或许就更容易弄清小岛的秘密了。我要试着不卑不亢地跟他进行和平谈判。

库尼玛在小屋里。他仿佛觉察到我的来意，平静地接待了我。

"来坐吧。"

他举起拐杖指了指房间角落的凳子。房间里烧着圆形的炉子，上次他不在时我来还没有呢，从哪儿拿来的呢？不可能是上了年纪的库尼玛从山脚扛上来的，可见是有岛上的人帮他的忙。

"这是什么？"

"你看是什么？炉子啊。现在还是夏天，看着有点怪吧。这里入了秋一下子就冷了，尤其是晚上。"

"你住在这里吗？"

"我想睡哪儿就睡哪儿。居无定所啊。要调查一下吗？"

"没那个必要，我又不是警察。"

听他的口气，上次偷偷来小屋调查的事一定是暴露了。

"怎么样，阿兰还好吗？"

"我不想谈这个。"

我好不容易克制住了内心的不快。要是当学生那会儿，肯定已经大吼大叫了。库尼玛那种居高临下的说话方式也让我很不舒服。

"呵呵呵……"

库尼玛笑了。那口气简直就像一个中年小官员对十八九岁的青年说话一样。他早就过八十了吧。下巴上的胡子足有二十厘米，闪着银白色的光，他一笑就跟着一动一动的。深藏在皱纹之后的那张面容，充满生机和活力，完全没有老者应有的安宁和淡泊。他迅速眨动的小眼、随着讲话内容而变化丰富的口形，都展示了他的内心情感依然活跃、富于起伏。

"今天我来这里，"我压下心中的起伏，开了话头，"您可能知道，我是为了破译有关这座岛的历史的古文献而留在这里的。"

库尼玛听到这里抬起了手，像要让我打住："你要想说的话我也会听。但是你不是说姓名、户籍、职业什么的都毫无意义吗？"

"这倒也是。"

我想显示出自己的从容不迫，于是不紧不慢地答道。这么一来我自己也进入这种节奏了。

"我打算结束了这里的工作就回去，所以希望你从现在开始就不要妨碍我回国。至于你的要求，只要不是不合理的我也会尽量去做。"

库尼玛用力地摇摇头，他的手掌放在拐杖上，食指很不耐烦地动了几下。

"搞不懂你在说什么。我为什么要妨碍你。你想回去就回去呗。什么妨碍不妨碍的。"

谈话好像进行得不太顺利。看来是我不会说话，我有点后悔。我应该更开门见山地说。

"况且，我又不是这个岛的当权者。"

他的话让我抓到了反击的机会，我耸了耸肩："是吗？谁知道呢。真正的当权者都是藏而不露的。"

库尼玛听了，仰天而笑，笑声非常爽朗。他那年轻人般的随意轻松与眼下我们正在谈论的大事实在很格格不入。"不能被他的气势压住。"我暗自对自己说。

突然间，外面林子里的鸟好像一下都扑棱着飞走了。我看向窗口，发现仁仁不知何时走了进来，就坐在我身后。四目相对，仁仁礼貌性地摇了摇尾巴。

"我的手下就只有仁仁一个。"

"那这个岛的统治者是谁？"

"没有统治者。我们是完完全全的共和制，也可以说是原始共产制吧。因为王国已经灭亡了嘛。"

不知是不是我的心理作用，库尼玛说这话时，声音很没有底气，声调也略微降了些。

"是什么时候？为什么？在什么情况下灭亡的？是因为打了败仗吗？"

"你不是听了朱雀师的歌吧？还需要我解释吗？"

"你不要敷衍我。歌我是听了，但歌里没有任何有关历史的内容。"

库尼玛微微摇了摇头，目不转睛地盯着我看。他眼里发出怜悯般的黄色的光，这是我最厌恶的表情。我回头看了看仁仁。仁仁似乎坐得很不舒服，挪了挪前腿，它一定想起了朱雀师集会那晚的失误。

岛屿是受到神灵的惩罚而灭亡的吗？朱雀师的歌还是仁仁听得比较准确吧，因为我的耳朵已经被近代抒情诗的思想污染了。

我们陷入了沉默。从刚才林中鸟儿飞走的方向，传来了溪水流淌般的声音。仔细一听那声音好像是风掠过树梢时发出的簌簌之声。又像是水就从树梢边上流过，沙沙作响。

"想听也听不见吧？"库尼玛长长地吐了一口气。

"请不要岔开话题，回答我。为什么你要妨碍我的调查？"

他把下巴搁在握着拐杖的手上，直勾勾地盯着我，眼睛有点朝上翻，很快又闭上了眼，似乎在考虑什么。我从正面继续观察他，他大概是在想怎么跟我说吧。

说"我的调查"几个字时，一种得意之情油然而生。我是和阿兰一起展开调查的。如果库尼玛关心这座岛的历史的话，就必定很在意阿兰。但他还是让我们遭遇了那场灾祸，是不是因为我和阿兰的关系让他无原则地燃起了嫉妒之心呢？那也就表示我赢了吧。可是他的妨碍都已经伤到了阿兰，不是对待公主该有的态度了。

"没有什么可隐瞒的，用得着那么左思右想吗？"

我显示出心理上的优势，用教训般的口吻对他说。库尼玛一脸不快地继续沉思。那姿势很像是仁仁趴在地上，把脸搭在前腿上的样子。

这时我又听到有鸟儿飞走的声音，这一次近在咫尺。

"这是什么声音？看不见鸟影却能听到它们展翅而飞。其实是流水的声音吧？上次你从河底钻出来却一点也没湿。我猜这个岛现在就沉在水底，要不就是你耍的什么骗人的把戏。"

库尼玛一言不发。两人的对峙似乎持续了很长时间。

"嗯。"他哼了一声，换了换脚。"是个好问题，重要的是你已经能不受地面常识的约束了。时间的流逝和水的流动是一回事。时即在、色即水。"

"还有一点……"我担心库尼玛开始故弄玄虚，赶紧继续追问起来。"阿兰和灭亡王国的王室有关。你一定知道它是什么时候、怎样灭亡的吧？"

"古文献里不是写的有吗？不过，在某些时候、某些情况下，想象和虚构可能更接近现实。"

我听了心里发虚。其实我打算等古文献的破译工作结束之后，在此基础上写一部关于王国兴亡的小说，再一次挑战自己的写作潜能。就算是为了阿兰，我也应该构建一个虚构的王国以祭奠她那些丧失的记忆。所以即便破译工作结束，我也打算再在这里逗留一段时间，对古文献和小岛的历史作进一步调查和比照。而库尼玛仿佛早已看透了我内心的这些想法。

我的软禁生涯就这样愈发漫长了……

古文献中的一句话浮现在我脑海中。那一段讲述了工程师的自我反省。他认为自己犯下了好奇之罪。因为他意识到不管多么忠实地去测量，受好奇心驱使的工作本身就是冒渎神灵的。在软禁生活中，他的想法逐渐成熟起来了。

后来我仔细思考，觉得镇上的人们委托那个重视进步和秩序的科学组织绘制地图时，他们的动机其实是非常矛盾的，因为这等于是以科学的调查来证明神灵的尊严，本身就是自相矛盾的。

几个太阳升起，又落下……

工程师写道。这是几天前我和阿兰一起破译的一节。

"你读过《犹太战记》吗?"

库尼玛好不容易开了口,我发现他的样子和以往不同,于是坦白回答道,"没有,因为这类著作和我的知识体系是不同的。倒是知道有这种书。"

"讲的是发生在希律王宫殿的故事。希律王率领犹太人和数十倍的罗马大军作战,落败后宫殿被攻陷,最后一刻,九百六十人全体自尽。宫殿位于屹立在死海西岸的马萨达。"

这么说来,大约五十年前日本列岛也发生了同样的事情。在具有绝对优势的联军的大举攻击之下,战地前沿的几个岛屿相继失守。后来,当美军基地要在砂川扩张开始测量土地时,人们发动了反对运动,当时包括我在内,那些参加静坐的人们心中,难道会没有一种对在战争中牺牲了的前辈们的惋惜之情吗?如今那些都成为历史了,说说也无妨吧。

我意识到库尼玛开始说到重要之处,所以绷紧了神经。

"总觉得和二战时的日军很相似啊。"

我努力用轻松的口吻来套他的话。

"是吗,嗯,也许是。但那以后的日本人呢?就会舒舒服服地享受吧。不,何止啊,只会两眼发光地追求物质。战死的人死不瞑目啊。"

这次轮到我沉默了。"这简直是倒行逆施的历史观嘛。"我马上想到了这句话。如果是从前参加革命那会儿,我可能会这样反驳。但自从和阿兰在一起之后,任何事情我都尽可能平心而论。而如果以这种姿态来回顾过去的话,我内心的感受其实和库尼玛一样。我之所以跟反越战的激进派年轻人走得很近,就是因为看不得日本一边大张旗鼓地喊着"神风"啦"特需"啦,一边将自身的强大和富裕建立在自己曾经伤害过的亚洲人民的流血牺牲之上,同时也是因为不能眼睁睁地看着占绝对优势的美军把亚洲国家打得一败涂地的缘故。

但是现在,不是我该沉浸在回忆中的时候。我有许多事必须要问库尼玛。

"但是,战记留下了不是吗?如果全军覆没了,那是谁写的呢?"

库尼玛直起上半身,在我眼前晃了晃手。

"这个这个,就是这个,你算是问到点子上了。"

"好了好了,你快说吧。"我很不痛快地催促道。

　　"还是有幸存者啊，就和古文献里灭亡的王国一样。有两个女人自杀未遂。但是，写战记的并不是她们。"

　　突然库尼玛一声令下："喂！仁仁！水流有变化，快去看看！"

　　仁仁弓着背冲出小屋，我愣愣地看着，不知道出了什么事。

　　过了不久仁仁回来复命："水闸的感应器好像不太灵。我想必须彻底地重新调一下，先做了点应急的修理。"

　　库尼玛恢复了原来的姿势，又回到对话中来。

　　"有一个叫约瑟夫的犹太指挥官，被捕之后倒戈投向罗马方。当然也可以说他很识时务，知道违背历史潮流的行为是徒劳的。他从那两个女人口中得知了马萨达最后的情况。你应该能够理解吧，约瑟夫是在一种深深的自责之中为了悼念消失的亡国才提笔著书的。"

　　"他们是怎么自尽的？"我装作没有注意到他言外的讽刺之意催促道。

　　"丈夫先杀掉妻儿，然后抽签选出十个人杀掉所有人，再由一个人斩下他们的首级，最后这个人放火烧城之后举剑自刎。"

　　突然间，我体内有种异样的却是极其熟悉的感觉苏醒了。闭上眼，我看到一些像玩具般的机动队士兵，头戴深蓝色头盔、系着帽带，身着格斗服，包围了我们这些静坐的人。

　　我看到旁边的队伍里有人害怕了，用怯怯的眼光四下打量。我的眼神大概也是怯怯的吧。但那时我就坐在殉教者附近。我相信我们的行为是顺应历史规律的，真理必定会拯救我们。我们并没有受任何人的唆使，而只是皈依了名为"科学"的神灵。我们坚信自己的行为和战争中那些如恶魔缠身般的不可理喻的牺牲者是完全不同的。

　　"你是法西斯分子！"

　　喊声穿过我的意识。我是在骂库尼玛吗？还是在骂战争的指挥者和机动队？抑或是为了从马萨达的故事带给我的压迫感中逃离，一种发泄式的喊声？我不知道。我只知道，即使能够惩罚那些教唆别人殉教的人，却不能惩罚已经死去的人。看来我也必须像约瑟夫一样，写一篇关于消失岛屿的"战记"。而且不能像那篇失败的长篇小说那样，必需彻底抛弃掩饰自己的想法。

"因为担心这个反抗的故事流传出去会使反罗马情绪高涨，所以很长一段时间马萨达从地图上被抹消了。"

库尼玛继续说。如果大胆地去推测的话，这个岛说不定也是一个曾经灭亡的王国，为了不再激起人们对天皇制的敌意和仇恨，战争的记录就被销毁了。库尼玛对我说：现在这东西正被你一点点地挖了出来。

我一直认为宗教是害人的鸦片，因此既没有读过旧约圣经，对《犹太战记》之类的作品也从未有过兴趣，所以我无法判断出库尼玛的话究竟是符合史实的真话呢，还是为了诓骗我编的假话。我很着急，打算明天去图书馆让阿兰帮我把有关古代犹太王国的书借出来。如果读后能更加准确地理解库尼玛话中的真意，今后除了破译古文献，我想早晚会需要一个由考古学者、文化人类学者等组成的调查团前来考察。昭和经营史研究所的朝仓理事长应该会做这个事情吧。他通过楠食品的台部长寻找古文献的破译者并最终选中了我，我认为这当中有着更深层的动机，是我至今没有揣测到的。台部长被人称作是营销人员的典范，他对历史、思想、道德什么的毫无兴趣，选这样的人为中间人是再合适不过的了。

库尼玛诅咒战后日本的那些话发人深思。与《犹太战记》所引发的推测相反，古文献说不定能够重新唤起日本人对天皇制的崇敬之意，因为天皇正是因战败而丧失权力的。只是古文献的内容与一直以来关于"国家体制"的传说性质迥异，会让右翼陷入混乱，让左翼也感到不悦，因为他们关于历史进步和阶级斗争的历史观将被撼动。而如果发现岛上曾经发生过集体自尽，妇女团体首先就会谴责说："这是多么惨不忍睹的事！"另一方面，无法辨别大众反应的媒体就一定会照例用些"民主主义和尊重人权"之类的论调滥竽充数。讲求进步和秩序的大学教授则会发表一些评论，提出警告说发掘工作一定要慎重，以免酿成国粹主义的氛围。

文部大臣应该会宣读部下给他写的讲话要点："我们知道存在着各种意见，但只要不影响到人民生活和社会秩序，政府是不会加以限制的。"

如果派遣学术调查队到岛上来的话，我想库尼玛一定会发起一场惊天动地的大决战吧。我脑中浮现出暴风雨、大举来袭的昆虫、伴随着红色火焰的箭汹涌而来的瓢泼大雨，等等。

但是，库尼玛的行为其实也是自相矛盾的。朝仓理事长和库尼玛究竟是结成了吴越同舟的同盟，还是勾心斗角、互不相让地独自行动，这个我不清楚。但有一点不容置疑，那就是两人对这座岛历史作了几乎相同的猜想，并且都想要先于任何人知道其真相。历史上也有很多这样的例子，嫉妒和争强好胜的心理导致人们的行为与思想相互矛盾。

"如果你有兴趣查清这座岛的历史，或者与其有关，如果你还留恋着覆灭的王国，那你应该和探求真相的我们是志同道合的。可是，你又为什么要施妖术阻挠我们呢？"

我故意再次使用"我们"一词，想将他一军。

"什么？妖术？"库尼玛叫道。

"是的。你聚云降雨，还召来巨大的蝗虫。"

"胡说！"库尼玛的眼里显出愤怒，凹陷的两颊泛红，而后平静下来。我看到他闭上眼，好像在克制情绪波动。终于到决一死战的时候了，我心里想着，坐在椅子上不动声色，只是把脚稍微向里收了收，以便随时都能扑上前去。

"用眼观察的人被所见欺骗，用脑思考的人因所知困惑。"

"什么意思？你别想骗我。"

"骗你有什么意义？"库尼玛的语气出乎意料地冷静，好像在开导我一样。"我知道你们遇到了困难。可是，对此我也束手无策。这个岛上这种事太多了。一开始我也很头疼。说得通俗点，这大概就是古代王朝的诅咒吧。天灾人祸接连不断，直到发现那个人并不是敌人。可以想象悲剧有多么深重。"

他心平气和地说着，听上去不像是在说谎。

我注视着他，感到自己的斗志正在减退。我很不擅长在这种时候静观其变再趁虚而入一击制敌。正因如此，在街垒里我曾被年轻的同道中人批判为资产阶级人道主义者。我坚持认为"我充其量也就算个无政府主义者"，可这反而使事情更糟。

"你也注意点好。这个岛上有些现象按现代的智慧和逻辑是无法理解的。"库尼玛开口道，"也许是被称为topos（空间处所）或是守护神一类的力量吧。不过这些命名也只会让人产生错觉。是吧？就算说是地灵作怪，也不代表就搞清楚是怎么回事了。"

库尼玛习惯性地把身体的重心放到拄拐的双手上，脚挪了个地方。

"我不断遇到各种难以理解的事情，渐渐地我就注意到一件事。"那个动作他重复了两三遍，然后继续说道，"如果你的行为触及到'日本人是什么'这样的问题核心，这个岛上就会有一些无形的装置非常敏感地运作起来。你们调查时遇到暴风就是一个例子。并不是我在妨碍你们。"

库尼玛盯着我说，眼中仿佛透着愠色，语气很坚定。

"所以说，像锁国的原因这类问题是怎么也调查不清的。从这个意义上看，这个岛可能是日本的缩影。或者可以说，在日本已经消失的谜题在这个小岛上仍然存在着。"

我想库尼玛是受挫了。说到这儿我想起古文献里有一句难懂的话：

> 如果能把自己的内脏、也就是鱼卵吃下去，视野可能会发生转变。
> 我想反正自己说不定哪天就完全失明了，便用开始代替眼睛的指尖拈起
> 血红的颗粒，边嚼边咂嘴……

在我已经读过的古文献中，锁国这个词也占了很大比重。有两处好像写道，工程师在暗自慨叹小镇还处在锁国状态。文章晦涩，就只能这样理解。但他又发出了警告——现状是不尽如人意，可一旦开国这个城就亡了。这种摇摆不定的心理和库尼玛的话有某种相通之处。在这个岛上不能单凭眼睛去看，这种寓意可以说也是如出一辙。似乎并不是指工程师真的失明了。我想起我拥着阿兰的时候，我进入她的那一部分比我亲吻她的唇更能探寻到阿兰的战栗、一起生活之后显露出的腼腆，以及起伏不定的高潮。我的手指也感受着她的心情。

刚开始的某一刻，阿兰说："你就跟要把自己埋到人家身体里似的。"

那句话对于意图转变的我来说是那么的刺激。我们合二为一沉入深深的情海。

但完事之后，在我这个凡夫俗子内心的安宁之中（今天她没有念那段咒语，大概是没顾上吧）又涌起对阿兰的疑问。

古文献写道：

> 我和她的生活就是这样开始的。她睁大的眼睛里，淌过街道的石
> 碑、祭典的场面、战争的记忆……

"感觉也不过是幻影。不可见的东西有些时候比可见的东西更真实。"库尼玛
总结性地说道。那份不容置辩，仿佛他在公开传扬自己的思想。沉默再次降临，
似乎能听到屋外有低声私语。他活动了一下身子。

"明天晚上，到我的研究所来吧。请你吃饭。"库尼玛满脸和蔼地说道。这让
我很意外。

"好啊。"我立即答应了。说不定库尼玛只是改变一下战术，很明显他的态度
不一样了，或许是想让我加入他们。为了打破僵局，不妨陪他玩玩。

"我带阿兰一起去。"我站起来，挑衅般地说道。

"好啊。她是个好姑娘。仁仁，送送人家。"

"不必了。我已经熟悉了。"

能被叫到研究所去，算是达到了我此行的一半目的，我很满足。弄清楚他，
以后应该就能从研究所得知许多事情。

我沿着山道向下走，想要跟阿兰说一下结果，便用口袋里的无线步话机给她
打过去，可是没人接。仔细一听，又传来了激流从树干当中冲向天空一样的、歌
唱般的声音。以前我在库尼玛的小屋里安的磁带也录下了同样的声音，一种算不
上旋律的旋律。他不应该是出门了。莫非库尼玛趁我不在做了什么手脚？就算做
了，这声音又是什么呢？以前库尼玛曾说"小岛沉了"，莫非那不是比喻而是现
实？可我的的确确是用肺在呼吸空气啊。如果说阿兰瞒着我偷偷地在做些常人无
法想象的事情，那她在做些什么呢？

我气喘吁吁地赶回家，一如平常，迎接我的正是阿兰。刚才的声音已经完全
停止。

"对方可是库尼玛啊。我一直担心呢。"

看到我平安回来，阿兰笑得比早上更加开怀。我心里踏实了，但没能说出无

线步话机里听到的声音。我不想让她觉得我到现在还在调查她的秘密。我可不想体尝那种窥见妻子是鹤、是腐尸、是蛇的悲哀。现在我珍惜眼前的阿兰，所以不想让不理智的猜疑和调查损害我们好不容易建立起来的关系。今后我要更加留意，不能只靠眼睛来看东西。

第二天临近黄昏时仁仁来接我。我正要和阿兰一起坐电梯，突然想到得拿上磁带。没准会谈到什么重要的内容。

我不想让仁仁看到，于是就对阿兰说："我忘带东西了，你们先下去吧。"然后返回房间里。我想开一下录音机结果发现电池没电了，正急着想换新的，又不知电池放在哪里，比预想中多花了半天工夫。好不容易找到了，我倒了倒带子就走向楼道，结果没想到仁仁竟然坐在那里等我。我觉得自己像被监视了，心里很不痛快。

"阿兰先出去了。"它点点头告诉我，而后进了电梯。电灯没亮。"呀，停电了吧。是去库尼玛研究所吧？"

仁仁的声音大得有些夸张，话音刚落电梯就动了。电梯速度和平时不同，也没做垂直运动。黑暗中我的身体好像浮了起来。

"怎么回事！要带我去哪儿?！"我感觉头发都好像呼的一下竖了起来，大叫道，而他没有回答。电梯好像来了个急转弯，我趔趄了一下差点撞在一边的内壁上。

"可恶！快给我停下！"我站稳脚说道。我定了定神，咬紧牙关忍着，心想出去以后一定要把仁仁揍一顿。我开始担心阿兰现在怎么样了。

电梯飞驰了好一阵，速度慢了下来，最终停了。门一打开，落日余晖一下子洒入眼帘，仿佛清澈见底的河水。一条平缓的坡道从眼前延伸开去，和平时走的家门前那条完全是两条路。

"恕我失礼了。应该事先说明的。"

仁仁像在防着我打它，和我保持着一定的距离，一跳一跳地走。

"这是去库尼玛研究所的近道。顺着这个下坡路一直走就到了。阿兰已经到了吧。我也先走一步。"

仁仁说着，很少见地用两条腿站起来，好像此地不宜久留一样，冲着通向前方松林的小路一溜烟地跑出去了。那架势从后面看起来跟飞蜥似的。

我呆呆地目送着它，眼睛余光似乎瞥到身着白衣的阿兰在动，也可能是错觉。林中已是黄昏意浓，暮霭沉沉。不知道这里离库尼玛的研究所还有多远，我站住脚回过头去，看到身后有座山。落在半山腰的阳光一下子暗了下来，太阳已经下山了。我看到山的右边还有另一座高山。看样子，我是到了原来没攀上去的那座山的另一面，也就是小岛的北面。这么说，我是坐着电梯穿过山下的隧道来到这里的。平时外出时用来上上下下的电梯，是从哪儿、又是如何变成长途隧道的呢？

路上全是沙子，下行的缓坡向北面延伸。又有白色的身影在动。从动作看是个女的，好像是在引导我快些过去，但她不是阿兰。我想我必须在天黑之前赶到，便加快了脚步。尽管心里没底，可事到如今也只能走到哪儿算哪儿了。我已经有了思想准备，反正我遇到生命危险也不是一次两次了。

突然，一群人影如同从天而降一般出现在前方，足有十来人。他们走近时，落日的余晖中尘土飞扬，从那尘土来看他们是在列队前进。他们是来抓我的吗？我拉开架势，四下打量，是否应该伺机冲进松林深处？有没有木材之类的东西？

前方有块大岩石。那一瞬间，我想起了和阿兰一起在暴风雨中看到的那块形似女阴的岩石。这块从色泽上看像是水成岩，但形状似乎差不多。

队列呈直线逼近。无奈之中我只得藏身于一棵从没见过的粗壮大树之后，关注着他们的举动。渐渐地我看清了，他们每人都扛着反坦克火箭炮一样的武器，一看到岩石就突然停了下来，完全没有注意到我藏身的方向。虽然个个眼睛都瞪得大大的，但看上去就像一队偶人，因为全都面无表情，眼神也是空洞的。

猛然间传来一声号令："炸毁边界！原子枪准备发射！"

那好像是从天空一角发出的轰鸣。队员把反坦克火箭炮一样的武器对准了那块女阴形状的岩石。这幅场景要用淫猥来形容也可以。闪光四射，岩石瞬间消失，而原来岩石所在的地方被轰开了一个漆黑的洞。我敢肯定那是个洞，因为飞起的粉尘都被吸了进去。不仅如此。队员们也接二连三地消失在洞中，转眼之间一个人都没有了。不知是不是心理作用，我仿佛看到队员们背上都背着飞行用的火箭。我呆站着，这里静谧得让人觉得刚才的一切都恍如梦境。我看到周围完全暗了下来，便从树荫中走出。我松了口气，心里叹道：好险哪。

不久前方有了灯光，于是我放慢了脚步，缓缓向那个未知的研究所走近。不一会儿就来到了这幢建筑脚下——它就像一只蹲着的巨型甲虫。

我不知道哪儿是入口。圆形的屋顶好似独角仙的脊背，那形状看上去就像一口扣着的近卫队和机动部队的钢盔。高耸的房檐下，采光窗的形状如同歪斜的嘴唇，好比邪恶的巨人露出了满意的微笑，下面有三扇框格窗，像低垂的眼睑，窗户镶的边呈现出不规则的曲线。整幢建筑呈现出装饰派的风格，但这所谓的风格之中融入了过多诅咒的成分。

好几扇门是敞开的，透过门可以看到里面是空荡荡的大厅，平缓的台阶弯成曲线通向二楼。支撑那台阶的柱子，形状好像一只抬起前腿朝这边望的公牛。柱子是石头的，但我总觉得宛如某个人的化身正放低了身子向这边窥视。找不到光源，整个建筑仿佛被水底般昏暗的光线所包围。

"久等了。"

有人突然从旁边搭话，把我吓了一跳。站在我面前的是一个裹着漆黑长衫的老妇人，两手毕恭毕敬地摆在身前。

"这边请。"

我想起我去昭和经营史研究所找朝仓喜久雄时，也感到了同样的气氛。因为那时候出现的是阿兰，所以我比较放松，但遇到未知事物时，我是总会觉得恐惧的。

我走进了这幢建筑。她给我带路，可能她穿了软底的鞋子，走路完全没有声音。

"阿兰在哪里？"我问道。但她只是略微转了下头。

二楼除了正中央摆着与周围并不搭配的长方桌子和两把椅子之外空无一物。老妇人指着其中一把椅子轻声说道："库尼玛马上就到。"

随后就毫无表情地消失在黑暗中，好像被吸走了一样。

我环顾了一下四周就坐下了，但丝毫没有放松警惕，我要确保库尼玛的部下不论何时从任何方向袭来我都应付得了。我极为担心阿兰的情况，但四周悄然无声。如果有人住在这里，应该会洋溢着一种温暖的气息。桌上蜡烛那微弱的光更显得四下一片暗浊，依稀可见柱子上盘绕着蛇形图案。屋顶高得出奇。这里应该恰好是从外面看到的圆屋顶下方。

"哎呀，久等了。"库尼玛突然出现，声音显得比平时年轻了。他手里托着一个烛台，用桌上的蜡烛将其点燃。

"阿兰在哪里？"

"回去了。她不太舒服。我让仁仁送她回去了，不必担心。"

"那我也告辞了。"我毫不掩饰自己的怒火立即说道。

"哎呀，是我不好。应该先跟你商量一下。可阿兰非要回去，不听我的。这孩子一直都这样，话一出口就决不收回。我想她不会是孕吐吧？"

库尼玛略带喜悦地看着我。我本来还想嚷嚷点什么，一下子被堵了回来，就好像人撞墙停了下来，怒气却还在向前冲刹不住车。理解孕吐这个词花了我点时间。

这个房间的氛围、打扮得像个牧师的库尼玛的形象、还有从他嘴里说出的意味着怀孕的字眼，这些东西全都风马牛不相及。

"你是……"

我想说你是开玩笑的吧，但没说出口。他看上去很高兴。他本应感到反感，因为他没有预料到我们会真心相爱。或许他内心在窃笑：这样一来这个家伙就逃不出小岛了。因为如果生了孩子，我就会真的变成这岛上的居民了。

我不敢说我没有半点兴奋，但此时此刻，我感觉到自己似乎失去了什么，这种痛切的感情肆意地占满了我的内心。有一瞬间我不禁想起我遥远的故土生活。虽然我厌恶那个把我甩在一边、变得过度恶俗的社会，但从没想过要抛弃它。事到如今我只能顺其自然，在一个未知的岛上成家生子。古文献的破译还没有取得预期的进展。但在我的脑海中已然可以想见一个肌肉开始松弛、步入衰老的懒散男人。我还想到，一个被抢来的女人爱上了对方、怀上对方的孩子时，可能也是这么个滋味吧。

我讨厌这个站在我面前、自由自在、充满自信的库尼玛。但我的心中还是不断涌出喜悦之情。怎么样，我也能生孩子哦。

我的幽禁变得如此漫长……

我想到了古文献的这一节。

偶尔传来车轮远去的声音,我就想会不会是接我去刑场,起身时看到她轻轻摇了摇头,眼中映出太阳下炫目的四轮车。四匹马身上的器具闪闪发亮。我觉得这样的大型马车要想来去自如的话,路必须要有现在两倍宽,可能的话最好设一个中央隔离带。她笑了笑。远去的车子上挂着金丝缎子的遮帘,那里面坐着的女人,后来和我走到了一起……

"野野宫先生,喝点什么吗?"库尼玛的声音将我的思绪拖回到现实。

"是啊。我有好多事儿想问想说呢,喝点什么呢。别要烈性的吧。"为了不让他看出我曾经酒精上瘾,我小心地回答,"这酒喝不醉人吧?不会跟在朝仓喜久雄那儿似的,刚喝完就两眼一抹黑吧?"

我紧紧叮问道。我想从库尼玛的反应中推测朝仓是否和他取得了联系。但是这次还是没成功。库尼玛大笑:"看来你是信不过我啊。我今天晚上也想说话。不跟年轻人聊天就该有代沟了。可惜阿兰不在,不过有时男人之间更好说话。"

他一边自言自语般地嘟囔着,一边往酒杯里倒尊尼获加黑牌威士忌。来小岛之前,我做梦都想尝一次这种酒。以我当时的收入,这酒是可望不可即的。

"来,慢慢聊嘛。反正天已经黑了。先为你和阿兰干一杯吧。祝你们早生贵子。"

我举起酒杯和库尼玛碰杯。一种从未有过的幸福感夹着上等好酒在我的喉咙深处发出悦耳的声响然后沁入体内。但我不能过量,我已经是要承担责任的人了。为了不分神,我决定先仔细问问,看阿兰是否安然无恙。库尼玛给我倒满了威士忌。

我从头开始整理了一遍。叫阿兰先下去的是我。我叫她坐电梯下楼,可谁想到那电梯竟直通到库尼玛研究所附近。阿兰失踪不能说是库尼玛使的计,而我最大的失误,就是压根没考虑过去研究所的交通方式。

　　我想伸手去拿眼前的酒杯但又没拿。不能让对方看穿我的癖好。今晚库尼玛的态度就像对待自己一个年轻的亲信。他态度的变化是因为阿兰怀孕吗？阿兰和库尼玛原本又有着怎样的关联呢？我空前急迫地想要借此机会把所有疑团统统解开。

　　首先必须要弄清库尼玛是什么人。说他是个仙人倒是省事了，但还是没说清他的来历。我一心想理清思路，不禁一口气把酒干了。

　　这时，我看到黑暗中有一个身穿白色洋装的年轻女人捧着托盘向我们走来。昏暗中我看到她的容貌，不由得站了起来。她和阿兰一模一样。库尼玛看到我的表情，扭过头去用命令的口吻介绍道："阿琳，跟客人打个招呼。这位是野野宫银平。"

　　她捧着托盘，稍稍屈膝，点了点头。彬彬有礼的动作更凸显了她那能面① 一样毫无表情的脸。这跟阿兰刚开始时完全一样，让我想起同卵双胞胎这个词。不过阿兰那时不知为何蹲在昭和经营史研究所的地板上，她起身时敏捷的动作，让我联想起恶魔为了考验神灵派去的金色胡狼②。法国小说《德伯家的苔丝》好像就是以这个故事为素材的。阿兰和阿琳虽然容貌酷似但可能性格迥异。不过，阿兰是和我一起生活之后才真正焕发朝气的。我看有必要让库尼玛清楚地承认这一点——我还是有能力改变一个人的。

　　"很像吧？阿琳和阿兰没有直接的血缘关系，具体情况我也不清楚。她是这岛上土生土长的。"

　　阿琳放下冷盘就走回黑暗中去了，库尼玛看着她的背影解释道。看样子这岛上有一个家族，他们的血统是经过挑选的。

　　"再喝点吗？要么动筷子吧？"

　　"再喝点吧。我还想看看研究室。"

　　"那换种酒吧。这次这种成分比较接近日本酒。"

　　我对威士忌意犹未尽，但只得忍住。

---

① 日本传统艺术形式"能"中演员所戴面具，表情呈中性，无变化。
② 古埃及传说中胡狼被认为是阴间神阿努比斯的象征，一说阿努比斯神可化身成胡狼。

"这么说，阿琳也是王室的成员？"

听到这个试探性的问题，库尼玛的眼睛射出了一道犀利的光。阿兰对我说了什么、说到什么程度，库尼玛似乎拿不准。他把手放在桌上，手背上静脉凸出，手指骨节突起，让人联想到盆栽松树的根。我看得出神，失去了距离感，觉得自己看的是连绵的山脉，山麓没入云海。虽然很久没喝了，但一两杯威士忌我还醉不了。难道是库尼玛用念力来迷惑我？我再一次集中精神盯着他的脸。

"敌人进城的时候，附近甚至没人觉察到有动静。广场上死气沉沉。周围城寨到处都能看到淡淡的青烟直上天空。"不知何时，库尼玛说起了历史上战争的情况。也许是牵动了他的心，话尾的声音在发颤。"罗马军队在不了解形势的情况下，一边提防突袭一边前进，就在这时他们发现，前方广场上尸横遍野。"

"请等一下。"我打断了库尼玛，"这不是马萨达发生的事吗？"

库尼玛缓缓点点头。

"这我在《犹太战记》中读到了。"

他曾讲过马萨达被罗马军队包围，苦撑了很久最终全体牺牲的故事。我在图书馆找到了，今天刚一口气读完。

"我想知道的是这个小岛的事。"

我提出这种抗议，是因为我怀疑库尼玛是想用马萨达的故事来混淆视听，到时套我的话，看我会说些什么、对这个岛究竟知道多少。

"被叫做冲之波美岛的应该就是这里，我已经猜到了。可冲之波美岛为什么消失了呢？本应消失了的岛为什么还在这儿呢？这就是我的疑问。为什么呢？"

"你是叫我告诉你这个岛的历史？"

库尼玛的表情显得痛苦，内凹的眼睛瞪得很大。我看到他眼中晃动着青白色的火焰，可能是烛光照的。

"是的。你应该能像朱雀师一样，不，你应该能比他讲得更详细。"

"你为什么这么想？是，我是一直在调查小岛的事。不放过任何机会一直在探索。我在一个洞穴里发现那本你正在破译的古文献时，高兴得都想跳舞，我以为这下所有问题都能搞清楚了。"

菜送上来了。我拿起酒壶一边往他的酒盅里添酒一边想：他会不会从一开始就看得懂古文献？如果看得懂，他又为什么要强行把我带到这里让我翻译呢？

"但我想得太美了。工程师之书——我这么叫它——上面写的，和我之前调查的结果差得太远了。我本来假设的是天皇在某个晴朗的秋日骑着白马越洋而来，可被它推翻了。我很沮丧，就试想，这文献不是我要找的和小岛相关的东西，它写的是其他国家的事情，只是碰巧被保存下来了。那阵子我偶然读到了马萨达的记录，觉得它和我查到的小岛记录吻合的地方更多些。但是随着时间流逝我感觉到也不是这么回事。"

那是当然，我想。就算两者灭亡的方式差不多吧，希律王朝和冲之波美岛的相似历史也说明不了任何问题。库尼玛要是被这个弄得茫然失措的话，只能说是他的判断力有点问题。听说镇上有个男人全凭自学，有一天突发奇想，写了本满纸主观臆断的"巨著"。还有一种可能就是他在故意装傻想迷惑我。

"后来我想，我的理解可能受到了近代主义的侵蚀。所以我想让一个自由的人、一个尚未舍弃理想主义、一个对事物有着与我不同的感受的人来破译它。"

我记起在听朱雀师的歌时，我和仁仁有着完全不同的理解。

"所以你才把我带到这儿？"

令我意外的是，库尼玛缓缓地摇了摇头。其含义好像已经不单单是否定，还表示他对这种猜测性的问答已经厌倦了。

"那又是谁？是朝仓喜久雄？还是……"

我想问"还是阿兰"，但她的名字我没能说出口。阿兰一开始就背叛了我？我压根就不会往那儿想。而且如果这样问的话，他一定会误会我一边怀疑阿兰一边还和她有了肌肤之亲。怀疑自己的恋人本身就是件很掉价的事。这在我和库尼玛之间可能发生的战斗中只会带来不利。

库尼玛再次否认："是你自己自愿的。我要找的人自己主动出现在我的面前。"

库尼玛一如既往地低声、清楚地说道。我想沉下气来，以显示我的从容，于是夹了一口醋拌苦瓜猪耳放进嘴里，放下筷子后又直勾勾地盯着他看。库尼玛的话确实包含着独裁者一般的危险的逻辑跳跃。我觉得他一定了解我来这儿之前的颓废生活。迎战？还是缓解紧张的气氛？

"我找的就是，野野宫先生。"这是他第一次叫我的名字。不知是不是看穿了我的思路，他接着又说："首先是要有出世精神，第二这个人追求的价值要分裂为两部分，当他靠近其中一部分他会感到反感，而置身另一部分又会让他无法忍耐。我设想岛上有两座城，所以被世人当成疯子，当成精神分裂，但这在我看来都不是问题。你的著作我全都读了。你的体内同时存在着两种相互排斥的理论。连你的感觉都是一分为二的。这二者的矛盾，既可以说是灭亡的王国和使国家灭亡的革命精神之间的矛盾，某种情况下也可以说是理性和感性、有时还是功利主义和审美情趣的斗争。

"每个人多多少少都会有这种矛盾。可唯独你不能很好地调和它们。可能是你不擅变通吧。但这恰恰是一个很大的才能。"

库尼玛滔滔不绝，最后像是收尾似的说了一句："我很感谢你一直压着怒火努力工作。"

"你感谢我，我也不怎么高兴啊。"

我不失时机地顶了一句，但我想要谴责他独裁逻辑的斗志却消减了。我感到库尼玛略有显露的真实面目依然隐藏在他滔滔不绝的话语背后，而我必须考虑，我应该抛出什么话题来引出他的回答，把未知的证据和历史事实弄到手。我想调整我的战术，可他的评价又动摇了我的斗志。

"在查找资料的同时，我还一直研究这个岛上留存下来的文字，以及比那更早的、用其他民族文字写成的告示中的语法。你用的文字处理机软盘里安装的，就是这个岛上的语言和语法。"

"那我想问一句，镇上那些路口立的告示牌写的是什么？上面排列着楔形文字一样的记号。"我顺着库尼玛的话又提了一个新的问题。看样子只有同小岛历史有关的话题才能让他打开话匣。我在革命阵营里的时候掌握了这种谈话技巧，也就是从对方的话中看出他的价值取向，然后向他靠近，在讨论中把他逐步引向自己这边。

"那个啊。"库尼玛一口气喝下酒盅里的酒，然后闭目调整呼吸。我立即把酒添上。不久他开口吟诵：

漏壶绘出苍穹航行

　　　　去日之歌　不见今朝
　　　　海神之蓝直面悔恨
　　　　众人散去　无人告知

　　"你来翻可能翻得更好，每一块的语法都不同，行文自由。"

　　"不出所料。"我听着他用歌唱般的语调吟诵，想道。刚看到告示牌时我就猜想，上面写的肯定是已灭亡国家的年谱之类的东西，现在看来也是八九不离十。根据库尼玛的话可以想见，街角石碑上的，应该是我们关心的已灭亡国家以及之前几个王国的编年史。茫茫无际的历史长河和一望无边的广阔海洋在我心中交叠浮现。多少的民族兴盛，又衰亡。现在我们这般努力地调查、探索，可得出的结论总有一天也会长埋于久远的历史之中。

　　不管怎么样，看来库尼玛的研究比我想象的更加深入。但是，他为何如此执着于消失的岛屿的历史呢？只有了解了他的动机，才能弄清他的立场、来头，以及和阿兰的关系。

　　完全再现那晚我和库尼玛的谈话内容是不可能的。我们一边喝酒，一边慢慢地吃着、聊着，喝了四个多小时。虽然年龄相差甚远，但不知何时起，我们之间竟萌生了友谊般的感情。我们共同面对的是神秘而冷酷的历史，但它还是有着吸引我们的无限力量。

　　"你是从哪儿来的？是从日本过来的，还是这儿土生土长的？"

　　对于我的问题库尼玛这样答道。

　　"从哪儿来？有人记得自己的出生地吗？大家不都只是假装相信那些灌输给自己的知识吗？"

　　然而他似乎觉得光这么说显得并不诚恳。

　　"我是被拉到这儿来的，不是来旅行的。就好比回归母体吧，和你一样。那之后我就一直在岛上。我去过许多国家，但现在，我和你就在这个岛上，在面对面地喝酒，这才是最现实的。"

　　"库尼玛，你多大年纪？活了多少年了？"

　　"这个嘛。"

他用骨节突出的手指捋了捋下巴上的胡子，他刚刚擦掉上面沾着的菜汁。桌上烛火摇曳，发出了蟋蟀的叫声般短促而持续的声音。库尼玛入神地盯着那火光，大概是在回想迄今为止经历的各个场面吧。

"这问题可难着我了。这个岛上没有那些自作聪明的户籍管理系统，就算有，你也不知道它准不准。你能说得准你来这儿几年了吗？"

"是我在问你呢。"

库尼玛听了微微一笑，再次举起酒盅示意我干杯。看来他酒量不小。我也留神不让自己喝多，一味抬杠显得不够善意，于是我改变态度说道："我是1932年出生的，猴年。如你所言，这也是听别人说的。我七岁时上了和歌山县新宫的小学。"

"我没上过学。没有那个必要。"

"为什么？"

"为什么？那是一种为了维持制度、制造庸人的设施。你从学生时代起不也一直这么主张的吗？我呀，从一出生就能读会写。至于那些古代文字，刚才说过了，我是自学的。"

"阿兰是你什么人呢？"

这时，从地下传来竖琴的声音。静谧之中，那旋律似乎能勾起你的回忆。我止住话来侧耳倾听。酒在体内迅速扩散，我的心情平静了下来。

"是阿琳在弹。我有言在先啊，这孩子既不是我的亲戚也不是我的部下，是我在城镇市场的角落里发现的。你也知道，就是朱雀师集会的广场附近。可能是谁丢下的吧。但阿兰来自海边。是我把她养大的。"

"阿兰说她是被装进木箱扔进海里的。"

"她是这么说的？"库尼玛用怀疑的目光盯着我，脸上露出惊异和不快。那样子像是在说："这事你怎么能知道？我饶不了你。"他果然个性孤僻而且嫉妒心强。

"阿兰发高烧时好像做了这样的梦。"

库尼玛脸颊痉挛，站了起来，高举两手。这一串动作好像都是他下意识做出来的。他大大的影子投射在墙上，轮廓线延伸到天花板上扭曲成蝙蝠的形状。

"啊!"库尼玛发出呻吟般的喊声,"想象力啊!诅咒啊!"

他弯下腰,把椅子拉到我身边坐了下来,低声说道:"阿兰说了什么,全都告诉我。这很重要。"

他带着霉味的口臭扑鼻而来。他沉思片刻,又慢慢地回到自己的座位上。

我发现他也还有很多疑惑,于是心情平静了下来。或许他正拼命调查,却遇到了无论如何都无法逾越的障碍,所以需要有人协助。他老早就跟与他熟识的朝仓喜久雄商量,决定让我重读一遍古文献。结果我就在这儿了。也可能他的目的与此正相反,重点是制造机会让阿兰毫无抵触地接近古文献,目的则是通过让阿兰和我共同工作,将她从紧紧束缚她的禁忌当中解放出来。

库尼玛想知道的,是阿兰的身世?还是小岛的历史?又或许是这个在历史中昙花一现的小岛的特征?而这也是我想知道的。

"阿兰的记忆只是偶尔出现瞬间性恢复。如果你不跟她一起生活的话,没法预测什么时候恢复,怎样恢复。"

不能否认我说这话时语气中带着几分得意。

阿琳再次奏响了她的竖琴,像是为了缓和长时间的沉默带来的紧张气氛。大概她只是一时兴起,只弹了一会儿便停下来,一切重新陷入沉静。阿兰应该也会弹吧。

"我一直想象阿兰是一个覆灭王朝的后裔。如果阿琳也是被捡来的,那能不能设想她是从某一个王国被送到这座小岛上来的呢?可能有的国家在地图上没有任何标示,却永存于人们的内心深处。"

说着说着,我忽然觉得阿兰或许也会像辉夜公主①一样,不知哪一天就要回到那个看不见的王国去。阿兰真的怀孕了吗?在阿兰的王国里,和我这种世俗男子交往是不是一种禁忌呢?我陷入自己的想象中无法自拔,思维开始混乱,忘记了与库尼玛的对决。

"嗯。"他闭着双眼喃喃道。恐怕是在将我提出的假想与他迄今为止对小岛历

---

① 日本最早的物语文学作品《竹取物语》中的主人公,被一老翁从发光的竹子中发现带回家抚养,最后飞回月亮。

史调查的结果作一个比对。大约过了四五分钟，一个一袭黑衣的老妇人端着托盘朝饭桌走来。库尼玛这才慢慢睁开双眼，交叉在胸前的两只手也放了下来。

"这是个难题。我在这种时候总是会静下心来，分析事情的主要原因，我会仔细思索：这个复杂的问题究竟是源自自己内心的恐惧和传统观念呢，还是源自客观条件的制约呢？但有时我会意外地被一些毫无意义的逻辑思考给套住，而忽略了一些显而易见的事实。我在研究冲之波美岛为何会从地图上消失的时候就是这样。最初我推测这也许是军事上的作战策略，人为修改了地图。这很常见。后来我又觉得是由于陆地下沉，整个国家确实消失了。可小岛又一直在这儿。我之所以陷入混乱，是因为我坚持认为没有露出海面小岛就不算存在。"

"所以你身上才不会湿，而这座小岛也没有年轻人溺水是吧？"

库尼玛扬起双手像要止住我的话。

"还是不要急着下结论的好。倘若有人能行走在海上，海面也就有可能随着他的步子左右划开，露出海底。如果低于海平面就是不存在的话，那么现在欧洲的某个国家已经不存在了。"

库尼玛的话好似一个谜，而我那时却觉得很有道理，大概是尊尼获加黑牌威士忌和头一次喝下的这座小岛的酒发生了复合作用，他这种逻辑我在清醒时绝对会质疑，但此时竟轻易认同了。事后我一直后悔当时自己怎么没深究库尼玛话里包含的谜题呢。当然那也是因为他很谨慎，并没有直接断言这座小岛就是冲之波美岛。

但多半还是因为我喝多了。

"领你去看看我的实验室？"

库尼玛用餐巾把嘴巴胡子擦了一通后站起身来。一小片海藻挂在胡须上摇摇欲坠，显得很邋遢。他端起烛台向外走，硕大的黑影在屋里晃动。

我慢慢靠近通体漆黑的墙壁，发现一面墙上开了一道拱门，有一段向下延伸的楼梯。石质的楼梯上没铺任何东西，走在上面却会发出滴水般的幽响。楼梯边的墙壁上挖了很多小洞，里面放置着一具具茶色物体，散发出阵阵恶臭。快走到地下室我才明白那些东西原来是干尸。我很怕自己会顺势被再一次幽禁。

"到了。"

库尼玛回过头来瞅瞅我,用肩膀把门顶开。那墓地一样的楼梯到了尽头,突然出现一个明亮的屋子。数不清的玻璃容器反射着灯光,散发着荧光的细针匍匐在刻度上微微颤抖。高亮的电灯灼射着低吟的电动机械。由于整幢建筑是盖在斜坡上的,这个研究室垂着旧窗帘的一端似乎通过玻璃窗与室外相通。进去之后右手边的一个角落里并排放着大大的长颈玻璃瓶和烧瓶,盛着黄色和绿色液体的水槽里,电极不时放射出青白色的火花。墙壁上排着十几根发紫的氙气管,不知做什么用。还有一张刚好够人疲劳时躺下休息的窄长椅子。他指着长椅斜前方的扶椅,吩咐我说:"坐那儿吧。"

他自己则稳稳地坐到了长椅子上。我的座位正前方有一个很大的水槽。

"那里面培植着新品种水草。那水盆一样的容器里则是我自制的生物反应器,大小还不到普通反应器的三分之一。"

屋子中央安了一个很大的实验台,实验台中央摆放着一个貌似地球仪的球形仪器,四周还有若干个小球静静地围绕着球体旋转。

"这是一种天象仪,中心的球体可以看做是太阳。在某些情况下也可以把它当成地球。"库尼玛逐一进行了说明,而对天文学和分子生物学一窍不通的我却无法理解。天象仪旁边一张铺着天鹅绒的案子上,摆放着一个吸收和发散着光线的透明球体。尽管看上去古典气息很浓,但应该是相当先进的科学仪器。放在它前面的像车床一样的器械则一定是单色光计量分光器。在开始关注马克思主义之前我一直打算念工科,那时曾经参加过用类似的装置测定物质所含元素的实验。不过我想库尼玛对于我的前半生不会了解得这么详细。整个研究室凌乱不堪,典型一个理科实验室的样子。我本以为房间里会堆满陈旧的资料和书籍,现在感觉多少看到了库尼玛科学家的一面,而且是既有古典感性风格又懂现代尖端科技的科学家。要是日本没有闭关锁国,就不会有明治维新那样的革命,而如果保持江户时代的体制发展科学的话,大概就会产生像库尼玛这样的科学家吧。我抬头往上看,天花板上纵横交错的电线裸露在外,地板的一角摆放着几个形似电池、喷着盐晶、看上去很重的箱子。

"我透过这个球来观察世界的动向。"库尼玛站起身来,两手捧起天鹅绒上的球递到我面前。我像看万花筒一样,凑近球体往里瞄。球体的下部沉淀着渣滓一样的东西，混浊一片；中间呈灰白色，只有上层是透明的。

"最下面的是无意识层。灰色的部分叫做语言阿赖耶①层。能明白吧？依赖语言的人，知觉都迷失在这种不透明的境域里。不承认词语双关性和多义性的傻瓜大多是女人和学者。"

我虽然觉得这意见实在是有些迂腐，但只是默不作声地点了点头。

"我主要是通过透明的影像层来进行观察。"

"感觉跟猜字谜似的。"兴趣和疑问都被挑了起来，我不禁插话道。

"好好看着，稍微往左扭试试。朝地球自转相反的方向。"

我照着他说的做，视野远端就扬起一阵带颜色的风，轻飘飘地向天空漫展开去。下方是一片稀疏的树林，山脊与天空分明地划开。我更仔细地往里看去，发现有个地方出现了黑点，接着黑点就像暴风雨前的乌云一样瞬间聚积起来，球体里映射出大雨倾盆而至冲刷原野的景象。这正是我和阿兰一起遭遇的那个鬼天气。我不禁倒吸一口凉气。

我把球体再往左转一点，刚才的乌云像是被抹去一样散尽了，鲜明夺目的蓝天呈现在我眼前。

"果然是这样！"我满腔无处宣泄的愤怒，琢磨着究竟怎样才能把这球体里看到的景象和现实的自然界联系起来。虽然刚才库尼玛说过"依赖语言的人……"这种晦涩难懂的话，但要不依赖语言的话，我又能依赖什么呢？

我将球体往前旋转，这回出现了一片草原，铺天盖地的庞大蝗群像龙卷风一样聚集起来盘旋冲天，又随即散开雪崩一般倒向地平线。不管怎么旋转那个球体，无意识层总是沉淀在底部，语言阿赖耶层则一直徘徊在中间。

"蝗群大军！"

我叹着气嘟囔道，库尼玛点点头。

"据FAO，也就是联合国粮农组织所说，在毛里塔尼亚引发蝗灾的大批飞蝗在过去的几个星期内已经席卷了从摩洛哥到利比亚的庄稼，现在正在肆虐毁坏'天堂微笑'国。"

---

① 梵语 ā laya，本义为"家"，佛经译为"藏"。

　　我注意到库尼玛告诉我这些事时的解说员般的语气，不禁回头看了他一下。

　　在调查小岛历史的过程中，大概他已经习惯了一种把时间置之度外的态度。难道那种新闻评论员式的说话方式是他为了压抑一触即发的情感采取的一种声音伪装法？抑或是跟这个岛或日本无关的事他都无法给予正面的关心？

　　"对了，傍晚我在来这里的路上看到一支很奇怪的军队。"

　　"什么？啊，是矛之会啊。"说着，库尼玛有些刻意地大笑起来，"那是一帮最近才来到这座小岛的年轻人，算是志愿兵吧。"

　　"他们不知被空气的洞穴吸到哪儿去了。好像还听到有炸毁边境的号令，那是怎么一回事呢？"

　　"是吗？这就跟小岛时而消失时而复出一样，是一种预备策略。算了，到时候你就明白了。队长是个叫那珂崎的男人，挺有意思的。他好像对原子核和原子能什么的情有独钟，嗯……总比那些假惺惺的反核主义者要强得多。那帮家伙可是从骨子里就讨厌民主主义。"

　　"你好像跟他们很熟啊。你也不喜欢民主主义啊。"

　　谈到那珂崎时，库尼玛的口气显得有些犹豫，又好像是在给自己辩解。于是我颇带讽刺地责问道。因为我推测他为了加强自己对小岛的统治募养了私兵。我那年轻时就养成的防人之心此刻苏醒了。

　　他回过头来很轻蔑地看了看我，一句话也没说。

　　后来回想起这段对话，什么民主主义、权力之类的，俨然一个政治记者的腔调，连我自己都觉得恶心。亏得库尼玛没有发火。大概我还是难以把自己从过去在日本时的惯性思维中解放出来。

　　"人年轻的时候，总会有一种错觉，以为什么事都能靠自己一拼到底。总觉得神灵的威望也好，深植于人内心的各种习惯和集体无意识也好，都能通过暴力斗争来进行改革，殊不知自己也会受到这种想法的影响。所以核爆炸是肯定会发生的。就连反对核武器的人也一定会用到核武器。唯一的办法就是任其行动再使其觉悟。"

　　"你的话怎么听起来让我感觉像碰上了一个流亡而来的大总统，又像是阴曹地府的阎王爷。"我说这话时，不得不承认自己被一股难以忍受的悲哀所侵袭。

我好不容易开始从库尼玛身上感受到一丝温情，却又因为自己在核问题上不能妥协的原则而对他进行谴责。

我心情混乱，对于规模虽小却像军队一般的集团"最近来到这座小岛"的意图、事实的严重性，以及在日本——他们可能在那儿居住过——发生的进一步变化等等，都失去了理解的能力。而且我忘了向库尼玛询问他们究竟被吸到哪儿去了。也可能是因为我的兴趣都集中在那个透明的球体上了。我一边摆弄着球体一边想，库尼玛拥有着非比凡人的智慧，但他一定很寂寞吧。

在球体所呈现的那个世界里，语言阿赖耶层的上方出现了一些微小的黑色细纹在抖动。我把眼睛挨过去，像透过显微镜一样垂直向下观察，终于看清原来是一团乱舞的黑色扬翅蝶。

"这是怎么回事？"我问库尼玛。

他绕到我背后往球体里探视，然后轻描淡写地说："啊，那叫镰仓蝶。"

他见我转过身来向他投去惊讶的目光，说："以前，当战争结束、和平降临这个消失的小岛之时，武士们失去了存在的意义，因而心高气傲的武士们都幻化成了这种蝴蝶。它们的理想是成为过去的镰仓武士。它们毕竟是人嘛。结果它们没有了栖息地，便四处彷徨飞舞，成群结伙。"

他说到这儿便止住了，两只胳膊绕在我的脖子上。我被他从后面抱住，却一动不动，假装专注地观察球体里的景象。如果他呼出的气没有臭味，如果他嘴里念叨的无法理解的话和阿兰在床上无意识地默念的咒文不一样，我们之间的关系可能会变得很特别。

我们不知在实验室里待了多久。我既担心和他在一起会被要弄，又对他萌生了一种亲切感，我的心情在这种不安和好感之间摇摆不定。

当我发现原来库尼玛也有发愁的时候，我感觉自己与他的距离比以往拉近了很多。

我意识到已经过了很长时间，为了防止他再次把身体靠过来，刚起身要走，斜后方的一个箱子忽然反复发出"嘎嗒嘎嗒嘎嗒、呲——"的声音。

"噢——"库尼玛惊奇地叫道。他走近箱子，戴上一副不知从哪儿取出来的深茶色眼镜，然后探身朝箱子里望去，他看了好一会儿才把头抬起来，说："一颗星消失了。"

同时我看到，有一个闪光的东西划出一道轨迹落入天象仪中央的球体里去了。

"消失并不意味着毁灭，有时也是重生的过程。日本没有消失，所以毁灭了。"

他抬起手像是要阻止我继续发问："上楼去吗？"

接着他取过烛台，边走边说："刚才那个箱子是对威尔逊的云室加以改良做成的。原本这个仪器用于测量来自宇宙的 γ 射线，不过为了也能检测到其他不可见光而进行了改良，这样就能够全方位立体式地观测宇宙了。"

他小心翼翼地护着烛火，边慢步上楼边说话，呼吸节奏丝毫不乱。

"行星依然存活着，比军队、革命和艺术更加悠远。"库尼玛说到这儿便止住了，一动不动地注视着我说："晚安，我已经吩咐阿琳明早八点叫醒你。"

说罢，他那端着烛台的身影很快便消失在实验室对面通往地下的楼梯里。另一股光线从身后向我靠近。那个一袭黑衣的老妇人站在我身边。她默默地抬了下下巴示意我，我打消了回家的念头，老老实实地跟随她走向卧房。

第七章

　　回到东京后我将此行收获的资料进行了整理，其中包括：我在伊坂杨严隆信博物馆查阅的资料、发现的冲之波美岛的地图及相关事实，还有出现在梦中的馆长野见恭平称自己是野野宫银平之后讲述的那个内容纷繁复杂的故事等等。我心中暗含一种期待，希望野野宫银平的故事能够帮我搞清一些在庄田日记中并不十分明确的事。其中最大的谜团就是楠元太郎的出生之谜，此外"乌鸦天狗"这个满是神秘色彩的词、《工程师之书》、庄田邦夫失踪的经过等很多问题也是疑点重重。此外还必须弄清楚当时庄田邦夫和野野宫银平的关系。为此我需要首先将这数天晚上所听到的故事和庄田邦夫留下来的日记及其他资料进行比照，以确定何为现实何为梦境。但是真要验其真伪时，却发现这似乎是一项极为庞大的工程。所以我还是决定将这一切和盘托出，告诉秋山享，请出版社帮忙。但即使是这样，也需要先把脉络大概梳理清楚。对我们来说最幸运的是庄田家的女佣三田绫的外甥——他一直住在乡下，最近当上了农协干部——在得到伯母的同意后将一包东西送到了秋山所在的出版社，里面是庄田邦夫的亲笔笔记。他希望出版社能够出钱买下，理由是他的一个同事出了点事，他需要一笔经费善后。在做了笔迹鉴定之后，出版社买下了它。那家出版社在这方面有一套很完善的操作程序。

　　我们之前的和歌山之行是为了弄清楠元太郎的出生之谜，因为这是编写庄田邦夫的传记的关键。

　　庄田邦夫晚年计划在面向大海的真琴市总公司工厂旧址上建造一个巨大的纪念塔，由此引发了很多常人难以理解的举动。不太可能是创建者楠元太郎临死之际，留下遗言让他对工厂旧址进行再开发，所以他想这么做一定还有其他原因和动机。

　　他与楠元太郎既十分亲密，超出一般岳父和女婿的关系，同时又很对立，当然了，这种情绪在他这一边尤其明显。

　　在调查中我发现，每当因为经营方针的不同闹得不愉快时，楠元太郎总是会搬出南方岛屿的话题，诱导庄田邦夫谈一些凯尔特民族的事情。一起共事后，两人第一次聊起这个话题就是在一次争吵之后。当时庄田邦夫是公司的专务董事，为楠食品公司的将来考虑，他主张录用优秀的大学毕业生，而和楠元太郎发生了争执。那一次，楠元太郎从庄田邦夫那里听说了爱尔兰的新赫布里底群岛后，把话题引到了南方岛屿上。

　　第二次也是在庄田邦夫担任专务董事的时候。他主张引进全自动的面包生产设备，而楠元太郎对此却不屑一顾。庄田邦夫在日记中感慨道，楠元太郎主张做面包要靠面包师多年的直觉和经验，所以根本听不进自己的意见。几天后，也许是为了证明自己的观点，楠元太郎跟庄田邦夫讲了在南方的岛上流传的做面包的方法：一种利用太阳能、小石屋以及草药的技术。但是他并没提到岛的名字和地理位置。楠元太郎对外宣称说他出身于滋贺县，在神户学习面包制作技术，然后在离家乡比较近的真琴市创办了工厂，但这与他所说的似乎有很大出入。

　　我猜他所提及的岛可能就是冲之波美岛，但是不知为什么庄田邦夫的日记中没有任何相关记录。

　　关于这个已经消失的岛，庄田是从理惠同父异母的兄长"老爷"那儿得知的。另外我很想知道，庄田邦夫日记中时而出现的《工程师之书》和我梦到野野宫银平说他进行破译的古文书是否是同一本书。也许因为是日记的原因，庄田邦夫到底知道多少关于楠元太郎出生的秘密，日记中连句暗示的话语都没有。不过，在写到楠元太郎谈起南方岛屿的事情之后，他似乎若无其事地提到了《工程师之书》，当然也许是我有点神经质了。

5月的一天，楠食品举办了总公司工厂旧址再开发计划的工程启动仪式。

这一天可以说象征庄田邦夫晚年的一个新的开始。他这样描述那天的天气："初夏耀眼的阳光洒满工厂旧址的每一个角落，同时也倾注在真琴的海面上。"

庄田计划要在纪念馆内部设立美术馆以及出售土特产及海外名牌商品的商店，为此需要成立财团，根据大规模店铺法律向有关部门提交申请，但直到这天为止，申请还未获得批准。庄田把所有的精力都放在巨型纪念塔的工程上，也许他觉得申请审批的手续太繁琐，认为这些只要在为期四年的工期中办好就可以了，于是排除万难开始动工。他似乎没有想到这会引起监管机构的不满，让事情变得更复杂，这一点很让人费解。一个多年从事经营管理的优秀企业家怎么会做出如此错误的判断？是因为他爬得太高以至于想法脱离了现实吗？他刚失踪时，也有很多风言风语说这事和理惠有关，但从庄田邦夫一向的工作作风、为人处世的态度来看，巨塔工程怎么会扯上理惠呢？报刊杂志多擅长炒作八卦新闻，但没有一家有事实依据。我禁不住想：巨塔的建设以及工厂旧址的再开发计划一定有着按常理所不能理解的、跟庄田邦夫个人有关的一些原因。

尽管修建巨塔的计划曾经遭到坚决的反对，但启动仪式当天，著名画家高濑汲吉以及多位学界泰斗和知名作家前往参加，让真琴市市长及当地的实权人士都不禁暗暗期待：即将动工的这座巨塔将来会成为一个文化氛围浓厚的建筑物。

在发表完贺词大家交杯换盏之际，楠食品厂年轻的宣传科长走上前来："今年圣诞节礼品盒的图案不知道是否可以请高濑先生为我们设计一下？就是装巧克力或曲奇的包装纸盒什么的。"

高濑汲吉的画属于法国印象派，所以正合乎这种盒子的设计要求。

庄田邦夫点头同意后，年轻的科长径直走向高濑汲吉。庄田在一旁远远地观察这个充满活力的年轻人，在心里感叹道："年轻真好！"当年的自己也是如此，觉得工作是那么有意思，只要一有想法立刻付诸行动。庄田特别不能容忍手下的干部做事因袭陈规、做事左思右想、瞻前顾后，公司员工都十分畏惧他，在外也常常招致别人的反感。

这一天楠元太郎时代的元老们也来到了会场。当庄田在人群中发现楠治子时，他为理惠没在场而暗自感到高兴。理惠和那珂崎一起去了和歌山伊坂杨严隆信博物馆，因为那珂崎对她说过："我们还参加什么典礼啊，我陪你去一趟伊坂杨严隆信博物馆吧。"

治子已经年过七十，看起来要比庄田记忆中的略矮一些。透过她那恍惚如梦的眸子，庄田依稀看到少年时代自己熟悉的眼神。治子就坐在他斜后方的干部席，就座前对他轻轻点头小声说："小邦，你的成功我从报纸杂志上都看到了。"

接着又说："也从你继父那儿听说你和伸子结婚了。"

她的口气好像是要让庄田知道，离开楠家以后她也一直和楠元太郎保持着联系。她没有参加庄田的婚礼，她那时已经回到滋贺县的老家。

"后来又听说她过世了。"

庄田默不作声地点点头，心想她也许还没看到周刊杂志上披露他和理惠关系的文章。

"其实参不参加今天的仪式我犹豫了许久，因为有事想跟你说所以才来了，待会儿我去找你吧？"

她的举止比实际年龄要年轻得多。庄田下意识地看了看四周说："仪式结束后我就回真琴观光酒店。"

"那我去那儿找你吧。"

说这话的时候，她轻轻地歪了歪头，似乎在观察对方的反应，接着又微笑起来，像是要掩饰刚才那个动作。这还是过去那个让人感到很亲切的治子，虽然她那看起来总有点汗津津的手背和脖子上的皮肤都已经显出了老态。

下午治子来到酒店时，换了一身衣服。她的穿着和刚才完全不同，换上了一件深蓝色的和服，和服质地很好，是著名的盐泽地区产的绸子，又搭配上一条朴素的带子，这身打扮给人的感觉好像还不到五十岁。两个人在酒店里头一间很清静的茶室相对而坐。

"今天好高兴啊。"

治子接着说："我本来觉得自己已经和楠家没有任何瓜葛了，但收到邀请信，考虑到是你主办的仪式，我觉得必须得过来而且……"

说到这儿，她似乎有点吞吞吐吐，"有一件事我觉得还是跟你说一下的好。"

凭庄田的经验，凡是老朋友或远房亲戚对他说"我有话跟你讲时"，多半都是找他捐款啦、出事时的紧急汇报啦等等，尽是些让人不愉快的事情。如果对方不是治子的话，他一定会毫不客气地催促道："什么事?"

庄田的傲慢似乎已渗透到了全身每一个毛孔，但那都是多年来历任楠食品的社长、会长的结果。当然也有例外，那是在参加KIGEN之会，也就是更名后的时流研究会，和高濑、那珂崎以及那些与自己不属同一世界的学者及作家接触的时候。

因为是治子，庄田对她说："我也感到很高兴，治子你的出席在某种意义上可以证明这个计划的正确性。"

说这话时，庄田有他作为一名经营者的考虑。治子是最后一个跟楠元太郎有关系的人，而庄田多年来在公司一直是靠采取强硬手段压制住那些元老级干部才得以开展工作的，从这个意义上来说治子也是一个值得重视的人物。

"我回到老家后就生了一个儿子。或者更准确地说是因为我有了孩子才回到了乡下老家。"

庄田正在琢磨治子要告诉他什么，对他来说，治子的这句话如同晴天霹雳。

"那孩子是老爷子的……"

治子注视着庄田，不置可否。如果那个孩子真是楠元太郎的，说明他竟然在耄耋之年还生了个孩子。也许是楠元太郎觉得是自己安排治子嫁给了性无能的喜一郎，所以要让她怀上一个楠家的骨肉以补偿她的不幸。楠元太郎那样的人，有这样的想法也不足为奇。按理说，楠元太郎老年得子，得知治子怀上自己的骨肉，一定兴奋不已。况且，他如果还知道治子肚子里的是个男孩，就更不可能不跟庄田说了。以楠元太郎的性格，如果他想让这个孩子继承家业，那么在庄田和伸子结婚之前，他一定会实打实地跟庄田说：这个孩子尚不知人事，但终究会让他子承父业，所以在他长大成人之前，作为一个过渡，你先帮我好好经营着公司。但是楠元太郎从没说过，也从没像是要说。

另外有传言说因为楠元太郎过于强悍，无论哪个女人给他生的都是女儿。当然这不是事实，和治子之间如果有个儿子的话，这些传言也会不攻自破。但庄田很难马上相信，想当初对自己说"把伸子嫁给你吧"时，楠元太郎那紧张的神情，很难想象他在外面还有一个不为人知的儿子。

庄田越想越觉得事情太蹊跷，但他并不想否定治子的话。因为楠元太郎临死时，似乎有所察觉，也许找人调查过只是没有结果。也可能是楠元太郎早就知道有这个儿子，但在他很小的时候就已看出他没有什么潜力和资质，所以根本没有打算让他继承。楠元太郎有过失败的经验，日本战败后，他曾让儿子喜一郎接管过一段时间，但结果却一败涂地。

治子继续说："我本打算到死都守住这个秘密，把他作为一个普通的孩子，让他安安稳稳地度过平凡的一生，也就够了。"

庄田边听边想，外表看起来温顺的治子，其实内心是何等的坚强。就算是跟楠元太郎，也有可能生的是个儿子吧。在美国也很流行这样的说法：男强则生女，女强则生男。

想到这儿，庄田反而感到轻松多了："你儿子知道这件事吗？"

"我没跟他提过，但三年前不知道是谁告诉了他。"

这么一说，庄田想起在楠元太郎死后，有一个男人写信来自称是楠元太郎的私生子，但那人最终并没现身，也没来要求分遗产，就销声匿迹了。从他写给楠食品的信来推算他的年纪，基本上和治子说的差不多。另外，让庄田记忆犹新的是他就任会长后，在决定下任社长的人选时，一个被看做是楠元太郎直系的元老跑出来闹事，事情过于突然，很有可能是受人唆使。

得知此事后庄田邦夫采取了强硬的对策。他毅然决然地解雇了那名干部，甚至连退休金都没有付给他。当时很多人都劝他慎重一些，如果事情闹得太大的话，会给新上任的社长过大的精神负担，但庄田充耳不闻。那个时候，他充分展现了一个独裁者的手腕，并在董事会上，将其归结为"统率权的问题"。

在场的董事们一言不发。庄田一个个地看过去，目光相遇，他们在略作迟疑之后也只好很不情愿地点点头表示同意。作为一家上市公司的会长，自己真的有统率权吗？其实庄田自己也并没有信心，但那一刻，这一点已经无关紧要，关键是要彻底坚持和实施自己的想法。

庄田回想起"那个时候，××的行为有些可疑"，很有可能就是××跟治子所生之子联系的。说不定这次再开发计划的反对活动也和那个××以及他那一派势力有关系。如果是那样的话，对于那个私生子要么铲除，要么只能采取怀柔政策。而如果他就是治子所生的话，给他相应的待遇，反对运动的势头应该就会逐渐减弱，事情也就好办得多了。于是他若无其事地试探起治子的意图来。

"我今天来不是为了说这个，我觉得还是不要让他进楠食品。虽然是我的孩子，但他并不是搞管理的料。"

"那他现在在做什么工作吗?"

"那孩子有点与众不同，他做一些有关民间工艺品的研究。这件事我只想告诉你，总觉得没准儿什么时候有点用处。小邦你要知道，我可是站在你这一边的哦。"

治子很快就回去了，比庄田预想的还要早些。庄田在酒店大厅送走了她，对她此行的真意百思不得其解。

庄田在工作中常常会碰到猜不透对方心思的情况。那种时候该采取什么对策，以及怎样通过一进一退的方法套出对方的真意，庄田都很清楚。但是今天治子的情况不同。不知道为什么治子的话里有一种说不出来的现实和抽象交叉混杂的感觉，让庄田脑子乱成一团，理不清头绪。治子说她希望启动仪式结束后，再开发计划能够顺利进行，还说很期待纪念馆早日建成。但是她还说她只有一点很担心，留下了谜一般的一句话："你一定要善待真琴市的土地神。"

她告诉庄田说"小邦，我是真的替你担心"，这话让人觉得她对于再开发计划其实是很消极的。跟她说话的时候，听到专心时会她会将手放在他的膝盖上，还有表示疑惑不解时微微一扭的动作，都透着一股妖艳。庄田暗自猜测，很久以前有人写信到楠食品来称自己是楠元太郎儿子的事治子是否知道，但他并没有问出口。治子说自己的孩子有些"与众不同"时，她显得有些落寞。

人们传说治子的丈夫喜一郎是性无能，喜一郎自杀后治子和楠元太郎私通，她甚至还在庄田邦夫小的时候钻进他的被窝来勾引过他，想到治子的这些往事，庄田觉得治子对男人可能怀有一种类似于报复心理的感情。这一点直到今天还能从她那极具诱惑力和挑逗性的言谈举止上看出来。倘若真是那样，一旦惹恼了她，那个长时间被遗忘、几乎成了废词的"私生子"一词可能又会重新被提起，加上楠元太郎的怪异行为，那些毫无顾忌、粗俗不堪、跟看珍惜动物似的报道又将会被杂志炒得沸沸扬扬。

庄田心中不禁涌起对治子的不信任。他脑中浮现出楠元太郎挑逗治子时饭团般的脸，略弯的腰，以及治子被按倒时的样子：闭上双眼欲逃还迎，却是为了掩饰自己内心的清醒和镇定。渐渐地，这想象中的场景竟然生动起来，在庄田的体内宛如一个活力四射的生物一般动了起来。

无论在私生活方面，还是作为一名企业家，楠元太郎这一生一向都是主动出击、咄咄逼人。而庄田邦夫觉得：比起忠于组织严守规则并在国际商业界大显身手的父亲庄田启介，楠元太郎更有人格魅力，这似乎有些不可思议。在波士顿留学的经历在管理方法及营销技术方面给了庄田很大的影响，但却并没有拉近他与父亲的关系。

从治子的话中也能看出，她和她差不多已步入中年的儿子的关系也并不那么融洽。天底下的亲生母子也免不了会这样的。如果她儿子身上虽流着楠元太郎的血，却没有他父亲的度量与才能，只是继承了几分性情，他对于楠食品来说就是个定时炸弹，随时都有可能引爆。一个平庸的男人却有着多疑的性格和极强的支配欲，那他带来的无疑是灾难。

他想起父亲给楠喜一郎守完夜回家时嘴里嘟囔《旧约》圣经箴言集的情景。或许庄田启介那时就知道楠家内部沉淀的那些秘密。如果他还在世，听说自己的儿子和楠伸子结婚，他一定会反对的吧。想到这儿，庄田突然又觉得也许父亲会对他听之任之，目无表情地对他说："这事得由你自己决定。"

这就是父亲——财阀系列商社掌门人——的人生哲学。而自己成为楠食品的掌门人之后，流淌在自己体内的血液、时间是否早已融入了楠家的沉淀呢？治子嫁入楠家，成了楠家人，丈夫自杀后她还在楠家待了很长时间。她到底知道多少楠家的隐情呢？也许她是感受到了楠元太郎的人格魅力，从而陷入对他的爱慕中。因此她造访庄田，或许就是想告诉他自己也为楠元太郎生过儿子。但如果她此行是受她那"与众不同"的儿子所托，是否就预示着他们会再次开始对再开发计划的猛烈攻击呢？说不定是那个离开楠家、不得不在"地下"长大的楠元太郎的私生子嫉妒庄田邦夫，觉得好事儿都让他一个人占了，这也在情理之中。虽然这种猜测毫无根据。

治子的这次造访让庄田邦夫想了很多：楠家的过去、自己和楠元太郎之间的种种、还有自己的父亲。

再开发计划遭遇始料未及的阻碍，原因之一就在于楠食品的管理层对这种开发项目很不习惯。

例如，当市政府开发局询问他们塔的低层部分的用途时，楠食品的有关负责人员解释说打算向游客出售旅游纪念品什么的，政府官员指出：

"这个面积的话，就得按照《大规模零售店铺法》召开商业活动调整听证会。"

楠食品的负责人不解地反问道："您说的是什么呀？"

政府官员听了一愣，回答道："就是限制商场、超市的法律。"

负责人又说："没这回事，我们公司根本没有那种想法。建筑模式的灵感可是得自上古时代的巨石文化遗址……"

说着，负责人员拿出按庄田的指示制作的说明图片和照片，对方大概觉得被愚弄了吧，露出非常不快的表情，没有要听下去的意思，说道："不管怎么说，你们要想造这么个东西，先好好读些相关法律吧。"

坐在政府官员旁边的是一个从建设部调到真琴市的技术官员，听到这边说话声越来越大，便站起身来看说明图片，怪声怪气地说道："这玩意儿看起来就像披了件外套的卡纳维拉尔角卫星发射塔呀。看来得称呼贵公司的庄田先生赫尔德二世了。"

"你们不会是想在里面演奏瓦格纳的作品吧？"

听了这些冷嘲热讽，楠食品方的人员就像霜打的茄子一样，灰溜溜地退出了会场。

另一方面，为了争取商店街等当地居民的支持，公司还成立了别动队，专门负责宣传游说。

"等纪念塔建好以后，会有很多游客从日本各地蜂拥而至，真琴市也就会越来越繁荣兴旺了。"

听了他们的话，商店街联合会的小头头翻着一双死鱼眼，慢腾腾地说："真琴市热闹了，商店街的生意不热闹也不行啊。"

"你们要是想让大家同意，还得多开几次会，钱也得花。"

说完就扭头不理了。就连妇女联合会的负责人也没个好话，指责说：在这儿建这么个奇形怪状的东西，孩子们都上那儿玩儿去就不好好学习了。要是坏孩子越来越多，楠食品能负这个责吗？

甚至还有人说："你们会长脑子没进水吧?"

这些反应自然令员工们打起了退堂鼓。

这个项目虽在真琴市没有得到什么好的评价，但项目水平的确是一流的。我想，如果纪念塔真能建成，一定可以同和歌山的伊坂杨严隆信博物馆隔着大阪湾遥相呼应，形成一派壮观的景象。

中央最高部分将近二百米，如此规模的巨塔连大阪或神户都没有。可以想象五彩斑斓的光束透过彩色玻璃射进创业纪念馆展览室的景象。高度只是为了让光束成为来自远古的信使。塔呈纺锤形，中部突起部分离地大约九十米高处设有回廊，人们可以乘坐透明电梯登上这里，观赏来自天空的多彩光束从自己身边掠过并划向地面的情景。塔的底座部分，人们跳起摩登而怪异的舞蹈。

底座上那开阔的空间给人带来无边的畅想。有的部分设计成对照镜的效果，有的部分则利用照明技术营造出一种无阻隔的环境。漫步其中，时而会让人如入碧波，时而又让人觉得自己藏身于粉红色的泡沫之中。错觉丛生，亦真亦幻，难以分别。

庄田曾在阳光庄的沙龙里利用音响及全息摄影的图片向大家演示巨塔的设计方案，看到他热情高涨、侃侃而谈的样子，我想起从我们一起经营广告公司的时候开始，他就有不少常人无法理解之处。

一句话，就是他那"想法无限膨胀"的性格使然。一旦有了个什么想法，很快就会像被吹起的气球一样越胀越大，如果再配合上他本人的热情和干劲的话，二者相辅相成，气球、热情都越胀越大，就难以控制了。

但是，庄田邦夫一路走来，直到他神秘失踪为止，他之所以能够一直事业辉煌、成绩斐然，关键在于他懂得什么时候刹车，懂得在某个适当时机将那胀大得已无法驾驭的气球毫不可惜地扔掉。

例如有一次，楠食品开发了一种新的小食品，当你把一个小小的颗粒放入嘴里，人的体温会使里面的物质产生碳酸，小颗粒就会在嘴里崩开。他们还取了个名叫"冰冻汽水",但却没能成功。

庄田邦夫在介绍新产品时用了很多比喻。他说消费者是静待美味的小鸟,孩子们则是包容蝴蝶的郁金香。他还说,正如蜜蜂带来花粉一样,这种小食品也会带来瞬间的快感。如此用心良苦,但经过一年的实地调查,却发现妈妈们对这种食品很不喜欢而且很抵触,销量的大幅增加似乎不太可能。当他明白这一点之后,就像喝下肚的迷魂汤在解药的作用下失了效一般,热情骤然下降。他顿时变得现实起来,最终从利润的角度考虑,终止了这项计划。

纪念塔原来的设计方案中,似乎是为了弥补塔及其支撑部分脱离现实的缺点,在北侧的塔翼中打算开设很多功能各异的商店,旁边增设商务中心。广场对面还打算建一个美术馆,里面的展品以凯尔特人的装饰图案为主,加之各种颜色的古老圣经、古文书、古代纺织品、绒缎,还有近代的奥斯卡·王尔德的作品、比亚兹莱的宣传画像等。另外还打算展出继承了凯尔特风格的新艺术派作品。大量和凯尔特图案相关的藏品显出一些偏执的倾向,也让员工们深感惊讶,好奇庄田邦夫是什么时候收藏的。高濑也曾就这个问题询问过他,而他只是简短地答了一句:"这些都是我岳父那代就开始收藏了,两代人的藏品了。"

尽管如此,从中还是可以看出庄田同波士顿的初恋情人朱丽叶的一些生活点滴,也让我回想起我们共同度过的青春时代,不禁生出一丝怀念。

可以说,这个美术馆的设计既反映了庄田邦夫的个人审美情调,也向人们展示了自楠元太郎时代以来的楠食品的企业文化。当然这一切都是塔顺利建成之后的事儿了。记得当时庄田找我商量,我提了一个相当常识性的建议:要想让当地居民接受,不妨考虑增加一些日本画的名家名作,或是梵高、奥古斯特·雷诺阿等日本人比较钟情的艺术家的作品。

从图片来看,正如那个建设部官员所说,整个建筑看起来就像是发射塔即将发射一颗冲向太空的人造卫星。中间纺锤形的部分好似存放火箭的地方。再开发项目拟定修建的所有建筑物组合在一起则构成了一座城。绕城还有一条护城河和三座桥梁,那是以前工厂还在时就有的,它们使整座城看起来更像是另一世界的属物。正面的大桥一直延伸到中央塔的入口,两边竖着一棵棵圆柱排列成行,罗马风格的柱子顶端刻着一种传说中的动物,起到和神社的红色牌坊一样的作用,向人们展示一条通向神圣世界的路。

"这能赚回来本吗?"高濑汲吉看完宣传片后立刻发问。

庄田邦夫似乎有些不太情愿地回答道:"门票价格什么的还没有定下来,现在还不好说。"

以我来看,这个项目再怎么挖空心思想办法也都是赔钱的。但是那会儿,包括KIGEN之会在内,庄田邦夫在人们心目中是一个把封建保守的楠面包公司发展成一大企业的杰出的企业家。他深得人心,人们大都认为只要经庄田之手,无论是什么项目都有成功的可能,如果有人对此表示怀疑,那只能说明是他的观念过于陈旧。正因如此,我虽然深感担忧,但最终选择了沉默。

庄田鼓励那些动摇的员工们说:

"当年的创业者可是推着小车挨家挨户去卖的面包,想想他受的苦,我们今天还有什么困难是不能解决的呢? 只要我们大家有信心,就一定能让人们理解再开发项目的意义。"

庄田如此鼓励部下的同时,也不忘以身作则带头示范。他亲自造访商店街联合会会长,向他介绍项目内容,告诉他共存共荣才是楠食品自成立以来的一贯的经营理念,以此争取人心。

日子一天天过去,到底是谁在背后操纵着反对运动呢? 有人说是有政治家利用此事来提高自己的支持率,还有人推测可能是同行因为嫉妒在趁机煽动,庄田眼看着事情越发扑朔迷离、敌人的影子越来越模糊,他的焦虑与日俱增。而后来又有人寄来恐吓信威胁说将在市面上销售的商品中投毒,焦虑之上又增加了不安和担忧。为了解决这个不是光凭诚意或热情等个人努力就能解决的问题,庄田感到有必要借鉴一下楠元太郎在战败后镇压工人运动时使用的手段。他决定使个计:故意放出舆论,让人们以为反对运动的主谋是几个平时就让公众很反感的人物,由此营造出一种对敌不利的气氛,让那些真正的幕后操纵者再难有所动作。

庄田邦夫频繁往返于关西和东京之间,除了那珂崎、理惠以外,他和KIGEN之会的成员见面的次数越来越少,政府的审议会也频频缺席。

那次庄田找我商量如何平息反对运动,就在那之后不久,恐吓信就寄来了。在启动仪式结束还不到一个月的时候,本来应该很快就获批的财团法人楠美术馆的审议也被突然延期了。后来一调查才知道原来是有人写了一封匿名信。总务部长费尽周折搞到了匿名信的复印件，只见上面写道：

> 听说庄田邦夫领导的楠食品公司申请设立创业纪念美术馆（此处名字弄错了，庄田觉得可能是故意写错的）一事即将获批，如事情属实，我强烈建议对其方案再进行一次充分调查。财团的运作本应建立在稳固的财政基础之上，而楠食品在庄田邦夫肆意牵强的经营之下业绩正急剧恶化，居然还试图靠开空头支票，以有名无实的资金插手文化产业。这样的财团决不能批准！

此外信里还写道：

> 庄田邦夫在事业开发和发展方向上毫无计划性，这一点只要对研究法人"发酵工程研究所"做一次调查就能得到证实。听说他还把那些本不该动用的法人固定资产分批向外出售。敬请有关部门对此进行调查取证——弹劾不正当经营者之会成员。

除了递交匿名信的复印件以外，总务部长还汇报说以前当过常务董事的某人最近接连三次给总务部长打电话询问发酵工程研究所的搬迁计划，当总务课的人询问他打电话的意图时，他解释说是因为自己非常热爱那个研究所。

"终于现原形了。"庄田对总经理和总务部长说，"自己辞职了，就看不得楠食品的发展了。分明就是嫉妒心理作祟。"

"令人遗憾啊，但看来就是这么一回事。他本来就该对工厂的人身事故负责，而且我们还发给他全额退休金，按说不该有什么问题啊。"

总经理抱着胳膊说。他最近有点发福，显得很有派头。

"嫉妒是不需要任何借口的。"

庄田安慰道，心中燃起了斗志。他脑海里浮现出那个常务的样子：谢顶，油光满面，眼窝深陷，对庄田的所作所为他总是在一旁冷眼相看。他没什么学历，唯一的资本就是曾经在楠元太郎手下长期工作过。后来，楠食品公司不断和国外企业开展技术合作，推行商品多样化和销售制度化，在选社长的时候，尽管他资历最老，却没有选他。他眼见自己的晚辈越过自己坐上社长的位子，心里一定很不舒服。但他犯得着要去寄匿名信吗？思考中庄田不由得想起治子的话。是不是有人唆使这位原常务这么做的呢？

总务部长问："这和以前的恐吓信是出自一个人之手吗？"

"这个，不会吧？"

社长面露窘色。看来他似乎不愿相信打他到公司起就当他上司又一起工作多年的同事会做出这种事。庄田依然沉默，他直视前方，仿佛看见治子所说的楠元太郎的私生子的影像出现在昏暗中，越变越大，而面部轮廓却逐渐模糊，变得诡异无比。

会议结束后，庄田回到会长室。他凭窗远眺，街上显得杂乱无章，但也许该说那正是活力的象征。市区的路面缓缓起伏，仿佛一直延伸到关东平原边际的山脉处。天空在厚重的烟雾笼罩下显得沉滞。城市像一头巨兽俯身寻找造反的机会。勾画出蛇形不规则曲线的高速公路上，车流臃肿而缓慢，看起来像一条反复蠕动的肠子。庄田邦夫一边眺望这番景象，一边思考旧址再开发计划下一步棋怎么走。

他感到这个计划并没有促进公司内部的进一步团结。与赶超竞争对手、使新产品步入正轨等目标不同，纪念塔的建设对公司职员来说是难以理解的。要是换成楠元太郎，这种情况下他会怎么做呢？他会用他信得过的部下制造声势吧。听说在和歌山建伊坂杨严隆信博物馆时他就是这样。

想到这儿，庄田发现自己似乎没有可以被称为心腹的部下。按说社长本应算是他的心腹，但这个人天性固执，能守不能攻，办事也优柔寡断，让人着急。

也许这正是自己推行现代化、合理化造成的结果吧，在这种节骨眼上却没有一名员工心怀感激地去努力去争取。庄田突然心生怀疑：现代化到底是个什么玩意儿？其实他很清楚楠元太郎对自己的感情，那是一种夹杂着戒备和猜忌的亲近。看似矛盾，但的确是这样的。

记得有一次，早餐饭桌上他们聊到几个参加帆船比赛的学生赶上暴风在海上遇难的事情。楠元太郎刚吃完海苔佃煮，拿着牙签一边剔牙，一边用一种训诫的口吻描述大海一旦发起飙来是多么可怕。

庄田问了一句："琵琶湖也这样吗？"

楠元太郎隔了半晌才回答道："啊，那儿也一样吧。"

他居然搭理追问他私人过往的人，实属罕见。

还有一次，那是在庄田终于当上公司董事的时候。他要到冲绳出差，临行前去跟楠元太郎打招呼。那时冲绳还在美军的占领之下。楠元太郎用近乎命令式的口吻跟他说："千万别坐船。"

后来庄田出差回来，向他汇报道："幸好不是台风季节，我还去了趟离岛，倒也平安无事。"

楠元太郎点点头，但是他关心的似乎不是庄田的此行："那是什么时候啊？你跟我讲过你在波士顿看海的事儿吧？"

"好久以前了，我也有点记不太清了。从波士顿海港望向大西洋北方海域，我曾想到苏格兰和爱尔兰去看一下，因为我很向往凯尔特文化。"

庄田并不打算跟岳父提朱丽叶的事，"还没来楠食品工作的时候，我曾去爱尔兰参观过走廊式墓群和凯尔特遗址。那些岛屿星星点点地分布在北方的海面上连成一道弧线，形状和墓群相似，所以据说凯尔特人相信人死后会回归大海。阿兰岛被称作凯尔特人圣地，在它附近的洋面上有一个叫苏格利库菲尼的远海孤岛，当我踏上那个孤岛时，我深深地感受到了这一点。"

说着说着，庄田想起刚留学回国时自己也跟楠元太郎说过同样的话。眼下的情景和那时一样，楠元太郎正闭着眼睛听他讲述这一切。

"您要有兴趣，什么时候去一次吧。我可以当导游。"

过了一会儿楠元太郎才睁开双眼，很吃惊似的望着庄田，没回应他的提议，喃喃地说了一句："我只了解南方的岛屿。"

那次的对话就到此结束了。后来庄田心想，公司职员里大概谁也不知道岳父会对弧状岛屿群和墓群有那么浓厚的兴趣，他觉得有些怪怪的。他相信打算在真琴市郊面海而建的高塔正对楠元太郎的胃口，但他对那些一无所知的员工们是解释不清的。楠元太郎这个人，在谈及自己儿时生活时，是从来不提具体地名和人名的，尽管他是一个独裁风格的企业创始人。一般来说，他们这样的创始人总喜欢以一种骄傲和教训的口吻反复跟人讲自己年轻时吃的苦。那晚，庄田罕见地梦到了朱丽叶，或许是受了早上这段对话的影响吧。她和从前一模一样，手不断指向大海，好像海里有什么东西。

"什么也看不到呀。"庄田不解。

"瞎说，明明看得到。"说罢，她赌气似的扭过身去。

庄田能记住的只有这些。前不久开工典礼结束后他也做了同样的梦。一个让人有些不寒而栗的梦。如果楠元太郎真的相信永恒循环或轮回的思想，那么便可以说他和庄田之间有着某种奇特的连带感，那是同仅凭利益去划定人际关系的世人的观点截然不同的。

有件事很明显是庄田邦夫的判断失误：把镇压反对运动一事交给昭和经营史研究所的朝仓喜久雄。但说到底，把朝仓介绍给庄田的却是我。我之所以下定决心去写庄田邦夫的传记小说也正是因为这件事。我的负罪感打消了我对自己能否胜任这份工作的犹豫。

但其实庄田对任用朝仓这事心里也很没底儿。就算下定决心任用他，很大程度上也难以预测会有怎样的结果。他跟理惠讲了昭和经营史研究所的事，想看看像她这样的非业内人士对朝仓喜久雄会有怎样的印象。他本以为一般人提到他都会联想到战争期间的大人物，还有特务机关什么的。但理惠只是淡淡地说了一句："他还活着呀？年纪不小了吧？"

对于找朝仓这样的人办事，庄田并没表现出特别担忧。也许他觉得企业管理本身就包含这些方面的内容。他对理惠说："我不知道该怎么描述，但他是个很有魅力的人。"

庄田想起朝仓那又高又尖的声音、结结巴巴说话的样子、他的寸头，还有那突出的额头下凹陷的小眼珠，对理惠描述道："这个人出乎意料地木讷，但也很容易钻牛角尖，所以要是想要骗他的话后果将不堪设想。他的可怕和可靠可以说是一回事吧。"

庄田的确对朝仓有种亲近感，这种感觉超越了他请朝仓镇压反对运动这层交易关系。后来他又将楠食品的公司发展史和岳父传记的编撰工作包给昭和经营史研究所，除了有以编书费用的名义支付活动经费的考虑外，如果楠元太郎传和公司发展史能够出版，并且装帧精美内容充实，今后对内对外宣传楠食品的经营方针也是极为有利的。

理惠发了句感想："一会儿左翼一会儿右翼的，都搞不清楚界限了。"

那晚，她跟庄田商量，说有人想以伊坂杨严隆信为主人公做一期半纪实电视节目，看要不要答应。还说这是一个地方电视台为纪念开播二十周年的特别节目。考虑到纪录片的性质，很多外景要在伊坂博物馆拍，棚拍则在京都一个电影厂的演播间。

"正好赶上你去关西出差，时间上倒是正好。"理惠说。

然而关于伊坂杨严隆信还有太多的谜，真要开拍，就得凭想象来构筑情节。据说电视台想把伊坂杨严隆信塑造成一个江户幕府末期推动日本开国的先觉者。他们要拍严肃的历史纪实片，这样的节目如今已经很少见了。但另一方面把伊坂杨严隆信看做是反政府危险分子，说什么幕府还曾经派出密探去搜查他，那就是为提高收视率而加入的历史剧元素了。

庄田心想：总公司工厂旧址再开发计划当下正面临困境，要是电视里能播这么一期以楠元太郎所建的博物馆为背景的节目，那不正是雪中送炭嘛。而且据说节目赞助商还有一流的家电厂商。

理惠告诉庄田说："我总觉着伊坂杨严隆信这个人摸不清底细。他很有种魅力，但却怎么也查不清他的来历。赶上拍电视这事儿也算是缘分，我还在想呢，要不我就把对他的研究当做我毕生的事业吧。"

庄田以前跟楠元太郎一起参观过博物馆，那时大概太年轻，对伊坂杨严隆信也没什么兴趣。那会儿他整天琢磨的都是怎么把在波士顿学的科学管理法啦、福特主义之类的管理方法引进楠食品，只记得给他留下的印象是楠元太郎简直把伊坂杨严隆信当做公司守护神，就差跪地叩头了。而真是那样的话，楠食品就越发与众不同，与外国企业甚至社会各界都完全隔绝开，孤立无援。就算从招聘优秀大学毕业生的角度去考虑，也算不上什么有效措施。所以庄田在彰显伊坂杨严隆信这件事上是持消极态度的。

"我也很久没去了，要不就去看看吧。"庄田说道。两人约定如果时间紧就在大阪见，如果时间宽裕就在比较清静的京都找家旅馆见面。

最后庄田在京都找了丸山公园里一个安静的日式小旅馆。忘了是第二次还是第三次在那儿住的时候，一天晚上，理惠突然说："这儿以前好像有个坟地什么的。"

只见她赤身裸体，用乳房夹着啤酒杯向铺好的被子走去，

"前一阵樱花盛开的时候我来住过，一个人来的。那会儿你去国外了。"她等庄田点了点头，"结果到了半夜可热闹呢。"

"赏花的?"

"不是。我正睡着觉，就听见有一大群孩子凑在一块打闹，他们一会儿大声欢呼，一会儿又来回乱跑，嘴里还一直在说些什么。孩子们开朗活泼，热热闹闹的，可不知为什么让人有种寂寞的感觉。"

庄田起身说道："你睡在花中央，夜幕中飘着花瓣。于是你躺在花做的褥子上，你的意识和另一个世界的孩子玩耍起来。"

理惠说："我觉得我特别擅长感知这些东西。说不清是第六感第七感，我总是一下就能感觉到，这种感觉让我通过孩子孤零零的坟进入了前世或者说是另一个秘密时间。说不清是中世末期、室町时代还是江户时代。如果父母是想让那些不幸的孩子长眠在花中，那我很能理解。那些父母也是不幸的，古时候人正因为不幸所以才善良。然后我就忍不住地想见你。"

因为是日式的房屋，雨打屋檐声响很大。那晚，庄田听着理惠讲述飞入她梦乡那些虚实难辨的幻想，觉得她可能对未来产生了某种之前未曾有过的预感。这种预感可能源于对伊坂杨严隆信的个人兴趣，也可能纯粹是一种现实的不安。

庄田知道，一直以来理惠只要精神一紧张，就容易产生幻觉。这一点上两个人有相通之处。那一晚庄田并没有深究她紧张的原因。这是因为他也有过类似的经历。他在环绕工厂旧址的河渠边上走着时，看见水底有一个留着长须、仙人一般的男人的脸。庄田不认识那个人。他当时觉得那可能是传言中被楠元太郎所杀、尸浮河面的工会委员长，但转而又觉得太不着边而否定了这个想法。他一直觉得这种容易异想天开的毛病不是一个重视效率的现代企业家该有的，是一个缺点，并暗地里以此为耻。自波士顿回来后，他曾对一些未开化社会的咒术及宇宙

观怀有很大兴趣，对凯尔特文化也做过研究，但他认为那只不过是好奇心所致，属于爱好范畴。

庄田苦笑——假如河渠中那张脸真是被杀的工会委员长，工厂旧址一带充满了创业初期那些遇害者的怨气，那也真算得上是因果报应了。话虽这么说，水底那男人下颌上银光闪闪的胡须一直垂到胸前，深陷的双眼甚至眨巴了两三下。庄田正琢磨这幻想未免也有点太清晰了，理惠一语中的："你想别的呢吧？"

庄田就不再隐瞒，实打实地告诉理惠说他在工厂旧址的河渠看到一个奇怪男人的脸。理惠见庄田对自己完全没有戒心，以一种绝对相信自己直觉的语气说："还好我没跟你一起去，要是我也去了，说不定他就真从水底跑上来了。"

庄田虽不清楚理惠何出此言，却着实为之震惊。理惠是那么从容，什么样的经历和幻影到了她嘴里都变得那么真实和平常，在让人放松的同时，她的话又时不时地散发出一种将他引向魔界的神奇力量。

"还有就是在再开发的地方跨河架的那座桥。"庄田有些勉强地转换了话题，他现在不想谈论那个有可能是被楠元太郎杀死的工会委员长，"朝仓理事长说过桥是通向异界的过道。"

"去年，那家杂志——我一直在做采访人的那家——不是做了期桥的专集吗？"

理惠顺从地跟着他转换了话题。她只要确定庄田所考虑的"别的"并不是那个风之牧民剧团的阿仙或者其他女人就行。

理惠说得没错，某个建筑公司的宣传杂志办了一期关于桥的专集，有什么《通向彼岸的桥》《连接圣与俗的桥》《幻想之桥》等等，把佛教绘画、浮世绘及西洋油画里的桥加以巧妙地整理，给了庄田很多启发。其中，《洛中洛外图》中那座桥庄田觉得很美，桥略呈拱形，桥柱顶端镶有宝珠装饰，柱子之间装着栏杆。但他还是觉得缺了点什么。解说中写宝珠装饰意在防止异界出现在现世。但庄田认为这并不好，异界与现世如果不能自由来回就没有意义了。人们总认为异界很恐怖很可怕，那是因为身处和平世界的人们想象力在日趋退化。对那边的人来说，或许我们的世界才是可怕的异界。

这种想法似乎不是一个手下有很多员工，身为食品业界代表的人所应该有的。但是这些日子以来，庄田总觉得自己就是一个往返于那座桥之上的人。这难

道是人过五十之后年龄造成的变化？有时连他自己也觉得这同科学管理法可完全
是两种对立的思维。

"挺好啊。"理惠赞成庄田对桥的看法，搬出她帮着做桥的那期专集时学的知
识，"以前天皇曾下令在彩虹升起的地方举办集市。据说好像《日本纪略》什么
的有记载。"

她接着说："所以呀，要在通向高不见顶的纪念塔入口处架桥，最好是彩虹
桥吧。"

"彩虹桥啊……"

庄田重复着她的话，突然恍惚觉得自己正走在那彩虹桥上。那说不清是紫、
是红、是绿，或许更接近于蓝的颜色仿佛迷住了庄田。他仿佛看见赤裸的理惠正
慢慢走在那座彩虹桥上。她走路的背影显得很自信，却又莫名透着几分忧伤。不
知为什么，庄田只是目送着她而不想开口叫她。是被此情此景震住了吗？他伸出
手像要叫她回来，又在半空停住，犹犹疑疑地落在嘴边，仿佛要把已到嘴边的呼
喊咽回去似的。

他听见理惠的声音："是啊。大企业才不管什么冷不冷的呢，只顾表面热闹。"

庄田起先没明白她什么意思，后来才意识到那是因为自己说："彩虹也有好
坏之分，最好的是走过寒冷的过道时，在喧天的鼓声激发之下升起的彩虹。"

理惠的话是在对自己的见解作出回应。庄田脑子里闪现一个念头——在鼓声
中出现的可能是乌鸦天狗一样的神仙。

"据说桥有'开启'和划分世界两种不同的含义。不过资本主义对这种不同
一定视而不见。楠食品也是吧。"

理惠用揶揄的目光看着庄田。此时她的两只黑眼珠聚到鼻子两侧，表情活像
巴厘岛上的舞女。庄田想起那珂崎时实跟别人就某个话题进行辩论，每当他想向
对方发起攻击时，目光便会变得冷酷犀利而透彻，和理惠形成鲜明的对比。不知
他们俩谁的表情更有魔力。

庄田曾和那珂崎就同人杂志《KIGEN》的编辑啦、旧址再开发计划啦等问题
讨论过好几次，理惠总是参与进来，好像翻译一样。

"那珂崎最近怎么样啊？有日子没看见他了。"

也许是因为湿度高，两个人都汗津津的，皮肤上那种热烘烘的感觉总是消不掉。透喉而过的啤酒越发冰凉爽口。

"他啊，最近有点意气消沉。不是组建了一个矛之会吗？组织这种东西，一旦形成就脱离掌控了，所以他可能精神负担很重。他又不听劝，别人托他点儿什么事还不好意思推辞，也难怪了，本来就是少爷出身嘛。当然了，他看到那些在蜜水里泡大的嘴上没毛的学生们总以为天下太平，一定是恨铁不成钢，这我也能理解。因为我老数落他，最近他好像干事儿都瞒着我。"

理惠的口吻中有种担心，就像是担心一个劲儿想逃离姐姐看管的倔强的弟弟。

"他不会做什么让警察找上门来的事吧？"

庄田想起在日式餐馆吃饭时，警察干部曾抓住他问个不停，便有些担心。因为当时他跟警察干部解释说矛之会只不过是个示威性团体。

"那应该不会。他和三岛由纪夫成长的时代不一样了。小猫的缺点大概就是聪明过头了吧。所以说他写不了小说。"

"也是。"

庄田想，稍稍放了心。

有一次在KIGEN之会上，大家罕见地极为认真地就修宪问题进行了一番讨论。那珂崎最后一个发表意见："我觉得应该修改，但是要保留规定放弃战争的第九条。以圣德太子的十七条律法为基础进行修改就对了。"

这一说法等于完全推翻了之前学者们提出的观点，一时间四座鸦雀无声。他的意见听起来甚至让人觉得他是在开玩笑，很不严肃。这一意见自然让庄田吃惊，但当他无意中瞟了一眼那珂崎手中拿的纸片，发现上面写满了 Σ、α、β、γ 等字符，以及 ⌋、¬ 等符号时，他更加讶异了。

讨论结束散会后庄田问道："你写的那个数学公式似的东西是什么？"

那珂崎挠了挠他的光头，像是在说"糟糕"，然后无可奈何地、含含糊糊地回答道："那是我在用速记法，借用了原始算术和代数的表达方式。"

据说他还能用这种公式记录莫扎特的音乐，而布鲁克纳的作品记起来最困难。说这话时，庄田惊奇地看到那珂崎发亮的光头周围有一圈薄雾似的环。

基督头上画的是光环，吃了人肉的士兵头上有一圈紫色的环……庄田继续观察着。然而庄田并没有将这个发现告诉理惠，因为这有可能是他自己的幻想。参加KIGEN之会的人谁也没有发现那珂崎有什么不对劲。

庄田听理惠讲述对他的担心，脑中浮现出那天晚上那珂崎那恃才傲物、孤芳自赏的样子。

庄田曾看过矛之会的游行，他们称之为阅兵式。那天可能是那珂崎过的最充实的一天。庄田后来想：或许有些组织是自成立那天起就注定了要灭亡。

那珂崎曾经多次解释，但仍然无法让人理解矛之会的目的，至少没能让KIGEN之会的成员理解。就像真琴市民难以理解修建纪念塔一样。

他解释说："就像蔷薇十字运动一样是为了使世人觉醒。"

"让那些贪睡的骗子看看我们炼金术的厉害。"

可是到底他们会采取什么样的行动呢，还是不得而知。或许这正是矛之会的强项，同时也是它的弱项，因为它毕竟是在这个世界开展活动。庄田的朋友警察干部说过好几次："实在是令人费解啊！"

所以他才会要求庄田一有什么关于那珂崎的动向就告诉他。记得那珂崎还曾在KIGEN之会上批评说："现在市场上流通的那些画啊什么的全是冒牌货，充其量是个摆设罢了。"

这话让高濑汲吉他们满肚子不高兴。

高濑汲吉本人倒没有说什么，但参加那晚讨论的专家学者们，除了研究法国文学的松村健以外，一致批评那珂崎说："你既然那么明白，干嘛自己还要组建一个摆设般的军队呢？也许你是受了三岛由纪夫的影响，可这不还是自相矛盾吗？"

松村健则提出了不同看法："我同意那珂崎的观点，在这个效率至上的时代，一些看似愚蠢的行为反而有它独到的价值。"

那珂崎听了，一副乐融融的表情："您可算是说到点子上了。"

他抬头望着天花板，眼中闪着怪异的光。不一会儿表情又缓和下来："我得感谢大家。的确是自相矛盾的，不过我的矛之会总也推销不出去啊。"

说完这些莫名其妙的话，他露出一丝冷笑，说："我赞成楠食品的再开发计划，就是因为我觉得那个巨大的纪念塔非同寻常，没有具体用途，脱离现实。庄田先生的计划在一般群众中是行不通的。"

他的赞美之辞对于庄田来说有些适得其反。庄田脑子里的构想是在现有的宽宽的护城河里面，绕着塔再挖一道护城河，上面架桥，这样从外面看起来好像双层桥，而游客进塔参观如同被带进鬼屋一样。也许这种想法真有些不知天高地厚。电视里的古装戏中不是常演吗，判官在审判坏人时说的："妖言惑众，欺君犯上，成何体统？"

那天晚上，庄田梦到云团般形状难辨的气体聚集成块，眼看着越来越大，向自己挤压过来。幸好没有被梦魇住，但梦中赫然出现了呆望着前方的自己。自己分裂成了两个人，这种情况在梦中是常有的。气体中一个闪着绿光的飞行物若隐若现，飞过的地方就留下痕迹。忘了什么时候庄田曾被阿仙拉去看过一出戏，戏里就有这个场景。那飞行物又好像是他和朝仓理事长初次会面时从窗户飞到座椅上的绿色金龟子。庄田一边做着这可怕的梦，渐渐地与理惠做爱之后的疲惫占了上风，他就像被淌下的蜂蜜一层层包起来一样沉沉地睡去。

过了一段时间，昭和经营史研究所的第一份调查报告寄到了。开头写道：

目前为止尚未查明敌人的真实身份。

接下来的内容是这样的：

不过我们有必要告知贵公司，对贵公司计划的反对情绪要比预想的更激烈范围也更广。我们根据不同的生活态度模式随机抽取了五百个样本进行民意调查，并将其结果用最小平方法进行分类统计，所得出的数据充分说明了这一点（该调查结果附在调查报告后面）。如果出现特定煽动者，反对运动会立即形成一股强大的势力，当然这也得看煽动者有多大能力，但应该充分提高警惕。究其反对原因，可以概括如下：

"该行为欲将本质上互相矛盾的因素综合在一起，违背市民的意愿，傲慢且危险。"

这一结果或许会让您深感意外。但任何一个新的尝试都会遇到类似的事情，这一点毋庸讳言。只是我们推测这次的事情还有某些个别、具体的原因在起作用。

众所周知，楠元太郎为了达到生意上的目的，时常不惜采用非法手段铲除祸根。有些人只因被误认为与他对立，就无缘无故招来杀身之祸。在他的独裁专制之下，这类事情很常见，原因也很简单明了：对他来说，放走敌人时的危险要远大于误杀无辜第三者所造成的负面影响。

回首历史，贵公司今天的繁荣正是建立在创业者的死拼苦战之上。历史有时会让自己不那么健忘，从而将过去的恶魔唤至今天。尽管那些都与今天的管理者完全无关。而且，有传闻说楠元太郎在家庭成员方面也残留有非常复杂的因素。现已派专员就此进行调查，相信不日即可汇报。

紧接其后寄来的二号调查报告中对庄田邦夫再次提出的疑问也作了解答，其中写道：

根据之后的调查，没有迹象表明楠治子女士在返回老家后为楠元太郎先生生过孩子。我们收集到几条证言证明治子本人如此声称，但我们认为她是受人指使，或者只是该女士的主观臆想。本研究所担心如果楠元太郎的亲生子确有其人，他极有可能成为反对势力的中坚力量。是好是坏尚不得知，但迄今为止尚未在楠家以外发现有楠家后裔，无论是男还是女。

综上所述，目前还无法确定反对势力的核心力量，此问题的解决可能需要很长时间……

如果是这样，治子为什么要专门造访庄田下榻的旅馆，匆匆忙忙的，就像所有袒露重大秘密的人一样佯装平静压低声音，告诉庄田私生子的事？

她是不是因为觉得自己受到无端冷遇而胡思乱想？自己的丈夫一辈子窝窝囊囊，最后却以壮烈的自杀做了个了结，相比之下，楠元太郎做事旁若无人，如同一匹脱缰的野马。难道是她对公公扭曲的爱使她产生了为他生子的愿望，这个愿望在她体内长期发酵，最终使幻想与现实调换了位置？

庄田觉得这份报告反而使事情更加扑朔迷离，他开始试图重新寻找自己在楠元太郎时代以来这段历史时间中的定位。

父亲庄田启介虽然对楠元太郎充满憎恶，但楠元太郎却是他所在商社的重要贸易伙伴，所以他和楠元太郎有所往来。据战后公开的军方文件记载，在日本蓄谋挑起的那场日中战争期间，朝仓喜久雄在上海成立了一个策略机构，得到了庄田所在商社的经济援助。战败后，由于庄田启介的妻子和楠元太郎的夫人是姐妹，可能是庄田启介受楠面包所托于是向他们引荐了朝仓喜久雄。因为镇压工会可是朝仓喜久雄最为擅长的。也就是说，父亲庄田启介至少知道楠元太郎是用什么手段消除争议的，所以他才会在喜一郎自杀后去灵堂守夜时引用了那段圣经的话。但这样一来，原本就和父亲关系不太融洽的庄田更觉得父亲是个伪君子了。而现在，自己却和这三个人紧密相连：身为庄田启介的儿子；继承了楠元太郎的家业；为了对付反对运动委托朝仓喜久雄进行调查。

是庄田一手把曾被称作楠商店的小公司打造成了国际知名的大企业。有评论说这是因为他的血脉里流淌着父亲——著名商界人士庄田启介——的遗传基因。这令庄田邦夫感到很莫名其妙。他觉得自己能够事业有成，并不是因为庄田启介的遗传。人们总认为只要常驻国外，或是频繁出国就是国际化了，就有素质了，这种观念早该摒弃了。在波士顿求学的经历虽然对他有帮助，但是对他影响最大的却是经常和自己在经营方针上意见相左的楠元太郎，他那和野性交织在一起的温和、坚毅。随着年龄的增长，庄田邦夫遇事时越来越多地想起岳父：要是遇到这种事他会怎么做呢？这时候，庄田的思绪又跳跃起来：纪念塔的外形是否合适呢？虽然说是纺锤形，可是看起来更像是阴茎呢。

庄田为压制反对运动煞费苦心，但他并不因人们不理解纪念塔的意义而烦恼。但是如果因此而使建塔一事流产的话，那可就不好办了。在同媒体记者的见面会上要是有人问："为什么纪念塔的规模要建得这么大？"

该怎么回答好呢？如果回答说："为了颂扬创始人楠元太郎。"

这显然缺乏说服力。庄田自己也没这么想过。

要是说想表现出楠元太郎在事业的深层或者说遥远的将来所追求的东西，多少算是他的真心话。但如果有人追问："所追求的东西是什么呢？"

他就又不知该如何作答了。庄田自己也说不清。那是一种永恒的东西，它存在于距离强烈的事业心遥不可及的地方，被一种近似于憧憬或热情的宗教感情所支撑。因为它和现实脱离，没有实用性，从这一点来看，或许也可以说它正如诗歌一般。虽然毫无实用性，但它却能满足人们的渴望。所以它的形状并不重要，是不是塔都无所谓。庄田只是感觉唯有那种高不见顶的塔才最符合楠元太郎的期望。如果有人问到楠食品的经营理念，为了应付随便说一句："努力生产美味健康价格低廉的食品。"

那样的话，塔就会彻底消失得无影无踪了。这是和再开发计划最不沾边的回答了。

庄田的信心又动摇了："就仅此而已吗？"他的体内仿佛有另一个庄田发出警告说："你想借楠元太郎之口说明建塔的动机，这可有失公允。"

此时，庄田从未跟人提过的少时经历在他体内涌动起来，仿佛是在主动请缨要求自我表现，最后竟顽固地涌上了他的嗓子眼。类似的冲动他以前也有过几次。决定和楠元太郎的女儿伸子结婚时，还有楠元太郎去世那天晚上都是这样。

但是这次冲动并不是因为受到外界刺激，而是从他内心深处涌上来的一种近乎欲望的东西。我从三田绫的侄子带来的新资料中发现了与此有关的记录。这段记录能解开庄田日记中有关"乌鸦天狗"的谜团。

事情发生在庄田邦夫和母亲为躲避空袭被疏散到和歌山县新宫后的第二年春天。

他在山间迷了路。他本想采些蕨菜，却越走越远，等他注意到时，已经完全不辨方向了。他连忙朝着记忆中的山脚方向走，不料刚一迈步身子就浮了起来。

也不知道昏迷了多久。昏迷中他呼吸困难，奇怪的气流将他包围。气流刚要成形又散乱开去。这可能是梦魇，也可能是周遭环境变化太剧烈导致他出现了幻觉。

他醒来后，发现自己躺在森林深处。如潮水般退去的记忆中，只依稀留下几次失重的感觉。

他从没见过这样的地方，黑暗支配了一切，浓浓的绿色使他如置身藻类丛生的水中。

他感到有东西在动，扭头发现一群鼻子像鸟嘴一样翘着的壮男。他认为那是天狗，然而竟不感到害怕。所有人皮肤黝黑，有些人很面善，有些人看上去老实巴交，一言不发。这些人看到庄田邦夫醒来，用一种听不懂的语言互相交谈，时而点头时而摇头，时而又斜眼打量庄田，像在估摸他值多少钱似的。他们在仔细看东西的时候好像有侧身的古怪习惯。莫非他们没有距离感吗？

庄田认为他们要吃了自己，但内心并没感到多恐慌，他就像被绑住一样，仰天而卧，一动不动。人们把他放在柔软的草地上，还围着他品头论足，让他觉得自己很有存在感。之前在森林外边生活的那些日子，不知道什么时候会碰上空袭呀炮击什么的，成天都担惊受怕的。

四周被巨树环抱，像个绿色的庙宇。

在那些人中有一个格外魁梧的老者，大概是他们的首领。刚才身体飘起来，也许不是因为掉下了树丛掩盖着的悬崖，而是他把自己托在手上举到半空。首领旁边坐的大概是他妻子。

不一会儿，她起身走了过来。庄田邦夫想坐起来，她伸手止住，在他躺的那块草皮旁跪下，开始脱他的裤子。这回庄田可着实吓了一跳，又要起来，却像无形中被施了咒语，又像被什么东西捆得死死的，动弹不得，只能略微抬抬膝盖，动动肩。他用还算自由的手想制止她的动作，她却点点头微笑，像是对他说：“没事。没什么可怕的，听我的话。”

他感到很害羞，好在周围全是语言不通的外族人，而且又不像要害他。

他的上衣被脱了下来，露出那已有几分结实却仍显白嫩的、从少年向青年过渡的皮肤，周围发出“噢”的一声惊叹，而后又恢复寂静。他的阴毛已经长全。她指着他那儿对同伴们说了什么。

庄田知道自己的裸体成了他们的观赏品。更窘的是他的阴茎勃起了。他既感到害羞，又有点既来之则安之的感觉，心想事已至此就让你们看个够吧。随着庄田的勃起，他们纷纷侧过身去。庄田感觉他们高涨的情绪感染了自己。他甚至摆了个姿势，屈膝并将一条腿略微上抬，他觉得这样看起来更潇洒。他仿佛身不由已了。

　　首领的妻子用双手将他两腿分开。他已无心反抗，但仍佯作反抗。她向后仰了仰身，像是让在场的人好好看看庄田的生殖器。他那不亚于成年人的阴茎已是硬得发痛。

　　她将手指放到上面。这和治子的动作一样，他的包皮被使劲褪到根部，龟头一下暴露在外。他有点儿痛，到底还是害怕了，不由得扭了扭身子。不知从哪儿冒出来两个像是男人的乌鸦天狗，一边一个按住庄田的胳膊。这回他想动也动不了了。

　　她手指往上一挑，龟头就缩回包皮里。之后的动作就跟他偷偷在书房或者放东西的库房中做的一样。只是被他人的手抚弄快感更为强烈。他被按在那里，挣扎着想逃脱她的手指，可渐渐地他身体的扭动就跟她手指的动作配合起来。一会儿工夫他就激烈地射精了。

　　她利落地用一张好似芋头叶般柔软宽大的叶子接住喷射出的精液，在旁边摁住庄田右手的男子把它捧给首领看。庄田已经完全就范，用能动的那只手捂住脸。

　　第二天他被交给了他们当中年龄最小，但同样五官鲜明、鼻子像鸟嘴的少女。庄田已经不再想逃了。

　　此后的几天，他和那个少女在一个树洞中度过。

　　偶尔远处传来声音像在呼唤他。每次他竖起耳朵听，少女总是把他使劲拉向自己。奇怪的是，那声音似乎是从他们住的树洞下面传来。庄田想可能是因为他们所在的地方比村子地势高得多，说不定是住在一个四周被悬崖包围的高地上。

　　庄田每天都跟少女做爱。过了一个礼拜，有一天首领召集大伙，围着当初庄田苏醒时躺的那块草皮摆了桌宴席。席上准备了烤山鸡、晒干的野木瓜，还有把橡果捣碎做成的香喷喷的糕点般的食物。庄田发现少女情绪低落，有些担心，但异于平日的盛宴还是让他喜不自胜。人们在用切成两半的大石榴做的容器里倒上散发着浓香的饮料，首领说了些什么，十几个男女就一齐举起石榴做的容器。第一天把庄田衣服脱掉检查他阴茎的首领妻子将筒里盛的藏青色饮料给每人倒了点儿，然后首领又说了些什么，庄田强忍着呛人气味一饮而尽，感到一阵刺痛从喉咙穿到鼻子，又发现大家都盯着他看。他意识渐渐模糊，恍惚中觉得自己的身体被染成了藏青色。他看到首领用手指指向森林一角，头一天摁住他右臂的壮男便走了过来。他隐约看到少女似乎想将他夺回，要冲他跑过来，却被大家紧紧抱住，那副情景就像是一张剪影画。之后他就什么也不知道了。

过了不久，他睁开眼睛，发现外面正下着雨，雨滴晶莹剔透。庄田迷迷糊糊地坐在飘落的竹叶上盯着金色的雨看了一会儿。他心里还留恋着森林中的日子。

他最终缓缓起身，脚步踉跄地回了家。母亲看到他后大惊失色，一下子站起身来，叫喊他的名字，然后突然嚎啕大哭，冲过来将他紧紧抱住。

妈妈的身体可比森林里的人软多了。

她通报给了村里的邻居，大家都赶了过来。有人说几年前也发生过同样的事。

人们争相安慰庄田的母亲梅：

"熊野本是隐世呀，是让神仙带去了吧。"

"没事就好。"

"小梅你也急坏了吧。但我早就知道会回来，我说过他保准会回来的吧。"

母亲告诉庄田说："叔叔们都上山找你来着。"

话还没说完，她就哭出了声。母亲这人一有点什么眼泪就在眼眶里打转，也经常唉声叹气，但她是很少哭出来的。庄田启介听到消息，也没能从离和歌山市很近的工厂赶回来。说是战局越来越不乐观，为了能按期生产出上交给部队的产品，他正忙着购买原料，抽不出身。

"爸爸很担心你，来过好几次电话呢。"

庄田和父亲通过电话后，母亲补充道。母亲这话听起来总有点儿像辩解。不过与父亲的事情相比，庄田心里更介意的是他听到的一句话："让神仙带走一次的人就不能彻底回到这个世界了。"

嘟囔这话的是一个身子骨很硬朗的老者。庄田满含憎恶地瞥了一眼老者那被晒成赤铜色的脸。他觉得自己的内心被洞穿了，心中暗暗诅咒："年纪一大把了，活不了几天了吧。"

这事已过去四十年了。这些年，每当庄田碰上一些从未遇到的困难，不知如何克服而心烦意乱时，他常回忆的既不是那绿色的大森林，也不是乌鸦天狗似的异族少女的面容和动作。但每当他把这些情景从记忆中摘取出来仔细端详时，他都会觉得它们如同那片原始森林一样散发着奇特的魅力——周围都已陷落，唯独它在进化过程中留存下来。但也正因此，它们更像是树木散发的馨香所营造的幻觉。抑或他看到的是森林的象征：一个一直想做的梦，一些一直在遥远的时光中舒展和上演的情景。但直到现在，他怎么也想不通老者的那句话："让神仙带走一次的人……"

庄田回忆，自己当初正是因为要比普通人更彻底地回到这个世界，所以才去到最发达的美国学习经营管理和市场营销，后来又进了楠食品。他想建的那座高耸入云的纪念塔正具有从隐世回归这个世界的象征意义。所以对他来说，那些反对再开发计划的人们简直俗不可耐，不可理喻。

一天，他去总公司附近的酒店参加行业集会，散会后正要上车的时候，一个年轻女孩突然冲出来，边喊他的名字边手脚麻利地跟着他上了车。女孩气喘吁吁、满脸通红地说："不好意思，我叫阿仙、是风之牧民剧团的。"

"按原计划走。"

庄田说罢，汽车便飞驰而去，剩下酒店门童留在原地，呆若木鸡。

"刚才在大厅您正好从我跟前走过。吓着您了吧。"

她抬头看着庄田，那副样子不知该说她天真无邪呢，还是脸皮厚，不管怎样，她对庄田毫无戒心，也一点不见外。

"那当然喽，要是平时你准得挨顿臭骂。"庄田说话的口气也不知不觉地像是在跟什么亲戚的女儿说话一样。"怎么着，要去哪儿?"

于是阿仙坦言说是想让庄田看样东西，所以一直在找机会。

要去官厅街就得从附近的入口上首都高速。时间不好，正赶上堵车。行程中，她跟庄田讲了自己的身世，说她父亲是一座古寺的和尚，她是独生女。母亲早逝，父亲也在她念高中时，在去念经途中遭车祸而死。

"那些施主们没完没了地劝我，非让我嫁给和尚①，那才真叫宗教婚姻呢。所以我一念完高中就来东京了。当时从家带出的家什里有一张地图跟一本线装古

---

① 在日本，和尚是可以结婚的。

书。是我们家的传家宝啥的。"

她说她想把古地图和古书卖掉为剧团筹集资金。她的说话方式和刚才出现的方式一样直接爽快。

一听说是古地图，庄田心动了。

他再一问，得知阿仙出生在弘前，有些失望。他还一厢情愿地以为她生在南方，对地图充满期待呢。

那天她软磨硬泡硬是把庄田说动了，傍晚就带着地图来到约定的地方。

地图像是江户时代的，和以前在老爷家里见到的不一样，倒有点像原来看过的西川如见的《地球万国一览之图》。但它和常见的地图不同，是彩色的，颜色可能是明治维新以后什么人给涂上去的吧。

紧挨着日本下方注明是女护岛；大概相当于南美的部分注着食人国、树林国等字样；北极附近的位置写的是夜之国。在太平洋中央标注着"天竺"字样，周围画着大小几个国家。左下角还有句注释："此国甚微，不能尽数诸岛。"

庄田推测，恐怕是一个漂流过来，或是不知道锁国禁令航海而来的西方人带来的地图，日本画师看到后便当即摹画了下来。注释的文字笔画跃动，像在传达画师兴奋的心情。

这幅地图似乎有三百多年历史了，但庄田毕竟是外行，分辨不出真假。要是落到哪个狡猾的古董商手里，一定会被狠狠地杀价后买走。这样看来，阿仙强加于人般地把地图和线装古书拿给庄田可以说是明智之举。她拜托庄田找个懂行的人给鉴定一下，尽可能多卖些价钱，为剧团多筹些资金。

"大叔要肯买当然最好不过了，但话总不能说到那份上吧，也太死皮赖脸了。"

她把剧团中大家商量时说的话学给庄田听，窥视着庄田的反应。庄田心生疑惑：这女孩，到底哪一部分是逢场作戏甚至是卖弄风骚，哪一部分才是她的本来面目呢？

"我说你能不能不叫我大叔啊？我不是有名字吗？"

"但是大叔您不是个大人物吗，剧团里的人都这么说，还说'阿仙你可找了一个好关系唯'。我总不能叫您'老师'吧。"

白天见到阿仙和晚上以及舞台上的印象不一样，显得很小，看起来最多也就二十三四岁。她身材瘦削，动作麻利，眼珠子滴溜溜转，全身上下总是在动，看着她庄田才发现原来动作也能表达各种各样的感情。她在求庄田时眼中透出强烈的光芒，不知是因为她一心想着剧团，还是年轻的缘故。也有可能是她父母早逝，所以她在庄田身上寻求一种父爱。庄田心想："他们让阿仙来跟我谈，还真挑对人了。"他想起有一天晚上他在银座的街上碰上剧团排演，见过一个团长模样的年轻人。打那以后，他们但凡有演出就发来邀请，他大概看过两次阿仙参演的戏。其中一次是和理惠一起。听她说风之牧民剧团的负责人是当前最受年轻人喜爱的导演。曾有那么一瞬间，庄田觉得很羡慕那个负责人：他能捕捉年轻人的心思，并能创造出任思想驰骋的舞台空间。不过要是跟阿仙这样的女孩谈恋爱，一定够他受的，庄田的感想很世俗。

和阿仙分手后，庄田又回了一次公司，等晚上回家后一进房间他马上就把地图展了开来。

阿仙交给他一张能展开的地图和一本线装说明书。这两个东西估计本来就是一对儿。庄田一边翻看，一边想起阿仙求他时因为心切，身子几乎贴上来时的情景。庄田至今没有孩子。做父亲什么感觉他只能靠想象。他总是不理解为什么女儿出嫁时父亲要哭。他想照白天那势头，只要他主动，阿仙就会乖乖跟他上床。但这肯定立即就会被直觉敏锐的理惠发现。

想到这里，他心中突然产生了一种难以名状的哀怜之情。他也分不清自己哀怜的是因为被自己背叛而悲伤的理惠，还是开始琢磨这些事儿的已步入老年的自己。在这种庸俗的疑虑中，他内心涌起对理惠的珍爱，这让他感到很意外。

理惠为了参加伊坂杨严隆信专题节目的拍摄而赶往和歌山。她似乎已经完全被那个谜一般的科学家深深吸引住了。不久前她曾激动地告诉庄田说，博物馆收藏的资料中还有很多尚未破译的古文献，如果都能破译并进行分析，人们就会明白，江户时代的物理学、数学和天文学等等要比我们想象中进步得多。庄田答应她下一周去真琴市的时候顺道在大阪跟她碰头，然后一起去和歌山。

在那张地图上，日本位于正中央，被标记为"敷岛国"，这也是理所当然的了。在它上面是深邃的夜之森林。左侧是幅员辽阔的大唐，下面是天竺，再往右下是炙热的漆黑王国、耀眼的锦辉之国，以及流星之国等等。

如果原图是外国人带来的舶来品，那哪些部分是照着原图描的，哪些部分是江户时代的画师凭空想象出来的就很难说了。庄田估计多半是描着描着想象就像插上了翅膀不着边际了，至少要比现代人的想象力丰富得多。连他看着看着都差点又要犯了爱幻想的毛病。图纸边上已经泛黄，图面上还有几个污点。如果对其进行化学检测，应该就能知道这张地图的制作年代。

　　对于既没父母也没兄弟姐妹的阿仙来说，这张地图可能就是她心灵的归宿。就算是为了剧团，她决定转让出去应该也是下了很大决心。也许她已经有了更好的心灵归宿：恋人、或者是其他什么比剧团更可依靠的东西。庄田有些惦记阿仙，尽管这似乎与他的年龄不太相称。在她说完地图的事后，庄田很随意地问了她一个问题，那是他一直以来都很想问的："你们外出巡演的时候，有时两三个月都要外边演戏吧？那这段时间你们是不是就一直活在戏里呢？"

　　庄田这么问，是因为他想知道那个把电话打到公司强拉着他去看自己演戏的阿仙，那个在舞台上凭借过硬的舞蹈功底一举一动都表演得恰到好处、天衣无缝的阿仙，还有那个在房间里娇滴滴地看着他的阿仙，到底哪一个才是真的？人什么时候才会袒露真实的自我？什么时候才可以袒露真实的自我？这些日子，庄田隐隐约约地一直在考虑这些问题。

　　"这个嘛……"阿仙好像猜不透他这个问题的意思，"也许谁都一样，每个人都在扮演各自的角色。大叔你不也是吗？"

　　当时听了她这番话，庄田觉得很有道理。他的角色就是食品工业会理事、楠食品公司会长。这个角色无论到哪儿都跟着他。

　　庄田回忆起阿仙飞身跳进他的车里跟他搭话，回去拿地图时还换了身宝石绿的闪闪发光的衣服，心想她所扮演的角色，就是一个很清楚自身的魅力，喜欢玩爱情恶作剧的精灵。或许阿仙早已看穿庄田心里对她有感觉。那一刻，庄田想起了在森林中和他做过几天小夫妻的异族少女，他已经有好几十年都没想起过了。从纪州那难以想象的高高的森林到东北的弘前，乌鸦天狗也许两天就可以走一个来回了吧。庄田脑中浮现出各种不着边际的想象。他问道："你没想过回弘前吗？"

　　"就算回去也没有认识的人了。不过，给和尚当夫人倒像是有点意思。"她满不在乎地回答，接着说："再说了，乡下可不把我们这些演戏的当回事了，表面

263

上挺欢迎的，其实拿我们当外星人呢。"

　　说着，她做出一副深谙世事的表情。庄田想起那时还在上初中的他从森林里回来后，村里的长者来接他时说的话。

　　音乐放完了，他的思绪也回到了现实。他换了首歌，又看起地图来。冲之波美岛的那一块什么也没写。"天竺"两个字下面写道："极乐之岛乃浮于碧海诸岛之总称，形似展翅巨鸟，其翅多彩，因此得名。"

　　如果地图是一开始就上了色的，那些流光溢彩、像张开的翅膀一样星罗棋布的岛屿一定就像孔雀一样，被绘成了金色、银色，还有祖母绿色吧。庄田曾经看过基督教传入后凯尔特人手绘的装饰性圣经中的几页，那是他们将基督教按他们的世界观理解后创作的作品。他们所描绘的多彩世界是从哪儿来的呢？庄田看着这幅像是江户中期绘制的古地图，才发现自己身处的商界是个多么乏味枯燥的地方，这里拒绝一切幻想。

　　朝仓理事长的研究所送来了第三份报告。这次是他带着秘书亲自送来的。

　　"今天的报告可以算作是对第一阶段所做的总结。"

　　庄田每次和朝仓见面都会向一家关系不错的公司借用他们的迎宾馆。朝仓到后，还没坐稳，便大谈起来，声音如金属般尖细，同他那敦实的身材毫不相称。

　　"我们的任务首先是弄清楠元太郎身世之谜及其与反对运动的关系，其次是调查纪念塔建设计划反对运动背后的势力，第三是根据以上调查对您下一步应该采取的措施提出建议。"

　　朝仓喜久雄一口气说了这么多，看得出他并不只是把这项调查看做一起普通的受托案件，而是对调查倾注了不输给年轻人的热情。或许楠元太郎的一生勾起了朝仓的强烈兴趣吧。

　　他回头向那位脸像刚除掉绷带一样苍白的秘书使了个眼色。秘书立刻挺起背来，从旁边的包中拿出厚厚的报告放在桌子上，说："待会儿我会把这份报告交给您，现在先大概说明一下。"

　　等朝仓再次扬了扬下巴，秘书便开始宣读报告。

我们对被淹没的村子的历史进行了调查，结果表明，东浅井郡日荫村的村民早在明治中期就已经离开村子了。大部分村民搬到今天东京郊外多磨地区的八王子村，而在楠元太郎带领下从长崎集体迁居此地的人们则再次离开他们新的家乡，移居到真琴地区。可以推想他们是受到政府（当时的内务省）的劝说。至于为什么要分成两拨还不清楚。在这次移居后楠元太郎就创立了楠面包生产厂，也就是他现在企业的前身，但当时只不过是城里的一个小面包店罢了。

听了这段叙述，庄田眼中浮现出村民在政府的命令之下被迫搬离刚住惯的山间开发村时，脸上那愤怒、悲伤却又无可奈何的表情。他们将仅有的家产装到板车上推着，或者是放在肩膀上扛着，默默向前走。在他们身后，是那直到昨天还属于他们自己，今天却已开始被水慢慢侵蚀的村庄。那时，楠元太郎还不到二十岁，他领着一群人，自己走在最前头。或许是背的东西太重，他那黑黑的脸左右晃动着。大家谁也不说话，就像小石头或是羊群般沉静。

这次新发现的一个事实是：在移居到真琴市后不久，楠元太郎便经常渡海到琉球弧的方向去，琉球弧包括一些星星点点的小岛。我们猜测他去的可能就是冲之波美岛，但那岛如今已不存在，无法调查，所以也就无法证实他所去的就是琉球弧的某个小岛，或是其他什么岛。我们只知道一个大体方向。

这件事是在对楠治子身边的人进行调查时偶然发现的。楠治子回滋贺老家时，大概是听从楠元太郎安排，从真琴市工厂带了名工人跟着她。那个工人的父亲在长崎县佐世保九十九岛当船夫，那地方被人称作九州的多岛海①。工人就出生在其中一个叫黑岛的岛上。据说他父亲曾对他说，自己时而从佐世保载上一位生产面包的大人物坐到五岛列岛的福江岛去。治子从工人口中听说了这件事。不过由于那做船夫的父亲已

---

① 因土地下沉，平地被水淹没，导致原本地势高的地方成为岛屿零散分布的地形。

经去世，就连那工人本人也下落不明，八成已经不在人世了，所以那个
大人物到底是不是楠元太郎也就无从证实。黑岛这一名称据说就来源于
十字架① 这个词，当地人发不准音，就变成了黑岛。在基督教解禁之前
的二百六十多年里，这个岛避开幕府的监视，坚持了自己的信仰。从这
一点来看，岛上的人既安分守己又坚贞不屈。有人说那个可能是楠元太郎
的人每次都在福江岛舍弃佐世保过来的船，自己另划一只船到准会停在
海面的一艘大轮船旁，上了轮船，就再不知道行踪了。不管怎样，我们
现在能确定的只是，楠元太郎经常到那个方向去，这也说明他态度坚
决，绝不让人知道自己的目的地。

"另一组人员通过其他途径进行了调查，根据他们的报告……"

白脸秘书接着说。看来为了调查楠元太郎的身世，他们成立了好几个调查小
组。如果各个调查小组的报告有相互矛盾的地方，那事实一定就隐藏在那里。这
是昭和经营史研究所最拿手的调查方法。通过报告可以看出这次他们也用上了。

　　楠元太郎的成长足迹并不在滋贺县，而是在长崎，这一点我们在上
次的报告中也提到过了。现在请大家再回想两件事，一是少时的他寄住
在药材批发店，二是长崎是江户时代唯一一座与外国通商的城市。

　　请允许我们在此进行大胆的假设。我们假设楠元太郎偷偷去的那个
岛就是冲之波美岛。该岛的位置可以通过几张古地图予以确定，那些地
图一直到明治维新结束后不久都还见得到。从洋流方面来看，这个岛上
很可能大量生长一些南方岛屿盛产的野生草药。当时航海的风险是很高
的，为什么楠元太郎还去了好几次呢？而且这一时期正值他面包生产事
业的创业初期。

　　楠元太郎并不只是去采集草药，在那座岛上他还有机会学到一种咒
术。因为这个岛已经消失，下面说的也只是我们的假设，请您谅解。某

---

① 十字架是cross，日语读音为kurosu，而黑岛则为kuroshima。

些拥有超能力的人很可能从天竺或被称作炙热的漆黑王国、耀眼的锦辉之国等岛屿漂流到冲之波美岛。这一点在向象贤的《中山世鉴》、蔡温的《中山世普》、郑秉哲的《球阳》等留存至今的有关冲绳历史的书中都能得到证实。还有西方学者写的书，比如马利诺夫斯基对特罗布里恩群岛做过调查，那里流传着关于女神天照大神和她弟弟须佐之男的日本国国家起源神话，这从一个侧面告诉我们：在古代及中世，在这些岛屿之间曾经有过乘风破浪的文化交流。

或许楠元太郎凭借天生的冒险精神和实干精神，不顾危险要从岛上获取某些原料、草药或是学习一些技术。或许有些情况使他不得不铤而走险，比如要向同伴提供资金救助，或是需要推出新发明以打开局面、扭亏为盈。

昭和经营史研究所对楠元太郎远航动机的分析，庄田不敢苟同。庄田总觉得，楠元太郎远渡南岛，其实连他本人一定也说不出原因，只能说是出于一种冲动。

尽管如此，在听取研究所报告时，庄田确信，在促成楠面包厂飞跃发展的几次重要的商品开发和楠元太郎密赴南岛有密切关系。很可能面包的制作工艺就是从那座岛上学来的。楠元太郎少时寄住药材批发店，通过那儿的标本和资料，他学到了一些药草和香辛料的知识。这些知识在他去那座岛时派上了用场。他第二次、第三次的航行或许就是为了开发新产品。

楠元太郎生前多次谈及汹涌的大海是多么可怕，这可能也与他密赴南岛的经历有关。

无论是号称能促进儿童生长发育的桃太郎面包也好，还是后来供给空军的说是吃了之后眼睛在夜里也能看见东西的猫头鹰面包也好，那时，楠元太郎总有各种稀奇古怪的点子，超乎常人的想象。难怪人们传言说楠元太郎身边有个就像给浮士德以智慧的梅菲斯托一样的参谋，这是恶魔的启示。也许那时的楠元太郎对包括冲之波美岛在内的南岛及其海域有一种归属感，仿佛他整个人都被包裹在里面。正是这种强烈的想法消除了他靠一只小船远渡重洋的恐惧，指引他前进的方向。

在离开滋贺县日荫村时，楠元太郎没能建立起一个属于自己的家乡。在那里受到的挫折使深藏在他幼年记忆中对南岛的憧憬愈发强烈。家乡不是土地，而是心灵，也许他是这么想的吧。

昭和经营史研究所的报告对楠元太郎从结婚到战后的这段经历叙述比较简略。

不久他和业已败落但仍不失派头的士族末裔：柳原家的女儿柳原郁结了婚。这桩婚姻使他和后来成为财阀商社副总经理的庄田启介成了亲家。他是著名的国际派商人，在美国也有很多至交。毫无疑问，同庄田家的关系为战后楠食品厂的发展创造了有利的条件。

战后不久，该公司发生了一起严重的劳资纠纷，工会领导遭到暗杀。当时有传言说是楠元太郎干的，连本研究所的朝仓因受他委托跟工会打交道，也被卷进了嫌疑，但两个人都有确凿的不在场证明，案件最终无从下手，不了了之。今天这些传言和推测很容易被看成是危险的反民主势力，但我们还得考虑到当时的社会情况：在旧的国家体制崩溃、社会秩序摇摇欲坠的情况下，企业必须靠自己的力量来保卫自己。我们必须想到：在那种情况下，就算是雇个杀手去打倒对手，也是迫不得已的行为。这个话题可能扯得有点远了。

秘书读完这一段，朝仓口头加了句谜一般的注解："我觉得如果能够发现证明楠元太郎先生曾经远渡冲之波美岛的新证据，会给这个案子一些头绪。"

秘书向庄田确认说："刚刚读的是一个梗概，如果您对大纲没有异议，我们就把它打印出来，同上次和上上次的报告合在一起装订成册。"

等庄田表示同意，朝仓便让秘书退下，告诉他说："你到别的房间等我。"秘书离开后，他重新转向庄田，用服务员端来的啤酒润了润喉，然后像要稳住庄田的情绪似的，说："您很尊敬楠老先生，我也一样，今天的报告有些地方可能会让您不太舒服，还请原谅。"接着他又说："做一个战略决策，必须搞清客观事实，所以我克制住私人情感，没有插手这份报告。但是最后关于工会委员长那部分是我写的。因为我觉得这部分对于像您这样从美国学成归来的人来说可能难以理解。历史上总有那么几段时间民主主义是解决不了问题的。"

听了这句话，庄田明白朝仓是怎么看自己的了：美国大学、科学管理法、尊重人权、民主主义。他想，必须尽早消除误会。于是换了个坐姿说："如果是为了公司的经营管理，我什么都愿意做。"

此刻，庄田也想把话说明白，自己也好理一理思路。

"雨尾那样的学者怎么想我不清楚，但对我们这种干实事的人来说，人权啦、民主主义什么的，有的话当然好，但就像生死攸关时的钱包一样，还是得看时候。"

庄田说得很慢，一字一句的，他也在说给自己听。他看到朝仓松了口气，眼神柔和，眼睛略微从眼眶突了出来。过了一会儿，他用略低一些的声音说："警察对工会委员长的尸体进行司法解剖的结果还保存在地方检察厅，死因是心脏麻痹。但问题是，是心脏麻痹后掉到沟里的，还是掉下去引起的麻痹。警方在报告中对此没有做出判断。如果他们对死者胃中留存的食物和饮水量进行调查，是死后掉落还是掉落致死就会真相大白。这些基本的东西他们都不弄清楚。就算是因为战后警察内部还比较混乱，这一点也很难让人理解。"

说完后朝仓陷入了沉默，像是在犹豫什么。过了一会儿他接着又说："这件事我一直很在意一个细节，那就是好几个和楠元太郎有瓜葛的男人都死于同一症状。"

然后朝仓讲了件庄田从没听过的事：楠治子回到家乡后，有一阵子和一个比她小的律师交往甚密。

"她想跟他结婚，还把他带给当时还住在真琴的楠元太郎先生看。但是他之后就像工会委员长一样死去了。医生的诊断也是心脏麻痹。"

庄田一边揣测朝仓支开旁人对他说这话的意图，一边不动声色地听着。一个想法在他心底闪了一下，如同微弱的火苗：这个世界对自己来说如同异界。

"此后她就宠着刚才那个律师的弟弟——他那年龄都能给她当儿子了，这个您也知道吧。"

庄田只能模棱两可地点点头。

"治子说她怀的是楠元太郎的骨肉，实际可能是跟这个人的孩子。由此也可以看出她一直割舍不下对楠元太郎的爱。这个人不像他猝死的哥哥那么有为，毕业后也不工作，靠治子养活。他似乎对古代美术作品鉴赏很有兴趣。我的手下报告说，他对哥哥的死因抱有疑问，多年来对楠食品厂一直持一种很不友好的态度。这是个需要注意的人物。"

说到这，朝仓喜久雄拍了一下手，把秘书叫来问道："楠面包厂的旧海报还有吧？"

他趁秘书到别的房间取海报的工夫说："现在我还不能告诉你这个人的名字，因为一切还只是推测，只是可能，所以请不要怪我。这也是出于人权方面的考虑，哎，民主主义嘛，就是这么个东西。"

这时秘书走了进来，在餐桌上将一张写着"草药面包上市"的海报铺开。

草药面包新上市

楠面包生产厂以提高国民身体素质及健康水平为宗旨，历经数年研究，成功研制出采用天竺野生的抗衰老草药和酵母菌调配制成的产品。

定价　五钱（一斤）

广告词的边框是一圈葡萄藤，里面画了一个比亚兹莱风格的少女。少女像放手风琴一样将新上市的面包放在膝上，一只手拿着草药闻它的气味。这张宣传画的风格在当时是很特别的，不是日本风格。

"也许楠元太郎先生在冲之波美岛发现了这种草药。现在东欧有一种酒在酿制过程中就会放一种野牛非常喜欢吃的草。"

朝仓解释道，接着补充说："当时我们还占领着台湾。"

"岳父是去了冲之波美岛吗？"

那个岛庄田起初只是作为地理知识有个朦胧印象，现在却因为和楠元太郎有关而变得具体而清晰。这让他感到紧张。

"大概吧，可是这个岛已经没了。"

朝仓对于庄田邦夫提及冲之波美岛丝毫不觉惊讶地回答。

这么说，岛是在最近才沉没的。但它为什么会沉呢？是人为的？可又为什么要让它沉没呢……

疑问一个接一个，庄田压制住追根问底的冲动说："我曾经在长崎一个大名的后裔贵族那儿看过那个岛的地图。"

朝仓脸上现出讶异的神色。

"比例尺我不清楚，但像是个很大的岛。上面还建有城堡，真不敢相信它已经消失。"

"你确定是冲之波美岛吗？地图没错吗？如果真有地图，那可是个大发现。另外那个贵族是松浦侯爵吗？这是什么时候的事？"

这下轮到朝仓一个劲提问了，庄田对他的反应很吃惊。他跟朝仓说起在老爷那里看地图的经过。此间，朝仓不时露出尖锐的目光。庄田说完，朝仓犹豫了一会儿说："我受一个人的委托，也在调查这个岛，在对楠元太郎先生做调查时又碰到这个岛，我也很吃惊，我甚至觉得这是不是神的安排。"

朝仓又陷入沉默，像在思考岛的命运，又像在整理关于岛的疑点。过了一会儿，他的表情缓和下来，说：

"好像是突然消失的，大概在二战结束前后。自古以来就有不少关于岛屿沉没的传说，大的像亚特兰蒂斯，布列塔尼海岸附近的伊斯城。关于那些沉没岛屿的记录绝对不少。"

朝仓又不说话了，仿佛沉浸在冥想中。庄田邦夫心想，别又有祖母绿色的金龟子飞进来了。已经是秋天了。昆虫们的鸣叫声一下子消失了。

庄田想起阿仙托他保管的地图上有这样的注释：岛群中有随劲风漂移之岛。那是指位于天竺下方，相当于今天新几内亚到印度尼西亚之间的群岛。

那天晚上庄田还听到这样一句话："也许有的岛是在历史中沉没的。"

可能是朝仓说的吧，又像是有人轻声替庄田说出了他内心的想法。

"我们言归正传。"

朝仓打破了再次降临的沉默。

"不管怎么说，楠元太郎先生大概是运用他自学掌握的药学知识在岛上寻找草药来着。此外他可能还学会了用咒术，不知是黑魔法还是白魔法。他的长子喜一郎多半知道父亲的这个秘密并为此苦恼不堪。

"他自杀那天晚上我就在楠家，那么压抑的守灵之夜，我这辈子也是第一次。"

听到这儿，庄田不由得脱口而出："我也在场。那时我还在念高中。"

朝仓像是故意似的发出了一声感叹。

"嘻，想想也没什么奇怪。"他点了几下头，"这么说咱们以前还见过面呢。"

"是啊。"庄田回答道，但他脑中想的全是冲之波美岛。

"现在咱们又在一起追溯楠元太郎先生的过去。有缘哪。所谓萍水相逢也是缘嘛。"

朝仓似乎感慨万千，蹦出句佛语，给庄田一种历史的沧桑感，又让庄田觉得他是在岔开话题免得庄田再问冲之波美岛的事儿。庄田还从朝仓的说话方式中察觉到，他是很了解这个岛的。

朝仓又把白脸秘书叫过来，让他说明调查报告的第二部分。

"第二部分是针对反对运动规模的扩大所做调查的结果。据我们观察早晚会举行大选，这对楠食品厂是不利的。真琴市本来是一个改革派势力强大的地区，但现在人们却普遍认为：'不管保守还是改革，大企业的行为及其带来的变化必定会对小企业以及一般民众造成不利影响。'

"当然啦，是有一些别有用心的媒体在推波助澜。但同时我们必须承认，人们都强烈希望维持现状，不愿改变。另外还有人提出机动车过于集中会加重尾气污染的问题，这也应当引起我们的关注。这些意见是反对运动中司空见惯的，但当它们和对楠食品厂的不满情绪相结合，便会成为一股不可小觑的力量。

"当然，我们并没有劝贵公司鉴于以上情况改变计划的意思。这属于贵公司自己的决策事务。眼下应该注意的反倒是不能为争取支持而取悦他们。民众是讨厌权力的，对试图取悦自己的权力就更为憎恶。不能让民众有哪怕一刻的优越感，而应该对他们进行不断打压。"

庄田觉得这个结论是对的。他想起了权力与博弈理论。他在波士顿上经营哲学课时接触过这个学说。楠元太郎老挂在嘴边的训诫其实也出于同一种思想。用力量压制，并根据对方由此产生的变化换用新的角度和方式进一步压制。他自己也正是这样去做才使得楠食品厂一步步成长为市场竞争中的霸主的。

庄田使劲儿地点了下头，向朝仓道谢道："我完全明白。您让我想起了很多事。"

庄田将阿仙托他保管的旧地图收好，打算去吃绫为他准备的夜宵。刚一起身，电话铃响了。他有几分意外，拿起听筒，原来是在和歌山的理惠。她像是一直在等庄田联系她，看时候不早，就打了过来。

"你在干嘛呢？"电话那头传来理惠跟他说话时才用的圆润嗓音。

"哦，是你啊？"他心不在焉地回答道。

"说什么呢？我知道了，你一定在想别的女人对吧？你还不从实招来？"理惠故意跟他逗着玩。

"不，没有，没有。好了好了，我没干什么。"

庄田终于平静下来，思绪从被朝仓的报告勾起的权力与博弈理论中跳了出来。刚才他一直在看古地图，看着看着就开始思考起打压反对派的计策，不知不觉沉浸其中。他告诉理惠："我按计划后天在大阪办完事儿就去你那儿。"

之后他又问了问理惠破译古文献工作的进展情况，据说那是伊坂杨严隆信写的。她已经开始着迷了。

"那个呀，越来越好玩喽哦。"她的语言有些奇怪，那是跟亲近的人才用的。"非常宇宙性，真想告诉现在这些物理学家。要是'小猫'知道了会高兴得一蹦三尺高。"

庄田和她漫无边际地聊了一会儿，挂了电话，就到旁边的房间吃夜宵。那天他跟平常很不一样，听了几首十七世纪的室内乐之后才上床睡觉。

第二天上午，一家证券公司的负责人拿着某位政治家的介绍信来找庄田，和他一起来的还有一个人。

"这位是大阪房地产公司的B常务。"证券公司的人介绍道。

B常务先来了一段开场白："今天我们想就贵公司开发工厂旧址这一问题提点建议。我们对情况不是很了解，也可能有不当之处，如果是那样的话，请您直说。"

他接着说，如果楠公司有意将旧址开发业务一揽子包出去，他们随时愿意承接。金融方面，会由同来的证券公司的人负责组建协调融资团，如果楠食品有意向将土地卖出，他们也很欢迎。

"那块地目前是类工业用地，如果改成商业用地，容积率会是现在的两倍，土地的价格也会上涨。当然这还得看收购价格。我们可以保证不会让您亏本。"

这位貌似房地产公司负责人的B常务似乎对这类谈判轻车熟路，语气柔和，滔滔不绝。对方好像完全洞悉楠食品所面临的困难，这使庄田不太愉快。庄田心中生疑：现在反对运动根本还没表面化，但为什么今天的谈判处处显出他们是已经知道这事儿才找上门来的？这家房地产公司，还有那个介绍他们来的政治家，难不成都是反对运动那边儿的？

人们都说庄田这种直觉跟楠元太郎一样准，也正是这一点令同行还有公司员工们胆寒。

"如果把开发工作交给你们，你们会有什么计划？"庄田开始试探对方的真实意图。

"当然是建住宅楼。低层也可能会用作底商出租，建住宅楼应该不会有人反对。"

B常务接着又说："人类不会抗议因为自身繁衍过多而造成的环境污染。同样，也不会反对修建比现有住宅档次低的住宅，因为那会让他们产生一种优越感，而我们得到的则是利润。"

说罢他便不做声了，垂下了眼帘，那样子实在令人生疑。这家公司在关西地区一定也是经营有道，名气响当当的吧。

庄田告诉证券公司负责人和B常务说，这块地是楠食品的发祥地，所以他无论如何要在这儿建纪念馆，而且他已经计划好要把它建成真琴市的一个旅游景点。

"如果今后我们的方针有变化，我会再主动联络两位的。两位对我们公司的关心我深表感谢。"庄田道了个谢，又说："请代我向××先生问好。"

说罢他站起身来。

估计他们早有约定：这桩生意谈成了，××先生就能以介绍费名义捞到一笔不小的政治献金。

庄田返回会长办公室，边走边想：他们很可能是从朝仓理事长那儿听说了工厂旧址开发面临的困难。土地开发商和房地产公司这种信息渠道广得很。

那天中午，负责在全国推广楠食品产品的经销商们成立的"楠会"要开个干事会。庄田边驱车前往举行活动的酒店，边听猴子乐队的歌。

> We go where we want to
>
> We do what we like to do
>
> We don't have time to get restless
>
> There's always something new
>
> We are just tryin'to be friendly

歌词在沙哑却又优美的声音中跃动着，使庄田心中久违地泛起几片伤感的涟漪。因为他明白，歌里唱的"去想去的地方，做想做的事"是不可能实现的。庄田想起他跟那珂崎和理惠一起去听的那场音乐会。随猴子乐队的歌声挥动拳头、扭动身体的那些年轻人，他们内心都明白活得随心所欲已然是不可能的了。回想起当年在波士顿留学时自己又是怎么样的呢？自己的同学们都觉得一切皆有可能。因为那就是那么个时代。不光美国的青年，法国的、意大利的，甚至战败的日本青年，都觉得那个时代属于自己。而庄田却在其中看到了自己不屑一顾的身影。或许那是一种年轻摆出来的姿态吧。庄田细数着那些人——躁动的、邪恶的、好做梦的、怯懦的，他觉得没有一个人了解自己。

> I am not your steppin's tone
>
> I am not your steppin's tone

猴子乐队反复唱道。庄田想起当年好几个女生留下类似这句歌词的话就离开了自己。对她们来说，your 指的就是庄田。那时的他心里想的是："就算没有你，我也要前进。"他高傲地听着她们噙泪的责备，完全没当回事。如今，这首歌中的I听起来像是自己，your则是这个时代。庄田自己正在拼命唱着："我不要当未来时代的stepping stone。"

来到酒店的会上，他先是感谢了经销商们为新产品的销售业绩作出的贡献，又让计划室主任从正在开发中的产品中选出近期即将上市的小食品做了简要介绍，还不忘来一句："请各位放心，今天的午餐不会让大家吃这个的。"

引得经销商们哈哈大笑。

回到公司，他又开了两个会，之后又把负责生产的常务和部长叫来，一起审查第三工厂增设生产线的设计方案。完事已经是傍晚时分。原定和一个政治家的会面由于对方时间冲突而延期，所以他去庆祝某制糖公司会长受到古巴嘉奖的宴会露了一面之后，突然有了一段空闲时间。他走出酒店的会场，外面不知何时起了雾。冬天将至，冷暖气团在交替时相遇了吧。会上人们聊得比较多的也是天气。望着雾中透出的路灯光，他想起报纸上说这可能是因为大家的共同话题越来越少了。

庄田这才发现，下班以后，要是赶上理惠出门，他除了那冷清的家再没处可去。企业家里他没有可以推心置腹的朋友。他也不像高濑汲吉有常去的酒吧可落脚。至于搞学问的雨尾，两人完全是活在不同的世界里。宴会上，他碰到了前几天在经济政策国民会议上曾跟他激烈辩论过的经济界泰斗，这让他很郁闷。这位泰斗反对庄田关于开放外资市场的主张。

泰斗说："弱肉强食不符合我国的习惯。"

庄田则针锋相对："实施这种保护政策把整个行业变成了政府的附庸。这样做的结果会削弱产业体质。我认为我们应该更多地承认市场经济的积极性。"

会场一片鸦雀无声——农林水产大臣也在场。这位泰斗对经济界的人事有着绝对发言权，所以至今还没有人敢跟他抗衡。

宴会上，一个和泰斗关系甚密的食品界人士挖苦庄田道："自由、平等、博爱，你不愧是庄田启介的儿子，真国际派啊。"

庄田能觉察到这一阵子业界看待自己的目光越来越冷。想当年他顶住楠元太郎的压力，大刀阔斧地对公司风气进行改革，人们称他为"业界的年轻王子"，把他捧上了天。那时候之所以那么有人气，也是因为有了楠元太郎这个反衬吧。

他借口去叫车，穿过嘈杂的门厅，走向皇宫前的广场。

雾霭中，几棵松树若隐若现，枝头低垂，使他产生一种身在水中的错觉。雾气中的小水滴打在脸上，令酒后的他心旷神怡。酒店的喧哗逐渐远去，取而代之的是自己的脚步声，像在质问他，又像在催促他。

　　想当年他为了重建落后的公司，一方面要想法对付楠元太郎的反对，一方面又要努力赶超大公司，那时的目标相当明确。那段日子里他面对楠元太郎的猜忌与嫉妒，无时无刻不得提高警惕，与之抗衡。每一天都在奋斗拼搏，从不敢松懈，也从未留意过自己身后那些拼命追赶的脚步声。由于推出的改革方案接连成功，公司内部上上下下受到鼓舞，充满了活力。不知不觉中公司已发展成为业界的领头羊。可是再看现在公司里这些年轻职员，大部分人一开始就抱着一种在一流企业工作的心态，无忧无虑，完全没有危机感。就说这个工厂旧址再开发的事儿吧，公司内部的反应极为迟钝，外部的敌人又躲在暗处，无从知晓其真面目。只能感觉到无形的敌意层层环绕在公司周围。

　　庄田抬起头，想起在波士顿的电影院里看过的一幕——就在这个广场上，人山人海，人头攒动，人们扭打在一起。那是发生在五一劳动节的一起骚动，新闻里报道时称它是"东京巷战"。大学同学里还有人拿它和俄国1905年的星期日惨案相比较。十二年后，俄国爆发革命，推翻了沙皇。其实以那时日本国内的气氛来看，无论发生什么都不足为奇。如果爆发了革命，也许自己就待在美国不回来了。兴许还会为刚逃亡到美国的日本人多少提供点儿帮助。说不定其中还包括楠元太郎和母亲。而身为财阀企业领导的父亲即使被捕，恐怕自己也爱莫能助……

　　然而过了近四十年，什么也没有发生，经济倒是增长了几十倍，自己也在日本当上了企业家。五一喋血事件已经完全成为过去，那之后的安保运动也是人们很久以前的话题了。虽说自己一向认为非常时期的果断举措才是支持历史发展的动力，可为什么所有对事件和变革的预测都像初冬的狂风一样猛烈地刮过便无影无踪了呢？

　　他和一对情侣擦肩而过，两人同披一件男式雨衣遮挡雨水。还有一对儿手牵着手，淋得透湿却高昂着头，两人沉浸在自己的世界里，完全无视庄田的存在，渐渐地消失在雾中。庄田心想，没准两个人刚确认了彼此的爱，或是第一次拥有了对方。他想起以前和朱丽叶的初吻。那一刻，他觉得眼前就是整个世界。两个人手牵着手，一会儿又搂住对方的腰，偎依着向前走。走到桥身的背阴处开始接吻，然后便默默地走向海边，心里期盼着这个夜晚能够永久。那一刻庄田心想：

自那以后漫长的岁月自己都是一个人走过来的。后来他再也没有朱丽叶的任何消息了。

不久，庄田走到了广场的尽头，拐向和田仓门时，发现雾中一个似曾相识的身影急匆匆走了过来。他本以为是晚上锻炼的人，但似乎不是这么回事。可那人看着也不像是刚加完班往家赶的公务员。

两个人的距离越来越近，庄田停住了脚步。怎么看对方都像是那珂崎时实。虽然两三个月没见了，但那无疑就是他。可那样子又明显不对。庄田本想打个招呼，看到他异乎寻常的神情，又止住了。他走路的样子和平常不太一样，眼神也不对劲。

他的目光看向斜上方，显得心不在焉，整个人魂不守舍的。

就在庄田犹豫自己是否认错了人时，他从眼前走过。庄田感觉他就像一阵风吹了过去。

大概是为了不让别人看到自己发光的脑袋吧，他戴着一顶黑色毛线帽，那背影的确是那珂崎。庄田回过神来，追了上去。他走得那么快，步子轻快得就像踩在云上。庄田慌了神，以至于小跑起来。他想起理惠说过那珂崎这一阵不太正常。

那珂崎扭头望向皇居。他来了个九十度转弯，但速度丝毫不减。动作里已经看不到上次游行时，向观众席敬礼的那份毕恭毕敬。他注视着二重桥，停下了脚步，没有行举手礼。接着又转过身来和桥正面相对。透过雾气，庄田仿佛看到那珂崎的样子不断发生着变化，獠牙慢慢长长从嘴角龇了出来。好像是对某种事物的愤怒使那珂崎变成了异形。某处传来"萨米纳西、萨米纳西"的声音，含混不清。不知是因为那珂崎长了獠牙使他的声音变成这样，还是另有他人在空中念咒语。庄田想：这个原激进派组织"矛之会—自然力派"的队长，会不会是打算单枪匹马地闯皇宫呢？即便如此也不足为奇。庄田想起警察干部曾经的忧虑。然而那珂崎突然转过身，朝市区深深地鞠了一躬，屁股背对着二重桥翘了起来。

然后他直起身来向前走去，脚步轻飘飘的，就像皇宫里出来的贵人们过拱桥一样。

整件事如此蹊跷。他并没有攻进皇宫，而是加快脚步离开。他要去哪儿呢？走过马厂先门的十字路口，就该到日比谷了。庄田心想，或许到了那儿，那珂崎就会恢复正常。等到那儿再叫他吧。

但是那珂崎完全无视信号灯，径直闯入繁华街，而庄田不得不等绿灯，差点儿就跟丢了。偏偏雾还越来越浓。剧场里可能刚演完电影或戏剧，人呼地拥了出来。庄田好容易在人潮中发现了他的背影，看见他穿过夜间冷冷清清的写字楼街，向有乐町车站走去，走路的动作像在游泳。就在庄田想跑去追他时，他消失了。只有一个黄色的信号灯一闪一闪的。

他跑到那珂崎消失的地方一看，左手边是一条从未见过的岔路。向里望去，只见灯光在水滴反射下显得朦朦胧胧的——那灯的形状好像煤气灯一样——使得四周一下变得像个洞穴。在岔路口立着一尊地藏菩萨，仿佛没有实体，徒有虚像。庄田觉得自己似乎陷入了幻觉，但他心想就算是幻觉也无妨，正当他下定决心迈进雾霭时，突然从左右两边传出柔声细气的娇嗔声："欢迎光临。哎呀，是社长您哪。"

"进来坐坐吧。"

突然，那声音戛然而止。他环视四周，并没有女人们围聚的迹象，就好像只有那一段错按了录音键，被录上了音的磁带。一切都深陷于暮霭之中。路两旁都是高楼，从底层的铁叶门缝隙里透出摇曳的灯光，被水滴放大，在庄田的头上形成一个膜，将他包围。正当庄田停下脚步四下里张望时，脚下飞速蹿过来一个小动物。是一只老鼠。老鼠在庄田前方停下，滴溜溜转着圆圆的小眼看了看他，转瞬消失在地里。庄田过去也曾遇到过这样的事。那是在波士顿的旧街道上，路面铺着石头。突然间一辆两匹马拉的车飞奔而来，一个脸色苍白的死人坐在马夫的位子上。那人戴着黑色的毛线帽，眼睛瞪着天空。他下意识地觉得那珂崎成了那时的车夫，正载着几个同伙飞奔而去。

他喊道："那珂崎！"声音四处回荡，传向小巷深处。远处，他看到一个酷似那珂崎的男人的身影飘浮在半空中，模模糊糊地像一幅剪影。那影子在空中停了一瞬，像是看了一眼庄田。庄田备受鼓舞，跑到影子正下方，在右手边的大楼之间又看到另一个男人的影子。左面的建筑中也冒出两个人的影子。此后接连浮现了十几人。他们的头上似乎都戴着一顶矿工的头灯，顶着一轮如同神灵脑后般的光环。光环不停地移动着，他们像是在调整队伍。庄田听到羽毛穿梭在雾中的声音，也许是他的错觉，也许正是他们在空中自由飞翔。每个人都背着一杆枪一样的东西，比步枪要粗。每当他们改变飞行方向，其他同伴的头灯就会反射到枪体上。

"萨米纳西、萨米纳西、萨米纳西……"

低沉的声音如涟漪般扩展开来，仿佛是他们在交头接耳。这也许是他们识别同伴的暗号吧。

庄田迷茫地望向天空。那些人开始编队，逐步挺进，向庄田的头顶压来，就像夜里飞渡大海的候鸟，一边交头接耳一边调整高度，从他头顶掠过。他们冲着皇宫方向飞去。那是那珂崎的矛之会—自然力派，在日比谷上空集合后飞向皇宫。

庄田突然想到"自爆"这个词来。极左派的那珂崎是不是已重振精神，准备为摧毁天皇制而发起攻击呢。

庄田看呆了，甚至忘了叫他，只是目送着这支影子队伍离去。半响，他才回过劲儿来，开始后悔在和田仓门附近遇到那珂崎时，不该一时犹豫让他走掉了。

等庄田终于死心了想往回走的时候，才发现自己不知什么时候已被困在死胡同里，没有出口。

他心想"坏了"，然后又转向那珂崎消失的方向。他认为自己也应该能飞，便像踩水车一样活动双脚，可身体非但没浮起来，反而好像吸足了雾中的水分，越来越重。两侧笔直的墙壁似乎无边无尽。混乱之中，他觉得自己就像个迷失在无限空间里的宇航员。疲惫、绝望中，他抬头望向透出灯光的窗户。不知道为什么，他突然觉得必须尽快辞去楠食品的职务。就是没这么做，身体才会越来越重。

焦急中，庄田脑海里浮现出一幅景象：在一个厚厚的石头遮蔽的房间深处，壁炉正在燃烧，母亲在织毛线，旁边躺着的男孩可能在看书。自己从未有过这样的经历。他觉得要是把耳朵贴到墙壁上仔细听，说不定能听见煤气灶上的水壶冒热气的声音。他仔细地听着，却什么也听不见。铁叶门似乎象征着这祥和的一家要将庄田拒之门外的决心，紧紧关着。回过神时，他正将手撑在粗糙的墙壁上，像仰望高塔一样仰望着那灯光阑珊的窗户。

他已经记不清那天晚上是怎么回的家。第二天闹钟响起他睁开眼睛时，已经在自己的房间里。他感觉头很重，就好像宿醉后的感觉。也许他在朦胧之中调好了闹钟，时间刚好够赶得上预定的飞机。也许是保姆阿绫将闹钟调到了该起床的时间。

傍晚，在和歌山的住处和理惠见面后，他马上说起了前一晚的事。

"简直不可思议，但感觉像真的一样。"

他越想说得准确反而越混乱，甚至开始怀疑那些事是否真的发生在自己眼前。现在回想起来，在被困在岔路的那段时间里，庄田碰到了各种动物。其中有一条竖着耳朵跑过来的白狗。那只狗跑到庄田跟前时，仿佛是路过被吓了一跳似的停了下来，回头摇着尾巴看着他，用人类的语言说："哎，你去哪儿？"

庄田也不觉诧异，好像问了句："出口在哪儿？"

那狗歪头看着他，不一会儿就低下头去，就像在说"真奇怪"，然后比跑过来时更迅速地跑走了。一只雕一样的漆黑大鸟轻盈地飞翔在雾中，缓缓挥动翅膀，消失在水滴洞穴深处。那一看就是只八咫乌鸦，庄田记得很清楚。

庄田突然提高嗓门："对了，当时我看到前方正下着雨。"

在努力向理惠追述回忆的过程中，他仿佛一下看清了从那个洞穴脱逃的路径。

"真的很奇怪，像精神错乱一样，雨轻飘飘地下着，一颗颗水滴不停地闪着光，我不知不觉间好像失去了重力一样在空中飘游。"

当时的情景过于鲜活地浮现在眼前，庄田不禁沉默了。这与他当年失踪时的记忆十分相似。那雨同庄田返回村子里时下的那场一样，在远处的竹林里淅淅沥沥地下着，本是漆黑的夜晚却不知为何只有那一片亮如白昼。那副景象在庄田眼前如同一幅镶在画框里的风景画。他的身体也和当年失踪时一样浮在空中。闭上眼他就看到那些如同乌鸦天狗似的人们列队沿着明亮的天际线向竹林行进的情景。那片竹林生长在一片塔状高地上，断崖陡峭，与村子隔绝。高地完全被密密麻麻的竹林所覆盖，岩石被遮得严严实实的。那情景恍如隔世，如今他也说不清那异族的队列是要将他返还凡间，还是要庆祝他与族长千金的婚礼。

发现自己被困、拼命寻找出口时，庄田并没想到那么多。这些回忆是一瞬间闪现的，他直觉有救了，便跑了起来，像从窗口跳下一般飞身跃入那个场景。之后的事就不记得了。只有那再次升起雾气的空间将他缓缓包围的感觉还残留着。

在跟理惠讲述的时候庄田发现，即使是拼命奔跑在路边被雨水淋湿的鹅卵石上、深感走投无路时，他也没喊过任何人的名字求救。虽说当时可能是根本顾不上，但他也并没有想到过理惠。庄田觉得也许自己其实不相信任何人。他以前从来没有像现在这样对思想、信仰之类的东西进行过思考。

"妈。"

在混乱中他想起了早已去世的母亲梅。这也许是失踪时记忆的延续吧。

"你，怎么，临走还不真实一回呢？"

"真实"这个词完全是偶然浮现在他脑子里的。而此刻，在这个词的帮助下，在细节已经模糊不清的记忆中，他开始觉得母亲总是欲言又止，到死还有话没说。庄田从森林里奇迹般地生还时，母亲默默将他紧紧抱住，那双手和她身体比起来是那么厚实，那感觉记忆犹新。

"所以……"

他在理惠面前低下了头，寻找合适的词。他思路完全混乱，花了很长时间在想说了些什么、说到哪里。在他努力回想的背后，隐约藏有一种负罪感——他觉得自己对不起理惠。他也不知道自己为什么会有这种感觉。可以说是因为他太在乎理惠了，或者也可以解释成是那珂崎失踪的情景给他的冲击太大了。

终于庄田抬起头来，接着先前的话说道："所以，我变得那么奇怪，是受到那珂崎那副模样的影响，大概吧。"

"他的模样很怪。"

庄田担心理惠误解，但还是把经过全说了——在和田仓门附近和那珂崎擦肩而过，跟着他到有乐町跟前，看到他飘浮在半空，和一群队员模样的同伴组成队列，目送他们飞向皇宫，回过神后发现自己被困在胡同。理惠并不认为这是庄田神经错乱。她素来就对此类奇闻异事坦然接受，有时还会积极回应，说自己也遇到过类似情况。

"果然如此啊。可'小猫'在想什么呢？"理惠略带悲伤地说着，伸手拿起了电话。话筒里拨号音响了一会儿，没有人接。"好像不在。"

她又打了一次，结果还是一样。不久理惠像是懒得动弹一样缓慢地站起身，默默坐到长椅上和庄田挨着。

庄田下意识地低声问道："是不是想到什么了？"她静静地摇了摇头，说：

"我不总说他无精打采的吗？打那开始，我就时不时觉得有点不对头，具体也说不上到底哪儿不对头，好像说着说着话整个人的影子都越变越淡，那时我就担心是不是因为成立什么矛之会的缘故。"

"弟弟那时也是这样。"她难过地说。理惠心中本来就因未能阻止弟弟自杀而悔恨，这下又觉得是她把那珂崎也推到了另一个世界。

悲伤似乎在她的想象中愈发剧烈，理惠哽噎起来："人吧，遇到大事都会自己拿主意，但我想要你跟我商量，不管什么时候，一辈子我就想要一个会跟我商量的人。要是什么也不说一个人就走了，我可不答应，不答应。"

庄田体谅到理惠此时的痛苦，陷入了沉默。

他总感觉那珂崎的举止有种幻想和现实交错的感觉。他想起有几分钟自己在雾中屏息聆听，想听听皇宫那边会不会传来巨大的爆炸声。他感到那时自己也几乎处于幻觉之中。如果是那样，自己就有可能再次失踪。虽然觉得对不起理惠，但他对自己转身返回现实世界还感到些许遗憾。或许由于气压变化或地磁脉动等原因，幻觉和现实有时会交替互换吧。

那珂崎就出现在现实世界中与庄田最接近的地方。在KIGEN之会后的闲谈中，他曾提到过法西斯："幼稚的人说起法西斯呢，会觉得他们是那种龇牙咧嘴、头生犄角的怪物，从小受的就是这种教育嘛。但其实法西斯里面也有人看上去是很绅士的，就连希特勒也还是欧洲最热衷福利、重视环保的政治家呢。"

理惠和庄田最后见他那次，他的确和平时有些不一样。

他接着又说："听说在希特勒的近卫队中，喜欢莫扎特的人最多。"

理惠问了他一个什么问题，他答道："会对什么东西着迷的人都可以当法西斯，不过我就算要当也得当点别的什么，你看那些法西斯还高喊打倒法西斯呢。"

理惠说了他一句："你说什么呢，别胡说了。"

他盯着理惠看了一会儿，然后将目光移向庄田，说："既然你是一个充满矛盾的企业家，那就干脆打破一切常规吧。工作上也别按常理出牌、以独裁者自居，推翻那种'目光单纯就不是犯人'的幼稚认识，那你肯定就会成为精神免疫疗法的创始人了。"

庄田回答道："谢谢，我把你这话当做对我的鼓励吧。"

听了庄田的话，那珂崎似乎很不经意地又插了一句："这可是我留给你的忠告啊。"当时他说这话多少带着些羞涩和调皮。现在回想起那晚和他的对话以及他脸上表情的变化，庄田才发觉自己当时并没能领会他的真意。

坐在一旁的理惠头突然向后歪去，她赶紧抓住庄田。

庄田抱着她的肩问道："怎么了？是不是想起了什么？"

理惠摇摇头低声道："刚才，有人向后拽我的头发。"

她就那么一动不动地忍了一会儿，说："以前也有过这种事。每当这时，我认识的某个人就会死。"

庄田想到前一天晚上那珂崎的确是活生生地走向了异界。此时他感到冥界和现世已经无法区分。他又想，如果不是看到雨水初停的竹林，咬牙纵身一跳，也许自己也会和那珂崎一样，再次失踪。话又说回来，理惠也许就正活在现世与异界的分界线旁边。

"有些事就是无可奈何啊。"理惠缓缓地说了一句，语气不同于往常，将庄田拉回了现实。

庄田应和道："嗯，是啊。"

忽然，理惠好像一下子变了念头，转身把手绕在庄田脖子上，将嘴唇贴了过去。

那晚，他们感受到了从未有过的激情。但似乎越是那样，就越是寂寞。

第二天早上，理惠好像变了个人，阳光起来。

她告诉庄田："那珂崎没有死，他还在某个地方活着，但一时半会儿没法见到他。"那口气就好像她在睡梦中和那珂崎通过信一样。庄田想她大概是做了个好梦。

不久，报社和电视台得到那珂崎时实失踪的消息，一下子炸开了锅。事情暴露是因为一名矛之会会员的母亲要求警方帮她寻找失踪的儿子。警方调查后发现在那珂崎失踪前后，还有十几名青年也相继失踪了，于是对余下的成员进行了调查，可无论怎么查，也无法从他们身上获得任何线索。一些对过去的事还留有记忆的人们回想起从前联合赤军的私刑事件，他们竭力遏制着一种令人震颤的期待，预测说将有惨案发生。

有人说他们逃到了国外，但任何地方都没有发现偷渡的痕迹。KIGEN之会也被调查了，高濑汲吉解释道："可能他们出于伪装的需要，需要有我们会的会员资格吧。是我介绍他入会的，因为他父亲买了我很多画。"他这么一说，这事也就这么算了。他没有向警察提及安部理惠的名字，这正体现了他的老好人脾性。

就在那珂崎从和田仓门经过日比谷飞向二重桥上空的前一天，一辆向核电站运送钚的卡车遭到了不明分子的袭击。

这辆卡车是在警车保护下行驶的，货物也有相当的重量，整个卡车却竟然不翼而飞了。

由于事出突然，也没有留下任何痕迹，警方也产生了错觉，一开始还以为是弄错了路线。他们认定运输卡车开到了别的路上，便赶紧向总部报告，又从各个检查站收集信息。时间一点点过去，等他们发现卡车真的消失不见时，天都亮了。考虑到激烈的反核电运动，运输路线一直是保密的，所以只有部分地方报纸报道此事，并没有造成矛之会成员失踪事件那么大的轰动。

那天早上警方得到消息说，有人看到一艘帆船脱离码头，从核电站的专用港口飞向了天空。对此，警方只是一笑了之罢了。